L'évangile de Jimmy

Didier van Cauwelaert

L'évangile de Jimmy

ROMAN

Albin Michel

IL A ÉTÉ TIRÉ DE CET OUVRAGE
VINGT EXEMPLAIRES
SUR VÉLIN BOUFFANT DES PAPETERIES SALZER
DONT DIX EXEMPLAIRES NUMÉROTÉS DE 1 À 10
ET DIX, HORS COMMERCE, NUMÉROTÉS DE I À X

© Éditions Albin Michel, 2004

Quand on se prend pour Dieu, on ne peut pas douter de soi. L'œil grave et le sourire avalé, ils se dévisagent comme devant un miroir. S'ils n'étaient pas, actuellement, les deux hommes les plus célèbres sur Terre, il serait difficile de dire dans quel camp est la victoire. D'ailleurs, sur le plan des chiffres, on ne le sait toujours pas, même si politiquement il a bien fallu, à un moment donné, arrêter les opérations de recomptage. A quelques milliers de voix près, on n'allait pas laisser plus longtemps le pays sans Président.

L'élu tend le bras machinalement, comme pour ouvrir une porte. Après les cinq secondes protocolaires, il interrompt la poignée de main. Son prédécesseur lui a remis les codes nucléaires, l'état des lieux, quelques secrets défense gérés directement par la Présidence, qui désormais s'empilent sur la table d'acajou : il peut aller se faire oublier.

L'ancien locataire de la Maison-Blanche referme sa serviette en cuir, avec une expression narquoise que George W. Bush trouve aussitôt parfaitement déplacée. Bill Clinton promène un dernier regard autour de lui, pivote en direction de la porte. Il fait trois pas, se retourne et, tout en rouvrant sa serviette, lance d'un ton soigneusement neutre :

— Ah oui, au fait, nous avons cloné le Christ.

Il sort un dossier vert, le dépose au sommet de la pile, et s'en va.

– Comment tu t'appelles, petit ?

Je regarde l'homme en blouse qui sourit avec un air plein de rides. C'est un autre que tout à l'heure, mais c'est la même question. J'essaie de parler, la gorge me brûle toujours autant.

– Dis-moi comment tu t'appelles.

Je fais non de la tête. Il arrête de sourire pour soupirer, et répète ce que le docteur d'avant m'a raconté trois fois : je marchais tout seul la nuit sur la route, en pyjama, et la voiture des Wood s'est arrêtée. Derrière la vitre du couloir, la dame fait un petit signe, le monsieur me cligne de l'œil. Ils m'ont recueilli, ils m'ont emmené ici parce que je ne parlais pas, que mon pyjama et mes cheveux étaient brûlés. On n'avait pas signalé d'incendie dans les environs ; mes pieds étaient abîmés comme si je marchais depuis des heures. Je hoche la tête pour lui faire plaisir. Je me rappelle très bien tout ça. C'est même les seuls souvenirs que j'ai. Avant il y a les flammes, les gens qui crient, la grande lumière, et c'est tout.

– Allez, sois gentil, dis-moi ton nom.

Il ne sourit plus, il se fait du souci : après, il va se mettre

en colère et me punir. Je soulève la tête de l'oreiller, remue les lèvres. Il se penche pour entendre. Je dis :
— Jimmy.
Il me demande de répéter. Ça fait très mal dans ma gorge, mais cette fois il a compris. Il pose les doigts sur ma main et tapote. J'espère qu'il va me laisser tranquille, maintenant. Il regarde le lapin, sur le drap. Le lapin en peluche qu'ils m'ont donné, un œil en moins et tout usé par les autres enfants qui l'ont serré avant moi pour avoir moins mal. Il manque un bout du *i* sur la carotte qu'il tient, mais on arrive quand même à lire « Jimmy ».

Il part d'un coup, sans dire au revoir. Il va parler aux Wood dans le couloir. Ils me regardent, les doigts sur la vitre. La dame se tourne en cachant ses yeux. Le monsieur sourit, mais pas comme les docteurs. Un vrai sourire malheureux, gentil ; un sourire qui fait du bien. Il veut me rassurer, mais je n'ai pas peur. Dans la voiture, hier, ils ont dit qu'ils avaient deux grands fils, qui allaient bientôt partir pour vivre leur vie, et la maison serait bien vide.

Quand on les a laissés entrer, tout à l'heure, je leur ai demandé s'ils avaient une piscine. Ils ont répondu que non, ça coûte trop cher, et qu'on allait mettre ma photo dans le journal, pour que ma famille me reconnaisse et vienne me chercher. Mais je n'ai pas de famille. Ça, je le sais. J'en ai vu, des familles, dans les bandes dessinées qu'on m'a données en même temps que le lapin. Des parents comme les Wood, avec des enfants, une piscine et des chiens. Je n'aurais pas oublié. J'aurais reconnu. La seule chose que j'ai reconnue, ici, c'est les docteurs.

Dans le couloir, Mme Wood met le bout de ses doigts sur sa bouche, puis souffle dessus en me regardant. Je ne

L'évangile de Jimmy

sais pas ce que ça veut dire, mais ça a l'air gentil, et je lui réponds en faisant le même geste.

Un jour je m'appellerai Jimmy Wood, j'irai à l'école, je dirai bonjour papa, merci maman, et j'aurai une vraie vie comme dans la BD, même si on n'a pas de piscine.

Depuis quatorze ans, Irwin Glassner essayait de remplacer l'alcool par la religion. Mais, à la différence du Président qui, de source officielle, ne buvait plus une goutte, il remettait Dieu en question tous les soirs à six heures, et s'enivrait avec méthode trois fois par semaine. Aussi, malgré son rôle actif de conseiller scientifique durant la campagne, l'avait-on soigneusement écarté du premier cercle de la Maison-Blanche. Il n'était pas revenu à Washington depuis la passation de pouvoir, et avait reçu avec étonnement la convocation à un petit déjeuner de travail qualifié d'informel. Il s'était attendu à un tête-à-tête de réconciliation avec son ancien copain de beuverie, mais on venait de lui ouvrir la porte du Bureau ovale et une douzaine de personnes assises entouraient la cafetière en argent près de la cheminée.

– Entrez, Irwin.

Le ton était sec, le silence pesant, et il ne restait plus qu'une chaise. Irwin Glassner s'avança en saluant le Président. Personne ne s'était levé. Il ne connaissait que la moitié des visages : son collègue universitaire le biologiste Andrew McNeal, trois des Faucons figurant la garde rapprochée du

Président, un conseiller religieux et un ancien de la Maison, le scénariste Buddy Cupperman.

– Irwin Glassner, spécialiste du clonage, présenta George W. Bush d'une voix pressée. Donc ? enchaîna-t-il en se tournant vers le pasteur Hunley.

– Donc la position du Saint-Siège n'a pas changé, Monsieur le Président : officiellement le linge est qualifié d'*icône*, et non de *relique*.

– Mais pourtant la science l'a authentifié, non ?

– La science, oui..., confirma le pasteur Hunley avec une feinte désolation.

Télévangéliste vedette, Jonathan Hunley ajoutait à ses talents oratoires un physique de tennisman, une pensée simpliste accessible à tous, l'amitié de la famille régnante et une fortune estimée à quatre-vingts millions de dollars. Il dirigeait l'Eglise du Grand Retour, courant néo-messianique préparant les zappeurs à l'imminence du Jugement dernier.

– Au symposium de Rome, en 1993, appuya le Pr McNeal, la communauté scientifique internationale s'est prononcée en faveur de l'authenticité. Mais, tout au long de l'histoire, le Vatican a constamment pris ses distances avec le Saint Suaire...

– Le Linceul, rectifia George Bush avec agacement. Le Suaire, c'est juste le linge qu'on met sur la figure. Non ?

Le conseiller religieux acquiesça. Irwin Glassner regardait tour à tour les deux posters fixés sur un paravent, montrant le drap de lin où s'imprimait, grandeur nature, l'image du supplicié recto verso : à gauche la photo renforcée, à droite le négatif. Il se demandait ce qu'il faisait là. A sa connaissance, les Etats-Unis avaient prouvé dans

L'évangile de Jimmy

les années quatre-vingt que le Linceul de Turin était une peinture du Moyen Age, mais il avait suivi d'assez loin la contestation. Tombé fou amoureux d'une Française directrice de recherche à l'INRA, il avait passé huit ans avec elle en banlieue parisienne, à cloner des vaches. Pour lui, la manipulation du vivant était tellement plus passionnante que les études archéologiques sur un vieux linge sacré. L'idée lui vint que W, pour afficher la mission divine avec laquelle il confondait son mandat présidentiel, caressait le projet d'ajouter l'Image sainte aux étoiles sur le drapeau américain, et il retint un sourire.

– Que dois-je savoir sur le Linceul ?

La question du Président paraissait limpide, mais ses proches savaient la décrypter : il demandait qu'on lui donne la synthèse de ce qu'il était capable de comprendre, sans que ces explications ne fassent pour autant barrage à son instinct – la seule facette de son intelligence qui lui inspirait confiance.

Le Pr Andrew McNeal, directeur du département de biologie à l'université de Princeton, sauta sur ses petites jambes et s'approcha des deux posters, avec l'empressement convaincu d'un intermédiaire qui souhaite réussir une vente. C'était l'une des personnes au monde qui avait passé le plus de temps sur le Linceul. Chef de l'expertise scientifique du STURP[1], il s'était rendu à Turin en 1978 avec une équipe de quarante chercheurs et soixante-douze caisses de matériel.

– Nous sommes en présence d'un tissu de lin jauni, Monsieur le Président, de quatre mètres trente-six de long sur un mètre dix de large, représentant l'image d'un

---

1. Shroud of Turin Research Project.

homme flagellé et crucifié conformément aux récits des Evangiles. Agé d'une trentaine d'années, il était de type yéménite archaïque, mesurait un mètre quatre-vingt et pesait entre cent cinquante et cent soixante livres. A droite, sur le négatif de la photo prise en 1898 par Secondo Pia, vous voyez très nettement les traces de flagellation et les différentes plaies, en tous points conformes aux descriptions du Nouveau Testament – d'où le surnom de « Cinquième Evangile » donné au Linceul. Mais il serait plus juste de parler de « Premier Evangile », car c'est le seul qui soit, si je puis dire, contemporain des faits.

Le biologiste déplaça son doigt, suivant les contours de la silhouette aux mains croisées.

– L'image du corps imprimée dans les fibres est une sorte de roussissure, monochrome et superficielle : en fait il s'agit d'une déshydratation de la cellulose, d'origine inconnue, que nous avons pu définir comme le résultat d'une oxydation acide soudaine engendrant des chromophores alphadicarbonyles.

– Concrètement, dit le Président.

– La couleur jaune. Comme si un dégagement brutal et très bref de chaleur et de lumière, émanant du corps *après* sa disparition, puisque l'impression s'est faite *à plat*, avait brûlé la surface du tissu. Nous avons essayé en vain de reconstituer ce phénomène en laboratoire. L'image n'est pas reproductible ; on peut donc la tenir pour infalsifiable. J'ajoute qu'elle n'a pas vieilli, comme l'aurait fait une peinture, et que les trois incendies qu'a subis le drap ne l'ont pas altérée : ni le temps ni les agressions extérieures n'ont de prise sur elle. En résumé, je dirai que nous avons sous les yeux l'élément fondateur de la religion chrétienne, sa pièce à conviction essentielle et sa preuve scientifique.

– Heureux celui qui croit sans avoir vu, laissa tomber le pasteur Hunley, qui prêchait en direct à la télé deux heures et demie chaque dimanche.

Le Président regardait alternativement les deux hommes, rapide et saccadé, dans un mouvement d'oiseau. Il dit :

– Je ne vois pas en quoi la preuve scientifique de la résurrection du Christ peut diminuer le bonheur des croyants.

– Il faut parfois semer le doute pour récolter la foi, rappela le télévangéliste qui, en bon professionnel, savait ménager le suspense sur son plateau de culte entre les flashs publicitaires. L'Eglise se doit de rester prudente face aux miracles.

– Pas trop non plus, objecta le Président. Je sais bien que l'Apocalypse prédit la disparition de la foi en prélude au retour du Messie, mais de là à dissuader les croyants et se féliciter de la diminution des effectifs, il y a une marge dans laquelle il ne faut pas tomber. Ce n'est pas comme ça qu'on gouverne.

Il rendit d'un coup de menton la parole au Pr McNeal, qui se déplaça vers le second poster et fit observer que, sur l'image positive telle qu'elle apparaissait lors des ostensions, on pouvait constater que les traces de sang étaient rouge vif, d'une fraîcheur étonnante, alors qu'au fil des siècles la dégradation de l'hémoglobine aurait dû les rendre brunes.

– On est sûr que ce n'est pas de la peinture ? demanda Irwin Glassner qui, comprenant de moins en moins l'utilité de sa présence, avait à cœur de la justifier.

– Absolument. Nous avons effectué tous les tests possibles : microscope, rayons X, ultraviolets, infrarouges, fluorescence, réflectométrie, VP8 de la NASA : il n'y a pas le moindre pigment coloré dans les fibres. Et les différentes analyses confirment qu'il s'agit d'un sang de groupe AB.

Le biologiste se retourna vers un homme froid vêtu de gris, assis au bord d'une bergère, qui, la voix précise et lente, creusant le silence à chaque virgule, compléta ses conclusions : l'angle des coulées de sang traduisait les mouvements du corps lors de la respiration, les blessures post mortem se distinguaient des autres lésions et, contrairement à l'iconographie religieuse, les plaies révélaient que les clous ne transperçaient pas les paumes mais les poignets, sans quoi les mains se seraient déchirées sous le poids du corps. Quant au coup de lance, la pointe avait glissé sur la sixième côte avant de perforer le péricarde, empli de sérosité, et l'oreillette droite, gonflée de sang.

— D'où la phrase dans l'Evangile de Jean, souligna McNeal : « Il sortit du sang et de l'eau. »

— Et ce sang, puisque sang il y a, pourquoi on ne l'aurait pas ajouté au pinceau ?

Tout le monde se tourna vers Buddy Cupperman, dans un mélange de défiance et d'attention. Gros rouquin hirsute aux allures débraillées, c'était le seul ancien collaborateur de Clinton qui avait été maintenu dans ses fonctions.

— Impossible, lui répondit le biologiste. Il n'y a aucun tracé directionnel. L'empreinte sanguine est un décalque : on ne peut l'obtenir qu'en enveloppant dans un linge un cadavre de crucifié. Lequel cadavre s'est en outre détaché du drap sans le moindre arrachement du sang coagulé ni des fibrilles du lin. Il s'agit bien d'une IRSC : une impression-retrait-sans-contact, rigoureusement inexplicable sur

L'évangile de Jimmy

un plan scientifique. Preuve, sinon de la résurrection de Jésus, du moins de sa dématérialisation.

– Il n'empêche qu'en 1988, objecta Buddy Cupperman, trois laboratoires dont celui de l'université d'Arizona ont pratiqué la datation carbonique, et ont situé le tissage du lin entre 1260 et 1390.

Il y eut des raclements de gorge, un grincement de chaise et le son discret d'une tasse regagnant sa soucoupe. Sur le genou droit du Président, le stylo bouché tapotait nerveusement le bloc vierge. Ancien auteur à succès venu d'Hollywood dans les bagages de Ronald Reagan, le conseiller aux Affaires étrangères Buddy Cupperman avait survécu à quatre administrations successives. On lui devait plusieurs montages aussi controversés qu'efficaces, comme les ventes d'armes clandestines à l'Iran servant à libérer les otages américains tout en finançant la rébellion des Contras du Nicaragua, le réchauffement des relations avec la Corée du Sud via le soutien à la secte Moon, et la scénarisation de quelques « méchants » de service, dont Muammar Kadhafi et Saddam Hussein. Si le premier personnage n'avait pas tenu la distance, Cupperman était assez fier du deuxième, qui avait rendu bien des services. En cas de problèmes intérieurs, lorsque l'urgence d'une diversion s'imposait, il avait fait du tyran moustachu le héros récurrent de plusieurs épisodes à suspense, certains réalisés par Bush père et Clinton, avec des résultats partagés. Mais il était difficile de reprocher une idée à Cupperman : son boulot consistant à élaborer des situations, des intrigues et des rebondissements, il suggérait avec une imagination inépuisable tout et son contraire. A chaque fois, c'est le Président qui choisissait, et qui en payait ensuite les conséquences, généralement en sacrifiant sur l'autel de l'opinion publique un conseiller moins productif que Buddy Cupperman, dont seul le talent justifiait l'influence et la longévité.

Son passage dans le camp adverse avait tranquillisé les puissances financières qui gouvernaient le pays sous le couvert de l'alternance électorale : Cupperman à la Maison-Blanche, c'était l'assurance d'un certain suivi dans les relations internationales. Cela dit, si George Bush junior, qui détestait son laisser-aller de bon vivant agnostique, l'avait reconduit dans ses fonctions, c'était moins pour lui prendre des idées que pour éviter qu'il n'en donne encore aux démocrates.

— Pourquoi une datation au gaz carbonique ? s'enquit le maître du monde.

Un silence embarrassé nimba le tintement des petites cuillères.

— Le carbone 14, Monsieur le Président, rectifia délicatement Irwin Glassner, est un atome radioactif présent dans toute matière végétale ou animale, de manière infinitésimale et constante. A la mort de l'organisme, le C14 se désintègre petit à petit selon une loi mathématique immuable, et c'est en le pesant qu'on peut définir précisément l'âge de cet organisme.

Le Président toisa son ancien ami d'enfance, compagnon des années de doute qu'il revoyait toujours avec un mélange de gêne et d'émulation. Glassner, qu'il avait longtemps envié pour son aisance naturelle, sa manière de tenir l'alcool, sa culture et la médiocrité reposante de ses parents, était devenu une épave. Il y avait une justice.

— Pour vous, Irwin, c'est censé être fiable ?

— Le C14 a la réputation d'être infaillible, Monsieur.

— Il n'empêche, intervint Buddy Cupperman en sortant de sa poche des fiches graisseuses, que votre carbone a daté de 24000 avant J-C des coquilles d'escargots encore vivants, que les cinq mesures successives du site de Jarmo ont donné un écart de cinquante siècles, que la momie 1770 du Musée de Manchester accuse une différence de mille ans entre son squelette et ses bandelettes, et qu'un laboratoire de Tucson a récemment daté un cor viking de 2006 après J-C, projetant dans le futur un objet vieux d'un millénaire et demi... Vous m'excuserez, mais comme technique infaillible, je préfère encore le pendule.

Bush crispa les mâchoires et demanda pourquoi les Etats-Unis n'avaient pas appliqué au Linceul du Christ une méthode d'expertise plus probante.

— A un moment donné, Monsieur le Président, il était peut-être opportun pour nous de valider l'hypothèse d'un faux médiéval.

L'homme en gris avait parlé d'une voix ferme et calme. Devenu le point de mire, il ôta ses lunettes et les essuya.

— Et pourquoi ? s'insurgea le Président. Pour affaiblir la foi en Dieu et renforcer les ennemis de la religion ?

— Pour nous permettre de travailler tranquilles.

Partagé entre la gloire de Dieu et la préférence nationale, Bush marqua un temps d'arrêt. Puis il croisa le regard perplexe d'Irwin Glassner, et dit à l'homme en gris :

— Présentez-vous.

— Dr Philip Sandersen, hématologue et généticien. J'ai participé aux examens du STURP à Turin en 1978. Les analyses de mes prélèvements ont révélé la parfaite conservation du sang, due probablement à l'action inhibitrice de la myrrhe et de l'aloès imprégnant le tissu. La présence d'albumine atteste qu'il s'agit de sang humain, et celle de bilirubine confirme que le sujet a été longuement torturé.

Il s'exprimait avec des vagues dans les sourcils, une lenteur élégante et le ton modulé de ceux qui s'écoutent parler, conscients de leur impact.

– J'ai entrepris la recherche d'ADN, mais il me fallait davantage de sang. Sollicité par le cardinal Gardien du Linceul pour surveiller les prélèvements du 21 avril 1988, destinés à la carbodatation, j'en ai profité, une fois ceux-ci effectués, pour placer des rubans adhésifs sur les cinq plaies, là où la concentration sanguine est la plus forte.

Incrédule, Irwin Glassner écoutait son collègue avouer en toute bonne conscience, avec une lueur de fierté patriotique dans l'œil, qu'il avait, pour son usage personnel, pompé sans vergogne le sang du Christ sur l'icône la mieux gardée au monde. Légèrement penché en avant dans sa bergère en velours blanc, le Dr Sandersen présentait son forfait comme une contribution à la recherche scientifique américaine, et tout le monde avait l'air de trouver ça normal.

– Cette fois, les analyses ont dépassé mes espérances : l'ADN présent dans les globules blancs était subdivisé en trois cent vingt-trois bases seulement, preuve de sa très grande ancienneté – un ADN récent en comprend des millions. J'ai donc appliqué la PCR, réaction de polymérisation en chaîne destinée à amplifier et multiplier l'ADN non dégradé. Les résultats obtenus ensuite au moyen des séquenceurs – en fait le décryptage génétique du crucifié – m'ont amené à contacter le gouvernement, dès la première réussite de mes expériences. Je ne pouvais pas, avec mon seul laboratoire, assumer la responsabilité ni le coût des perspectives qui s'ouvraient devant moi.

L'onde de choc se répercuta dans le Bureau ovale. Chacun restait bouche bée, sauf les trois Faucons qui avaient déjà étudié le dossier avec le Président, et Buddy Cupperman qui, furieux d'avoir été tenu à l'écart de cette histoire par l'administration Clinton, griffonnait rageusement une fiche.

— Et malgré les preuves hématologiques que vous déteniez, s'indigna soudain le Pr McNeal, vous avez laissé nos collègues de l'université d'Arizona imputer l'empreinte du Christ à un faussaire du Moyen Age...

— En dissociant le Linceul de la personnalité historique de Jésus, nous avons conservé notre avance, expliqua Sandersen au Président qui restait tourné dans sa direction. Laisser croire que le sang du Christ était de la peinture médiévale n'incitait pas les Européens à y chercher de l'ADN...

— Mais qu'on arrête de parler du Christ ! s'écria le pasteur Hunley qui se sentait dépossédé. Vous avez analysé le sang d'un crucifié datant peut-être du Ier siècle, soit, mais rien ne prouve que c'était Jésus !

— Et qui voulez-vous que ce soit d'autre ? glapit McNeal. Historiquement, *aucun autre homme* n'a jamais été condamné à porter une couronne d'épines — en fait, un instrument de torture dont les pointes s'enfonçaient dans le crâne chaque fois qu'il redressait la tête sur la croix, on voit parfaitement le tracé des coulures ! Et les cheveux, regardez la longueur ! Les Nazaréens n'avaient pas le droit de les couper ! Les cent vingt traces de fouet attestées par les chirurgiens, les cinq plaies authentifiées, l'impression-retrait-sans-contact, les Evangiles, les historiens, qu'est-ce qu'il vous faut de plus ? J'en ai assez que les religieux cassent le travail des scientifiques !

— La foi, professeur, n'est pas une affaire de preuves.

— Eh bien gardez la foi, et laissez-nous les preuves !

Le prêcheur se tourna vers le Président, et ravala aussitôt sa demande d'arbitrage. Les commissures des lèvres abaissées, les doigts crispés sur son revers et le regard dans le vide, George W. Bush avait l'air de prêter serment. Ses collaborateurs connaissaient bien ces moments où il rentrait en lui-même, sans qu'on sache pour combien de temps ni pour quoi faire : alimenter la colère qui allait éclater ou s'efforcer de la contenir. Une pluie fine tombait sur les carreaux, derrière le bureau, et ils s'y intéressèrent en attendant que le patron revienne parmi eux.

— Que dois-je savoir sur le clonage ?

Irwin Glassner sursauta. La question du Président était pour lui. Cueilli à froid, il vit tous les visages s'orienter dans sa direction, se sentit rougir et croisa les bras pour dissimuler le tremblement de sa main droite. Après s'être éclairci la voix, il se lança dans un exposé sur l'énucléation des ovocytes au début de leur cycle de division.

— Concrètement.

— Vous prenez un ovule non fécondé, Monsieur le Président, vous éliminez son noyau par aspiration, et vous le remplacez par...

Il s'interrompit soudain.

— Oui ?

Le regard fixé sur les deux posters du Linceul de Turin, Irwin Glassner venait de faire le lien entre sa spécialité et la discussion en cours.

L'évangile de Jimmy

– Je le remplace par quoi ?

Avec effort, Irwin revint dans le regard présidentiel, et reprit en essayant de ralentir son cœur :

– Vous le remplacez par le noyau extrait d'une cellule de l'animal à cloner, après avoir affamé l'ovule afin de reprogrammer l'ADN de son nouveau noyau. Si tout se passe bien, vous initiez le développement d'un embryon, vous l'implantez dans une femelle porteuse, et il produira un être génétiquement semblable à celui dont provient la cellule d'origine.

Bush promena un regard inquisiteur sur les visages attentifs. Un maître d'hôtel lui apporta un téléphone sur un plateau. Il répondit trois mots à la Première Dame, raccrocha, enchaîna :

– Des dates.

– L'équipe de Briggs à Philadelphie a réussi à cloner des grenouilles au moyen de cellules embryonnaires, dès 1952. A partir de 1986, nous avons obtenu un veau, puis nous avons cessé de communiquer. Les Européens, eux, ont continué à gaver l'opinion publique avec leurs souris, leurs lapins et leurs porcs, jusqu'au point culminant de 1996 : la naissance de la brebis Dolly. Les Anglais affirmaient que, pour la première fois, on avait réussi à cloner un mammifère à partir de cellules somatiques adultes. Mais, en secret, nous l'avions déjà fait.

– Nous ?

– Les Etats-Unis, précisa Irwin. Certains de mes collègues, à partir des années quatre-vingt-dix...

– Sur l'être humain ?

– Sur certains organes, dans une optique d'utilisation thérapeutique. Mais avec un pourcentage d'échec avoisinant les 98 pour cent... Le but était d'obtenir des cellules totipotentes identiques à celles du donneur, et de les faire évoluer pour lui fournir d'éventuelles pièces de rechange : neurones en cas de maladie de Parkinson, cellules pancréatiques pour soigner le diabète, tissu cardiaque après un infarctus... Je précise que, personnellement, je n'ai travaillé que sur le clonage bovin.

Il s'efforça d'affronter l'image du barbu à cheveux longs sur l'épreuve négative, puis ajouta pour clore le chapitre :

— Je sais bien que la secte raélienne prétend être sur le point de faire naître le premier clone humain, mais je n'y crois pas.

— Vous n'y *croyez* pas ?

Glassner avala sa salive, gêné par le sourire condescendant qu'affichait l'homme en gris, et précisa en désignant les images du Linceul :

— En tout état de cause, concernant l'hypothèse de clonage à partir d'un ADN qui daterait de deux mille ans, c'est rigoureusement impossible.

— Ils l'ont fait, laissa tomber le Président.

Glassner crocha les doigts sur les montants de sa chaise. Le dossier vert circula jusqu'à lui. Il lut les rapports, compara les génotypes, les analyses, les bilans, les photos. La pendule de la cheminée sonna dans le silence feutré. Après quelques minutes, il releva la tête. Une sueur glacée trempait son cou, et les mots se refusaient. Il croisa le regard du pasteur qui, mordant ses lèvres, fixait le dossier vert avec des espoirs d'exclusivité. Buddy Cupperman, mâchoire pendante et bras ballants, avait laissé tomber ses fiches. Abîmé dans la contemplation du crucifié, le Pr McNeal pleurait.

L'évangile de Jimmy

Irwin rassembla ses esprits, remit en place le graphique qui avait glissé sur son genou.

— Je ne sais que dire, Monsieur. C'est... c'est impensable, pour moi, surtout dans l'impasse où se trouvaient nos recherches en 1994...

— En 1994, vous perdiez votre temps chez les Français à dédoubler des vaches, pendant que d'autres, sur le sol américain, jouaient aux apprentis sorciers avec le sang du Christ !

Le rictus des derniers mots avait projeté la voix jusqu'à l'extrémité nord du bureau, où l'épagneul endormi dressa une oreille. Chacun retenait son souffle. Irwin laissa passer quelques secondes de décompression, puis déclara doucement :

— Depuis 94, Monsieur le Président, je travaille sur la possibilité de cloner un mammouth, à partir d'un spécimen retrouvé congelé en Sibérie. Je maintiens qu'en l'état actuel de nos connaissances, il est impossible de transplanter le noyau d'une cellule fossile.

— Une cellule fossile ! C'est du sang du Christ que nous parlons, Irwin, pas d'un mammouth ! Le sang du Christ miraculeusement conservé, source de l'Alliance nouvelle et éternelle, qui a transmis jusqu'à nous le mystère de la Passion !

— C'est... c'est impensable, balbutia Irwin.

— Pensez ce que vous voulez, répondit le Dr Sandersen, mais sur quatre-vingt-quinze embryons, nous avons mené à terme une grossesse.

— Couché, Spot ! ordonna le Président.

L'épagneul s'assit en regardant sa laisse accrochée à une console.

L'évangile de Jimmy

— Un enfant mâle est né, poursuivit le généticien, de constitution robuste, ne présentant aucune des anomalies fréquentes chez les clones, aucune pathologie, aucun symptôme d'une quelconque dégénérescence...

— Vous avez pris un brevet ?

Sandersen considéra avec un silence indulgent la mine coincée du pasteur, qui avait proféré sa question sur un ton d'anathème. La réponse allait de soi : le détail du dépôt, avec les droits et protections afférents, figurait dans le dossier du Projet Oméga. La page-titre portait en exergue la phrase de l'Apocalypse attribuée à Jésus : « Je suis l'Alpha et l'Oméga, le commencement et la fin. »

Le Pr McNeal se leva et s'approcha des posters, lentement. Il avança une main tremblante vers l'image du Christ, posa la paume au centre du drap funéraire qui lui apparaissait désormais comme un tissu nourricier, une matrice.

— Et question personnalité, il est comment ? questionna Buddy Cupperman, contorsionné sur son fauteuil pour dévisager l'homme en gris.

— Son développement a été tout à fait normal, compte tenu du milieu médical isolé dans lequel il a grandi, sans contact avec d'autres enfants... Les pédopsychiatres l'ont jugé conforme aux critères de son âge. Aucun don particulier, aucune réaction bizarre qui auraient pu être liés à sa nature. Il jouait, il dessinait, apprenait le calcul et la lecture... On lui racontait des histoires...

— *Son* histoire ? s'enquit brusquement Cupperman en pointant le doigt.

— Non. Un minimum d'instruction religieuse, pour réactiver les cellules mémoire, c'est tout.

L'évangile de Jimmy

– Des résultats ?
– Rien de flagrant, si ce n'est, quand il avait quatre ans et sept mois, la disparition d'une blessure chez un prêtre qui lui lisait l'Evangile. Vous avez le témoignage en annexe, page 38.
– Il ne s'est pas révolté contre sa... captivité ? demanda le Pr McNeal du bout de la voix.
– Nous lui avons expliqué qu'il était un enfant abandonné, atteint d'une faiblesse immunitaire l'empêchant de quitter le Centre, afin d'éviter toute contamination avant qu'il ne soit guéri. Nous avons, si vous voulez, cultivé sa différence tout en justifiant son isolement, pour préparer le terrain... L'expérience consistait à voir si, alors qu'il ignorait tout de ses origines, quelque chose en lui se révélerait avec le temps.
– Et alors ?
Sandersen marqua un silence, soupira puis laissa tomber :
– Nous l'avons perdu.
Un frisson parcourut l'assistance. Seuls Bush et ses Faucons restaient de glace. Le poing de Cupperman s'abattit sur l'accoudoir.
– Perdu ? beugla-t-il avec une violence désespérée, comme si un virus informatique venait de lui effacer le scénario en cours. Il est mort ?
– Nous l'ignorons. Un incendie a détruit en partie le Centre de recherche, en octobre dernier.
– Juste au moment où Clinton allait céder la place, nota l'un des Faucons d'une voix atone.
Sans relever l'insinuation, le Dr Sandersen continua de répondre à Buddy Cupperman :

L'évangile de Jimmy

— Son corps n'a pas été retrouvé parmi les victimes. Nous avons transmis son signalement, sans donner son identité, bien sûr. Le projet étant classé confidentiel défense, l'enfant n'a pas d'existence administrative. Toutes les recherches ont été vaines.

— Il s'est dématérialisé ? suggéra Irwin Glassner.

Un froid terrible se répandit autour de lui. Il pensa que c'était tout de même un comble : avant même qu'une commission d'enquête scientifique n'ait vérifié le sérieux de cette histoire, la validité des analyses et le transfert du génome, le Président et ses conseillers gobaient la nouvelle, tenaient pour acquise la naissance d'un clone issu d'un linge ensanglanté, et c'est lui, Irwin Glassner, généticien diplômé de la meilleure université américaine, autorité mondiale en matière de reprogrammation cellulaire, qui heurtait les sensibilités face à un bricoleur d'ADN périmé dont les élucubrations devenaient paroles d'évangile.

— Bref, conclut Sandersen, la disparition du sujet nous a tous consternés. Mais, Dieu merci, j'ai encore suffisamment d'embryons conservés dans l'azote en lieu sûr pour que nous puissions renouveler l'expérience — si tel est votre souhait, bien entendu, Monsieur le Président. Si votre administration reconduit mes crédits, je peux vous garantir que les résultats ne seront qu'une question de temps : je détiens les brevets, je maîtrise la technique, et je suis au service de mon pays.

— Il faut le retrouver ! décida Cupperman en jaillissant brutalement de son fauteuil. 98 pour cent d'échecs : on n'a pas le temps d'attendre un deuxième miracle, enfin, soyons lucides !

Les yeux ronds, tétanisé par ce comportement, Bush

regardait le gros dépenaillé arpenter le sol, cloquant les tapis, manquant renverser les bouquets et les maquettes de navire avec ses gestes véhéments :

— Non mais c'est génial, vous ne vous rendez pas compte ! Un Jésus-Clone, un Christ de synthèse à notre botte, un Messie made in USA qui prêchera au monde entier la bonne parole, qui incarnera la *pax americana*, appuiera notre politique au Proche-Orient, réconciliera les Juifs et les Arabes au nom de son humanité garantie in vitro – puisque, bon Dieu, Jésus est reconnu par le Talmud et le Coran comme prophète ! C'est cette histoire de filiation divine qui fout tout en l'air – mais là on ne jouera que le côté prophète, le message d'amour issu des avancées de la science, la manipulation génétique qui poursuit l'œuvre du Créateur, l'homme qui égale Dieu, le Verbe qui se refait chair à partir du langage de l'ADN ! Et vous, Monsieur le Président, imaginez votre mandat ! Régent de l'Enfant Jésus, prix Nobel de la Paix, une popularité à faire péter la planète : les paraboles, la voix de l'espoir, le Saint-Esprit, l'indice d'écoute ! Ah, je le sens bien, là ! Je le sens vraiment ! Et ça sera un coup de fraîcheur génial pour les Etats-Unis... Fini de mettre en scène nos ennemis, de manœuvrer des méchants : enfin on va tirer les ficelles d'un héros sympathique !

— Assez de blasphèmes ! crie Bush en soulevant les fesses.

Cupperman s'arrête net, la mèche en bataille, rattrape la maquette du *Mayflower*, la repose sur la cheminée. Avec une bouffée de nostalgie pour l'ère Clinton, il se rassied en reboutonnant sa veste.

Les Faucons ont encouragé son exhortation par des hochements de tête, ravis de le voir se torpiller si facilement. Ils se consultent du regard pour savoir lequel d'entre eux va prendre la parole.

– Je vous écoute, leur dit Bush.

– Monsieur le Président, puisque nous sommes dans l'absurde, allons jusqu'au bout. Continuons à extrapoler sur le mode d'emploi d'une créature engendrée par un drap de lin, dont l'administration précédente ne sait ni où elle se trouve, ni même si elle est encore en vie.

Des sourires hésitants convergent vers le visage du maître, et s'effacent en le voyant demeurer de marbre.

– Je veux dire que tous dans cette pièce, Monsieur, nous sommes persuadés que vous serez élu dans quatre ans.

– Réélu, rectifie Bush, pincé.

– Mais vous ne pourrez pas briguer un troisième mandat. Or, en 2008, quel âge aura votre Jésus-Clone ? Quatorze ans ! Et entre-temps – à supposer que nous l'ayons retrouvé – nous l'aurions produit sur la scène internationale, nous lui aurions fait pacifier la Terre sainte en couche-culotte sur l'air de *Maman, j'ai changé l'eau en vin* ? Soyons sérieux, Monsieur. Il ne peut décemment pas jouer un rôle de Messie conforme aux Ecritures avant sa majorité. Nous n'allons pas élever en secret un petit Jésus pour qu'il profite à nos successeurs.

George W. promena lentement son visage autour de la pièce. Puis il reprit une brioche et se resservit du café. Les respirations se firent le plus discrètes possible, pour respecter la méditation dans laquelle il avait replongé. Mâchoires crispées, les yeux fixés sur un tisonnier de cuivre, il songeait aux dix-huit millions de conservateurs religieux qui avaient trahi son père en votant Clinton, pour le punir d'avoir été trop tendre avec les Palestiniens. Et il ressassait en écho sa propre victoire, plus humiliante qu'une défaite : il avait battu le démocrate Al Gore par trois cent mille voix de moins que lui, sur décision des juges de la Cour suprême qui, devant en partie leur carrière au clan Bush, avaient mis un terme aux opérations de recomptage en Floride. Tout était à reconquérir, toujours, et la fin des temps était proche. Il fallait que le monde soit en ordre pour le retour du Messie, que la Terre se prépare au Jugement dernier. Après tout, si le Christ avait conservé jusqu'à ce jour, au cœur de son Linceul, de l'ADN exploitable, c'était bien pour qu'on le clone. Mais c'était trop tôt. Les Ecritures étaient formelles : l'Antéchrist devait survenir *avant* l'apparition du nouveau Messie. A moins que Saddam Hussein ne soit cet Antéchrist. Evidemment, ça changeait tout... Mais rien ne ressemble davantage à la volonté divine que les tentations du diable : le fait que Bill Clinton soit lié au clonage christique suffisait à en dénaturer le résultat. Si l'enfant né du Linceul s'était soustrait à ses concepteurs, s'il avait disparu corps et âme, c'était un signe.

George Bush décroisa les jambes et se détendit. Son instinct lui avait parlé. Mieux valait mettre son bras au service de Dieu que de Lui reconnaître un fils illégitime.

– Merci, fit-il en quittant son siège.

Les autres se levèrent aussitôt. Il leur signifia que tout ce qui venait d'être dit relevait du secret défense niveau A, et qu'en sortant du Bureau ovale chacun devrait jurer par écrit le respect absolu du silence. Il informa le Dr Sandersen que tous ses crédits de recherche seraient gelés, ses archives saisies, ses embryons détruits, ses laboratoires placés sous scellés et le personnel soumis à l'obligation de réserve. Puis il démit de ses fonctions Buddy Cupperman, et chargea

Irwin Glassner de constituer une commission d'enquête indépendante sur les dangers du clonage humain, en vue de son interdiction totale et définitive au moyen d'une loi l'assimilant à un crime.

Quand la porte se referma derrière les sortants, il se tourna vers les trois Faucons qui avaient réintégré leur canapé.

– Bon, l'Irak, où en est-on ? J'ai promis au Congrès une décision rapide. On a un motif pour attaquer, ou pas ?

– Nous y travaillons, Monsieur le Président.

Mon corps n'existe plus sans elle. Je suis sorti avec des douzaines de femmes, et c'est mon premier chagrin d'amour. Je ne savais pas que ça ressemblait à ça. Cette nausée, ce dégoût de moi-même, ce trop-plein de vide. Ces images qui reviennent me tordre le ventre, ce bonheur perdu que toute la journée je tourne en moi comme un tire-bouchon qui ne remonte rien, une vis sans fin. Me faire mal avec notre histoire, c'est mon seul moyen d'être encore avec elle.

Elle ne m'a pas quitté à cause d'un autre, et c'est pire : elle m'a quitté pour être elle-même. Dit-elle. Ne plus subir mon influence. Quelle influence ? Je ne suis rien, moi. Un piscinier, un type des quartiers pauvres qui passe ses journées chez les riches pour contrôler leurs filtres et leur pH, et qui rentre le soir dans son studio de vingt mètres carrés avec la vue sur le mur d'en face et un grand lit pour oublier le reste. Un grand lit désert où je traque l'odeur d'Emma. Un lit que je n'ai pas changé depuis qu'elle est partie, et qui ne sent plus que mes clopes, le chlore et les frites du voisin.

Qu'est-ce que je vais faire de moi dans cette vie sans

elle ? A quoi bon se coucher, se lever, remplir la journée, attendre le soir ? Ce n'est pas qu'elle me manque : c'est moi qui ne réponds plus. Un absent dans un corps inutile. Un poids mort qui dérive. Largué, sans élan, sans repères. Elle m'a donné trop de bonheur, et je ne rentre plus dans ma vie.

Depuis qu'on s'est quittés, je n'ai plus rien à me dire, tout ce que je fais me tombe des mains, j'ai même perdu la fierté de mon métier : une passion, ça se partage. Si encore elle m'avait préparé, si elle m'avait fait sentir qu'on était provisoires... Mais jamais on ne s'était pris la tête avec notre histoire : j'avais mon travail, elle avait son mari, ses interviews, elle rencontrait toute la journée des types mieux que moi, et elle était libre. Je n'avais aucun droit sur elle, mais elle voulait de moi dans son corps de rêve et c'était la seule chose qui comptait. Je n'étais pas jaloux : j'étais heureux. Elle faisait l'amour comme une fête, un spectacle. Elle avait rempli mon studio de miroirs dans tous les sens, pour ne rien perdre de nous, et on jouissait toujours en même temps, concentrés sur nos reflets – parfois on faisait miroir à part, mais c'était tout ce qui nous séparait. Il me reste les miroirs.

Après l'amour, avec elle, c'était encore mieux qu'avant. Je n'avais jamais connu ça, et je crois que c'était la tendresse. La confiance, l'amitié qui reprenait le terrain après la tempête du sexe. Dès le premier soir, je lui avais tout dit de moi. Ce n'était pas grand-chose, ça m'avait pris cinq minutes, mais c'était l'intention qui comptait. Coucher ma vie contre elle, à son oreille, mêler des mots à son odeur, la joue sur sa nuque, la queue au repos contre ses fesses... Pour la première fois, j'avais raconté mon histoire, mon enfance à couteaux tirés entre mes deux frères, les « biologiques », qui m'avaient persécuté dès que leurs parents m'avaient adopté, parce qu'ils trouvaient que j'avais le type juif. Ça leur faisait honte devant leurs copains, mais, d'un autre côté, je leur servais de travaux pratiques. Ils m'emmenaient dans leurs réunions, ils me faisaient monter sur l'estrade et ils m'étudiaient. Ils essayaient des trucs, ils testaient du matériel pour comparer ma résistance à celle des gens normaux. Cigarette, clé à molette, batte de baseball, hamster dans le slip... Ils me disaient que j'étais la race élue, que j'étais sur terre pour souffrir et, dans un sens, j'étais fier du mal qu'ils me faisaient. Je ne connaissais rien aux religions, à part les contes de fées que je lisais à l'école. Un juif, pour moi, c'était un vilain petit canard qui se fait taper dessus parce qu'on ne sait pas qu'en réalité c'est un cygne, et un jour il sera dix fois plus fort que ces cons de canards qui se tailleront en demandant pardon. Mais le temps ne passait pas vite, je grandissais peu, et les canards gardaient le pouvoir. Ils m'avaient fait jurer de ne rien dire à papa des expériences qu'ils pratiquaient sur moi. J'avais juré, mais ce n'était pas la peine : le jour où il nous a surpris dans la grange, il est ressorti parce qu'il ne voulait pas d'histoires. Il m'avait donné une famille, c'est tout ce qu'il voyait. Tout ce qui le tenait debout. Mes frères le traitaient comme un esclave depuis qu'il avait perdu son boulot, qu'il était devenu une bouche inutile comme moi, et ma mère faisait des ménages. A dix-sept ans, je me suis barré pour que ça fasse une assiette en moins.

Le hasard m'a emmené, de camions en camions, du Mississippi au Connecticut. L'un des chauffeurs, un semi-remorque, livrait des coques monoblocs en polyester. Je lui ai dit que les piscines, c'était mon rêve d'enfance, même si je n'avais connu que le centre nautique de ma banlieue, une cuve glauque. Il m'a déposé avec sa cargaison chez Darnell Pool, dans la forêt de Greenwich. Le vieux Ben Darnell m'a engagé comme apprenti terrassier, et j'ai appris le métier sur le tas. Pendant dix ans, on a construit les plus belles piscines du comté, et puis un gamin s'est noyé dans un de nos bassins : la loi sur la protection de l'enfance s'est retournée contre le constructeur, et l'entreprise a fait faillite. A la mémoire du vieux Darnell, je continue d'assurer l'entretien pour les clients qui avaient souscrit son contrat de garantie-maintenance ; je conduis le dernier minivan qui porte encore son nom, et j'ai à cœur de prouver que ses piscines sont toujours les plus belles, les plus propres, les plus sûres. L'administrateur judiciaire me verse un salaire de misère qui paie tout juste mon loyer, et il surveille l'échéance des contrats de maintenance : à l'expiration du dernier, je serai chômeur. Je n'ai rien devant moi. Mes seules économies, je les envoyais à mes parents pour éviter que le propriétaire ne les mette à la rue. Maintenant ils sont morts, leurs fils sont en prison pour viol, et c'est moi qui ai dû aller vider la maison. Ça ne m'a presque rien fait de revenir en arrière, de déblayer des souvenirs que j'avais déjà effacés de ma tête. J'ai loué un garde-meuble, pour le jour où mes frères seront libérés, et je suis reparti le soir même en n'emportant qu'une chose : mon vieux Jimmy, le lapin en peluche qui m'avait donné son prénom, et que j'avais planqué sous mon pyjama en quittant l'hôpital.

Emma m'écoutait en serrant mes doigts sur son sein gauche. Ce n'était pas de la pitié, c'était professionnel. Elle était journaliste et, pour elle, tout ce qui arrive aux gens pouvait devenir un sujet. Même si elle travaillait pour un magazine de jardin, son rêve c'était ce qu'elle appelait « l'enquête d'investigation ». Elle voulait que je retrouve mes souvenirs d'avant six ans. J'avais beau me creuser pour lui faire plaisir, je ne ramenais que des blouses blanches, des fenêtres à barreaux et de l'herbe entourée de murs : l'espèce d'orphelinat où ma mémoire avait brûlé. Elle me demandait : « Ça fait quoi, d'être orphelin de naissance ? » Je répondais : « Pas grand-chose. » On ne souffre pas, quand on ne sait pas ce qu'on perd. Aujourd'hui je le sais. Orphelin de l'amour qu'elle ne veut plus me donner, je traîne ce vide jour après jour, cette douleur qui ne sert à rien et qui ne passe pas, ce mal que personne ne me prendra parce que c'est mon seul bien.

– Le 73 !

Je regarde mon bras qui saigne à travers le pansement. Ça fait une heure que j'attends au dispensaire, parmi les victimes d'agression et les vieux déshydratés. J'avais le numéro 72, mais c'est la troisième fois que je cède mon tour, échangeant mon ticket avec un plus grave que moi. Une morsure de chien, ça n'a rien de mortel, en plus c'est un chien de riche nourri à l'entrecôte, les dents brossées deux fois par jour. Et puis, dans cette salle d'attente, je peux me raconter que je suis ailleurs, à la Compagnie des eaux ou au Département hygiène et sécurité des piscines. J'ai horreur des hôpitaux. Je n'y ai pas remis les pieds depuis l'enfance, mais la peur des blouses blanches est restée intacte. Elle m'a peut-être empêché de tomber malade jusqu'à présent, soyons positif. Mais je préfère retarder le moment de l'examen, et rester sur mon siège boulonné à souffrir tranquille. A fermer les yeux, à retourner avec Emma dans nos trois ans de bonheur.

On s'était rencontrés pour son numéro d'été, le Spécial piscines. Elle faisait un reportage chez Madame Nespoulos à Greenwich, un samedi où je traitais à l'acide muriatique les algues rouges qui venaient d'apparaître sur le panier des skimmers. Le système de détection électronique aurait fait le travail à ma place, déclenchant chloration algicide, floculation et filtration continue pendant trente-six heures, mais Madame Nespoulos m'appelait au secours dès qu'une guêpe menaçait de se noyer. Plus qu'un piscinier, pour elle, j'étais une compagnie. Quatre-vingts ans, veuve d'un ambassadeur et douze mille problèmes de santé qu'elle gardait pour elle : on ne parlait que de l'état de sa piscine.

Je démontais le préfiltre lorsqu'elle s'est approchée de la margelle, pour me présenter la blonde explosive qui prenait des photos. Elle lui a déclaré que j'étais un génie des eaux, a insisté pour qu'elle m'interviewe, m'a demandé d'expliquer ce que j'étais en train de faire. J'ai dit que je démontais le préfiltre pour nettoyer le groupe électropompe. Madame Nespoulos s'est extasiée, comme si j'avais récité un poème, nous a proposé une vodka-orange et nous a dit : « Je vous laisse. » On a regardé sa silhouette de vieille petite fille en robe plissée remonter vers la maison, lentement, cachant sous un air flâneur ses douleurs d'arthrose. Puis on s'est installés dans les fauteuils Louis XV en velours gris, qu'elle utilisait comme mobilier de jardin.

Emma était vêtue d'un pantalon large et d'un chemisier collant, gris foncé, qui laissait voir entre les boutons un soutien-gorge gris clair. Elle avait le corps d'un poster de *Playboy* et un visage angoissé d'intellectuelle qui débute.

L'évangile de Jimmy

Le décolleté provocant devait être là pour essayer de la rassurer, et visiblement ça ne marchait pas très bien. Je lui ai précisé que j'étais timide, pour qu'on ait un point commun. Elle m'a interrogé sur les avantages comparés de l'électrolyse au sel et de l'ionisation argent-cuivre. Je n'en revenais pas qu'elle connaisse si bien mon sujet, et je crois qu'au début je suis tombé amoureux par fierté. Personnellement, j'ai dit que je recommandais un salage léger, pour que l'eau casse les molécules dans la cellule d'électrolyse en séparant le chlore du sodium : à la fin du travail antibactérien, la substance désinfectante redevient toute seule du sel, et le cycle recommence. Elle m'a demandé ce que je pensais de l'oxygène actif. Je répondais à ses seins pendant qu'elle notait mes conseils. Et puis il s'est mis à pleuvoir. Le gardien de la maison est venu nous chercher avec un parapluie, nous a conduits à l'intérieur.

On l'a suivi dans l'escalier de marbre, un peu étonnés. Il a ouvert une porte en nous disant : « C'est la chambre de Madame », et il a refermé en sortant, nous laissant seuls dans la pièce. On n'osait pas se regarder. On a risqué un œil en coin, et on a éclaté de rire. Cette complicité avant même qu'on se connaisse, ça m'a fait complètement craquer. C'était encore plus touchant que de l'entendre parler de mon métier avec des mots de spécialiste.

On s'est assis sur une banquette raide, en face du grand lit de vieille dame à baldaquin rouge et coussins brodés, barres métalliques antichutes, trapèze au bout d'une chaîne surplombant l'oreiller. Rouvrant son carnet, elle a demandé : « Alors ? » J'ai dit que l'oxygène actif c'était bien, mais que je préférais tout de même les polymères d'hexaméthylène, insensibles aux ultraviolets, à la fois désinfectants et adoucisseurs. Elle ne notait plus. Je cachais de moins en moins mes regards. Et quand j'arrêtais de la déshabiller des yeux, c'était pour fixer ce grand lit de veuve, ce king-size désaffecté qui nous appelait entre les accessoires d'hôpital, comme pour se refaire une jeunesse avec nos corps. Je la sentais qui pensait comme moi, dans l'odeur de camphre et de violette, moins troublée par notre proximité que par ce décor de vieillesse qui nous criait en silence de ne pas laisser passer l'imprévu, l'excitation, les petits cadeaux de la vie. Et pourtant je ne bougeais pas, elle non plus. Seuls nos genoux se touchaient. Je ne me rapprochais pas, je n'avançais pas la main, elle ne me tendait pas ses lèvres ; on le faisait dans notre tête et on le savait très bien. Il n'y avait ni gêne, ni jeu, ni rien des codes habituels de la drague : juste une vraie connivence, un partage brûlant, une urgence à vivre le moment présent en riposte aux misères de l'âge, à l'idée de la mort... On imaginait la vieille dame qui, en bas, fermerait les yeux en écoutant revivre son lit. On était émus à cette pensée, on se regardait, on avait envie à la fois de lui faire ce plaisir et de le garder pour nous. Depuis dix ans que j'entretenais sa piscine, Madame Nespoulos m'avait appris la cuisine grecque, les vins français, la littérature russe : elle me donnait chaque semaine une recette de plat, un vin à goûter, un livre à lire ; elle me demandait ensuite mon opinion et je me disais que, cette fois, elle m'offrait une femme pour se sentir moins seule.

J'ai posé ma main sur le poignet d'Emma. Elle a hoché la tête. Alors on s'est levés, sans bruit, un sourire entre les dents, on est allés chacun d'un côté du lit et on s'est mis à le défaire, à chambouler les coussins, froisser la courtepointe et les draps. A genoux sur le bord du matelas, elle s'est mise à rebondir en faisant couiner les ressorts, pendant que je heurtais le mur avec le haut du baldaquin. Puis elle a dénoué ses cheveux, et a piqué du nez dans l'oreiller pour y laisser son odeur.

Ensuite on a tout bien rangé, lissé les plis, remis les coussins dans un ordre différent, et on est redescendus à deux mètres de distance. « Vous vous êtes tout dit ? » a demandé Madame Nespoulos qui lisait au milieu de la véranda, sous le clapotement de la pluie. Emma a répondu oui, merci de votre accueil. On a couru jusqu'aux voitures, on a roulé deux ou trois miles vers la forêt, j'ai mis le clignotant pour m'arrêter dans une clairière, elle m'a rejoint et on a fait l'amour à l'arrière du minivan, parmi les bidons de fongicide, les chaussettes floculantes, les régulateurs de pH et les pompes de rechange. Ç'a été magique, violent, bouleversant, corrosif – à cheval sur moi, elle m'écrasait contre les sacs de chlore qui se déchiraient sous la pression. Elle avait une poitrine incroyable, c'était la première fois que je caressais des seins fermes et lourds sans prothèses, des seins bio. Tout était une première fois, d'ailleurs : les parfums d'amour mêlés aux odeurs des produits chimiques, les cris de plaisir dans le bourdonnement du robot nettoyeur qu'elle avait dû mettre en marche avec son pied, les tuyaux qui s'enroulaient autour de nous comme des tentacules de pieuvre, et les galets de chlore dans mon dos qui faisaient pschitt sous ma sueur ; plus j'approchais de l'orgasme et plus je devenais effervescent, avec le sentiment de fondre comme un cachet d'aspirine.

Sa première phrase d'*après*, ç'a été : « On va chez toi ? » J'ai hoché la tête. Il n'était pas question de se quitter : au diable ses interviews et mes clients. Elle avait toujours envie de moi, et j'avais déjà besoin d'elle. J'ai quand même précisé que chez moi, c'était petit. Elle a répondu que chez elle, il y avait son mari. Mais comme elle aurait dit : « C'est en désordre. »

– On appelle le 74 !

Je vérifie mon ticket. Plus qu'un et c'est à moi. J'ai envie de partir, brusquement. Pourquoi me faire désinfecter, vacciner ? Lorsque le doberman m'a sauté dessus, tout à l'heure, pendant que je remplaçais un filtre à sable, je me suis dit que c'était bien comme ça. Une belle mort, dans mon élément, la gorge ouverte à la surface d'un bassin de résine et quartz, avec mon système d'alerte floculation qui aurait éliminé mon sang au bout d'une demi-heure. Professionnel jusqu'au bout. Installation chère mais efficace : j'en donnais la preuve vivante à titre posthume. On a sifflé le chien trop tôt.

A quoi bon durer sans Emma ? J'ai été heureux, point final. Jamais je ne revivrai un amour aussi fort, aussi joyeux, aussi intense... Avec un tel acquis, si jamais il y a une vie après la mort, je n'ai pas besoin d'avenir : notre histoire me suffit pour passer l'éternité, même si elle a tourné court.

En trois ans, bien sûr, il m'était arrivé d'imaginer qu'elle me quitte, mais pas de cette manière. Son mari n'avait jamais été un obstacle entre nous, au contraire. C'était devenu un copain, sans que je l'aie rencontré. Elle m'en parlait tout le temps, mais elle avait tellement pitié de lui que je ne risquais rien : elle ne restait avec lui que pour l'empêcher de sombrer, alors j'étais d'accord. Il m'arrivait même de le défendre, quand elle n'en pouvait plus. C'était le genre intelligent qui en prend plein la gueule parce qu'il pense que les gens sont mieux qu'on ne dit – un peu comme moi, sauf qu'il avait eu une enfance heureuse : il était tombé de plus haut. Il était chômeur en architecture, elle travaillait pour deux. Un jour, il avait vu un OVNI, et depuis il s'était persuadé que l'humanité entière conspirait contre lui, à part Emma qui faisait semblant de le croire. C'est comme ça qu'il s'était laissé recruter par une secte. Une bande de malins qui le rackettaient dans l'intérêt de sa cause. Pour sensibiliser, ils disaient. Du style : les extraterrestres sont déjà parmi nous, incognito, Dieu a laissé tomber les hommes et le seul qui peut encore sauver le monde, c'est le diable. Ils lui avaient vendu des fioles et des grigris, lui avaient appris à invoquer les démons pour gagner ses appels d'offres. A la fin, Emma en avait eu marre des poupées trouées d'aiguilles et des queues de lézard séchées sous leur lit, elle l'avait viré et il était allé habiter dans sa secte.

C'est là que tout a basculé. En fait, c'est son divorce qui a détruit notre couple. Un dimanche, au Boat House, le restaurant de Central Park où elle m'emmenait bruncher quand il faisait beau, elle m'a expliqué en décortiquant ses gambas que notre histoire était devenue bancale : je m'équilibrais avec son mari, en tant qu'amant, mais là j'étais devenu davantage un poids qu'un contrepoids. Elle voulait refaire sa vie, fonder une famille, et surtout elle ne voulait plus que je lui manque ; ça l'empêchait de se concentrer sur son travail. Elle avait besoin de se retrouver, d'échapper à mon influence, à l'obsession du cul : elle voulait une relation calme, un homme neutre, une présence qui lui permette de bosser tranquille chez elle et de passer une bonne soirée ensuite devant la télé. Tout ce qu'elle ne pouvait pas imaginer avec moi, tellement il y avait de sexe entre nous et de solitude après. Bref, si je suivais son raisonnement, elle me quittait parce qu'elle était folle de moi.

Je lui ai proposé de l'épouser, de lui fonder sa famille, d'habiter avec elle pour lui préparer ses plateaux-télé ; elle a répondu non. « Tu as été un antidote formidable contre ma vie d'avant, Jimmy, mais l'antidote c'est aussi un poison ; ça peut même se transformer en poison violent si on change la dose. Tout dépend du moment. » Je ne comprenais rien. On s'était rendus heureux, c'est tout, sans se poser de questions, et maintenant ça devenait du poison. Je m'étais retourné le cerveau pour trouver une riposte, un argument ; j'avais fini par répondre que n'importe comment, je l'aimerais toujours. Elle avait souri tristement, en murmurant : « N'importe comment, oui... J'ai trente-cinq ans, Jimmy, je veux un môme, et ce n'est pas possible avec toi. » J'avais compris. Elle pensait à l'avenir de l'enfant. Un père, c'est un salaire.

J'ai dit bon, tu sais que je suis là si tu changes d'avis. J'ai réglé l'addition avec mon découvert, et je suis parti sous les arbres comme si de rien n'était, sans me retourner. Je me disais : je suis admirable. Je pensais que ça serait moins dur, comme rupture, plus gratifiant. Mais on se sent encore plus con, lorsqu'on est admirable.

Pendant trois semaines, j'ai attendu qu'elle me téléphone, qu'elle me dise : j'ai réfléchi, je t'aime, on s'en fout du poison et on recommence comme avant. Rien. Je brûlais d'envie de forcer sa porte, de braquer une banque pour gagner de quoi lui élever un enfant, mais je n'osais pas faire le premier pas, alors j'ai essayé de l'oublier. J'ai retourné les miroirs contre le mur, j'ai surfé sur des sites pornos : j'étais dix fois plus seul.

Un dimanche, entre les guerres et les matchs que je zappais au fond de mon lit, je suis tombé sur le show du pasteur Hunley. Il parlait d'un homme qui maudit sa femme parce qu'elle l'a quitté ; il se jure de ne plus la revoir, de ne jamais lui pardonner. Et puis il rencontre Jésus, qui lui dit : « Va la rechercher, alors tu connaîtras Dieu. » J'y suis allé. C'est un grand blond qui m'a ouvert. J'ai dit que c'était une erreur, et je suis reparti.

Depuis, j'essaie de m'intéresser aux autres filles. Pour l'instant, elles sont encore moches ou bêtes, ou les deux à la fois, mais ce n'est peut-être qu'une question de mois. Peut-être qu'un jour Emma sera du passé ; je me serai fait une raison. Mais je n'arrive pas à lui en vouloir. Plus j'essaie de lui donner tort, plus je me trouve nul, et mieux je la comprends.

– C'est à vous, monsieur !

Il n'y a plus que moi dans la salle. Je me lève et m'approche du guichet. Je dis bonjour à l'employée qui me demande ce que j'ai, derrière sa vitre pare-balles. Je montre mon bras qui saigne à travers le pansement. Elle appuie sur un bouton, et une lumière verte s'allume au-dessus de la deuxième porte à gauche. Je la remercie, passe le portique de sécurité et me retrouve dans un corridor qui me demande d'enlever mes chaussures en trois langues, puis de patienter jusqu'au signal sonore. Quand le bip retentit, la porte s'ouvre et j'entre dans une salle de consultation carrelée de jaune, avec un médecin qui fait la gueule derrière son badge. Il s'appelle Dr Br, mais la courroie de son masque isolant doit cacher le reste.

Il me dit de m'asseoir en face de lui, prend ma carte d'identité, l'introduit dans le lecteur. Au bout de cinq secondes, il relève les yeux de son écran avec un air soupçonneux, me signale que mon dossier médical est vide. Je lui demande si c'est grave, d'un ton blagueur qui tombe à plat.

— Vous n'avez jamais été malade ?

Il y a du reproche dans sa voix. Je dis non, ça va.

— Et les visites, les vaccinations, les contrôles ?

J'explique que mes parents adoptifs étaient pauvres, c'était dans le Sud profond, ils laissaient faire la nature, et l'école du coin c'était un peu n'importe quoi : je me suis instruit tout seul, et après je suis parti en vie active. Dans le doute, il ajuste le masque isolant sur son visage. Le grand progrès de la médecine, c'est que les médecins sont de mieux en mieux protégés contre les malades.

— Vous connaissez votre groupe sanguin ?

— Non.

— De toute manière j'établis votre carte génétique : c'est obligatoire. Et d'autant plus urgent dans votre cas.

— Mon cas ?

— Le dépistage de l'obésité.

Je lui réponds que je suis là pour une morsure de chien.

— Déshabillez-vous et montez sur la balance.

Je me relève en soupirant. Il accompagne mon strip-tease d'un regard critique, me rappelle que pour ma taille le poids est limité à deux cent trente livres, dans l'Etat de New York : au-delà c'est la cure obligatoire ou l'amende forfaitaire. Je réponds que je travaille dans le Connecticut. Il m'informe que c'est pire : deux cent dix. Je lui promets de commencer un régime. Il m'ordonne d'attendre les résultats : c'est peut-être une tendance héréditaire à l'obésité endogène.

– Non, c'est un chagrin d'amour. J'étais malheureux, alors je bouffais des conneries pour être moins seul. Mais là ça va mieux : je commence à regarder les autres femmes.

– Cent quatre-vingt-quinze livres, annonce-t-il en désignant le verdict de la balance qui s'est inscrit sur l'écran. Si la carte génétique confirme le danger d'obésité héréditaire, vous devrez intégrer une unité de traitement.

– Vous savez, quand je fais l'amour j'ai la ligne.

– On ne plaisante pas avec sa santé, monsieur. Ça peut vous mener devant les tribunaux.

Je me tais. Il me prélève un tube de sang, m'injecte en échange un vaccin contre le tétanos, prend mes coordonnées, promet de transmettre les résultats sous huitaine, et bonsoir.

Je me retrouve dans la salle d'accueil pour attendre ma facture, assis sur le même siège, aussi malheureux que tout à l'heure mais ça, au moins, j'ai le droit : le chagrin d'amour est encore légal, dans l'Etat de New York.

Reviens, Emma. Je ne suis plus l'antidote de rien, sans toi, et je m'empoisonne jour après jour. Reviens, mon amour, rends-moi ton corps, ton sourire, ton désir... Remarie-toi, fais tous les enfants que tu veux, profites-en, et puis sois déçue, regrette, ennuie-toi, pense à moi... Je t'attends. Dès demain, je commence mon régime. J'arrête les chips, la bière, les larmes. Je serai un homme neuf, le jour où tu reviendras.

– On l'a retrouvé !

La voix était rauque, étouffée, métallique. Irwin Glassner recula de trois pas, en isolant son oreillette des bruits d'applaudissements.

– Je vous entends mal. Pouvez-vous rappeler dans une heure ?

– Le Projet Oméga. On l'a retrouvé.

Glassner sentit un frisson glacé dans sa nuque. Il continua de reculer jusqu'à l'extrémité de l'estrade, lentement. Les autres conseillers s'écartaient, sourcillant, réprobateurs. Le Président achevait son discours à la presse pour l'Independance Day, et ceux qui l'avaient écrit se devaient de l'assumer, même si Bruce Nellcott en oubliait la moitié comme à son habitude, alambiquant, déformant et brodant pour alimenter son charisme.

Le conseiller scientifique descendit les trois marches du podium installé sur la pelouse, essayant de maîtriser les battements de son cœur, et s'éloigna vers les buffets de la garden-party où les plateaux de canapés allégés transpiraient sous la protection de cellophane.

– Vous êtes sûr ? Il est en vie ?

— Je ne vous dérangerais pas, sinon, reprit la voix sourde du Dr Sandersen. Il vient de passer un contrôle médical, ses données génétiques ont été reconnues par le programme Jonas. J'ai son identité, son adresse, son CV. Si cela intéresse vos employeurs, à présent, venez me voir.

Irwin s'appuya contre un chêne pour dominer le vertige. Philip Sandersen avait coupé la communication. Quel âge pouvait-il avoir, aujourd'hui ? Soixante-quinze, quatre-vingts ? Un accès de démence sénile était toujours envisageable, mais Irwin sentait au fond de lui une intuition écarter l'hypothèse. Un secret espoir, aussi. Depuis vingt-cinq ans, le petit déjeuner de travail autour du Linceul de Turin hantait sa mémoire. Ayant conservé une copie des archives détruites sur ordre de la Maison-Blanche, il avait durant des mois vérifié le séquençage, le protocole, les manips et les résultats de Sandersen : l'ADN présenté comme celui de l'enfant disparu était en tous points conforme au génome du crucifié, mais seule une prise de sang dans un laboratoire indépendant aurait pu confirmer que le sujet était bien un vrai clone.

En 2015, lorsque la carte génétique était devenue obligatoire pour tous les citoyens, le conseiller Glassner avait obtenu du FBI qu'un programme informatique, relié aux fichiers de la Santé publique, puisse détecter le génotype Oméga si jamais il apparaissait dans un dossier médical. Sans aucun résultat. L'administration démocrate qui avait ensuite accédé au pouvoir était censée poursuivre le programme Jonas, mais Glassner n'en avait plus trouvé trace, quand la victoire des républicains l'avait ramené à la Maison-Blanche. Il savait maintenant pourquoi.

Dès la prohibition décrétée par George W. Bush, le

L'évangile de Jimmy

Dr Sandersen s'était expatrié pour continuer ses activités dans le privé. Irwin lisait régulièrement ses publications scientifiques, et les rapports que lui consacrait la CIA. Sandersen avait gagné des millions en pratiquant à tour de bras la « transplantation nucléaire », comme on devait dire désormais pour éviter le terme « clonage » qui tombait sous le coup du crime contre l'humanité. Proposant sur catalogue aussi bien la duplication d'animaux domestiques que la reproduction d'organes humains à partir des cellules souches, médiatisé à l'extrême, Philip Sandersen avait néanmoins respecté le secret défense auquel Bush l'avait astreint, au point qu'Irwin s'était persuadé, avec le temps, que son impression première était la bonne : s'il y avait eu naissance, le clone issu du Linceul n'avait pas vécu, et l'incendie du Centre de recherche avait camouflé l'échec dans l'espoir d'une reconduction de crédits.

Tout était remis en question, à présent, et comme par hasard Sandersen revenait à la charge au moment même où le Président Nellcott promettait la fin de la prohibition, légalisant le clonage humain dans un souci de justice sociale, afin que son contrôle puisse être exercé par des instances officielles, ses perspectives s'ouvrir à tous les citoyens et ses profits entrer dans les caisses de l'Etat.

Irwin ferma les yeux, adossé au tronc, sentant la douleur envahir son crâne à chaque pulsation. Comme des milliers d'Américains, il avait développé une tumeur au cerveau par fuite d'albumine. Les nouveaux téléphones mobiles, gainés de mumétal antirayonnement, étaient supposés protéger la barrière hémato-encéphalique, mais le gouvernement continuait de maquiller les statistiques pour éviter la panique générale, sous prétexte que la peur jouait un rôle déterminant dans le déclenchement des cancers. S'estimant condamné à brève échéance, Irwin n'avait pas cru bon de renoncer à l'oreillette indispensable à ses fonctions, et prévoyait de mourir debout, connecté, inutile.

Son bilan de santé n'était pas celui qui l'affectait le plus. Ses quelque vingt ans de service au sommet de l'Etat, pour défendre et stimuler la recherche scientifique, n'avaient débouché sur rien. Proscrit par des lois internationales violées sans problèmes dans les cliniques off shore, le clonage reproductif humain n'avait tenu aucune de ses promesses. Après avoir manifesté la même hostilité de principe qui avait condamné autrefois la fécondation in vitro jusqu'à temps qu'elle réussisse, l'opinion publique s'était empressée d'oublier son veto moral pour s'enthousiasmer sur les premiers nourrissons du clonage. Mais l'immense émulation soulevée chez les généticiens avait rapidement tourné court : aucun enfant né par transplantation nucléaire n'avait jamais atteint l'âge de raison. Entamant sa vie avec un capital génétique déjà usé par les divisions successives et les mutations héritées de son donneur de noyau, la copie obtenue n'était en outre *jamais totalement conforme à l'original*, l'influence de l'ovocyte ayant été indûment négligée. On avait fini par découvrir que le noyau transféré, siège des chromosomes, n'avait pas le monopole des gènes utilisés lors de la constitution de l'embryon : l'ovule d'accueil, même énucléé, modifiait en effet, par l'ADN des mitochondries contenues dans son cytoplasme, l'anatomie du cerveau, le système nerveux et la personnalité du futur fœtus. Revanche imprévue du marquage maternel qu'on pensait avoir neutralisé, cette contamination incontournable ramenait les praticiens du clonage aux aléas de la reproduction sexuée, ironie lourde de conséquences lorsque la prestation est facturée plus de cent mille dollars.

Le doyen des clones, un Japonais caractériel et névropathe issu des gènes d'un maître zen, s'était éteint à l'âge de trois ans et demi, achevant de décourager les investisseurs pour qui la duplication narcissique était redevenue un rêve impossible. Cessant de dilapider leur fortune dans l'espoir illusoire de se réincarner de leur vivant, ils s'étaient alors tournés vers le clonage hippique, moins excitant intellectuellement mais beaucoup plus rentable. Ainsi la course au décalque génétique des grands cracks disparus, avec ses querelles d'écuries, avait-elle occulté dans le débat éthique la *vraie* question qui obsédait Irwin : l'incapacité de mener à terme la croissance d'un clone humain était-elle due à des erreurs techniques – fautes de programmation, mauvais ciblages, réveil de gènes inactifs – ou à un problème *de fond* ? L'Eglise, qui avait promulgué en 1869 le dogme sur la présence de l'âme sitôt la formation de l'embryon, condamnait le clonage mais ne donnait pas de raisons théologiques autres que celles qui lui servaient à interdire l'avortement. Dès lors, si le clone de Jésus de Nazareth était encore en vie, au mépris des malformations et dégénérescences qui décimaient ses congénères, s'il avait dépassé la trentaine ainsi que le prétendait Sandersen, comment fallait-il l'interpréter ?

En tout état de cause, au-delà des discussions religieuses, il s'agissait probablement du seul clone humain *adulte* sur la planète : on ne pouvait pas laisser entre les mains de son concepteur ce prototype unique et négociable à merci.

Irwin rouvrit les yeux, regarda le Président qui continuait de souligner avec fierté, mèche au vent et sourire en batterie, les résultats de sa politique intérieure : baisse de la criminalité infantile suite à l'interdiction des jeux virtuels aux moins de quinze ans, effets dissuasifs certains de l'augmentation des peines de prison en cas de tentative de suicide, et diminution sensible du nombre de cancers depuis la campagne d'incitation à refumer, les médecins ayant prouvé que la carence en vitamine C provoquée par le tabac enrayait le développement des métastases.

Irwin haussa les épaules. La diminution des crimes à l'école s'expliquait par la dénatalité. Quant aux suicides, si les arrestations étaient moins nombreuses, c'est que les désespérés ne se rataient plus. Et les nouvelles cigarettes bio avec leur papier soja, dénicotinées, garanties sans goudrons ni agents de texture, ne prouvaient que la victoire d'un lobby, le pourcentage annuel de cancéreux baissant du fait qu'ils mouraient de plus en plus vite. La faillite du système médical et l'impuissance croissante des chercheurs face aux nouvelles pathologies constituaient, aux yeux d'Irwin Glassner, son bilan après deux décennies de tentatives infructueuses pour sensibiliser les politiques. Ils avaient beau connaître les causes, ils ne faisaient que lutter contre les évidences. Si la dernière paix mondiale avait été gagnée par les virus, c'est que le terrain était miné de toutes parts : effet de serre, champs électromagnétiques, OGM, protéines de synthèse, édulcorants – toutes ces nouvelles molécules et ces agressions neurobiologiques qui avaient bouleversé le métabolisme de l'espèce humaine en moins d'un siècle. Et la seule réponse qu'avaient donnée les différents gouvernements aux mesures qu'Irwin suggérait pour enrayer la catastrophe, c'est qu'*on ne pouvait pas revenir en arrière*. L'homme s'adapterait ; c'était la loi de l'évolution. Ou il disparaîtrait, ripostait Irwin : c'était le décret d'application de la même loi.

Dans tous les conseils et commissions où l'on avait sollicité son opinion d'expert à titre indicatif, il avait démontré que les fours à micro-ondes et les fréquences des téléphones mobiles provoquaient à la longue des cassures d'ADN sur les deux filaments hélicoïdaux, entraînant des modifications de code, des états mutagènes, des programmations de cancers, et que l'unique prévention était la mise au point d'un médicament à base d'antioxydant comme la mélatonine. Mais les laboratoires pharmaceutiques, paralysés par leurs services juridiques chargés de la protection contre les consommateurs, employaient désormais davantage d'avocats que de chercheurs, ces irresponsables dont les innovations pouvaient déclencher des milliers de procès pour défaut de guérison ou effets secondaires.

Moralité, la science qui aurait dû triompher de la religion s'était fait étouffer par la loi, quand elle ne se laissait pas détourner à des fins mercantiles, et c'est la religion qui avait repris le pouvoir, sous forme de sectes alliées aux maffias régnant sur la politique et l'économie mondiales. Dans ce paysage, la recherche scientifique était devenue pour les étudiants une option suicidaire, au mieux un travail d'historien, et Irwin Glassner attendait la mort sans regrets excessifs, du moins sans arguments de nature à justifier un délai de réflexion.

Imperturbable, le Président Nellcott continuait de triompher au micro : non seulement les chiffres de l'obésité avaient fondu, priorité nationale, mais, grâce à l'obligation d'un suivi psychiatrique, le nombre d'Américains affirmant avoir été enlevés par des extraterrestres était passé de trois millions à deux millions quatre, le meilleur résultat en quinze ans. Depuis que la norme définie par les Etats-Unis avait été adoptée au niveau mondial, l'effet de serre était contenu dans un taux acceptable pour l'environnement ; la légalisation du clonage humain sous contrôle fédéral, en stimulant le travail des généticiens, permettrait un jour de compenser la dénatalité due à la baisse de fertilité masculine, et les indicateurs confirmaient un prochain retour à la croissance : tous les espoirs étaient donc autorisés pour l'avenir, et le buffet était ouvert.

Les bras au ciel, le Président salua sous les applaudissements nourris qui couvraient soigneusement les questions de deux ou trois journalistes démocrates sur la politique étrangère. Il sauta de l'estrade, présenta ses hommages à une ex-Première Dame, serra quelques mains, tapa des omoplates et croisa le regard de son conseiller scientifique. Alerté par son expression, il se faufila vers lui, tout en demandant aux photographes des nouvelles de leur famille. Sur les cinq Présidents qu'avait servis Glassner, celui-ci était loin d'être le pire : il ne connaissait rien mais s'intéressait à tout, s'entourait plutôt bien et, dans un pays asphyxié par la dépression nerveuse, la morale sectaire et le cynisme affairiste, il respirait la santé et voulait sincèrement partager avec ses compatriotes l'oxygène des sommets. C'était un homme heureux, avec tout l'agacement que cela implique chez le commun des mortels. Cependant sa victoire n'avait pas surpris les observateurs : après une femme démocrate, il était normal que les Américains élisent un républicain gay.

– Un problème, Irwin ?

L'évangile de Jimmy

— Je viens de recevoir un appel, Monsieur. Je ne sais pas encore s'il convient de le prendre au sérieux, mais...

Nellcott tourna un regard affolé vers le cordon sanitaire des gardes à mitraillettes censés protéger le buffet contre les tentatives d'empoisonnement. Pour conserver son attention, Irwin ne le rassura pas tout de suite, et le service d'ordre les isola des journalistes par une manœuvre concentrique. Réservées aux quartiers pauvres, les explosions de kamikazes laissaient la place aux attentats chimiques dans les zones sécurisées, et une administration incapable de nourrir la presse sans l'intoxiquer compromettait grandement ses chances de réélection.

— Vous rappelez-vous le Projet Oméga, Monsieur ?

— Terrorisme ?

— Biogénétique.

— Ça concerne le buffet ?

— Non, mais c'est une urgence. Pourriez-vous m'accorder quelques minutes après la réception ?

— Voyez avec Antonio.

Glassner se tourna vers le Premier Homme, un avocat fiscaliste passionné d'échecs, brillant cerveau qui avait propulsé son époux au sommet de la nation et qui, régnant sur les coulisses de la Maison-Blanche, tenait le pays d'une main de fer pendant que le chef d'Etat maniait son gant de velours.

Une heure plus tard, le Président recevait dans ses appartements privés son conseiller scientifique, tout en se changeant pour partir en week-end à Camp David. Briefé par Antonio, il masquait à grand-peine l'excitation de gamin

L'évangile de Jimmy

que son conseiller médias le dissuadait d'arborer dans les situations de crise. Héros de l'Amérique aux Jeux olympiques de Pékin, médaille d'or en triple saut, Bruce Nellcott passait injustement pour un crétin à cause de son physique avantageux, mais il en jouait avec finesse et manipulait à leur insu tous ceux qui pensaient le tenir sous influence. En prenant sa retraite à vingt-cinq ans, il avait eu le choix entre le cinéma, la publicité ou la création d'une ligne de sportswear. Antonio avait préféré la politique, et l'avait fait élire sans trop de mal gouverneur du Kentucky. Ensuite, grâce aux inculpations qui décimaient le camp républicain, la course à l'investiture n'avait été qu'une formalité, mais Nellcott n'entretenait aucune illusion sur les raisons de sa victoire. Fidèle au slogan « L'Amérique qui gagne », sa campagne avait matraqué son palmarès bien davantage que son programme.

Depuis, face à la récession, il avait su conserver une popularité relative en tâchant de ménager la Chambre des représentants où il était minoritaire, sans mécontenter le Sénat qui le soutenait du bout des lèvres. Lucide sur ses moyens comme sur ses ambitions, il avait entrepris de forger une Amérique à son image, svelte et jeune, boute-en-train et généreuse. Le désastre que cette politique de boy-scout avait entraîné à l'extérieur lui faisait constamment rechercher un enjeu, un symbole fort derrière lequel abriter sa fibre humanitaire sans passer pour un dégonflé auprès de ses forces armées, de ses alliés comme de ses adversaires. Catholique fervent, le retour du Messie aurait évidemment constitué pour lui un très bon fer de lance. Mais Nellcott s'efforçait de rester circonspect.

— Je n'ai jamais cru à cette histoire de Jésus cloné sous

L'évangile de Jimmy

Clinton, fit-il en dénouant sa cravate. Pour moi, c'était du même tonneau que l'assassinat de Kennedy ordonné par Johnson, l'implant extraterrestre dans le cerveau de Gerald Ford, le scénariste de Reagan dirigeant la guerre froide, le commando de médiums détruisant mentalement les missiles coréens, le virus de la grippe aviaire introduit en Chine par la CIA, ou les soirées sado-maso à la Maison-Blanche... Toutes ces fadaises glissées dans les archives pour discréditer mes prédécesseurs.

— Je pensais comme vous, Monsieur, concernant le Projet Oméga. Mais le Dr Sandersen est hélas une sommité dans sa partie, et s'il affirme être en mesure de prouver l'origine, l'identité, la bonne santé d'un clone de plus de trente ans issu d'un sang bimillénaire, nous nous devons de vérifier ses dires...

— Et d'éviter qu'il n'exploite un tel mythe à des fins personnelles, acheva Nellcott en déboutonnant sa chemise. Mais je ne comprends pas d'où vient le sang en question : le Suaire est une peinture de Léonard de Vinci, non ?

Irwin poussa un soupir. Depuis l'arrêt des examens scientifiques décidé par le Vatican, officiellement pour protéger l'icône contre les contaminations bactériennes et les risques d'incendie, la version en vogue dans les médias était celle d'un autoportrait de Léonard. Une poignée de chercheurs discrédités avaient ressorti en pure perte leurs analyses et datations : dans la flambée antireligieuse née du combat des musulmanes qui avaient renversé peu à peu les dictatures islamistes, le monde ne voulait plus entendre parler de merveilleux, de miracles, de superstition, de fanatismes en puissance. Et quand les sectes avaient repris le pouvoir, grâce à la corruption et aux guerres maffieuses qui avaient fleuri sur la tombe des mollahs, toute la communauté scientifique internationale s'était dressée dans un dernier élan d'espoir illusoire contre la renaissance des cultes et le retour de l'idolâtrie.

Seul le biologiste Andrew McNeal, retraité de l'université de Princeton, continuait dans l'indifférence générale à sillonner la Terre pour diffuser les dernières nouvelles du Linceul : datation par les pollens de *cistus creticus, gundelia tournefortii* et *zygophyllum dumosum,* trois variétés de plantes ne poussant que dans la région de Jérusalem ; analyses suggérant que l'image était due à une réaction thermonucléaire ; mise au jour de textes occultés par l'Eglise retraçant l'historique du linge, sa conservation par les apôtres, la manière dont ils l'avaient transféré à Edesse, plié en quatre pour ne laisser voir qu'un visage imprimé – afin de contourner l'interdiction juive de vénérer une étoffe devenue impure après son contact avec un mort –, son séjour à Constantinople et Athènes sous le nom de *Mandylion,* et sa réapparition en France à Lirey dans le butin de la quatrième croisade. Mais le plus extraordinaire était l'expérience menée à l'Institut d'optique d'Orsay, où le Pr Marion avait mis en évidence par traitement numérique, *sous* l'image de Jésus, des inscriptions grecques et latines signifiant « Nazaréen », « Je me sacrifie », « Tu iras à la mort », lettres formées par la roussissure des fibres au moment du « flash » thermonucléaire.

Quand McNeal, ployant sous le poids des arguments, parlait d'un complot du Vatican pour censurer les preuves de la Résurrection, on mettait ses propos sur le compte du gâtisme. Lorsqu'il ironisait dans ses conférences sur l'hypothèse à la mode, cet autoportrait qu'aurait composé Léonard de Vinci par des méthodes secrètes de projection photographique, inventées avec quatre siècles d'avance et disparues avec lui, on haussait les épaules : le génie toscan avait bien inventé la mitrailleuse. Et le fait que Léonard soit né cent ans après les premières études détaillées, authentifiées de l'image du Linceul, dans des documents consultables par chacun, ne déclenchait que des sourires indulgents : on sait bien qu'on fait dire ce qu'on veut aux textes.

La disparition de la relique avait achevé d'éteindre la polémique à laquelle personne ne se donnait plus la peine de répondre. Si l'Eglise n'autorisait plus les ostensions ni les expertises, disait-on, c'est qu'elle avait peur de la vérité. Un cardinal avait d'ailleurs déclaré, après le dernier incendie : « Quel dommage que ce drap n'ait pas brûlé ; cela aurait mis un terme aux querelles. » Escamoté dans un container blindé rempli de gaz inerte, le faux supposé était à l'abri désormais de tous les dangers extérieurs, sauf l'oubli. Personne n'avait pris au sérieux les cris d'alerte poussés par McNeal, affirmant que le stockage du Linceul dans une atmosphère dépourvue d'oxygène, censée réduire les risques de combustion, entraînait la prolifération de bactéries vertes et pourpres qui risquaient de le digérer petit à petit. La pétition lancée sur Internet pour le sauver de cette autodestruction à huis clos n'avait recueilli que neuf cents signatures. McNeal en était mort, et Irwin, qui avait si souvent douté, ne savait plus que penser depuis qu'il s'était remis à croire.

– Je vous ai posé une question.

Glassner revint au présent, le crâne dans un étau. Le

Président était vêtu maintenant d'un polo vert et d'un blouson en daim.

— Non, l'image n'est pas de Léonard de Vinci, Monsieur.

— Si vous le dites. Et le sang attribué au Christ, vous l'avez analysé personnellement ?

Irwin, qui se refusait à convaincre avant d'avoir acquis une certitude, éluda la question :

— L'urgence est de vérifier la réalité du clonage, Monsieur le Président, et d'essayer de savoir *comment* le sujet a pu dépasser l'âge de trois ans, record de survie jusqu'à présent. L'interrogation sur l'origine de son ADN, avec votre permission, nous verrons cela plus tard.

Bruce Nellcott se planta devant lui et posa les mains sur ses épaules, le visage grave, les traits tendus, l'œil bas, comme sur les images d'archives qui le montraient en pleine concentration avant un triple saut.

— Irwin, vous connaissez les vrais chiffres de la dénatalité. Je ne sais pas si ce sont les hamburgers d'OGM ou les ondes téléphoniques, mais le sperme américain est une catastrophe.

— Ce n'est pas mieux ailleurs, Monsieur.

— Je sais : les importations ne suffisent plus.

Le regard dans le vide, le Président observa un silence douloureux. Lui-même avait voulu donner l'exemple en essayant, depuis trois ans, de procréer in vitro avec une volontaire de l'armée. Antonio en faisait autant, de son côté. Leurs gamètes congelés n'ayant pas encore réussi une insémination, ils restaient représentatifs de la situation d'échec rencontrée par soixante pour cent des couples américains, et seraient probablement battus à la prochaine élection en tant que tels.

— Quand je pense que tous les experts nous ont préparés depuis cinquante ans aux ravages de la surpopulation, à moins d'un conflit nucléaire qui n'a même pas eu lieu... A moyen terme, sans le clonage, nous courons à l'extinction, oui ou non ?

— J'estime que le clonage ne sera jamais une solution d'avenir, Monsieur, sans quoi l'évolution n'aurait pas opté pour la reproduction sexuée.

— Je vous donne carte blanche pour négocier avec Sandersen. J'ai vu des reportages sur lui : il n'en parle pas, mais je suis certain qu'il a trouvé la solution miracle pour augmenter l'espérance de vie des clones. S'il veut nous vendre Jésus, c'est un produit d'appel.

Il remonta la fermeture Eclair de son blouson, vérifia dans la glace le sourire cynique que lui faisait travailler son conseiller médias, puis redevint lui-même, anxieux, vulnérable, optimiste. Quêtant un écho, la voix vibrante, il lança par-dessus son reflet :

— Je suis d'origine irlandaise, Irwin, je n'aime pas qu'on plaisante avec le Christ, mais, franchement, si Dieu s'est laissé cloner sur le sol américain, ça signifie quelque chose, non ?

Irwin s'abstint de répondre qu'à ses yeux de méthodiste ballotté entre les dogmes et la science, Jésus de Nazareth n'était pas *forcément* d'essence divine, pas plus qu'un clone n'est la copie obligée de son donneur de noyau.

— Emmenez Clayborne avec vous, pour les questions juridiques.

Il hocha la tête, souhaita bon week-end au Président, et regagna le placard jaune dans lequel les républicains l'entreposaient pour conserver les voix de la communauté scientifique, depuis son prix Nobel 2002 portant sur la reprogrammation du noyau somatique. C'était toute l'histoire de sa vie, ça : avoir été couronné pour les recherches qu'il était en train d'interdire à ses pairs, en tant que rapporteur de la commission anticlonage instaurée par George W. Bush.

Irwin s'allongea sur le vieux chesterfield défoncé datant de Buddy Cupperman, puis téléphona au Memorial Hospital. Il joignit son chirurgien et lui dit que, pour raison d'Etat, il était contraint d'ajourner l'opération prévue la semaine suivante. Sa tumeur attendrait.

Le ciel était voilé au-dessus de l'Atlantique, le vent fort et la pluie intermittente. Le ronron feutré de l'hélicoptère ballottait l'esprit d'Irwin dans une rêverie morne, entrecoupée d'élans d'enthousiasme qui retombaient en scrupules. A ses côtés, le juge Clayborne lisait la jurisprudence concernant les droits du cloneur sur les êtres qu'il avait mis au monde. Ancien avocat célèbre pour les centaines de faillites par dommages et intérêts qu'il avait causées dans les milieux du tabac, de l'alcool et des fast-foods, il s'était fait nommer juge à la Cour suprême pour échapper aux poursuites fiscales, grâce aux relations de son collaborateur Antonio Valdez qui, devenu Premier Homme, l'avait ensuite imposé comme conseiller spécial à la Maison-Blanche. Sous son physique de golfeur débonnaire, Wallace Clayborne était un vautour à l'envergure surestimée : une digestion lente rendait ses journées courtes, mais une excellente équipe de juristes planchait sur ses dossiers, il ne reculait devant rien et ne lâchait jamais prise. Le genre de personnage qu'Irwin exécrait. A peine embarqué dans l'hélicoptère, Clayborne, en guise de question sur son état de santé, lui avait demandé s'il s'était bien préparé à l'opération – c'est-à-dire suffisamment couvert sur le plan juridique pour faire condamner son chirurgien en cas d'échec. Comme il n'avait pas répondu, l'autre lui avait glissé avec un petit clin d'œil que, le cas échéant, il indiquerait la procédure à son ayant droit.

Tandis que le juge plongeait dans ses dossiers, Irwin avait ruminé le malaise que lui donnait toujours l'évocation de sa vie privée. La dernière fois qu'il avait vu son fils, c'était à Paris, trois ans plus tôt, quand il avait accompagné le Pr McNeal au symposium du CIELT [1]. Dans la salle de conférences vieillotte à l'assistance clairsemée, il était le seul délégué d'un gouvernement. Le Vatican s'était fait excuser par un télégramme recommandant aux participants la sérénité dans la paix du Christ, et les quelques scientifiques venus présenter leurs travaux avaient été évacués dès le discours d'ouverture par une alerte à la bombe.

Tout le monde s'était retrouvé dans le café d'en face. Irwin avait échangé quelques mots avec des types aux allures d'observateurs de l'ONU, qui arboraient des badges de couleurs différentes : « Voile de Manoppello », « Tunique d'Argenteuil », « Coiffe de Cahors », « Suaire d'Oviedo ». C'étaient les représentants des autres linges ayant enveloppé le corps de Jésus, qui se coudoyaient dans une ambiance de méfiance, rancune et jalousie, chacun estimant son étoffe plus importante, plus riche d'enseignement et moins considérée que celle des autres.

---

1. Centre international d'études sur le Linceul de Turin.

L'évangile de Jimmy

Ce qui fascinait Irwin, c'est que chaque dépositaire d'une des pièces formant le grand puzzle de la Passion, dispersées au gré des pillages et retrouvées par miracle, brandissait des preuves historiques comparables, des certificats de datation convergents, des traces de plaies complémentaires, des analyses de sang du même groupe AB, mais contestait d'un ton péremptoire l'authenticité des tissus concurrents. La seule unanimité qui s'élevait entre les quatre agités du textile était pour réclamer, à grands cris, un container de gaz inerte blindé similaire à celui qui renfermait le Linceul de Turin, pour protéger leur propre trésor et le soustraire à l'adoration des foules. Le ton montait entre les demis de bière, à cause de la subvention pour traitement antimoisissures allouée par Rome au seul Voile de Manoppello, un mouchoir transparent imprégné d'une vague trace de visage colorié, d'après ses détracteurs. Vociférants, chauvins, hystériques, les délégués se comportaient comme des supporters d'équipes adverses qui s'affrontent au nom de l'amour du football. Il avait rapidement laissé à leurs querelles de chiffons ces passionnés sectaires, pour aller déjeuner avec son fils.

Leur précédente rencontre remontait à six mois, le jour où Irwin avait assisté, au dernier rang, à la crémation de la personne qu'il avait le plus aimée au monde. Le sculpteur parisien qu'elle avait jadis quitté pour lui pleurait à ses côtés, et c'était beau de sentir combien cette femme invivable et sublime avait été aimée au-delà de ses divorces. A la sortie, les deux veufs honoraires étaient allés saluer le dernier en date, le tenant du titre, un mathématicien aussi bouleversé qu'ils l'étaient. Richard Glassner avait embrassé son père du bout des larmes, avant d'emboîter le pas à son beau-père, ajournant tout espoir de réconciliation.

Irwin n'avait jamais compris pourquoi, dès la naissance, les choses s'étaient si mal passées. Pourquoi cet enfant avait tout compromis, dépassionné, anesthésié dans son couple, après six ans d'une passion volcanique et sans nuages. En fait il n'avait jamais été qu'un amoureux : le rôle de père ne lui convenait pas, il n'en avait ni le désir ni la fibre, encore moins les aptitudes ; ses efforts tombaient à plat et Caroline, l'accusant d'être jaloux du bébé, l'avait renvoyé cloner ses vaches outre-Atlantique. Il ignorait ce qu'elle avait raconté sur lui à Richard mais, chaque fois qu'il le prenait pour des vacances à Miami, c'étaient la tension, le malentendu et le ratage qui l'emportaient sur les réjouissances prévues. Irwin n'avait pas refait sa vie. « A cause du petit », disait-il, sans être dupe.

Ce mardi de novembre, devenu directeur adjoint du Mouvement général des fonds à la Banque de France, « le petit » avait convié son père dans un restaurant japonais où le spectacle des cuisiniers trancheurs tenait lieu de conversation. Ils s'étaient tus de profil pendant une heure, conscients d'avoir trop à se dire et ne sachant par où commencer. Irwin serrait les dents sur ses sushis pour s'empêcher de pleurer, devant cet étranger qui avait les yeux, le nez et le menton de la femme de sa vie. Incapable de raisonner au-delà des pièces détachées, à l'image de ces représentants en lingerie qu'il avait côtoyés le matin même au CIELT, il s'en voulait de ne voir en Richard que la caricature masculine de son amour perdu. Et la nature de son trouble était parfaitement claire.

En le quittant, le directeur adjoint du Mouvement général des fonds lui avait dit que, par rapport à son beau-père qu'il aimait profondément, c'était mieux qu'ils ne se revoient plus. Irwin avait hoché la tête, l'air compréhensif, crevant de chagrin en silence, et l'avait regardé s'éloigner sur le trottoir. Il se sentait comme ces vieux amants qu'on sacrifie à la paix d'un ménage.

Cette journée d'automne qui l'avait remis face à ses deux obsessions, l'existence d'un sang christique offert à la tentation du clonage et la certitude des liens de vieillesse qu'il n'aurait jamais avec son fils adulte, l'avait plongé dans une apathie lucide et résignée dont, trois ans plus tard, il n'était pas sorti. Sa vie s'achevait dans un tunnel coudé : il ne voyait plus la lumière ni devant ni derrière et, couché sur les rails, attendait un train qui tardait. C'était le cauchemar qu'il faisait quatre ou cinq nuits par mois, chaque fois qu'il s'abstenait de boire.

— Bon, conclut le juge Clayborne en refermant le dossier, tout dépend des brevets que Sandersen a pu prendre à l'étranger. Celui qu'il a déposé aux Etats-Unis en 1994, à la naissance de son Christ, s'intitule *Méthode de clonage bovin et non-bovin utilisant des cellules embryonnaires ou non-embryonnaires...*

Irwin, qui venait de se réveiller en sursaut, rassembla ses idées et grommela :

— N'employez pas le mot « Christ », merci.

— Je dis quoi, alors ? Jésus *bis* ?

— Le nom de code du projet, c'est Oméga.

— Va pour Oméga. En tout cas, il s'est bordé à mort, ce cochon. Son brevet fait soixante-dix pages, et couvre absolument tout sans jamais employer le mot « humain », qui l'aurait fait rejeter par les instances chargées de l'examen.

L'évangile de Jimmy

– Vous en avez une copie ?

Wallace Clayborne plongea la main dans sa serviette, lui tendit le document. Consterné, Irwin feuilleta les pages qui décrivaient, article après article, tous les cas de figure du clonage à partir de cellules quiescentes, en croissance ou adultes, y compris les cellules somatiques humaines désignées sous leurs codes biologiques, et les mélanges de protéines employés pour les stimuler avant de reprogrammer leur noyau. Sandersen était un génie : à partir d'un titre de brevet suffisamment vague et limité pour ne pas freiner son obtention, le champ d'application de sa propriété intellectuelle couvrait tout ce qui allait être expérimenté et prouvé par des tiers au cours des trente années suivantes. Derrière le dépôt de la méthode se cachait bien évidemment la revendication d'un copyright sur l'individu produit. Et la période d'exclusivité pendant laquelle nul ne pouvait utiliser son invention ni ses droits dérivés, sans le rétribuer par le paiement d'une licence, courait jusqu'en 2099.

– Bien sûr, ça se plaide, tempéra l'homme de loi de la Maison-Blanche. Le brevet est établi au profit de Genetrix Limited, personne morale, pour une invention de Philip Sandersen – personne physique, mais actionnaire majoritaire de ladite société, qui fut dissoute en 2001 après le retrait de la subvention gouvernementale, pour infraction à la loi interdisant les tentatives de clonage humain. Ce qui m'ennuie, c'est que le Congrès est en train de voter la levée de l'interdiction, et je me vois mal arguer des effets rétroactifs d'une loi en cours d'abrogation...

– Quel est votre objectif, Wallace ? Casser légalement le

marchandisage d'un être humain, ou le négocier au meilleur prix ? Vous n'êtes pas en train d'acheter un esclave.

Le juge s'offusqua d'un haussement de sourcils, et pinça la cravate lavande assortie à ses yeux avant de purger sa conscience d'un ton digne :

– Le Président m'a simplement demandé de veiller à ce que l'image de votre « Oméga » soit libre de tous droits.

– Oubliez, soupira Irwin en lui désignant la page 47.

Clayborne fronça le nez au-dessus des lettres TAGC, répétées en ordre variable sur des centaines de colonnes.

– Thymine, adénine, guanine et cytosine, précisa le conseiller scientifique. Les substances chimiques de l'ADN, dont l'ordre de succession définit l'entité génétique. Sandersen a introduit dans le brevet, à titre d'exemple anonyme de ses travaux, la séquence des bases de son clone Oméga : ça devrait lui suffire, non, comme titre de propriété ?

Son agressivité amère fit sourire le juge, qui passa la main dans sa belle chevelure blanche, puis desserra sa ceinture de sécurité en déclarant :

– Je m'appuierai sur l'affaire Infigen contre Advanced Cell Technology. La firme Infigen avait breveté les techniques de transfert de noyaux bien avant la naissance de la brebis Dolly ; elle a plaidé que ses droits s'appliquaient à toutes les formes de clonage issu de cellules adultes. Faire figurer sur un brevet ultérieur l'identité du clone, qu'on l'appelle Dolly, Jésus *bis* ou TAGC, n'est pas recevable juridiquement, à moins de s'appuyer sur une technologie innovante – ce qui n'est pas le cas, le dépôt de Genetrix ne faisant qu'adapter à l'homme, de manière détournée, la transplantation nucléaire effectuée sur le mouton.

– Vous êtes sûr de vous ? balbutia Irwin, saisi d'un immense espoir.

Clayborne soutint son regard, puis nuança son analyse d'une moue et se tourna vers les nuages qui défilaient autour du cockpit.

– Sur le plan de la discussion financière, oui. J'ai des bases.

– Mais quelle a été la décision du tribunal, pour Infigen ?

– Ils se sont arrangés à l'amiable.

L'île apparut sur la gauche. L'hélicoptère amorça sa descente, et les deux hommes se turent jusqu'à l'arrêt du rotor.

Sur la terrasse attendait une infirmière en blouse cintrée, qui proposa un rafraîchissement aux visiteurs, puis leur remit des chaussons stérilisés, des masques, et les précéda dans un hall garni de statues égyptiennes.

– Je vous accorde cinq minutes, dit-elle. Ne le fatiguez pas.

Ils la suivirent dans l'escalier en pierre. Au bout d'un couloir tapissé d'aubussons, elle ouvrit une porte capitonnée. La chambre était lambrissée de palissandre, six fenêtres donnaient sur la baie entre les doubles rideaux de velours prune. Le mobilier Empire contrastait avec l'appareil de dialyse, le respirateur, l'électrocardiographe et les moniteurs de contrôle qui encadraient le grand lit à moustiquaire.

– Soyez le bienvenu, juge Clayborne. Content de vous revoir, Irwin, mais ne restez pas à contre-jour, approchez...

Le conseiller scientifique avança sur la moquette blanche en dissimulant son malaise. Le Dr Sandersen était devenu un squelette à lunettes dans un pyjama rouge, la lèvre supérieure déformée par la canule de son respirateur. Un prêtre noir assis à son chevet, les cheveux blancs frisottés, les sourcils en broussaille et de grosses joues de trompettiste, se leva en refermant un dossier.

— Le père Donoway, qui a assuré l'instruction du sujet pendant ses premières années, présenta Sandersen en sortant une main décharnée de sous le drap. Il dirige ma Fondation. Je n'ai pas d'héritier et c'est lui qui, après mon décès, gérera l'exploitation d'Oméga.

— Clone ou pas, riposta vertement Irwin derrière son masque isolant, il s'agit d'un homme libre sur lequel vous n'avez aucun droit de tutelle !

Le juge Clayborne objecta que l'an dernier un tribunal des Bahamas avait accordé, au décès d'un cloné, la garde du clone orphelin au généticien cloneur. Irwin, étranger aux subtilités des négociations juridiques, fusilla du regard son compagnon de mission, qui trahissait apparemment leurs intérêts en donnant des arguments à la partie adverse.

— Je sais, commenta Sandersen.

— Il s'agissait d'un mineur. Au-delà, le législateur ne se prononce pas, il n'existe aucune jurisprudence...

— Et l'esclavage est aboli, que je sache ! renchérit Irwin. L'être humain n'est pas brevetable !

— Mais son procédé de conception, si, répondit calmement Sandersen de sa voix caverneuse. Vous pouvez utiliser les services de Jimmy – c'est son nom – tant que vous voudrez, à la condition qu'il soit d'accord : il est en effet libre de sa personne et je n'agis qu'en intermédiaire. Mais vous devrez le présenter comme un adulte ordinaire, ce qui n'offre pas grand intérêt pour vous. Dès lors que vous ferez état en public de ses origines et de la manière dont il est venu au monde, je vous attaquerai en justice, à moins que vous n'ayez acquis la licence permettant d'utiliser le produit de mes brevets. L'exploiter médiatiquement en tant que clone de Jésus-Christ implique mon accord, le respect de mon droit moral d'inventeur et ma rétribution.

Irwin resta muet. Habilement, Clayborne contourna le problème en feignant de s'étonner que le Jimmy en question, représentant un tel enjeu financier, n'ait pas été retrouvé plus tôt.

— Jusqu'alors il n'avait jamais été malade ni accidenté, justifia le cloneur. N'ayant pas subi d'examen médical, il a échappé au relevé d'empreintes génétiques, sans lesquelles le programme Jonas ne pouvait le retrouver...

— Comment êtes-vous en possession d'un logiciel du FBI ?

— Tout s'achète, Irwin, surtout quand les gens ne savent pas ce qu'ils vendent. Mais l'important n'est pas là. Bénissons le chien qui, en le mordant, a rendu au monde son Sauveur...

— Comme par hasard au moment où le clonage humain devient légal, se rengorgea Clayborne avec un sourire fin.

— Voyez-y un signe. Les temps sont venus, messieurs. Il a trente-deux ans, il ignore tout des conditions de sa naissance, il est célibataire et mène depuis toujours une vie de pauvre exemplaire dans l'anonymat le plus complet. Si vous désirez faire connaissance, voici son CV, ses coordonnées et quelques images prises à son insu.

Le père Donoway tendit un MD au conseiller juridique, qui s'empressa d'ouvrir son ordinateur. Réfrénant un mélange d'excitation et d'écœurement, Irwin fixa l'écran

sur lequel apparut la procédure à suivre pour lire le document.
— Quel est le code d'accès ?
— Mes avocats vous l'indiqueront lorsque vous aurez signé le protocole d'accord.
— Je veux voir ce que j'achète, précisa le juge.
— Le protocole n'est qu'un engagement à respecter les modalités de mes brevets, en contrepartie des droits cédés.
— Droit d'utiliser et reproduire l'image, la généalogie, les déclarations du sujet..., lut Clayborne qui faisait défiler le protocole sur l'écran avec un début de nervosité. Renoncement du cessionnaire aux poursuites judiciaires qui pourraient être engagées contre le cédant, pour tout propos diffamatoire ou subversif émanant du cédé... Pourcentage à reverser au cédant sur l'exploitation financière des retombées d'éventuels miracles... C'est n'importe quoi ! Il n'est pas question d'accepter ce genre de clauses.

Sandersen fit signe au prêtre qui lui tendit un verre. Il y trempa ses lèvres, toussa et retomba au creux de l'oreiller, les lunettes de travers, un filet d'eau au coin des lèvres.

— C'est à prendre ou à laisser, répondit-il avec une énergie sereine et précise sans rapport avec le délabrement de son corps. J'ai été bafoué, spolié, ruiné par l'administration Bush ; je ne ferai aucun cadeau à la vôtre. Si vous ne voulez pas de mon Christ aux conditions fixées, je le cède à n'importe quelle secte qui saura s'en servir à merveille contre les intérêts américains, les pharisiens de la mondialisation, Sodome et Gomorrhe à la Maison-Blanche et les marchands du Temple aux commandes de Wall Street, mobilisant une force mystique populaire contre laquelle on ne peut lutter qu'en la manipulant. Le Président le sait, et c'est pourquoi vous êtes ici avec carte blanche et crédits illimités afin de faire jouer la préemption de l'Etat.

Les deux émissaires évitèrent de se regarder, fixant machinalement l'électrocardiographe qui traçait des pics sous l'accès de colère froide du généticien. Le juge fit l'impasse sur les dernières déclarations, et lança d'un ton sobre :

– Qu'est-ce qui nous prouve que votre clone est un Christ en puissance ?

– Rien. Voyez et vous croirez. Ou pas. Je vous laisse une option de huit jours à dater du premier contact, pour mener sur lui toutes les investigations biologiques et morales qui vous paraîtront nécessaires, et décider ou non de l'employer au service de l'Etat. Le père Donoway sera présent, intégré à l'équipe que vous choisirez pour effectuer vos différents tests.

– Qu'entendez-vous par « employer au service de l'Etat » ?

– Vos avocats définiront avec les miens le champ d'application de la licence, en fonction des souhaits de votre Président. Je sais qu'il est particulièrement sensible au recul de l'Eglise catholique dans le monde. Sans doute serait-il ravi d'offrir au Pape un nouveau Messie, en échange d'une dérogation.

– Quelle dérogation ?

– L'autorisation d'épouser religieusement Antonio, qui est divorcé d'un premier lit.

Clayborne sourit intérieurement. Le cynisme de ce moribond tubé avait quelque chose de réconfortant. Avec un homme à la dernière extrémité prêt à tout pour exercer un ultime pouvoir, on trouvait toujours moyen de s'entendre.

L'évangile de Jimmy

— Il va sans dire, laissa tomber le juge, que si l'on découvrait que l'ADN de votre clone n'est pas identique à celui du sang figurant sur le Saint Suaire...

— ... nos accords seraient caducs, acheva Sandersen en remontant le drap sous son menton, et ouvriraient droit à dommages et intérêts : cela figure en annexe au précontrat de cession. Mes avocats vous attendent au salon.

Il laissa aller sa tête en arrière, et signifia la fin de l'entretien en fermant les yeux. Le père Donoway reconduisit les deux envoyés de Washington jusqu'au seuil de la chambre, où stationnait l'infirmière. La porte se referma sans un bruit.

Au creux de l'oreiller, Philip Sandersen souriait sous la canule de son respirateur. Il ne craignait plus la mort, dès lors qu'il était certain d'entrer dans l'Histoire. Peu lui importait que ce fût comme le plus grand généticien du monde, ou le génial faussaire qui, à trente ans d'écart, aurait vendu la peau du Christ à deux Présidents américains.

C'est un crève-cœur, pour moi, de revenir ici depuis que Madame Nespoulos est partie. Avant de faire ses valises, elle a convoqué tous les corps de métier, en demandant à chacun d'apporter un devis des travaux d'entretien sur trois ans. Son homme d'affaires a sorti sa calculette, et dit qu'on recevrait un virement le 1er de chaque mois. Madame Nespoulos nous a précisé qu'elle allait se faire opérer du cœur en Grèce. Elle voulait, en cas d'amélioration de sa santé, pouvoir revenir à n'importe quel moment, sans prévenir, et trouver la propriété « en l'état », comme si elle était partie la veille. On s'est regardés, puis on lui a souri en hochant la tête : pas de problème. L'homme d'affaires remuait des papiers, l'air gêné. Trois infarctus, les artères bouchées et l'envie de rejoindre son mari dans leur caveau de famille : on savait bien qu'elle ne reviendrait pas, mais on ferait comme si.

Ça fait huit mois que je fais comme si. Je suis le seul. Les gardiens ont fermé la maison pour aller vivre en Floride, le couvreur laisse fuir la toiture, le peintre n'a dressé qu'un mètre cinquante d'échafaudage qui rouille au pied de la façade, l'entreprise de jardinage laisse le parc à l'abandon, personne ne vient faire le ménage et une cheminée est tombée sur la serre. La seule chose que Madame Nespoulos retrouvera en l'état, si jamais elle revient, c'est sa piscine. Scrupuleusement, je viens deux fois par semaine contrôler la température, le pH, l'électrolyse et le travail du robot. Je mets un point d'honneur à respecter sa dernière volonté et ça m'écœure, l'attitude des autres, je le dis quand je les vois, mais je ne vais pas faire le travail à leur place.

A chaque fois que j'ouvre le portail écaillé, traçant mon chemin à travers la forêt vierge qui étouffe les massifs et dissimule le dessin des allées, j'ai un pincement au ventre : personne ne m'attend plus.

Et puis, cet après-midi, j'étais à genoux devant le local technique, en train de changer la gaine des projecteurs entaillée par les corbeaux, lorsque j'ai vu arriver une femme. Longue, jeune et bronzée, la taille fine comme une publicité pour sucrettes, elle marchait droit vers la piscine, en string blanc et seins nus, ses lunettes de soleil plantées dans ses cheveux noirs, une serviette à carreaux sur l'épaule. J'allais me redresser en toussant pour me faire connaître, avec mon tournevis, qu'elle n'aille pas croire à un rôdeur, mais elle s'est arrêtée devant la margelle, elle a fait un signe de croix, elle a retiré son slip et elle a plongé.

Je me suis recroquevillé à l'abri du local technique. Après coup, je me suis demandé pourquoi je m'étais caché, si c'était à cause du slip ou du signe de croix. En tout cas, j'étais terriblement intimidé. Elle a nagé une dizaine de minutes, tantôt la brasse, tantôt le dos crawlé, et je regardais son corps au coin du hublot qui permet d'admirer sous l'eau, quand on nage avec un masque, la perspective en contrebas sur les parterres de bégonias que le jardinier s'est dispensé de planter cette année. Je ne savais pas si c'était une squatteuse, une amie de Madame Nespoulos ou quelqu'un de sa famille, mais j'étais fasciné par ce corps tout en muscles et précision mécanique. Elle nageait comme elle marchait, droit devant, résolue, régulière. Rien à voir avec les rondeurs sexy d'Emma, ses langueurs hésitantes de myope sur talons aiguilles qui chaloupe et se cogne. Dans l'eau, Emma ne faisait que la planche et des câlins. C'était la première fois que je regardais une autre femme sans la regretter, sans que la surimpression ne me gâche la vue. J'étais soulagé, en même temps j'étais triste d'avoir peut-être déjà tourné la page, et un peu inquiet aussi parce que, malgré la beauté de ces cuisses qui s'ouvraient à chaque brasse, je ne bandais absolument pas.

Et puis elle est sortie de la piscine, elle a remis son slip et elle est remontée vers la maison. J'ai fini de gainer mon câble, j'ai contrôlé le filtre, augmenté d'un degré la désinfection au brome, et je suis reparti par le portail de service.

Avant de laisser le minivan chez Darnell Pool, je me suis arrêté au Walnut's. Doug m'a demandé ce que je voulais.

– Un double cheese.

– Light ?

– Non.

Il soupire en disant que je devrais arrêter. Mais je ne fais qu'obéir à la prescription médicale : le docteur m'a dit d'attendre mes résultats génétiques avant de commencer un régime. Ce n'est pas ma faute si le dispensaire a sauté, deux jours après l'examen. J'ai vu les images, à la télé. Une bombe contre le mur de la salle d'attente, qui visait sans doute l'église assomptionniste d'à côté : depuis qu'ils sont équipés de détecteurs d'explosifs, les lieux de prière sont de plus en plus dangereux pour le voisinage. Le maire a dit sur toutes les chaînes qu'il fallait mettre un terme aux querelles entre sectes, et du coup c'est la mairie qui a sauté : les assomptionnistes n'avaient pas dû apprécier le mot. Ou alors c'est l'islam qui recommence la guérilla sainte. Ou la Maffia qui réclame son denier du culte. Sur BNS, dimanche, au nom des messianistes, le pasteur Hunley a appelé l'ensemble des brebis à s'unir derrière lui pour rejoindre le grand troupeau du Seigneur. Comme toutes les Eglises disent la même chose, on n'est pas sorti de l'étable. Je suis bien content de ne croire en rien : au moins je ne m'engueule avec personne.

En quittant le Walnut's, je remarque une voiture qui me suit. Ce n'est pas la première fois. Une Buick électrique, bleu sale, avec les vitres fumées. Je la promène un moment dans les rues de Greenwich, pour avoir confirmation, slalome entre les boutiques de mode et les traiteurs de luxe qui se partagent les maisons en bois peint. La Buick prend ses précautions, garde ses distances, mais j'ai l'habitude : on sait que j'ai les clés de plusieurs propriétés, et je me suis déjà fait braquer par des cambrioleurs à qui j'ai dû flanquer une raclée, ce qui m'a valu un tas de paperasses.

Cette fois, je fais un crochet par la forêt, tourne dans Mullany Drive, et entre dans la villa du chef de la milice locale. Je lui demande des nouvelles de son régulateur de chlore, et lui signale la Buick arrêtée de l'autre côté de la route. Cinq minutes plus tard, une voiture de patrouille interpelle les deux types au volant. Le chef de la milice me propose un verre, mais je dis non merci : j'ai hâte de rentrer à New York pour voir si l'apparition en string blanc qui

L'évangile de Jimmy

m'obsède depuis une heure me suit jusque chez moi. Avec un mélange d'espoir et de remords, je me demande si elle aura droit de cité dans le grand lit désert où je me fais l'amour chaque soir devant les miroirs d'Emma.

— J'ai vérifié son empreinte génétique : elle correspond à l'ADN trouvé dans le sang du Linceul. Il s'appelle Jimmy Wood, il a trente-deux ans, c'est un réparateur de piscines.

Buddy Cupperman écouta sans broncher. Puis il renifla, gratta son genou gauche en lisière du bermuda, et s'extirpa de son fauteuil pour aller contempler la plage en contrebas. Irwin Glassner parcourut du regard l'espèce de serre sur pilotis où vivait l'ancien scénariste de la Maison-Blanche. Un fouillis de livres et de scripts entassés sur des établis, parmi d'immenses canapés en toile de bâche ; des totems africains, des cartons d'archives servant de tables basses et des plantes vertes exubérantes aux feuilles couvertes de post-it.

Les mains croisées dans le dos, Cupperman agitait ses doigts entre les cocotiers de sa chemise rouge. Englouti de travers dans un pouf en peau de zèbre, Irwin l'observait attentivement. Il n'avait pas changé, en vingt-cinq ans, ni maigri ni blanchi : toujours le même pachyderme à toison rousse, avec son teint cramoisi et ses lunettes en plastique noir au bout d'un nez de boxeur. Après son éviction de la Maison-Blanche, Buddy avait repris son métier par la petite

L'évangile de Jimmy

porte. Consultant au Bureau de liaison du film militaire, qui veillait aux bonnes relations entre Hollywood et le Pentagone, il était chargé de corriger les scripts des films de guerre lorsque les producteurs sollicitaient le concours, le matériel et la figuration de l'armée. Après avoir durant vingt ans scénarisé la politique, il prenait un malin plaisir à politiser les scénarios, sous prétexte de « crédibilité » et d'« identification des jeunes en vue de leur recrutement ». Ainsi transformait-il, pour les rendre sympathiques, les officiers en pantins glorieux manipulés par des civils mégalos, magouilleurs et versatiles. Les chefs du Pentagone avaient néanmoins décelé, à la longue, le caractère pernicieux de cette image héroïque, et renvoyé Buddy en achetant son silence plus cher qu'ils ne payaient ses dialogues.

Incapable d'envisager la retraite, il s'était alors reconverti dans l'écriture de films à budgets réduits pour les studios indépendants, puis avait fini, de navets prévisibles en chefs-d'œuvre incompris, par pondre à la chaîne des épisodes d'*Alerte à Malibu*, la doyenne des séries télé qui se tournait en bas de chez lui. Vivant au milieu de naïades siliconées qui venaient le sucer entre deux prises pour qu'il leur rajoute du texte, Buddy Cupperman arborait ses quatre-vingts ans de graisse illégale comme une insulte vivante aux gouvernants qui avaient cru pouvoir se passer de lui, et se rappelait périodiquement à leur bon souvenir en annonçant la sortie imminente du deuxième tome de ses mémoires, dont il n'avait toujours pas écrit le premier mot. Eclatant de santé sous sa difformité physique, il confirmait ce qu'Irwin Glassner, à une échelle plus modeste, avait pu constater pour lui-même : la déchéance conserve.

L'évangile de Jimmy

— Un réparateur de piscines, murmura Buddy, le front contre la vitre.

L'agitation de ses doigts croisés trahissait le rythme de sa pensée. Irwin se leva et le rejoignit :

— Visiblement, il ignore tout de ses origines. Il travaille dans le Connecticut et habite un clapier à l'est de Harlem. Célibataire, hétéro, pas de relations sexuelles connues. Une liaison avec une femme mariée, pendant trois ans, qui s'est arrêtée en janvier. Parfaite santé, si ce n'est une petite surcharge pondérale, apparemment liée à son problème de solitude.

— Et en quoi ça me concerne ?

Irwin n'avait rencontré Cupperman que trois fois dans sa vie ; ça lui suffisait pour sentir l'exaltation contenue dans le grognement du vétéran d'Hollywood.

— Les services secrets ne le lâchent pas d'une semelle, mais... franchement, Buddy, on ne sait pas comment le prendre. Faut-il l'aborder frontalement, l'amener à découvrir tout seul la vérité, ou le rencontrer sous un prétexte qui permette de gagner sa confiance ?

Buddy se retourna d'un coup, l'air crispé, le tranchant de la main à hauteur du nombril.

— Bon, et vous voulez quoi ? Que je vous dialogue ?

— Le Président Nellcott a lu vos mémoires, mentit le conseiller scientifique. Il adore la manière dont vous décrivez le fonctionnement de la Maison-Blanche...

— Sa politique étrangère est la plus nulle qu'on ait vue depuis Carter. Il la fait tout seul ?

— Il nous a demandé plusieurs mémos sur la manière de traiter la situation, les cas de figure qui peuvent se présenter... Le résultat ne le satisfait pas.

L'évangile de Jimmy

– Et alors ?

Irwin écarta les bras. En fait, c'est lui qui avait convaincu Nellcott de nommer un coordinateur, pour diminuer l'effet des rivalités internes. La CIA, dont relevait le Projet Oméga en raison de ses implications internationales, n'avait pas le droit d'intervenir officiellement sur le territoire américain, et l'enquête concernant Jimmy était confiée au FBI. La guerre éternelle que se livraient les deux agences de renseignements, encore aggravée depuis leur collaboration forcée et la fusion de leurs fichiers, ne manquerait pas de perturber, une fois de plus, le déroulement des opérations. Irwin se rappelait l'enthousiasme forcené de Buddy en apprenant jadis l'existence d'un éventuel Messie recréé par clonage. Il comptait sur sa psychologie indépendante et pragmatique pour désamorcer les querelles de clochers, les coups tordus, les fuites et les cafouillages. Se sachant condamné à brève échéance, le conseiller scientifique souhaitait laisser à la tête du Projet Oméga une personne motivée, débordant de rouerie généreuse et insensible aux pressions. Si jamais Jimmy Wood s'avérait digne d'incarner le dernier rêve de l'humanité, il fallait monter autour de lui une structure fiable, et mettre en scène le message de Jésus dans un show planétaire que seul un Cupperman était à même de concevoir. Le Président avait approuvé le choix.

– Il aimerait une consultation, Buddy.

Le scénariste poussa un soupir, regarda les sirènes en rouge fluo qui se tortillaient dans les vagues autour des caméras, en sauvant pour la dixième fois un noyé culturiste.

– Je ne bosse pas en consultant. Si je reviens, c'est comme conseiller en titre, avec mes annuités rétroactives et le bureau d'angle de l'aile ouest.

Glassner encaissa avec un sourire embarrassé la revendication qu'il avait prévue.

– Buddy... C'est celui du conseiller à la sécurité nationale...

– C'était celui d'Henry Kissinger, et poser mon cul dans son fauteuil est la seule chose qui puisse me faire revenir. Transmettez.

Irwin secoua la tête, amusé malgré lui.

– Ecoutez, Cupperman, je suis venu jusqu'à Los Angeles pour vous demander conseil, d'accord, mais ça ne va pas plus loin...

– Si. Parce qu'il va se passer quoi, sinon ? La division psycho de la CIA va prendre l'affaire en main, nommer des commandos de crânes d'œuf qui vont peaufiner leurs profils, leurs non-dits, leurs transferts et autres conneries. Ils sont très forts pour négocier avec les terroristes et embobiner les preneurs d'otages, mais ne leur demandez pas de jouer les anges Gabriel ! Il s'agit de quoi, là ? D'un brave type de la rue qu'il faut persuader, analyses de sang à l'appui, qu'il est le remake du Christ. Non ?

– C'est un peu schématique. Tout dépend de sa réaction...

– Et de vos objectifs. Vous voulez en faire quoi, de votre Jésus-Clone ? Un terrain d'études, un cobaye ou un symbole ? Une arme de propagande, une source de profits ou une monnaie d'échange ? Un instrument de paix ou une machine de guerre ?

– C'est un peu tôt pour...

– Mais non, c'est maintenant, Irwin ! Tout son conditionnement, dès la révélation de ses origines, dépendra de l'usage que vous voudrez faire de lui. C'est maintenant que vous devez me donner la cible, m'indiquer les lignes de force, les options, et me définir l'impact. Ensuite je développe, j'élabore différents moyens d'atteindre le but, et vous choisissez la version qui vous arrange.

Les grosses mains du scénariste s'abattirent sur les épaules d'Irwin, et le secouèrent avec enthousiasme.

— Vous y pensiez vous aussi, hein, toutes ces années, à ce prophète cloné qui se baladait sur Terre sans le savoir, anonyme, inemployé, gâché par les obsessions puritaines de l'autre andouille ?

— J'étais certain qu'il était mort, murmura Irwin.

— Parce que vous n'êtes pas un rêveur, Glassner : vous êtes un nostalgique. J'en ai crevé de rage, moi ! Tout ce temps perdu à cause des choix de ce Bush, et de l'énergie mobilisée pour justifier ses bourdes ! Avec lui, dès son arrivée, c'était pétrole à tous les repas ! Pour avoir la paix, je lui avais dit d'escamoter Saddam et d'installer à sa place un des sosies que je contrôlais, au lieu de cette guerre à la con qui a cassé tout mon boulot souterrain. Il n'a pas voulu de mon idée, il m'a viré, et on a vu le résultat ! Il fallait monter de faux attentats Ben Laden en Angleterre, en Allemagne, en France, et frapper leurs ambassades à Bagdad ; ça obligeait l'Europe à intervenir, après on serait venus au secours pour récupérer les forages, c'était ça la stratégie gagnante ! Mais non, il voulait sa Guerre du Golfe, comme papa ! Faire mieux que le vieux, quitte à se retaper un Vietnam du pauvre. Font chier, avec leur œdipe !

Vociférant, battant l'air dans les remous de sa graisse, Buddy slalomait entre les cartons qui parsemaient la pièce. Au premier abord, Irwin avait eu un haut-le-corps en voyant les sceaux de la Maison-Blanche et les stickers

L'évangile de Jimmy

« secret défense » sur les emballages marqués Ronald, George I, Bill, George II, classés par thèmes, livrés à la curiosité des visiteurs. En fait les cartons étaient vides, cumulant simplement les fonctions de trophées de chasse et d'aide-mémoire.

— Moi, W, s'il m'avait gardé, je l'aurais rendu sympa comme Reagan ! On aurait refait le coup de la dinde... Il n'en a pas voulu ! Je lui avais montré la cassette, pourtant ! Tu sais, les vœux du nouvel an à la presse, au moment de l'Irangate, quand je lui ai fait présenter la dinde qu'il allait manger le soir avec Nancy... J'avais prévu les questions et j'avais briefé le père Ronie, je lui avais fait répéter la scène. Au moins, lui, il se laissait dialoguer ! Tu te rappelles ? « Monsieur le Président, est-il vrai que les Etats-Unis ont vendu des armes à l'Iran ? — Messieurs, on ne me dit pas tout ; demandez à la dinde. » Eclats de rire : il a gagné dix points d'un coup. Il était perçu comme un veau ; on l'a pris pour un renard !

Inquiet d'entendre son hôte rabâcher ses mérites et ses griefs comme n'importe quel aigri victime d'un licenciement abusif, Irwin avait essayé de l'interrompre à plusieurs reprises, provoquant à chaque fois des montées en régime. Il attendit que Buddy soit à court de fiel et, d'un ton égal, il le ramena sur leur sujet :

— Comment verriez-vous la prise de contact ? Une convocation à la Maison-Blanche, une rencontre sur son lieu de travail, une révélation brutale ou une mise en scène pour le préparer ?

Buddy se frotta les mains dans un rugissement de plaisir :

— D'abord on négocie mon retour, camarade, ensuite on se creuse !

— Considérez que c'est négocié.
— De toute façon je m'en tape, du fauteuil de Kissinger. C'était juste pour marquer le territoire. Merde, Irwin, ça me fait vraiment plaisir qu'on se retrouve sur ce coup ! Ils m'ont cru fini, has been, plus rien à dire ! Toi, ils te conservaient dans ton placard pour que tu fermes ta gueule, et tu vois le résultat : on se remet en selle et, à nos âges, voilà qu'on va jouer les apôtres ! Encadrer un héros qui enverra au tapis les imposteurs, les encroûtés, les bonnes consciences !

Irwin laissa échapper un sourire d'ancien enfant brimé qui mouilla les yeux de Buddy. Pendant toutes ces années, sur sa télé, il avait suivi les apparitions du conseiller scientifique de la Maison-Blanche, chaque fois qu'il y avait dans le monde une alerte chimique ou bactériologique. Devant les micros de la salle de presse, avec son visage de papier mâché, ses rides en quadrillage et son teint brouillé, Irwin avait toujours l'air de sortir de table pour annoncer une catastrophe. Buddy était ravi de le voir aujourd'hui transfiguré, dans le même état que lui. Les gens qui font plus vieux que leur âge finissent toujours par rajeunir.

— Tu te rends compte, Irwin ? On a la chance inouïe de vivre la plus grande aventure politico-mystique de tous les temps, et de la manœuvrer à notre guise avant de crever, c'est pas génial, ça ?

Venu pour susciter son enthousiasme, Irwin jugeait prudent à présent de le freiner :

— Pour l'instant, Buddy, notre priorité est d'éviter qu'une secte ne s'empare de lui. Ensuite nous devrons l'instruire, le mettre à l'épreuve pour savoir s'il y a en lui un véritable héritage spirituel. L'éternelle querelle de l'inné et de

L'évangile de Jimmy

l'acquis... Après seulement nous verrons en quoi sa nature, son potentiel et son aura peuvent aider nos plans de paix.

Buddy se rembrunit, enfouit les mains dans les poches de son bermuda, laissa vaguer son regard sur le châssis vitré. Au bord de l'océan, la caméra-grue plongeait vers la comédienne qui jouait la nouvelle maître nageuse, bizutée par les anciennes qui la roulaient dans les vagues. Il se détourna. Toute son intelligence inemployée pendant dix ans de dialogues alimentaires refaisait surface, intacte et comme stimulée par l'hivernage.

– L'explosion du dispensaire, à East Harlem, c'est vous ?

Irwin ouvrit la bouche, sidéré par la rapidité des connexions dans le cerveau du géant roux. Et il s'abstint de répondre – d'ailleurs on ne l'avait tenu au courant de rien ; il ne pouvait que supputer, lui aussi, une mesure de précaution de la CIA ou du FBI.

– Et ils avaient peur de quoi, tes cow-boys ? Que le toubib du dispensaire ait l'idée de comparer le sang du piscinier avec celui du Linceul ? Ils s'imaginaient que Sandersen avait balancé l'analyse d'ADN sur Internet, histoire de donner aux Italiens l'idée d'éponger leur relique pour se cloner un Messie perso ? Ils me font chier, ces gamins !

L'indignation de son hôte donna un regain d'espoir et de révolte à Irwin, qui abattit le plat de la main sur une étagère :

– Vous avez raison, Buddy, il ne faut plus laisser les mômes casser les jouets d'adultes ! Allons-y ! J'ai à résoudre la plus grande énigme scientifique sur terre, et vous avez un Christ à remettre en scène !

Buddy dodelina de la tête, et murmura d'un ton boudeur :

— Sauf que c'est impossible.
— Pourquoi ?
— Je ne peux pas quitter la Californie, à cause de mon poids. C'est combien la limitation, à Washington ?

Voyant Glassner complètement déconcentré, il partit d'un rire tonitruant et le rassura d'une bourrade : il ferait passer les amendes en notes de frais.

— Ne t'inquiète pas, Irwin : avec moi la chair se fera Verbe ! Je vais te fabriquer le plus grand porte-parole de l'Amour et du Pardon qu'on ait vu depuis deux mille ans ! Si le Linceul de Turin est le Cinquième Evangile, moi je vais t'écrire le Sixième ! C'est pas une belle réponse, ça, aux antisémites qui nous accusent d'avoir tué le Christ ? A qui tu demandes de lui rendre la parole ? A un juif ! Bien raisonné, mon vieux !

Irwin inclina la tête, modeste. Dans les sphères où il évoluait, il n'était jamais souhaitable de démentir les arrière-pensées subtiles qu'on vous prêtait à tort.

— Tu as une photo ?

Irwin sortit de sa poche un portrait de Jimmy descendant de sa camionnette, avec un flexible de robot nettoyeur autour du cou. La porte de la terrasse s'ouvrit, deux filles en peignoir de bain entrèrent avec un problème sur une réplique. Buddy leur montra la photo, sollicita leur avis. La blonde fit beuh, la brune demanda pour quel rôle. En rendant le cliché à son visiteur, Buddy laissa échapper avec un soupir :

— Y a du boulot.

Et il appela un taxi. Glassner lui assura qu'ils auraient tout le temps et les moyens nécessaires pour rendre le sujet conforme à l'idée qu'on se fait de lui.

L'évangile de Jimmy

– Je ne parlais pas de ça. Le look, ça se gère ; le mental, ça se travaille, mais ça ne change rien au problème.

– Quel problème ?

Cupperman dit aux filles de se mettre à l'aise, et sortit raccompagner le conseiller scientifique dans le carré de friche sableuse qui séparait la maison de la route.

– Il a beau venir du Linceul, tout ce que vous avez entre les mains, jusqu'à présent, c'est un produit de laboratoire.

Irwin fronça les sourcils, aveuglé par les reflets du couchant sur les autos qui rentraient vers Los Angeles.

– Que voulez-vous dire ?

– Tant qu'il n'a pas reçu l'homologation du Vatican, votre Christ, il ne vaut pas un clou.

Je suis à bout, Emma. A bout de toi. Où que j'aille, je traîne ton absence et je voudrais être ailleurs, en arrière, en avant, loin de tout... Je n'en peux plus de ce manque. Je n'en peux plus d'attendre un signe qui ne vient pas. De me répéter que c'est à toi d'appeler. De sécher sur pied pendant que tu te réjouis de mon silence, croyant sans doute que, si je te laisse tranquille, c'est que je t'oublie et que je vais mieux. Le seul moyen de te retrouver telle que tu es devenue, c'est peut-être en partageant ton indifférence.

Je suis retourné à la villa Nespoulos, sous prétexte de continuer le travail que j'avais terminé la veille. J'ai attendu en farfouillant sans bruit dans le local technique. Au bout d'un moment, à peu près à la même heure qu'hier, les oiseaux se sont tus autour de la piscine, et j'ai entendu le froissement dans les hautes herbes. Comme si je visionnais une fois de plus le film que toute la nuit j'avais retourné dans ma tête, la brune s'est arrêtée sur la margelle, a fait son signe de croix, ôté son string blanc, et elle a plongé.

Elle a nagé un quart d'heure et, cette fois, tassé derrière mon hublot, la main dans la poche, je me caressais à travers la doublure. Ce n'était pas vraiment de l'excitation, c'était comme on prend sa température, pour se rassurer.

Les cheveux noirs dénoués comme des algues autour du visage en pointe, les muscles longs en action dans les jambes, les petits nichons symboliques, les changements de nage incessants, le retournement brutal en touchant le bord pour ne pas perdre une seconde ; rien n'évoque Emma, tout est neuf – ou alors bien plus vieux. Quand j'étais gamin, le front sur la vitrine du magasin de jouets, je rêvais devant les trains électriques, j'imaginais que c'était moi qui commandais les départs, les arrêts, les passages à niveau, les aiguillages ; j'inventais des gens dans les wagons qui me remerciaient de les faire voyager, priaient pour que tout se passe bien, et ne dépendaient que de moi... Le nez écrasé au coin du hublot, cet après-midi, je suis dans le même état. Branché sur cette inconnue plongée dans une piscine que j'ai construite, je lui commande mentalement : « Sur le dos », « Brasse coulée », « Papillon » – et ça marche presque à tous les coups.

J'ai cessé de me caresser pour me concentrer, augmenter sa cadence, téléguider son corps, entrer dans ses pensées... Plusieurs fois, elle a croisé mon regard en crawlant. Ou elle ne voit rien sous l'eau, ou c'est une exhibitionniste. Elle guette mon arrivée et vient me provoquer chaque jour. Chaque jour... C'est la deuxième fois que je viens, et j'ai déjà l'impression d'un rite, d'un rendez-vous quotidien, d'une obsession mutuelle. Je suis en manque de sexe, d'accord, mais il n'y a pas que ça. Les premiers temps de l'après-Emma, j'avais essayé de l'oublier par intermittence dans des corps de passage : c'était pire. Non seulement je pensais autant à elle, mais j'avais encore plus mal en comparant ; je me faisais honte et je m'en voulais par rapport aux filles. Mon erreur était de croire qu'on souffre moins si on est à égalité, qu'on pardonne mieux quand on trompe à son tour. Conneries. Un grand amour ne se guérit que dans un amour encore plus fort. Si on veut guérir. Si on ne craint pas la rechute.

Je me décolle du hublot, rassemble mes outils, sors du local technique. Je monte deux marches, accorde un dernier regard à ses fesses qui battent la mesure du crawl, rayées par l'ombre du grand magnolia. Elle s'arrête soudain au milieu du bassin, gagne la plage de débordement où elle s'accoude, et lance d'une voix claire :

– Jessica !

Je me planque derrière le tronc, cherche à qui elle s'adresse, mais c'est de la reconnaissance vocale. Je n'avais pas remarqué qu'elle se baignait avec son oreillette. C'est peut-être un médecin ou une call-girl, ces gens qui doivent être joignables en permanence. J'ai beau rappeler à mes clients que les téléphones waterproof peuvent dérégler l'électronique de mes détecteurs bactériens, ils ont pris l'habitude de barboter en téléphonant ; tant pis pour eux s'ils se prennent une dose massive de chlore.

– Hello, ça va ? Merci de ton message, tu m'avais dit avant cinq heures... Oui, un peu mieux. Je suis à Greenwich. Un coup de tête, comme ça. Les souvenirs d'enfance... Là, c'est à l'abandon, mais c'est dix fois plus beau qu'avant. Tu verrais, il y a une piscine géante, absolument sublime. Je travaille mes dossiers et je fais des longueurs... Non, toute seule. Ils sont partis en Floride, je préfère... Surtout ce soir, j'aurais pas eu la force. Non, non, oublie. Ou alors tu me fais livrer un homme. Gentil, sexy, pas trop moche et aussi paumé que moi... Mais non, je blague. Simplement, quand t'as pris l'habitude d'être heureux à deux, tu es... j'sais pas, ça te fait bizarre d'un coup de te sentir bien toute seule. Limite, tu culpabilises. Allez, on se rappelle. Bisous.

Elle sort de l'eau, fait des mouvements avec sa jambe droite, comme pour stopper une crampe, remet sa culotte et remonte vers la maison. Les sourcils au ras de la rocaille, je la suis des yeux en espérant un signe, un regard pardessus son épaule, un demi-sourire, un geste complice... Rien. Je me fais des films. C'est la petite-fille des gardiens, une étudiante ou une commerciale, qui bosse toute la journée les volets fermés et s'accorde une pause-piscine. Elle aime se baigner nue et elle est chrétienne, c'est tout : quelqu'un dans sa famille est mort noyé, alors elle fait un signe de croix avant de plonger. Voilà. Elle conjure le sort. En plus elle a le cœur pris, elle aussi ; il n'y a pas de place pour moi dans sa vie, à part voyeur.

Je me relève, masse mon dos endolori par la position. Un bourdon se débat à la surface, près d'un skimmer. En allant chercher l'épuisette, je passe devant l'échelle et je m'arrête, estomaqué. Sur le sol mouillé, entre les traces de pas, elle a tracé trois lettres avec son pied. KIM. Je relève les yeux vers la maison presque invisible entre les arbres. Je n'ai jamais vu personne écrire son prénom en sortant de l'eau. Elle signe ses baignades ? Ou alors c'est pour moi. Elle se présente. Aussi discrètement que je l'espionnais.

Le souffle court, une boule de gêne dans la gorge, j'hésite à tremper mon pied pour écrire JIMMY. Et puis je trouve ça ridicule. De toute manière, le soleil a déjà évaporé ses lettres. Je sors le bourdon sur le dallage, attends qu'il s'envole, range l'épuisette et retourne au minivan, avec dans le cœur une alarme, un remue-ménage, comme le chahut d'un réveil que je laisse sonner. Si je croyais aux fantômes, je me dirais que Madame Nespoulos est morte et qu'elle a voulu m'offrir une femme comme de son vivant, pour me faire un clin d'œil, pour que je me libère d'Emma, que la vie continue...

Je ne suis pas rentré chez moi. Dans la rue principale de Greenwich, j'ai fait les cent pas sous les ormes entre les magasins de mode, et j'ai dépensé le tiers de mon salaire en chemise, pantalon et chaussures pour avoir l'air de quelque chose. Ne pas me reconnaître, me surprendre, me remettre dans la course... C'était bon de se faire à nouveau des illusions. Dans le miroir de la cabine d'essayage, je rentrais le ventre en souriant d'un air attentif. Gentil, sexy, pas trop moche – en tout cas aussi paumé qu'elle...

Au coucher du soleil, j'ai poussé le portail et je suis monté droit vers la maison. Une porte-fenêtre était ouverte à l'angle du rez-de-chaussée, dans l'appartement des gardiens. Elle se tenait sur la terrasse de Madame Nespoulos, sous la tonnelle. Assise entre les lianes de glycine, devant un gâteau d'anniversaire où tremblotaient trois bougies, elle me regardait avancer, le menton posé sur les doigts. L'air ni inquiète, ni surprise, ni curieuse. Elle m'attendait. Avec, à mesure que j'approchais, un genre de sourire qui ne m'était pas destiné ; le sourire intérieur de ceux qui ont gagné un pari.

J'avais préparé ma phrase. Une petite introduction, pas prétentieuse et pas dupe : « Excusez-moi, c'est encore le piscinier. » Elle aurait répondu : « Je vous ai reconnu. » Mais les mots fondaient sous son regard tandis que je montais les marches, ma bouteille de champagne à la main. Elle écoutait un vieux jazz. Norah Jones, *Don't Know Why*. Ça m'a noué le ventre qu'on ait les mêmes goûts. J'ai présenté le dom-pérignon qui annulait mon budget vacances, et j'ai dit :

— Bonsoir, Kim.

Elle m'a dévisagé entre ses trois bougies en aspirant l'intérieur de ses joues, timide ou moqueuse, je ne savais pas trop. Elle avait des yeux gris très clairs. Comme une huître, en plus vif. Je n'avais pas eu l'occasion de remarquer, pendant qu'elle nageait. Le maquillage et la robe du soir accentuaient son air décalé parmi les feuilles mortes de l'hiver dernier qui jonchaient la terrasse.

— Et vous, c'est comment ?

J'ai écrit mon prénom dans la buée du champagne. J'ai posé la bouteille devant elle et j'ai précisé, tandis qu'elle déchiffrait entre les gouttelettes :

— En fait, j'étais en train de changer la gaine du câblage dans le local technique.

— Votre regard est très flatteur. J'ai été plaquée par l'homme de ma vie en novembre, depuis c'est le désert total ; ce soir j'ai trente ans et j'ai voulu me faire un cadeau. Je vous choque ?

J'étais sidéré qu'on puisse être à la fois si direct et si précis. J'ai répondu qu'il n'y avait pas de mal : personnellement j'étais dans le même état mais, comme cadeau, sans vouloir la flatter, elle méritait peut-être mieux.

— Je mérite une baffe. On ne parle pas comme ça à un homme.

L'évangile de Jimmy

– Au moins vous me parlez.
– Je n'ai plus rien à dire à personne. Vous connaissez ?

Je confirme. Par honnêteté, même si ce n'est pas tout à fait vrai, j'explique que c'est la première fois que je regarde à nouveau une femme depuis que je suis seul. Elle m'interrompt, d'un doigt sur sa bouche.

– Restez un inconnu, s'il vous plaît. Je suis trop sentimentale, après.

Je retiens le « C'est comme moi » qui monte à mes lèvres, et je lui demande pourquoi elle fait le signe de croix avant de plonger.

– Même chose quand un homme entre en moi. C'est un réflexe, une protection. Une petite prière pour que tout se passe bien, que je ne me retrouve pas avec des maladies...

Je la rassure : dans cette piscine-là, elle ne risque rien. Elle me dit merci. Un silence s'installe, entrecoupé par les crapauds derrière la maison.

– Vous avez envie de me faire l'amour, Johnny ?

Je dis bien sûr, en forçant un peu l'enthousiasme. Moins par courtoisie que par autosuggestion. Je sens que je ne lui fais ni chaud ni froid ; elle prend le type qui se trouve là, voilà tout. Et je précise quand même que c'est Jimmy. Mais ça n'est pas sa faute : c'est dur de lire dans la buée.

Elle me fixe, debout au-dessus d'elle, promène son regard autour de moi comme si elle cherchait une deuxième chaise. Je lui demande ce qu'elle fait dans la vie. Elle me répond qu'elle vient d'être engagée dans un cabinet d'avocats. Puis elle enchaîne :

– Si on y allait tout de suite ? Comme ça on garde le champagne pour après.

– Et le gâteau ?

— Il décongèle, c'est un vacherin. Je viens de le sortir : on a une demi-heure. On va chez vous ?

Je réponds que c'est petit, et que c'est loin.

— Non, je veux dire : dans la piscine.

Elle se lève, se glisse contre moi. Je referme les bras sur son corps, ennuyé : ce n'est pas vierge, pour moi, les piscines – Emma adorait qu'on fasse la tournée de mes bassins, quand les propriétaires étaient absents. Kim doit le sentir, et m'entraîne soudain au bas des marches, m'engouffre dans le logement des gardiens. Là, ça va, je n'y suis jamais entré que pour boire une bière. Elle me pousse à reculons à travers le mobilier recouvert de housses, me renverse dans le canapé, et on commence à faire l'amour au milieu de ces fantômes blancs qui nous jugent, immobiles.

Enfin, « l'amour »... A peine déshabillé, elle me capote, se signe et me chevauche, les jambes repliées, le regard au mur, le souffle en cadence. J'essaie de respirer à son rythme, de lui caresser les seins, mais elle bloque mes poignets, comme si je la déconcentrais. Au bout d'un moment de va-et-vient, je lui demande si elle aime. Elle s'immobilise, pose les mains de chaque côté de ma tête et s'abaisse, se relève, m'embrasse sur les lèvres à chaque descente, me glisse :

— L'andromaque, ça raffermit les fesses.

Je fais mine d'approuver, en spécialiste. C'est la première fois que je rencontre une fille qui fait des pompes quand je suis en elle. Elle a beau maintenir l'excitation en léchant ma langue un temps sur deux, ça déconnecte. Je veux bien qu'on joigne l'utile à l'agréable, mais pour l'instant je ne vois pas trop où est l'agréable.

— Tu sens ?

L'évangile de Jimmy

Elle guide mes mains sur son corps, se contracte pour que j'admire. Les zones érogènes, chez elle, apparemment c'est les muscles. Elle me fait changer de position toutes les trois minutes, me décrit ce qui travaille : les quadriceps dans la brouette, les abdos pendant la balançoire, les adducteurs en levrette...

— Tu t'allonges en appui sur les avant-bras et je m'assieds sur toi, voilà, très bien.

Elle me tourne le dos, s'enfile, cambrée, s'abaisse en vrille et se soulève en poussant sur ses mains.

— Bras, épaules et seins, énumère-t-elle. Et si je monte en demi-pointes, je travaille aussi les cuisses. C'est bon... Ça te dirait, de jouir comme ça ?

— C'est bon pour quoi ?

— Les pectoraux.

J'arrête d'un coup l'exercice, la retourne, la couche sous moi et, les dents serrées, les yeux dans les siens pour monter la pression par l'agacement, je me finis en missionnaire pendant qu'elle fait ce qu'elle veut avec ses muscles.

— Tu m'as quand même eue, sourit-elle en reprenant son souffle.

Ça m'étonnerait que ce soit vrai, mais j'y vois plus de l'orgueil que de la charité. C'est le genre de fille qui arrive toujours première, obtient ce qu'elle veut et plie le monde à sa logique : elle baise donc elle jouit.

On se retrouve sous la douche en camarades, les jambes en coton, le sourire poli. Elle est fière de son corps et je suis fier d'avoir connu grâce à Emma l'amour avec une vraie femme : on devient difficile, mais ça rend indulgent. Les mains à plat dans le savon de ma poitrine, elle me dit que de toute façon, amoureux comme je suis par ailleurs, entre nous ça ne pouvait être qu'hygiénique. J'acquiesce, en soutenant son regard. Et j'ai ma première bouffée de tendresse pour elle, devant cette lucidité, cette franchise, cette manière de respecter mes sentiments. Comme quoi la délicatesse peut passer pour de l'égoïsme.

La pleine lune éclaire la terrasse, le gâteau n'est plus qu'une flaque où gisent les bougies éteintes. Elle me serre la main, me dit merci. Je dis bon anniversaire. Elle m'étreint brusquement, me confie que je suis un type craquant mais qu'elle n'a pas les moyens de craquer, en ce moment. Je réponds que je comprends, je l'embrasse sur la joue et je repars tout léger dans les hautes herbes inondées de rosée.

Il est dix heures moins le quart. Je vais dormir dans le minivan sur le parking de Darnell Pool : je serai à pied d'œuvre pour demain, et ça m'évitera de croiser mon regard dans les miroirs d'Emma. Cela dit, depuis six mois qu'elle m'a quitté, c'est la première fois que je me sens aussi proche d'elle.

Je ne savais pas qu'une déception pouvait faire autant de bien. Sous le soleil de la verrière, dans la fumée brûlante de mon café, je dévore mes œufs brouillés au comptoir du Walnut's. Cet amour en accéléré, des présentations à la rupture en cinquante minutes chrono, c'est tout ce qu'il me fallait pour me remettre d'aplomb. Ma passion pour Emma est comme revigorée, ce matin, et je commence à me dire que je la retrouverai bien mieux, un jour, si je sais l'attendre de femme en femme, utile et disponible, au lieu de me dessécher dans la fidélité bornée, la vanité maso du mec largué. Allez, la vie continue. Comme disait un Russe dans les livres que me prêtait Madame Nespoulos : « Quand la maison s'est écroulée, il pousse des fleurs entre les ruines. »

– Bonjour, monsieur Wood.

Je me retourne sur un vieux Black en veste grise qui me tend la main, cartable sous le bras, sourire sympa et regard inquiet. Avec ses grosses joues et ses sourcils blancs, il ressemble aux paquets de riz Uncle Ben's. Je le salue d'un air compétent, genre débordé mais libre en cas d'urgence.

– Chez Darnell Pool, on m'a dit que je vous trouverais ici. Je suis le père Donoway, ajoute-t-il en me fixant, après un temps.

Je regarde la croix à son revers. C'est rare, un prêtre à piscine. Il doit s'occuper d'un camp de vacances.

– J'espère que je ne vous dérange pas trop.

Je lui dis que ça va, j'ai cinq minutes. Je lui montre une table, mais il me désigne la porte, avec un sourire silencieux. C'est pourtant correct, ici, pas d'alcool avant sept heures du soir et jamais de putes en semaine. Je termine mes œufs, vide ma tasse, paie ma note et sors derrière lui. Sur le trottoir, il se retourne et me présente un jeune chauve à lunettes carrées :

– Le docteur Entridge.

On se dit bonjour. Ça doit être un problème d'allergie au chlore. Une colonie de mômes victime d'un mauvais dosage.

– Avez-vous un peu de temps à nous accorder, monsieur Wood ? dit le docteur en gardant ma main dans la sienne.

Et il me fixe avec l'espoir anxieux d'un candidat de jeu télé, comme si j'avais la solution de l'énigme. Le prêtre descend du trottoir et se dirige vers une énorme limousine noire d'au moins huit mètres, avec six portes et les vitres opaques. Surpris, je regarde la plaque d'immatriculation. J'assure la maintenance du jet d'eau, devant la résidence privée du gouverneur : je sais reconnaître les voitures officielles. C'est sans doute un camp de vacances pour les enfants haut placés.

La portière du milieu s'ouvre sur une manche bleue à boutons d'or, et le docteur m'invite à monter. Je me retrouve assis dans un salon frigorifié, cuir crème, bar en cristal et home cinéma, en face d'un vieux rougeaud à brushing qui fait tinter les glaçons dans son verre, genre yachtman.

— Juge Clayborne. Je suis ravi de vous connaître.

Je dis moi aussi, un peu gêné par le respect dans sa voix. Ma réputation m'impressionne. Je ne sais pas qui m'a recommandé, mais je ne vais pas tarder à augmenter mes tarifs.

— Un rafraîchissement ? propose le prêtre.

Alignés sur la banquette d'en face, ils me dévisagent tous les trois avec les doigts croisés et le sourire en attente, comme si le choix de ma consommation allait peser sur l'avenir du pays.

— Un Coca, merci.

Ils se consultent, ennuyés. Ils n'ont pas. C'est vrai que c'est interdit, dans le Connecticut. J'ai un geste vers la carafe.

— Ou comme vous, ça ira. Quel est votre problème, alors ?

Le juge et le docteur me regardent, puis tournent la tête

vers le prêtre, puis à nouveau vers moi, comme s'ils comparaient quelque chose.

– Vous ne vous êtes jamais rencontrés ? s'informe le juge.

Je dis non, et que je le regrette. Si je pouvais récupérer l'entretien de leur piscine, ça m'arrangerait bien, en ce moment. Il me verse une rasade de jus d'orange, y dépose deux glaçons avec une pince en argent, et me tend le verre en demandant :

– Que savez-vous de votre famille, monsieur Wood ?

Il a parlé d'un ton détaché, comme s'il s'agissait de la météo ou du base-ball.

– Ma famille ?

– Votre ascendance, précise le Dr Entridge.

J'avale ma salive. Je suis habitué à donner mes références, c'est normal, même en quatre exemplaires pour les services administratifs du gouverneur : chaque année ils me réclament une lettre de motivation pour régler leur jet d'eau, mais le coup du livret de famille, on ne me l'a pas encore fait.

– Je suis orphelin de naissance. J'ai eu des parents adoptifs, mais c'était dans le Mississippi, et ils sont morts. Sinon je suis célibataire, voilà.

Dans un réflexe de prudence, je précise que je vis maritalement avec une femme que j'adore. Qu'ils n'aillent pas s'imaginer des choses du genre pédophilie. Dès qu'il y a camp de vacances, il y a suspicion : je me suis vu refuser des devis pour moins que ça.

– A quand remontent vos premiers souvenirs ? demande le médecin.

J'éclate de rire. Ce n'est pas contre eux, mais de les voir en brochette devant moi, penchés en avant, captivés et jouant la sympathie, j'ai l'impression d'être un condamné à mort. Je le leur dis. Ils échangent un regard neutre.

— Comme dans les films : y a l'aumônier, le toubib et le juge. Ils sont très gentils avec le héros parce qu'il ne lui reste plus qu'une heure à vivre, alors ils sont là pour lui offrir un pot, vérifier qu'ils vont l'électrocuter en bonne santé, et ils le confessent un dernier coup, histoire de savoir ce qu'il n'a pas dit pendant le procès.

Le juge repose son verre.

— Pardon d'être brutal, monsieur Wood, mais nous sommes chargés de vous révéler vos origines.

— Doucement, intervient Uncle Ben's.

— Vous avez retrouvé mes vrais parents ?

J'ai parlé dans un élan plus fort que moi, je fixe la mine embarrassée des trois types.

— En quelque sorte, oui, murmure le prêtre.

— Je suis psychiatre, me déclare le chauve avec un sourire rassurant.

— Ils vont bien ?

Le silence qui suit me permet de mesurer l'absurdité de la scène. Je ne vois pas en quoi ma situation de famille peut concerner la justice, la médecine et l'Eglise. A moins que je sois le fils caché de ce taré de pasteur Hunley, le milliardaire du dimanche qui a six chaînes de télé, trois compagnies aériennes, douze mille procès au cul et la cinquième place dans la cote de popularité du *New York Post*.

— Ne soyez pas sur la défensive, sourit le psychiatre. D'une certaine manière, c'est une bonne nouvelle que nous vous apportons.

— C'est le mot, acquiesce gravement le prêtre.

— Mais préparez-vous à un choc, précise le juge.

L'évangile de Jimmy

Un peu sèchement, je leur réponds que j'ai trente-deux ans et que tout ça ne m'intéresse plus : j'ai tiré un trait sur mon enfance de merde, j'ai jeté mes souvenirs et je voyage léger. L'identité de mes géniteurs, je n'en ai rien à battre.

– Pourquoi ? s'offense le trio dans un chœur décalé.

– Ils m'ont abandonné.

Le juge et le psy se tournent vers le prêtre, qui baisse les yeux :

– Vous ne pouvez pas dire cela, même si...

Il s'arrête, le sourire empêtré dans les points de suspension. L'idée me vient soudain que mes parents biologiques ont pris un avion en otage, quelque chose comme ça ; on les a identifiés, on a retrouvé ma trace à cause de l'empreinte génétique, et on compte m'utiliser comme moyen de pression. Ça explique la limousine et les trois corps de métier. On m'apprend la nouvelle avec psychologie, on me réquisitionne, on me bénit, on m'amène sur place et je négocie.

– C'est grave ?

– Grave ? répète le Dr Entridge d'une voix atone.

– Ce qu'ils ont fait.

– Bon, lance le juge en frappant dans ses mains, coudes sur les cuisses, on ne va pas tourner autour du pot. Il n'y a pas de parents.

– Au sens procréatif du terme, précise le psy.

– Mais il y a filiation, souligne le prêtre.

– Ne commençons pas à ergoter, coupe le juge.

Et il avance la main pour taper sur mon genou.

– En tout cas, ce que vous devez savoir, mon garçon, c'est que tout ce qu'on est en train de vous dire est classé secret défense. OK ? Sous aucun prétexte et dans aucune circonstance vous ne devrez en parler à quiconque.

Je m'énerve :

— Et parler de quoi ? Jusqu'à présent, je m'excuse, mais je vois pas ce que je pourrais balancer ! Moi, j'attends que vous me disiez votre problème et qu'on aille sur place pour le devis, et au lieu de ça vous me demandez ce que je me rappelle de mon enfance, et après vous me sortez qu'il n'y a rien à se rappeler : je n'ai pas de parents. Merci, hein, j'avais besoin de vous pour le savoir, c'est sûr. Allez, on arrête là, j'ai pas que ça à faire.

— Nous comprenons, apaise le juge en hochant sa tête de poulet de grain, mais ce n'est pas ce que vous croyez, monsieur Wood.

— C'est quoi, alors ? *Caméra gag* ? Vous avez loué vos costars, et vous espérez fourguer votre film à CBS pour toucher la prime ?

Les trois guignols se consultent avec un soupir, sortent leurs cartes et me les plantent sous le nez. Elles ont l'air vraies, mais bon, je n'y connais rien. Deux d'entre elles sont des laissez-passer avec photo, puce et code-barres, à l'en-tête de la Maison-Blanche.

Je déglutis, j'acquiesce et je déclare d'un air contrit :

— D'accord, je suis le fils du Président. Gay comme il est, je comprends le secret défense.

Les trois cartes replongent dans les poches intérieures.

— Ça vous ennuierait d'être sérieux, monsieur Wood ?

— OK, dis-je en me marrant dans le genre conciliant, les mains levées : rassurez papa, je suis pas né, je demande rien. De toute façon, je vote blanc.

Le juge tape du pied, le prêtre l'invite au calme d'un air encore plus excédé.

— Bon, abrégeons les précautions oratoires, lance le psy avec brusquerie. Que pensez-vous du clonage ?

— C'est un micro-trottoir ? Un sondage d'opinion ? On m'a tiré au sort et je suis la voix du peuple ?

— Que pensez-vous du clonage ? répète-t-il en espaçant les mots.

Je réponds que c'est nul : le vieux Barrington, avec sa piscine olympique rien que pour lui, qui ne dit jamais bonjour et fait ses dix brasses à l'heure des récréations pour narguer les gamins de l'école voisine, donne des fortunes au laboratoire qui lui recopie son chat. Une espèce de persan à concours qui se noie tous les deux ans et qui ressuscite aussitôt en plus jeune, aussi con et avec autant de poils qui me bouchent le filtre.

Ils me laissent finir en contenant leur impatience, et le juge enchaîne :

— Nous parlons du clonage humain. Techniquement, savez-vous comment cela fonctionne ?

— Je sais que c'est interdit, que tout le monde le fait, et que du coup le gouvernement va l'autoriser pour toucher sa com'.

Le juge s'apprête à protester, le Dr Entridge le devance :

— A la fin du siècle dernier, monsieur Wood, des expériences cruciales ont bouleversé la biotechnologie. Et je ne parle pas des déclarations tapageuses de quelques sectes ayant annoncé des naissances pour récolter des fonds...

— Bref, coupe le juge, en 1994, certains chercheurs américains maîtrisaient déjà parfaitement, dans le plus grand secret, la transplantation de noyaux cellulaires prélevés sur des êtres vivants...

J'ai levé la main en entendant ma date de naissance. Il poursuit :

— ... et tentaient même le clonage à partir de molécules d'ADN provenant de personnes décédées. Oui ?

— C'est de moi que vous parlez ? Qu'est-ce que vous êtes en train de raconter ? Que je suis un clone ?

Le prêtre soupire, le psy écarte les mains et le juge hoche la tête. Ils attendent ma réaction. Je ne montre rien. Je me sens très calme, concentré, au ralenti. Totalement maître de moi, comme le jour où j'ai perdu le contrôle du minivan sur une plaque de verglas, et où j'ai redressé le cap à force de sang-froid, d'anticipation et de contre-braquage. Mais là, il n'y a pas de danger. Au contraire. Une impression de soulagement, un poids qui disparaît – ce boulet que je traîne depuis toujours, mélange de rancune et de culpabilité. C'est mille fois plus confortable d'avoir été fabriqué dans un labo qu'abandonné en connaissance de cause par des parents biologiques. D'un autre côté, tous les reportages que j'ai vus disent que les clones meurent en couches-culottes. Ou je suis une exception, ou je suis une erreur. Ils ont dû se tromper de Jimmy Wood.

— Vous avez une preuve ?

Le prêtre interroge du sourcil le docteur, qui abaisse les paupières. Le juge attrape l'attaché-case en cuir derrière ses mollets, l'ouvre et sort un dossier dans une pochette bleue. Je tends la main. Il recule la pochette.

— Ce sont vos analyses de sang.

— Ouais, ben, donnez.

— Je suis obligé d'appliquer la procédure légale, monsieur Wood. Toute communication d'une pièce classée top secret niveau A doit s'accompagner d'un engagement écrit de non-divulgation.

– Mes analyses de sang, elles sont classées top secret ? C'est quoi, ce délire ?

Il prend dans sa serviette une liasse de feuilles qu'il dépose sur mes genoux. J'étudie les deux pages en quatre exemplaires qui disent que j'irai en prison pour trois cent dix ans, avec cinquante mille dollars d'amende, si je dévoile une information de niveau A. C'est écrit à la première personne, et en gros je m'engage à n'avoir jamais lu ce que je vais lire.

– Mais pourquoi vous me mettez au courant, si vous avez tellement peur que je parle ? C'est le cloné qui vous envoie ? Il est mort et j'hérite ?

– Ce n'est qu'une formalité. Paraphez en bas de page, et signez sur la croix.

Je gonfle les joues, attrape le stylo que le juge me tend, gribouille initiales et signature, lui rends ses papiers.

– A vous, dit-il au prêtre.

– Est-ce vraiment... opportun, monsieur le conseiller ?

– C'est la procédure, mon père.

Uncle Ben's sort une Bible à contrecœur, la présente au-dessus de mes pieds et articule lentement :

– Jimmy Wood, jurez-vous devant Dieu de dissimuler la vérité, toute la vérité, rien que la vérité ? Levez la main droite et dites « Je le jure. »

– Faites chier. Je crois pas en Dieu, j'en ai rien à foutre d'hériter d'un inconnu, et je vous ai jamais vus. Salut.

J'abaisse la poignée de portière. Rien ne se passe. Je cherche le système de déblocage, me retourne vers le juge, et mon coup de sang retombe aussi sec. Il est en train de fixer le père Donoway avec un air catastrophé, répète en plissant le visage :

— Il ne croit pas en Dieu ?

— Les voies du Seigneur..., commence le prêtre.

— Aucune clause du protocole n'envisage ce cas de figure !

— Jimmy, intervient le psy en me scrutant avec bienveillance, essayez d'être clair : quand vous déclarez que vous ne croyez pas en Dieu, ça veut dire que vous n'y pensez pas, que la religion vous rebute, ou que vous avez perdu la foi ?

— Ça veut dire que j'emmerde les curés, les docteurs et les juges. Je suis clair, là ?

J'attends qu'ils se vexent et me flanquent dehors, mais ils se consultent avec des hochements de tête, comme si je réussissais un test.

— En fait, c'était son discours, non ? dit le psy.

— J'émettrais quelques réserves sur la forme, soupire le prêtre en rangeant sa Bible dans son cartable, mais sur le fond... Ce genre d'attitude était fréquent, oui.

— Considérons qu'il a juré, tranche le juge en regardant l'heure.

Il me tend la pochette bleue. J'en sors une chemise cartonnée, l'ouvre et tombe sur mon bilan sanguin, avec l'en-tête du dispensaire de Lenox Avenue et la date du 1er juillet.

— Comment vous avez eu ça ? Le dispensaire a sauté !

— Le résultat venait de nous être transmis.

Je parcours les lignes de chiffres. Tout a l'air normal, compris dans les fourchettes moyennes, à part le cholestérol et l'urée, mais bon, ce n'est pas un scoop. A la page suivante commence une série de quatre lettres répétées cent fois dans le désordre : mon empreinte génétique. On y a intercalé des feuilles d'une autre couleur. Elles ne comportent aucun nom, les caractères sont différents, mais le classement des TGAC paraît identique.

— C'est le gars d'où je viens ?
— Oui.
— Il veut garder l'anonymat ?
— Ça, nous ne le savons pas encore, murmure le docteur avec un regard en coin vers le prêtre. Mais la Maison-Blanche ne veut pas que ça s'ébruite, pour l'instant. La personne dont vous êtes le clone est d'une telle importance, au plan mondial... Une importance qui n'est pas sans déclencher des controverses.
— Je suis l'héritier McDonald ?

Ils me regardent, la bouche en rond.

— Non, parce que si j'ai du sang de McDo, avec les procès en cours, je me fais transfuser, moi ! Pas question d'accepter l'héritage ! Mille ans de prison pour complicité d'obésité, merci !
— Il ne s'agit pas du « sang de McDo », monsieur Wood, interrompt le juge en tapotant les doigts devant son nez.

Une vibration sous mes fesses me fait sursauter. La voiture roule.

— Où on va ?
— Chez vous. Dans votre état, nous ne pouvons pas vous laisser prendre le train.
— Dans mon état... Ça veut dire quoi ?
— Vous allez subir un choc, sourit le psy. Ne vous inquiétez pas : j'ai prévenu votre employeur que vous étiez souffrant.

— Mais j'ai le sang de qui, enfin ?
— Du Christ.

J'arrête de respirer, cherche sur leurs visages une trace d'humour, l'hypothèse d'une métaphore ou d'un lapsus. Mais non : le docteur me fixe avec l'air de savourer son diagnostic, le prêtre incline la tête dans une attitude de respect jovial, et le juge acquiesce en haussant les sourcils avec une grimace de compassion. Mon éclat de rire fige leur expression sans la changer, comme si toutes mes réactions étaient prévues d'avance.

— Et d'où il vient, votre sang du Christ ? C'est le pinard que les prêtres avalent pendant la messe ? On m'a cloné à base de merlot ou de chardonnay ?

Imperturbable, le juge allonge le bras, tourne les pages du dossier sur mes genoux et s'arrête devant une série de photographies : positifs et négatifs, agrandissements, images de synthèse...

— Vous avez entendu parler du Linceul de Turin ? s'informe le prêtre du bout de la voix.

— Le rideau dans lequel on a mis Jésus en le déclouant ?

— Le linge funèbre, oui.

— Arrêtez vos conneries : je regarde la télé, quand même ! Votre linge, il est peint, et le sang qui est dessus on l'a rajouté avec un pinceau pour faire vrai. Ça peut être du sang de n'importe qui, et si je viens de là, ça m'avance pas plus que d'être né sous X.

Le juge réplique avec une lenteur persuasive :

— Je vous ai joint en annexe le dossier scientifique du Linceul, Jimmy. Vous trouverez page 25 la réfutation sans appel des hypothèses de peinture et d'ajouts sanguins postérieurs au martyre. La génétique est formelle : votre ADN est identique à celui d'un crucifié du Ier siècle – selon toute évidence le prophète connu sous le nom de Jésus de Nazareth.

– Qu'il soit ou non fils de Dieu, achève le psy, c'est une autre paire de manches, mais peut-être que vous permettrez d'apporter une réponse à cette question.

La chemise cartonnée glisse de mes jambes, les feuilles s'échappent, le curé les ramasse. Je vois des graphiques, des bilans, des en-têtes de laboratoires militaires, des coups de tampon « confidentiel défense ». Je cherche désespérément la salive au fond de ma gorge.

– Vous voulez dire... vous essayez de me faire croire que je suis né d'une tache sur un drap ?

– Pas n'importe quelle tache, sourit le père Donoway. Et pas n'importe quel drap.

Je me laisse aller en arrière, ferme les yeux contre l'appui-tête.

– Alors, claironne la voix du juge, quel effet cela fait ?

On dirait que je viens de gagner un match et qu'il me tend le micro pour que je donne mes impressions. Je ne réponds pas. Les images se bousculent derrière mes paupières. Des blouses s'affairent sur des tubes, des fumées bleues sortent d'un congélateur, des rats tournent dans des cages, une croix se met à grandir devant moi et me tombe dessus... Comme dans les cauchemars que je fais depuis toujours.

Je rouvre soudain les yeux. La limousine roule sur Meritt Freeway.

– Qu'est-ce que vous voulez de moi ?

Le juge sort un paquet de cigarettes vitaminées, me le tend, je refuse, il le range.

L'évangile de Jimmy

— Vous avez tout votre temps, Jimmy, déclare-t-il. Dans l'immédiat : une demi-heure pour étudier votre dossier, que bien entendu nous ne pouvons pas vous laisser emporter. Arrivé à votre domicile, vous saurez tout ce que vous devez savoir, et vous pourrez prendre votre décision, dans les jours qui viennent, en connaissance de cause.

— Quelle décision ?

Le psy décroise les jambes et me déclare, avec un genre de fierté, que personne n'a l'intention de me forcer.

— De me forcer à quoi ?

— A croire en vous. A assumer votre origine... voire votre rôle.

— Vous êtes peut-être, enchaîne le prêtre avec un geste de prudence, et ce *peut-être* est notre seule certitude, le Messie dont les Evangiles annoncent le retour...

— Ou un simple ersatz de la biotechnologie que la Grâce ne visitera jamais, complète le juge.

— Et pourquoi vous venez me raconter ça aujourd'hui ? Parce que j'ai trente-deux ans et que ça presse, vu que Jésus est mort à trente-trois ?

Ils échangent un coup d'œil surpris, comme s'ils n'avaient pas songé à ça. Ils me prennent vraiment pour un charlot.

— Nous avions perdu votre trace, Jimmy, reprend le prêtre. Le Centre de recherche où, après votre conception, vous avez passé les six premières années de votre vie, a été détruit dans un incendie auquel vous avez – si vous me permettez l'adverbe – miraculeusement échappé.

Je revois la route, mon pyjama brûlé, le break des Wood...

— Je ne vous dis rien, Jimmy ? ajoute-t-il doucement.

J'étais jeune, à l'époque, et plus svelte... Vous avez grandi auprès de moi, j'assurais votre éducation religieuse...

Je le détaille, une barre dans la tête. J'essaie de l'imaginer en blouse blanche, trente ans de moins... Je lui réponds qu'il s'est fatigué pour rien : je n'ai aucun souvenir de mes six premières années. Et ils ne me feront jamais croire que, si je suis celui qu'ils prétendent, ils n'ont pas réussi à me retrouver plus tôt.

– Rappelez-vous le contexte, soupire le juge. La fin du règne Clinton, le budget dément de la NSA, tous ces milliards dépensés pour un espionnage satellitaire qui n'a jamais vraiment fonctionné... Les commissions d'enquête cherchaient n'importe quel prétexte pour faire tomber le Président : scandales immobiliers, fellations ancillaires, programmes de recherche clandestins... Les services spéciaux de la Maison-Blanche ont cherché à vous retrouver, bien sûr, comme ça, mais il était plus important de garder secrète votre existence que de risquer des fuites en vous localisant, et devoir du coup justifier le clonage humain que Bill Clinton désavouait officiellement dans ses discours. Quant à l'administration Bush... elle a eu d'autres priorités. Dans le chaos qui a suivi, on vous a vite oublié. On pensait d'ailleurs que vous étiez mort, comme vos frères...

– Mes frères ?

– Vous n'étiez pas le seul embryon, monsieur Wood. Le sang du Christ a généré quatre-vingt-quatorze échecs : fausses couches, anomalies du développement fœtal, enfants morts-nés... Un seul est venu à terme ; c'est vous.

– Et ma mère ?

Un silence gêné s'installe. Le docteur ôte ses lunettes,

sort un petit sachet de sa poche, le déchire, en extrait une lingette, et finit par répondre en nettoyant ses verres :

— Une donneuse a fourni l'ovule d'accueil, dont on a vidé le patrimoine génétique pour ne garder que le cytoplasme. Ensuite, on a prélevé le noyau d'une cellule somatique extraite d'un des globules blancs du Linceul ; on l'a reprogrammé, puis injecté dans l'ovule. Après quoi un courant électrique a stimulé la fusion, et on a implanté l'embryon dans l'utérus d'une mère porteuse.

— Vierge, naturellement, souligne le prêtre.

— C'était d'ailleurs la donneuse d'ovule, précise le juge.

Je leur demande si son identité est marquée dans le dossier. Ils évacuent la question, chacun à sa manière : haussement d'épaules, sourire navré, paupières qui s'abaissent.

— Bon, admettons. Vous avez perdu ma trace, vous m'avez oublié. OK. Et alors pourquoi, aujourd'hui, vous me tombez dessus ?

Ils me répondent en rafale, avec leurs voix qui se chevauchent, que les temps ont changé, que l'administration Nellcott est favorable au clonage, que je n'avais jamais été malade ni hospitalisé jusqu'à présent, et que seule la morsure d'un chien a permis de me détecter.

— Voilà, Jimmy, conclut le juge en tripotant les boutons de son accoudoir. Vous savez l'essentiel et, pour les détails, je vous invite maintenant à lire votre dossier : ça a l'air de rouler, ce matin, et il y a un certain nombre de documents... Souhaitez-vous être seul ?

— Vous descendez et vous suivez à pied ?

— A tout à l'heure, Jimmy. S'il y a des questions, vous avez l'interphone à main gauche.

L'évangile de Jimmy

Une séparation descend devant mon nez, dans un bourdonnement électrique. Un plafonnier s'allume au-dessus de moi et mon siège pivote pour se mettre dans le sens de la marche. Les mains tremblantes, j'attaque la lecture. Historique, rapports d'expériences, analyses comparatives, photos de moi sous tous les angles, de zéro à six ans... Couché dans un berceau, debout derrière les barreaux d'un parc à jouets, assis à un pupitre, dans un gymnase, sur une pelouse à grillage, attablé dans une salle à manger vide... Toujours seul, toujours en training blanc avec une petite croix au bout d'une chaîne et l'air triste, si triste... Mes larmes tombent sur ces visages que je ne me connaissais pas, diluent ces images d'un passé qui n'est pas le mien – je n'en veux pas, je refuse d'être ce bébé en kit, cet enfant né d'un drap de mort, cette expérience de fou furieux, ce Frankenstein à visage d'ange... Et pourtant, c'est moi. Et je tourne chaque page comme un couteau dans la plaie, un supplice qui assassine peu à peu le Jimmy sans histoires que je m'étais inventé...

Au bout de vingt minutes, je referme la chemise cartonnée. J'ai vieilli de trente-trois ans. Si je suis né d'un noyau qui a vécu la vie de Jésus, j'ai son âge plus le mien.

J'appuie sur le bouton de l'interphone. Le store d'aluminium se relève, le plafonnier s'éteint et mon siège me ramène en face des trois hommes. Même pas d'anxiété dans leurs yeux. L'un téléphone, l'autre lit le journal, le troisième dormait. Ils me fixent en attendant que je parle. Ils se penchent en avant, le sourire compréhensif.

– Je pourrais avoir un enfant, quand même ?

Le juge hausse un sourcil, reprend le dossier en me demandant pourquoi cette question.

— Un clone, il est obligé de se cloner, ou il peut se reproduire comme tout le monde ?

Le trio me dévisage en silence.

— Je m'attendais à un autre genre de réaction, murmure le prêtre avec une douceur déçue.

— Et comment vous voulez que je réagisse ? Vous me balancez un truc pareil, il faut bien que je me raccroche à quelque chose !

— La brebis Dolly a mis au monde un agneau après avoir copulé avec un bélier, laisse tomber le psychiatre sur un ton rassurant.

La limousine est entrée dans Harlem, slalome sur Frederick-Douglas entre les trous et les voitures incendiées.

— Bien, reprend-il comme s'il refermait une parenthèse. De toute manière, maintenant, c'est à vous de jouer. Vous avez déclaré sur l'honneur n'être au courant de rien : vous êtes libre de tout oublier. Ou de vendre votre histoire à la presse et de finir en prison, après être passé pour un mythomane. Ou de m'appeler à ce numéro dans les deux jours, pour que nous envisagions, ensemble, à quoi nous pourrions consacrer votre... disons votre patrimoine génétique exceptionnel, pour le bien de l'humanité.

— Le bien de l'humanité ? Vous travaillez pour l'administration Nellcott, et vous me parlez de « bien de l'humanité » ?

— Pourquoi ce persiflage ? sursaute le juge. Vous n'êtes pas démocrate, que je sache ?

— Je ne fais pas de politique ! Je suis un piscinier d'origine inconnue, j'ai rien demandé, je fais ce que j'ai à faire dans mon coin, et je vais pas aller jouer le Jésus électoral à la télé pour la campagne de votre Président !

L'évangile de Jimmy

– Ce n'est pas ce que nous vous demandons...
– Et qu'est-ce que vous me demandez ?
– Rien. Laissez parler en vous la voix qui, peut-être, demande à s'exprimer depuis votre naissance...
– D'abord qu'est-ce qui me prouve que c'est moi, le gamin sur les photos ? Hein ? Qu'est-ce qui prouve que c'est mes analyses à moi ? Tous les jours il y a des erreurs dans les laboratoires, ils se trompent de nom, ils mélangent les dossiers, j'ai un copain plombier qui est entré à l'hôpital pour une appendicite et on lui a enlevé la rate, alors lâchez-moi avec Jésus ! J'irai refaire une prise de sang moi-même et on verra bien !
– Vous faites ce que vous voulez, Jimmy... A condition de garder le secret. Mais notre devoir était de vous donner le choix.

La voiture s'arrête. Le loquet de ma portière se relève dans un clic. Le psy me serre la main, le juge me presse l'épaule, le prêtre me tend sa Bible.

– Je vous dis que je ne jure pas !
– Gardez-la, me répond-il avec un sourire grave. Et il ajoute : Pour faire connaissance.

Le corps de Jimmy se figea au moment où il ouvrait la portière, l'écran s'éteignit, la lumière se ralluma. Un silence épais retomba dans la salle aux boiseries d'acajou, ponctué par les menus grincements des sièges articulés convergeant à nouveau vers le fauteuil central.

– Voilà, Monsieur le Président, conclut le Dr Entridge.

– J'ai trouvé votre comportement d'une brutalité scandaleuse, lança le coordinateur.

– Venant de vous, la remarque est piquante.

– Docteur, laissez M. Cupperman préciser sa pensée.

– J'ai précisé, Monsieur le Président. On n'annonce pas comme ça de but en blanc à un réparateur de piscines qu'il est Jésus-Christ réincarné, pour l'abandonner ensuite dans la nature avec une Bible – alors qu'il vient de vous dire qu'il est incroyant ! Et j'ajoute, d'un point de vue strictement humain...

Le Président interrompit l'objection en décollant ses doigts de la table. Buddy Cupperman se rejeta en arrière, dans le couinement de son fauteuil.

– Docteur Entridge ?

– Nous avons procédé comme vous le souhaitiez, Monsieur le Président. Nous étions tous d'accord, il me semble, sur la nécessité d'un choc psychologique.

— Il y a choc et choc, marmonna Buddy en desserrant d'un coup la cravate qu'il avait patiemment supportée pendant plus d'une demi-heure. Vous n'étiez pas en présence d'un preneur d'otages qu'il fallait casser nerveusement !

— Le coordinateur a-t-il suggéré une stratégie différente lors de la précédente réunion ? intervint le juge Clayborne. Je n'en ai pas souvenir, Monsieur le Président, et j'ai relu le compte rendu.

— L'intérêt d'un choc, s'obstina Cupperman, c'est la sympathie qu'il permet de témoigner ensuite au sujet !

— Pas en psychiatrie, rétorqua Entridge.

— On ne vous demande pas de recruter un patient, mais de former un Sauveur !

— Je ne forme rien, Buddy, j'explore. Et pour explorer une faille, il faut d'abord la détecter. Maintenant nous savons sur quel terrain nous allons travailler...

— La conclusion de ce premier contact, abrégea le Président, soucieux d'apaiser les tensions et de respecter son agenda.

Le Dr Entridge reprit la télécommande, et manœuvra les touches pour revenir aux moments clés dont il avait repéré le time-code. Quelques ratés dans la manipulation installèrent une moue d'impatience sur les lèvres de Buddy Cupperman. Comme tout scénariste, le visionnage des rushes lui laissait une insatisfaction rancunière dont il avait pris son parti avec les années – sauf que là, même s'il s'estimait trahi par les acteurs, on ne pouvait pas retourner la scène.

Profitant de la suspension de séance, le conseiller médias,

un éphèbe oxygéné avec une cravate en cuir et un diamant dans le nez, lança d'un ton définitif :

— En tout cas, en ce qui me concerne, il n'est pas montrable.

Venu du privé, capable de lancer indifféremment un athlète, un chanteur, une guerre ou une action caritative, c'était le meilleur attaché de presse de la Maison-Blanche pour ce genre de projet, et son verdict jeta un froid.

— Comment ça se fait ? s'interrogea sa voisine, une chirurgienne esthétique du Conseil national de sécurité chargée de relooker les terroristes repentis. Logiquement, il devrait présenter la même morphologie que l'homme du Linceul...

— Vous oubliez l'alimentation, répondit le Dr Scholl, un nutritionniste excessivement nerveux qui faisait des confettis dans son bloc-notes. Remplacez l'huile d'olive et le poisson par le fast-food et les glaces : vous aurez quarante livres de plus.

— La barbe et les cheveux longs recadreront déjà le profil, trancha la relookeuse.

Assis dos à l'écran, Irwin Glassner passait en revue les membres de la commission d'étude que Buddy Cupperman était censé coordonner. Le casting rassemblait des personnalités aussi peu compatibles que le Dr Entridge, responsable de la division psychiatrique de la CIA, l'agent Wattfield, chef d'unité action au FBI, ou le général Craig, un vétéran marié à une jeune musulmane, l'un des seuls au Pentagone pour qui le Proche-Orient était autre chose qu'un sous-sol en voie d'épuisement. De l'autre côté de la table siégeaient en rang serré le nutritionniste, la relookeuse, l'attaché de presse, un coach mental et un rabbin polyglotte chargé d'enseigner à l'apprenti Messie des rudiments d'hébreu, d'araméen, d'arabe et d'italien. En face du Président trônait Mgr Givens, son conseiller aux affaires religieuses, théologien licencié en Ecriture sainte à l'Institut biblique de Rome, spécialiste des fanatiques de toutes confessions. Somnolant à sa gauche, le juge Clayborne avait d'ores et déjà attelé son équipe à la question la plus sensible du dossier : la jurisprudence internationale en matière de succession biogénétique, afin de définir les droits que pouvait réclamer l'héritier du Christ sur les orientations et le patrimoine des Eglises chrétiennes.

Irwin refit son compte. Volonté du coordinateur ou ironie du sort, ils étaient douze. Malgré lui, en observant les visages, il se demandait qui serait Judas.

— Ses mensonges, d'abord, attaqua le Dr Entridge, qui avait fini par isoler sur l'écran l'image illustrant sa démonstration. « Je vis maritalement. » C'est faux : il n'était que l'amant d'une femme en instance de divorce, qui l'a plaqué depuis six mois. Regardez la direction de son regard, et la manière dont il gonfle ses épaules. On sent l'homme inquiet de sa virilité, qui veut renvoyer de lui une image valorisante face à deux autres mâles — tout en se démarquant d'un ecclésiastique par la revendication d'un péché, fût-il imaginaire.

Buddy Cupperman étouffa dans sa pipe éteinte un grognement narquois que tout le monde perçut. Lester Entridge actionna sa télécommande avec une énergie disproportionnée. L'image se modifia.

— L'identité de mes géniteurs, je n'en ai rien à battre ! déclara sur l'écran Jimmy qui s'immobilisa aussitôt, pour reprendre après un bref accéléré : Ils m'ont abandonné.

Le psychiatre coupa le son.

— Déclinaison inconsciente d'*Eli, Eli, lema sabachtani*, souligna-t-il en rajustant ses lunettes carrées.

— Mon Dieu, mon Dieu, pourquoi m'as-Tu abandonné ? soupira le théologien qui, face au regard perplexe que l'attaché de presse tourna vers lui, dessina dans l'air des guillemets.

— Il y a une légère controverse, rappela le rabbin d'une voix flûtée. Pour certains linguistes, la racine de *sabachtani* signifie « ténèbres » en phénicien...

— Bref, enchaîna Entridge, c'est un abandonnique, mais son trauma s'est dilué dans les transferts. Passons sur sa réaction de colère face au secret défense qui le muselle : un besoin vital de s'extérioriser, qui sera précieux pour nous, le moment venu. Mais là, c'est intéressant : l'allusion à l'homosexualité. Regardez, Monsieur le Président, lorsqu'il vous évoque. Observez son œil quand il dit : « Rassurez papa. »

— Il a quand même eu à deux reprises une réaction d'hostilité à mon égard, sourit Bruce Nellcott qui, depuis son *coming out* à l'âge de treize ans, était toujours plein d'indulgence pour les antigays primaires qui alimentaient son sentiment de supériorité affective.

— Rejet machinal du pouvoir temporel que vous incarnez, diagnostiqua Entridge en caressant son crâne lisse. N'y voyez rien de personnel.

— Tant pis, fit le Président.

Et il tourna son œil malicieux vers la chef d'unité du FBI, qu'il trouvait plus agréable à regarder que cet intello coincé de la CIA. L'agent Wattfield lui rendit son sourire, puis revint sur le visage de Jimmy qui grossissait sur l'écran.

Entridge zoomait, brandissant sa télécommande comme une arme de poing.

— Remarquez ses mâchoires : il se détend. Pourtant il vient d'entendre qu'il est un clone. En dix secondes, il assimile, il admet, il intègre. Si je ralentis, regardez, il paraît même *rassuré*. Que se passe-t-il ? Le fantasme a rempli l'empreinte en creux de l'abandon. Il n'est plus un enfant naturel, mais une créature *artificielle*. Ça change tout ! Il se croyait non désiré, il découvre qu'il a été *voulu*. Bouleversement essentiel qu'il ne faudra pas minimiser dans la manière dont nous le traiterons.

— Oui, bon, fit Nellcott avec un coup d'œil à sa montre, mais tout ça ne nous dit pas s'il va accepter ou non de travailler pour les Etats-Unis.

Les lèvres crispées, Entridge désigna au Président le coordinateur qui dessinait des bonshommes sur son bloc.

— Vous avez approuvé mon synopsis, Monsieur, répondit Cupperman. Il n'y aura pas de problème.

— Mais s'il s'enfuit, s'il veut nous échapper, s'il se cache ?

— N'oubliez pas les micropuces qui ont infiltré les pores de ses mains pendant qu'il lisait son dossier, se rengorgea le juge Clayborne.

L'agent du FBI souligna que le conseiller juridique avait usé là d'un moyen de surveillance contrevenant au troisième amendement de la nouvelle loi sur les libertés individuelles, annonça qu'elle déclinait toute responsabilité au nom de son service, et confirma que la *smart dust* inventée à l'université de Berkeley permettait de suivre le sujet par capteur informatique, à la manière d'un GPS.

— Et puis même, s'il se récure les mains à la soude et que vous le perdez, renchérit Buddy, vous le verrez rappliquer à

L'évangile de Jimmy

Washington sous vingt-quatre heures. Il lui sera *impossible* de vivre seul avec ce qui va lui arriver à partir de ce soir : c'est lui qui viendra implorer le secours de nos structures.

— Vous connaissez mes réserves à ce sujet, rappela le Dr Entridge au Président qui s'en foutait, définitivement séduit par la stratégie qu'avait élaborée Buddy en six pages de synopsis.

— Comment interprétez-vous son refus de jurer sur la Bible ? s'enquit Mgr Givens.

Le psychiatre, ravi de la question du conseiller aux affaires religieuses, développa sa thèse en martelant ses mots : il s'agissait d'un blocage de l'inconscient collectif chrétien, en réaction contre l'usage inconsidéré du Livre Saint devenu le paravent obligé de tant de mensonges, de faux serments et de parjures.

— Oui, mais quand il dit qu'il...

Le théologien laissa en suspens, préférant désigner du menton l'écran où Jimmy vociférait en silence. Entridge remit le son.

— J'emmerde les curés, les docteurs et les juges !

Après avoir figé l'image, le psychiatre s'empressa de préciser :

— Au sens des institutions religieuses, du pouvoir médical et des autorités judiciaires qui, je vous le rappelle, ont condamné Jésus en raison de ses guérisons miraculeuses et de l'instabilité politique qui en découlait.

— Il faudra quand même étoffer son discours, glissa l'attaché de presse.

— Sa réaction quand on évoque le sang du Christ, souleva Irwin Glassner, que tout cet entretien filmé à l'insu de Jimmy avait mis profondément mal à l'aise. Pour vous, docteur, la révélation provoque un déclic, ou bien c'est simplement de l'incrédulité ?

Le psy de la CIA cala l'image à l'endroit demandé, où l'on voyait Jimmy s'informer de la nature du vin de messe à l'origine de son clonage.

— Censure instinctive du surmoi, qui évacue le rapport au sang génétique et sexuel derrière la symbolique de l'eucharistie, sous-titra Entridge.

— Ce n'était pas de l'humour ? interrogea gravement Buddy Cupperman en feignant l'inquiétude.

— Ce que vous appelez « humour » est toujours une fenêtre ouverte par l'inconscient.

— Vous ne devez pas souvent prendre l'air.

— Et quand le père Donoway lui révèle leurs liens, enchaîna Glassner, et que Jimmy ne se souvient pas...

— Là, il simule ! triompha Entridge en zoomant. Regardez ses yeux. On les a passés au détecteur de mensonge optique : il a reconnu le prêtre, mais il *refuse*. Il refuse les souvenirs qui sont en train d'affluer, suite au choc psychologique que j'ai provoqué. Je suis catégorique : à partir de là, il joue la comédie.

— Même quand il pleure ?

— Au moment où il lit son dossier tout seul ? Allons-y. Remarquez son attitude, Irwin. Il pose. Il sait qu'il est filmé.

— Je ne suis pas de votre avis, protesta sèchement le théologien. Ce sont de vraies larmes, comme celles de Jésus au Mont des Oliviers. Des larmes de lucidité brutale, de remise en question, d'angoisse...

— Réminiscence ou autosuggestion, appuya le coach mental, son processus d'identification au Christ est en train de naître. Je vous le confirme.

L'évangile de Jimmy

Mgr Givens toisa avec bienveillance le jeune ascète coréen, à qui le Président Nellcott pensait devoir ses victoires sportives et politiques. L'autorité sereine du gourou de la Maison-Blanche renforça la position du conseiller religieux, qui en profita pour rappeler à l'assistance le mystère de la Sainte-Trinité : la part humaine du Christ, indissociable de sa nature divine, était le seul moyen de sauver les hommes en les comprenant *de l'intérieur* ; comme eux, Jésus souffre, il doute, il a peur – sentiments que l'Esprit-Saint ne pouvait éprouver que par l'incarnation...

– D'accord, mais regardez ce qui le fait pleurer, objecta le Dr Entridge en recadrant l'image pour isoler les documents entre les mains de Jimmy. C'est lui. Ses photos d'enfance. Les souvenirs occultés rejaillissent, et dès lors il ne pense qu'à une chose : fuir. Comme à six ans. Echapper à ce passé qui le rattrape, se soustraire à une croix trop lourde à porter. Alors il nous donne le change. Il a cette réaction bouffonne quand il nous demande si, en tant que duplicata du Christ, il est à même de procréer. Il veut nous choquer, nous dissuader de le récupérer pour il ne sait quel usage. N'oubliez pas qu'en découvrant le secret de sa naissance, il déverrouille peut-être *aussi* la mémoire de ses gènes. Jésus renaît en lui. D'où le traumatisme engendré par l'idée que son destin doive être calqué sur celui de l'original : en ce cas il ne lui reste plus qu'un an à vivre.

– Et vous tirez tout ça de ce film, grommela Buddy.

– C'était du moins, Monsieur le Président, un échantillon de ses réactions interprétées dans le sens de sa nature partiellement divine...

– Quelqu'un a-t-il réfléchi à la réaction d'Israël ? laissa tomber froidement le général Craig, que les politiciens et les spécialistes en psychologie militaire avaient déjà entraîné dans trois guerres inutiles aux victoires désastreuses.

Le rabbin hocha douloureusement la tête.

– Ce n'est pas le rôle de votre commission, répondit le Président. Continuez, Entridge.

– ... mais je peux à présent vous démontrer le contraire, point par point, en déduisant du comportement de ce technicien piscinier sa nature exclusivement humaine. Si vous avez adhéré à ma lecture messianique de son personnage, c'est que vous avez *envie* d'y croire. Tout cela pour vous dire que, semi-divin ou non, cet homme sera ce qu'on voudra qu'il soit, dès lors qu'il y trouvera son intérêt, sa justification ou son enjeu. Face au plus acharné des sceptiques, il aura toujours pour lui son empreinte génétique, il s'imposera envers et contre tous comme une seconde incarnation du crucifié des Evangiles ; les conditions de sa naissance et sa longévité inconcevable pour un clone, en l'état actuel de nos connaissances, plaideront en faveur de sa nature surhumaine, et la foi de ceux qui croiront en lui triomphera certainement de ses propres doutes.

Un long silence tassa les conseillers sur leurs sièges. La limousine où lisait Jimmy disparut de l'écran, et le Président se tourna vers la chef d'unité du FBI.

– Comment s'est-il comporté, ensuite ?

– Comme prévu, Monsieur. Il est allé porter plainte à l'Association de défense contre l'erreur médicale, pour obtenir la vérification de sa carte génétique. On lui a refait une prise de sang, l'ordinateur moléculaire a confirmé le séquençage.

– Et alors ?

L'évangile de Jimmy

— Il est rentré chez lui. Il a commencé à lire le Nouveau Testament.

— Ce père Donoway ne m'inspire pas confiance, commenta Mgr Givens à contretemps. Je doute qu'il s'agisse d'un véritable ecclésiastique.

— Séminaire à Boston, dix ans chez les dominicains de l'abbaye de Glendale, puis engagé volontaire au Vietnam, blessé, prisonnier, Médaille d'honneur, énuméra l'agent Wattfield. C'est en captivité à Kien Pha qu'il se lie avec le Dr Sandersen.

— Un dominicain, répéta d'un air entendu Mgr Givens, ne retenant que l'information qui justifiait sa réserve.

— Au niveau de nos fichiers, enchaîna Wattfield avec un regard vers le conseiller juridique, c'est plutôt Jimmy qui m'inquiète. Je ne sais pas si vous avez consulté son casier judiciaire... Maintenant nous l'avons rendu vierge, mais je croyais que Jésus prêchait la non-violence.

— Qu'a-t-il fait ? s'effraya le rabbin.

— Coups et blessures à des mineurs de douze, neuf et sept ans qui tentaient de le braquer. Deux bras cassés, une mâchoire démise, et il a failli noyer le troisième. « Laissez venir à moi les petits enfants », conclut-elle, la tête inclinée sur le côté.

— Il était en légitime défense, rétorqua le Dr Entridge. Tout dans son profil psychologique indique la tolérance, l'amour et le pardon. L'agent Wattfield ne doit pas focaliser sur un simple dérapage dû aux circonstances...

— Je gère, le rassura-t-elle en rebouchant son stylo.

— Et par rapport à son travail ? s'enquit brusquement le juge Clayborne, soucieux de dissimuler sa minute de sommeil.

— C'est fait, répondit-elle. L'administrateur de Darnell Pool lui a envoyé sa lettre de licenciement. Il est libre.

Le coach mental se pencha à l'oreille du Président qui regarda la pendule.

— La suite du planning, docteur Entridge ?

— Nous laissons décanter, Monsieur. Il a mon numéro, il tombera sur la messagerie. Aucune discussion n'est souhaitable avant qu'il n'ait lu et relu les Evangiles en s'y projetant.

— Pour quelle raison ?

— Tant que l'identité psychique du Christ ne s'est pas réactivée en lui, du moins tant qu'il ne s'en est pas persuadé, il ne peut opposer qu'un rejet légitime à ceux qui voient en lui un Messie potentiel.

— Ensuite ?

— Ensuite il rencontrera des contradicteurs, pour l'amener à réfuter sa propre incrédulité. C'est le cheminement classique : perte des repères, fuite en avant, remise en question, adhésion conflictuelle, identification progressive et reconstruction du moi sous le double effet de l'opposition extérieure et de la conviction intime...

— Et sur quels critères fondez-vous l'hypothèse d'une « conviction intime » ?

— Nous serons passés en phase 3, Monsieur le Président, répondit Cupperman qui piaffait du pied sous la table.

— Rappelez-moi.

— Phase 1 : approche ; phase 2 : révélation ; phase 3 : indices troublants ; phase 4 : preuve absolue.

— Très bien.

Le Président referma son dossier, les conseillers se levèrent et sortirent en file indienne, croisant dans le couloir le secrétaire aux Finances, son collège d'experts et l'équipe de contre-experts de la Maison-Blanche, qui s'engouffrèrent dans la salle de réunion dès que le dernier fut sorti.

— Vous relevez les taux d'intérêt ? s'informa entre ses dents le coach mental.

— Vous le crucifiez pour Pâques ? répliqua le conseiller chargé des relations avec Wall Street.

Les deux favoris du Président se mesurèrent du regard, se sourirent, et la porte de la salle se referma entre eux.

Au bout du couloir, le directeur de la division psychiatrique de la CIA s'effaça machinalement devant la chef d'unité action du FBI.

— Les hommes d'abord, dans l'escalier, lui glissa-t-elle sur un ton suave. Pour nous retenir si jamais nous tombons.

— C'est une invite ?

— Une règle de savoir-vivre.

Ils descendirent six marches, puis l'agent Wattfield annonça qu'elle décollait dans deux heures. Entridge ne fit pas de commentaire. Elle ajouta :

— Vous êtes sûr de mon rôle dans la phase 3 ?

— Demandez à Cupperman : comme vous, je suis tenu de me conformer au déroulement de son « synopsis ».

— Et la phase 4, il l'envisage pour quand ?

— Demain samedi.

Le psychiatre allongea le pas, ouvrit la porte du salon jaune où était servie la collation d'après-conseil.

— Et pourquoi samedi ? insista Kim Wattfield qui s'apprêtait à franchir le seuil.

— Relisez la Bible, répondit Entridge en entrant le premier.

Planté devant mon lit au milieu des miroirs, je me regarde multiplié par trois. Comment croire l'impossible ? Mais comment rejeter l'évidence, lutter contre cinquante pages de preuves scientifiques ? Je suis allé refaire une prise de sang, et c'est le même résultat. Même groupe AB, même empreinte génétique. C'est bien moi, le fils du linge, le clone du crucifié : on ne se trompe pas deux fois dans l'attribution d'une analyse. Et la probabilité pour que des étrangers aient le même ADN, ils disent qu'elle est de 0,09 sur cent. La marge d'erreur légale pour les assurances.

Je prends ma respiration, j'ouvre les bras, je lance à mes reflets : « Je suis celui qui est », pour voir si quelque chose se passe. Et je suis toujours le même, avec l'air con en prime. Je retourne le miroir d'un coup brutal qui le brise.

Au-dessus de l'évier, je regarde couler mon sang. Comme s'il allait se mettre à fumer, attaquer l'inox, déboucher le siphon. Rien ne se produit. J'ôte les éclats de verre de mes doigts, et je désinfecte. De toute façon, je ne crois pas en moi : j'ai le sang d'un homme ordinaire, c'est tout, même s'il remonte à deux mille ans sans intermédiaire. Je ne vais pas ouvrir ma fenêtre et me mettre à prêcher, ni filer au cimetière ressusciter les morts sous prétexte que le prophète à partir duquel on m'a fabriqué est censé l'avoir fait. Même si je suis né d'une vierge, rien ne prouve que la manipulation génétique a mis du Saint-Esprit dans mes globules. Et ce n'est pas cette nuit passée dans les Evangiles qui aura changé ma façon de voir.

J'ai un vrai malaise, en lisant. Une tristesse à couper au couteau, un mélange de déception et de rancune entre deux montées d'angoisse. Et une impression de tromperie, surtout, partout ; la trahison qui unit les salauds pour diviser les amis. La fatalité. L'ingratitude. Je connais tout ça. Je connais *déjà*. C'est la première fois que je mets le nez dans une Bible et tout est familier, prévisible... Comme si mon donneur de sang se réveillait dans mes veines, au récit de sa vie terrestre. Ses provocations, ses colères, ses doutes, ses moments de détresse, sa peur de la mort... Comme s'il me communiquait sa nostalgie de n'avoir pas réussi à changer le monde, à se faire mieux comprendre, à secouer les consciences. Sa tristesse de savoir dès le début que, malgré tous ses discours et ses démonstrations, la mort serait pour lui le seul moyen de se faire reconnaître. De sauver les hommes. Mais les sauver de quoi ? L'égoïsme, la jalousie des puissants, la haine des planqués, la lâcheté des copains, l'hystérie de la foule ? Tout ce qui l'a condamné, et qui continuera à condamner deux mille ans de naïfs minoritaires, de rebelles sincères, d'amoureux sans méfiance.

Au départ, je me suis identifié, simplement, comme à Superman quand j'étais petit. Mais, à mi-chemin de saint Marc, mes réactions sont devenues moins claires. J'ai beau me répéter à chaque page que j'ai le sang de cet homme, je ne retrouve aucune des émotions éprouvées autrefois

L'évangile de Jimmy

dans l'album de famille des Wood, où je n'étais pourtant qu'une pièce rapportée. Il m'échappe, ce Jésus. Peut-être parce que ceux qui le mettent en scène l'ont déformé en se recopiant. Tantôt je sens remuer dans mon ventre les paroles qu'il prononce, tantôt je suis largué, je ne le reconnais plus ; il me donne l'impression d'un champion à qui les journalistes font dire n'importe quoi. A d'autres moments, je le capte mieux : comme devant un film en version originale, je perçois en même temps le sens de sa pensée et le contresens des sous-titres.

N'empêche que, de paraboles en complots, je me sens de plus en plus mal. Ce n'est pas le souvenir d'une vie antérieure conservée dans mes gènes qui remonte à la surface ; c'est *ma* mémoire que je retrouve. Tout ce que j'ai voulu oublier, tout ce qu'on m'a répété, rabâché durant mes six premières années... Par-dessus les sermons, les guérisons, les démons, les repas, les bagarres, les traversées en barque, je revois le prêtre noir qui m'a élevé au milieu des blouses blanches ; je l'entends m'injecter tous ces prêches, ces menaces, ces voyances... J'ai *su par cœur* cette histoire et ses variantes. Je revois de manière confuse les lieux que j'ai fuis dans les flammes, tous ces murs nus, ces néons, ces portes à codes, ces clôtures, la route déserte et le break des Wood qui arrive, mais l'impression qui domine, page après page, c'est que *je me suis sauvé de ce livre*. Le malaise vient-il du fait que j'y retourne, que je me retrouve plongé dans cette Histoire sainte que j'avais rayée de mes souvenirs pour être libre ?

Est-ce moi qui ai mis le feu ?

J'enfile un tee-shirt et je descends dans la rue. Je slalome entre les sans-abri qui dorment, je pousse la porte d'un bar et, de bière en bière, je reviens peu à peu au présent. Une rousse accoudée au comptoir me dit son tarif. Je lui réponds qu'elle ira plus vite au Paradis qu'une plus chère. Elle me regarde. Elle est perplexe, et moi aussi. Qu'est-ce qui m'empêche de la sauter, à part mon découvert ? En quoi ça deviendrait contre-nature ? Jésus préférait les putes aux bourgeoises – mais rien ne m'oblige non plus à suivre son modèle. Vingt siècles nous séparent. Vingt siècles et un cordon ombilical.

J'ai passé l'après-midi sur le site de SOS Clonage, surfant de pétitions en listes d'attente, d'appels au secours en témoignages. Je pense à ce veuf qui racontait à la webcam qu'il avait emprunté sur trente ans pour faire cloner son épouse, condamnée par la médecine. Il avait choisi le pack confort, incluant l'option orang-outang. Il expliquait l'avantage par rapport au pack éco : la gestation chez les chimpanzés ne durait que six mois, alors que la guenon orang-outang était comme la femme, en moins cher – sauf qu'elle ne mangeait que des bananes et ça risquait de marquer le fœtus, vu qu'on devient ce qu'on mange, mais seuls les très riches pouvaient se payer une mère porteuse humaine et c'était ça, le danger de l'eugénisme. Ces délires de gogo en détresse m'avaient ouvert les yeux. Même si moi j'ai bénéficié d'une vierge de luxe, ça ne change rien à la situation : cette porteuse inconnue m'a nourri par sa bouche, son cordon ombilical a été mon premier lien avec le monde d'aujourd'hui, et il n'y a aucune raison que ses hamburgers ou ses sucrettes aient moins influencé mon caractère que le patrimoine sanguin d'un morceau de lin.

Et puis même, pour les chrétiens, c'est quoi le sang du Christ, aujourd'hui ? Du vin qui le remet en mémoire pendant la messe, point final. Il a dit : « Prenez et buvez », pas « Prélevez et clonez. » En admettant qu'il se soit désintégré pour reparaître en vie ailleurs, comme c'est écrit, tout ce qui reste de lui sur le drap vide, c'est de la souillure. Des taches. Au nom de quoi elles seraient magiques ? Il a passé tout son temps sur Terre à rabâcher que l'essentiel est invisible, que la vérité n'est pas de ce monde : était-ce pour laisser aux scientifiques des siècles futurs le moyen technique de lui bricoler un double à partir d'un échantillon de matière ? Si son âme était restée dans le linge, à quoi servait de ressusciter ? C'était quoi, le corps en pleine forme apparu à Marie de Magdala, aux Apôtres, aux pèlerins d'Emmaüs ? Un hologramme ? Foutaises. Son empreinte sur le Linceul de Turin, ce n'est rien de plus qu'une peau de serpent après la mue. La vie est ailleurs. Et moi je ne suis que Jimmy, né d'un noyau greffé dans un ovule dénoyauté, accouché sous X, élevé sous cloche, baptisé par un lapin d'hôpital et adopté par accident ; je me suis construit tout seul en ignorant d'où je viens, je me suis enfui pour survivre, j'ai appris sur le tas le métier de mes rêves : je ne suis que le produit de mes choix, et tous ceux qui voudraient me récupérer comme porte-parole de leurs mensonges peuvent aller se faire foutre.

– On ferme, dit le barman.

Je lui demande encore une bière. Il me répond que je serai mieux chez moi. Je hausse les épaules. Dans moins d'un mois, je suis à la rue. J'ai trouvé l'enveloppe de Darnell Pool, tout à l'heure. Suite à plusieurs avertissements concernant l'usage du minivan à mes fins personnelles, je suis renvoyé sans indemnités pour faute grave. C'est une coïncidence, c'est tout. Je refuse d'y voir un signe, le genre tout s'effondre pour qu'autre chose se construise. C'est la loi des séries, et rien de plus. On m'a pris Emma, on m'a pris mon travail : j'ai perdu tout ce qui me tient à cœur, mais ça ne change rien à ce que je suis.

Je pars dans les rues, au hasard. Mes doigts rencontrent dans une poche la carte du psy de Washington qui attend que je lui téléphone. Je revois la limousine noire, les trois agents recruteurs que la Maison-Blanche m'a envoyés en guise de rois mages. Qu'est-ce qu'ils veulent ? Ils ne m'ont quand même pas fait virer pour que j'accepte leur offre d'emploi ? Bruce Nellcott, le Président soutenu par le Messie. Croyez en moi, votez pour lui. Mon empreinte génétique sur leurs affiches électorales, ils peuvent faire une croix dessus. Demain, je les appelle, je leur dis que je suis camé au dernier degré : si je vais dans leurs meetings, ça sera pour déclarer que Jésus est venu de la planète Mars et annoncer la destruction des Etats-Unis. Et s'ils continuent à m'emmerder, je m'arrose d'essence et je m'incinère, comme ça ils ne pourront pas nous recloner.

Il est minuit, la chaleur colle ma chemise. J'ai envie de filer en train à Greenwich, de me jeter dans les bras de Kim et de la baiser à mort pour redevenir un homme comme avant. Mais ce n'est pas un désir ; rien qu'un besoin de fuite. Et puis c'est trop tôt, il me reste cent pages. Il faut que j'aille jusqu'au bout, jusqu'à Jean, pour savoir ce que j'ai dans le sang, pour guetter une révélation, un changement, un trouble... ou la confirmation de mon allergie. Quitte à balancer ensuite les Evangiles au vide-ordures et disparaître sans laisser de trace.

Je remonte chez moi, j'attaque saint Luc. Et c'est reparti pour l'Annonciation, la naissance, la tentation dans le désert, les démons, les guérisons en série et les rabbins qui râlent. C'est quand même assez antisémite, comme bouquin. Et en circuit fermé, d'une manière plutôt vicieuse. En gros, les juifs n'arrêtent pas de vouloir tuer Jésus parce qu'il est juif et qu'il guérit des gens le samedi, sans respecter le sabbat. Et lui, au nom du Dieu des juifs son père, il leur répète à tous les coins de rue que leur loi juive est mauvaise et qu'ils n'ont rien pigé, il les vire de leur temple et leur explique que les putes valent mieux que les prêtres. Et après on s'étonne qu'il se soit fait clouer. Un type comme ça aujourd'hui, à Jérusalem, il ne tiendrait pas deux jours.

Je ne sais pas si c'est la bière, mais le malaise de tout à l'heure est devenu de l'agacement, de l'impatience. Ça tourne en rond, ça recommence les mêmes scènes, Jésus se répète à plaisir et dès qu'il sort ses paraboles, on se met à pédaler dans le sable. Le principe d'une parabole, c'est de prendre un truc simple que tout le monde comprend, et de le compliquer par des comparaisons jusqu'à ce qu'on ne sache plus du tout ce que c'est. Le Royaume des Cieux, par exemple, nom savant du Paradis. L'endroit où l'on va quand on est mort et qu'on a été sympa sur Terre. Voilà que ça devient tour à tour un grain de moutarde, un filet de pêche, une pâte à pain et un marchand de perles. Et débrouille-toi pour trouver le chemin.

Ensuite il ressuscite, on change de saint et on se retape l'histoire avec des raccourcis et des nouveaux détails, comme lorsqu'on zappe d'une chaîne à l'autre en retrouvant la même info, couverte par des présentateurs différents à partir des mêmes images. Parfois ils se pompent intégralement, parfois ils divergent, ils en rajoutent ou ils censurent, et la plupart du temps ils font comme si tout le monde savait déjà ce qu'ils disent : ils passent sur l'essentiel, extrapolent au lieu d'approfondir ; résultat on se barbe et on décroche. Ce n'est pas très professionnel, tout ça. De deux choses l'une : ou c'est un recueil de légendes, et ça mérite mieux que ce premier jet qui manque de charme, ou ils veulent nous persuader que c'est réel, et alors il faut un minimum de sérieux.

Le coup des pains multipliés, par exemple. Si ça a vraiment eu lieu, si à partir de sept croûtons Jésus a nourri cinq mille personnes, ça a quand même dû marquer les témoins et on a forcément fait une enquête pour savoir comment il s'y est pris. Au lieu de nous raconter ça, les quatre reporters disent que voilà, il a rompu les sept pains et ça a suffi pour tout le monde, et on a même ramassé les miettes pour en nourrir encore cinq cents. Moi je dis qu'on se fiche de nous, ou alors on fait exprès de nous cacher les preuves, parce que la foi c'est de croire sans raisons. Encore un truc qui revient beaucoup, ça. Heureux celui qui croit sans avoir vu : le Royaume des Cieux lui appartient. A lui la moutarde, le filet de pêche, la pâte à pain et le marchand de perles.

Bon, il y a quelques scènes qui m'ont bien plu, comme lorsque Jésus marche sur l'eau et que son copain Pierre voudrait faire pareil : Jésus lui dit que s'il veut il peut, et en effet l'apôtre commence à gambader sur la mer, mais soudain les vagues deviennent plus fortes, alors Pierre a la trouille et du coup ça le fait couler. Et puis quand Jésus déclare à ses disciples : « Vous êtes le sel de la Terre, mais si le sel perd sa saveur, avec quoi va-t-on le saler ? » Autrement dit : on doit éviter la peur qui nous fait perdre nos moyens, et garder notre bonne humeur pour remonter le moral autour de nous, car ce ne sont pas les pisse-froid qui nous rendront le sourire. Des choses que j'aurais pu dire moi aussi, mais de là à conclure que c'est la voix du sang... Et puis c'était *avant*. Avant que j'aie perdu mon sel avec Emma, et que tout soit devenu fade.

J'ai bien aimé la femme adultère, aussi, et le fils prodigue : bénis soient ceux qui prennent leur pied en donnant du plaisir, au diable les jaloux bien pensants et malheur aux cocus. Mais ce que j'ai préféré, chez Matthieu et Luc, c'est quand soudain ils font de l'humour noir. Un jour, Jésus vire de la tête d'un homme un démon qui se met à zoner sans domicile fixe ; il se sent mal partout, il déprime, alors finalement il se dit qu'il va retourner à la maison et, comme il la trouve « libre, balayée et en ordre », il invite une bande de démons encore plus méchants que lui et ils s'installent à sept dans le cerveau du purifié. C'est tout ce que je pense de la religion : quand au départ on n'est pas quelqu'un de bien, ça vous rend deux fois pire. On se repent, on se croit pur et, grâce à la bonne conscience, on retombe encore plus bas.

Mais pour le reste, ce qui me frappe, c'est les contradictions. Ils n'arrêtent pas de faire dire à Jésus tout et son contraire. Tu seras fidèle à ta femme, tu aimeras tes enfants : plaque ta famille et suis-moi. Tu honoreras tes père et mère : envoie-les bouler comme j'ai fait avec Marie et Joseph qui voulaient me scotcher à la maison ; mes vrais parents sont les inconnus qui m'écoutent. Malheur aux riches qui se coinceront dans un trou d'aiguille en croyant entrer au Royaume des Cieux, et vive ceux qui ne foutent rien en se remplissant les poches, car « à celui qui a on donnera, mais à celui qui n'a pas on enlèvera même ce qu'il a ». Sympa. La parabole des talents, qui glorifie la spéculation boursière, n'est pas piquée des vers, mais le pompon c'est quand même celle des vignerons, qui dissuade de bosser plus que les autres puisque le travailleur de la onzième heure sera payé autant que celui qui a vendangé dès l'aube. « Il me plaît de donner au dernier venu autant qu'à toi : n'ai-je pas le droit de disposer de mes biens ?... Voilà comment les derniers seront premiers, et les premiers seront derniers. » Franchement, comme charité chrétienne, j'ai connu mieux. Dans l'intérêt général, on gagne à être un bon croyant sans le savoir : quand on a lu la définition, on reste couché.

Bref, je m'attendais à un chambardement dans ma tête, à un doute, peut-être même à une évidence, une conversion qui tombe sous le sens... J'étais tout prêt à me laisser convaincre par Jésus, comme lorsqu'on rencontre au coin de la rue le frère jumeau dont on ignorait l'existence. Mais j'arrive au bout des Evangiles et, d'identification en rejet, le chaud et le froid s'annulent et je me retrouve comme avant. Saint Marc a raison, il ne faut pas mettre le vin nouveau dans les vieilles barriques : ça les fait éclater et le vin est perdu. J'ai trop baigné dans le refus des croyances pour que la révélation se fasse sans casse, alors je préfère me dire qu'il n'y a pas de révélation. J'ai mes valeurs à moi, et même si je les entends par moments dans la bouche du Christ, je les ai trouvées tout seul et elles ne tombent pas du ciel. Voilà.

Et puis c'est complètement dépassé, ce Nouveau Testament. Trop naïf pour notre époque. Dieu et le diable, aujourd'hui, c'est quoi ? Des programmes concurrents, des chaînes qui se disputent l'audience pour se piquer les parts de marché, des pompes à fric qui nous ponctionnent à coups de téléachat et d'appels aux dons pour aider notre salut ou notre besoin de puissance. Le bien et le mal, autrefois, c'était un choix, maintenant c'est du zapping et de la surenchère : on ne sait même plus si on se sent moins sale en regardant une messe noire en direct ou en voyant le pasteur Hunley exorciser un possédé entre deux plages de pub.

Le ciel a rosi, le soleil se reflète dans la vitre d'en face, chez le vieux qui se rase pour rien comme chaque matin. Il ne sort jamais. Les livreurs de l'Action sociale lui apportent son carton-repas à midi, sans enlever leur casque ; à trois heures il passe du survêtement au pyjama, le reste du temps il vit dans la lumière hachée de sa télé, et moi je regarde sa fenêtre comme je regarderais un aquarium. Qu'est-ce que je vais faire de moi ? Qu'est-ce que je vais faire de ce sang qui ne me donne rien, ni droits ni devoirs, ni illusions ni envie de croire – juste la révolte et le dégoût. Je ne peux pas assumer une responsabilité que je n'ai pas choisie. Je ne veux pas devenir quelqu'un d'autre, même si je ne suis plus personne.

Et si je m'ouvrais les veines ? Pour voir. Voir si je meurs comme tout le monde. Le néant, l'enfer, ou dix ans de prison pour suicide raté. Si encore je savais ce que je refuse le plus. Continuer à vivre comme si de rien n'était, en tout cas, c'est au-dessus de mes forces.

J'attends six heures du matin et j'appelle le psychiatre. Boîte vocale. Je dis : « C'était Jimmy Wood. » Et l'imparfait, après coup, me laisse un goût de cendres.

Je garde mon téléphone ouvert, je referme la Bible et j'éteins la lumière.

L'évangile de Jimmy

Je me suis réveillé à midi et demi, gueule de bois et moral à zéro. Pas de messages. Je suis allé vomir pour m'éclaircir les idées, j'ai pris une douche, puis j'ai rouvert mon livre au hasard. Je suis tombé sur l'histoire du figuier stérile, version Luc. Une parabole qui m'avait particulièrement gonflé chez Matthieu, où Jésus avait l'air d'un bilieux intégriste : il a faim, il s'approche d'un figuier et, comme il ne voit pas de fruits, il lui balance une malédiction qui le dessèche. Alors qu'il n'y est pour rien, le figuier : si ça se trouve, un type est passé avant Jésus et lui a piqué toutes ses figues. Pardonner aux voleurs, je veux bien, mais de là à punir la victime... Et ce n'est pas mieux chez Marc, où le pauvre arbre se fait dessécher simplement parce que ce n'est pas la saison des figues. Heureusement, avec Luc, on redevient humain : Jésus dit au paysan qu'il faut le couper parce qu'il épuise le sol, mais le paysan demande sa grâce : « Maître, laisse-le cette année encore, le temps que je creuse tout autour et que j'y mette du fumier. Peut-être donnera-t-il des fruits à l'avenir. Sinon, tu le couperas. »

Les lignes se brouillent et je repose l'Evangile, les larmes aux yeux. Pourquoi suis-je tombé sur cette page ? Sur la réplique qui me touche le plus, et qui n'est pas de Jésus, et qui, je ne sais pas pourquoi, me réconcilie avec lui. Comme si toutes les interprétations, les déformations, les récupérations qu'on lui a infligées s'effaçaient dès lors qu'un inconnu sincère lui demande justice pour un arbre...

Je m'habille, je pars à travers les rues défoncées, je cherche une église. Plus d'une quinzaine se succèdent sur

L'évangile de Jimmy

Lenox, entre la 120ᵉ et la 125ᵉ Rue : baptistes, méthodistes, adventistes, pentecôtistes... Mais des larsens et des vocalises s'en échappent : ils sont en train de régler leurs sonos pour le gospel de dimanche. Je retourne vers East Harlem. J'habite à la frontière du quartier mexicain ; je préfère encore l'atmosphère des églises catholiques à l'heure de la sieste. Je choisis celle de Lexington Avenue où s'est marié Alvarez, l'ancien collègue qui me loue son studio.

Je pousse la porte en bois taguée. Fraîcheur de cave, odeur d'encens, trois vieilles courbées sur leur chapelet. Un raclement de chaise, une toux sèche, le silence. Je m'arrête devant un pilier, dans un rayon de poussière oblique agitant une flaque de vitrail sur les dalles. Je regarde l'homme en croix, au-dessus du tronc pour la réparation de la toiture. J'écarte les bras, j'incline la tête comme lui, et je ne ressens rien. J'espérais vaguement un appel, je comptais sur l'âme du lieu, sur tout ce qui remue en moi ; je me disais que j'aurais l'impression d'être devant un miroir, mais non : je ne me sens pas plus concerné qu'avant. Jésus n'a pas besoin de moi. On le vénère, on le cite, on l'implore, on le remercie : à quoi puis-je lui servir ? Il a suffisamment de porte-parole et n'a que faire d'un aide-mémoire.

Je laisse retomber mes bras. Une seule chose a changé dans mon regard sur lui, depuis hier matin : je sais ce qui ne fait pas vrai. Les clous. Sur l'empreinte du Linceul, Jésus est cloué par les poignets, non par les paumes. Mais aucune autre information ne passe entre nous, aucun écho ne se déclenche. A part la douleur d'injustice sur son visage, qui ressemble à la mienne. Il demande à Celui qui l'a envoyé sur terre : « Pourquoi m'as-Tu abandonné ? » ; je demande à celui qui m'a fabriqué : « Pourquoi t'es-tu fait connaître ? » Philip Sandersen, il s'appelle. L'homme qui a voulu recréer Dieu, et qui n'a fait qu'un homme. Un bidouillage médical, un orphelin de synthèse, un OGM. Le seul argument des rois mages pour prétendre qu'il y a du divin en moi, c'est que je suis encore de ce monde, alors que le doyen des clones humains est mort à l'école maternelle. Comme si ça prouvait autre chose que la limite des statistiques et des connaissances. Peut-être que le sang d'autrefois était meilleur que le nôtre, c'est tout. Peut-être que, si l'on m'avait tiré du pagne d'un Cro-Magnon, je serais encore plus résistant qu'en sortant du drap de Jésus. Quoi qu'il en soit, je ne suis qu'une manipulation des hommes : ce n'est pas le Verbe qui s'est fait chair, c'est la science qui m'a fait clone. Et l'original ne veut pas de la copie. Je n'ai rien à faire ici, sauf peut-être demander pardon pour mes faussaires. C'est tout moi, ça.

Je ferme les yeux et j'essaie de prier. En tout cas de faire le vide. Mais toutes les piscines de Greenwich remplissent aussitôt ma tête. Le PVC alvéolaire des Bogson qui se fissure, l'ozonateur des De Klerk à réviser, le liner du colonel Moore que je devais changer cet automne... Je rouvre les paupières.

Derrière le présentoir des cierges, le curé est en train de converser à voix basse avec un homme à polo Nike et mallette en plastique. J'ai besoin de parler à un inconnu, d'exprimer ce qui m'arrive, d'entendre mes sentiments à voix haute, quitte à passer pour un malade mental. J'hésite un instant, en pensant au papier que j'ai signé dans la limousine. Mais si je suis tenu au secret, le curé aussi.

Je m'approche, lui dis que je voudrais me confesser. Il me répond de revenir plus tard. Le polo à virgule lui dit qu'il est prêt à doubler la location du clocher. Le curé répond qu'il doit en référer à son évêque. L'autre précise que son antenne relais répond aux dernières normes de sécurité, et qu'il y aura une commission en espèces pour les œuvres de la paroisse. Un regard en biais du prêtre lui fait tourner la tête vers moi.

— On vous a dit de revenir plus tard, mon vieux : on est occupés.

La voix très calme, je lui dis de se casser : en tant que paroissien j'ai priorité sur les fournisseurs.

— Je suis Wallaby Phone, OK ? réplique-t-il pour me remettre à ma place. Vous me laissez faire mon travail, merci.

— Et c'est quoi, votre travail ? Foutre une antenne relais dans le clocher pour améliorer la liaison avec Dieu ?

S'efforçant d'être patient, le représentant pose sa main libre sur mon épaule gauche, m'explique que, dans ce quartier pourri qu'on démolit à chaque coin de rue, les points culminants sont d'une importance cruciale pour garantir la couverture des abonnés. Avec un regard de compréhension pour ma tenue de pauvre, il lâche mon épaule et me fourre un billet dans la main.

Je le chope par le bras, le propulse vers la sortie. Il se débat, essaie de me faire tomber avec des crocs-en-jambe. Je lui file un coup de boule, il part en arrière et fracasse un banc. Les vieilles se précipitent hors de l'église en hurlant.

Je me suis laissé arrêter avec une impression de soulagement. Je n'avais plus à décider de mon sort, la Maison-

Blanche ne viendrait pas me rechercher ici, j'étais tranquille au milieu des braqueurs, des putes et des dealers qui me prenaient pour l'un d'eux.

Et puis le curé a retiré sa plainte. En me sortant de la cellule, le flic m'a dit d'aller au diable. Je n'ai pas fait de commentaire.

C'était dix heures du soir. Je suis parti sur Lenox, j'ai tourné dans la 126ᵉ, j'ai cherché une synagogue. Ethiopian Hebrew Congregation, Mount Olivet, Unitarian Church... Toutes fermées, en ruine ou devenues des églises baptistes. Les quelques Black Jews à turban qui restent dans le quartier n'ont même plus de quoi prêcher, depuis les nouvelles lois sur la sécurité : la détention d'un mégaphone est assimilée au port d'arme et coûte cinq ans de prison.

Je remonte vers le nord. La dernière synagogue en activité est un cube à colonnes bleues, flanqué d'un permis de démolition. En face, un terrain vague sert de parking en attendant de devenir le Nouveau Centre hébraïque – un projet délavé, racorni, à moitié déchiré, qui pendouille sur le panneau où les mômes ont fixé un panier de basket. Zaroud est là, un géant barbu à turban mauve qui braille en agitant le Talmud, comme chaque vendredi soir. Les gamins l'écoutent, en cercle, parce qu'il a confisqué le ballon. Il leur explique que la fin du monde est blanche, que les seuls vrais juifs sont noirs, et que la colère de Yahvé n'épargnera que les douze tribus d'Erythrée. Un plus costaud dégage le ballon d'une tête et ils reprennent leur partie.

Je m'approche de Zaroud qui psalmodie, les yeux fixés sur un lampadaire de façade qu'il appelle le Père Eternel.

L'évangile de Jimmy

Je lui dis bonsoir, lui demande s'il peut me prêter son Talmud.

Il se retourne, sourit, m'entoure de son bras immense, me rappelle que je suis goy, en tant que blanc. D'une voix modeste, je réponds que je suis circoncis. Il me regarde d'un air désolé. Il m'aime bien. C'est lui qui a refait l'électricité dans mon studio, tout a sauté, mais je l'ai payé quand même.

– Ils parlent de Jésus, dans le Talmud ?

Zaroud fronce les sourcils, met un doigt sur sa bouche.

– Je viens de lire les Evangiles, et je voudrais comparer.

– Tu ne peux pas, Jimmy, chuchote-t-il à mon oreille.

– Pourquoi ?

Il approche le Talmud de mes yeux, soulève légèrement la reliure cartonnée. Le livre est creux, une souris albinos s'agite entre les murs de papier mâché.

– Le mal blanc détruit la parole divine ! professe-t-il avec un clin d'œil, en refermant la couverture.

Je suis rentré chez moi, et j'ai trouvé Kim assise contre ma porte. Elle s'est réveillée en sursaut, a sauté sur ses talons aiguilles, défroissé son tailleur. Elle était venue de Greenwich en train, je lui manquais, elle avait envie de faire l'amour. Je lui ai répondu que ce n'était pas vraiment le moment. Elle m'a demandé si j'avais un Coca light.

En entrant, elle a vu tout de suite la Bible au pied du lit défait, et elle s'est réjouie : elle était catholique fervente. Agacé, je lui ai répondu que moi j'étais Dieu le Fils en version remixée. Elle s'est tue pendant que je lui sortais une cannette, et puis elle m'a déconseillé de blasphémer, dans mon intérêt, même pour rire. Alors la rage m'a pris, une colère énorme, une avalanche de rancune et de révolte qui a tout emporté sur son passage : je lui ai balancé les rois mages, le dossier top secret, le Linceul, le clonage, l'antenne relais, la bagarre dans l'église, l'arrestation, la souris blanche. Elle m'écoutait, assise sur le lit, sans me quitter des yeux, buvant son Coca à petites gorgées régulières. Quand j'ai eu terminé, elle a baissé la tête, décroisé les jambes et posé les mains à plat sur ses genoux. Apparemment, c'était pour réfléchir.

Je regardais cette fille que j'avais connue sous toutes les coutures, au temps où j'étais quelqu'un de normal. Avant-hier. Il y a des siècles. C'était une étrangère, à présent. L'apparition devant la piscine, la beauté de son visage à la lueur du vacherin d'anniversaire, ses contorsions d'obsédée musculaire au milieu des housses de protection... Tout ça n'éveillait rien, me laissait froid, n'était pas plus réel que la Transfiguration, les noces de Cana ou le pardon à la Pécheresse. Désir, malaise, remords, tendresse : aucun sentiment ne tenait plus la route. Comment peut-on changer aussi vite ? J'étais atterré de constater que l'intrusion de Jésus dans mes veines n'avait eu jusqu'à présent que deux conséquences : l'agressivité et l'indifférence.

Au bout d'un moment elle se relève, s'approche de moi, passe une main sur ma joue.

– J'étais venue te dire adieu, en fait. Je rentre chez moi, Jimmy, je reprends ma vie. J'ai eu un bel anniversaire.

Elle ramasse son sac. Je la retiens.

– C'est où, chez toi ?

– C'est loin. On n'est pas obligés de se revoir, tu sais.

L'évangile de Jimmy

De faire semblant... Je t'ai attendu toute la journée, hier, mais ça va. Je m'en remettrai.

Je la serre soudain contre moi.

– Aide-moi, Kim. Je sais plus où j'en suis, je sais plus qui je suis... Tu me crois, au moins ?

Elle fait le tour de ma bouche avec son index, l'air un peu triste.

– Si tu as inventé cette histoire, ce n'est pas très flatteur pour moi...

– Pourquoi ?

– Tu avais si peu envie de me faire l'amour ?

Je souris malgré moi, dans un élan de franchise.

– Tout à l'heure, oui. Mais maintenant que je t'ai parlé... J'aimerais bien que tu restes, Kim. Je crois que j'ai besoin de toi. Besoin que tu me regardes comme un type normal...

– Mais *tu es* un type normal, Jimmy ! Tu es tombé sur une secte, c'est tout. Des types avec des faux papiers, un faux dossier médical, qui te racontent que tu es le Fils de Dieu pour t'enrôler... Tu n'es pas le premier, crois-moi. Je sais de quoi je parle... Ils t'ont donné quelque chose à boire ?

– Oui.

– C'est le schéma classique : un beau discours, une pilule d'acide, et des preuves écrites que, bien sûr, ils ne te laissent pas emporter. Tu n'as pas idée du nombre de procès qu'on leur intente... Quand ils reviendront à la charge, appelle-moi, ajoute-t-elle en griffonnant son numéro sur une feuille de carnet.

Elle la glisse dans ma poche, noue ses bras autour de mon cou.

– Fais semblant d'être intéressé, murmure-t-elle en se

collant contre moi. Tâche de savoir le nom de leur secte, et je lance une assignation...

Je lui dis d'accord, elle me tend ses lèvres, ajoute que ça ne me coûtera rien : son cabinet d'avocats défend les associations de victimes de la Scientologie ; elle facturera sur leur compte. Je l'embrasse, longuement, diluant dans sa bouche l'espoir déjà déçu. Pour ce moment de chaleur, de confiance mutuelle, je passe sous silence ma deuxième prise de sang, je fais semblant d'être convaincu par son explication, de me réveiller d'un cauchemar. C'est si bon de sentir quelqu'un prendre à cœur ce qui m'arrive.

Elle recule vers le lit, en me gardant pressé contre elle. Je n'ai aucune gêne à me dire qu'on va faire l'amour dans des draps qui n'ont connu qu'Emma. C'est fini, tout ça. Les scrupules, les musées vivants, les sentiments fossiles... Je garde tout, je ne renie rien, mais je fais du neuf.

Elle trébuche et pousse un cri, perd l'équilibre. J'essaie de la rattraper, elle m'entraîne en tombant. L'instant d'après, elle est sur le sol, pied dans la main, larmes aux yeux, dents serrées. La Bible dans laquelle son talon s'est pris gît déchirée contre la table de chevet, couverture cornée, reliure en loques.

– Ça va ? Kim ?

Je m'agenouille devant elle, ôte sa chaussure avec précaution. Elle mord son poing. Aussi doucement que possible, je pose les mains en coquille sur sa cheville.

– Tu crois que c'est cassé ?

Elle ne répond pas. Son visage crispé se détend peu à peu sous mes doigts, comme s'ils étaient glacés ou brûlants, comme si le choc thermique apaisait la douleur. Puis elle ferme les yeux, respire en gémissant faiblement. J'essaie de remuer l'articulation. Toute la jambe est tétanisée.

– Ça te fait mal quand je bouge ?

Son corps mollit, sa tête roule en arrière sur le lit. Je relâche ma pression. Je ne sais pas comment on masse, ni d'ailleurs si c'est très indiqué. Je garde mes doigts sur sa peau, la caresse doucement en essayant de localiser l'enflure. Puis je me redresse pour aller chercher des glaçons. Il n'y a plus qu'à appeler un médecin de nuit.

– Qu'est-ce que tu as fait ?

Je me retourne. Elle est debout, me dévisage d'un air incrédule. Elle avance la jambe, prudemment, fait trois pas, fléchit les genoux, tourne son pied.

– Ecoute, c'est magique ! Je ne sens plus rien du tout ! Faut que tu changes de métier !

Elle remet sa chaussure et je la regarde déambuler, abasourdi. Quand elle a fait trois fois le tour du studio, elle s'arrête brusquement, me fixe avec un genre d'horreur.

– Et si tu étais vraiment celui qu'ils disent ?

Je hausse les épaules : elle vient de me prouver le contraire.

– Je n'ai rien prouvé, Jimmy. C'est toi qui viens de m'enlever une entorse avec... avec rien !

– Attends, je n'ai rien enlevé, c'était juste une foulure, j'ai peut-être du magnétisme, c'est tout... Il paraît qu'on a tous des aimants dans les doigts, comme les oiseaux dans le bec, c'est pour ça qu'ils se repèrent sur le pôle Nord...

Elle secoue la tête en reculant. Je n'insiste pas. Je vois bien où se situe le problème : si jamais mon empreinte génétique est vraie, elle a fait l'amour avant-hier soir avec la réincarnation du Christ, et c'est insupportable pour elle

L'évangile de Jimmy

en tant que chrétienne. J'essaie de la rassurer. Il n'y a qu'à voir Marie Madeleine : les pécheresses sont sauvées en premier. Mais l'exemple n'est peut-être pas très heureux. Elle ouvre la porte à la volée et dévale l'escalier.

Je crie son nom, trois fois, penché au-dessus de la rampe, et puis je bondis pour la rattraper. Si jamais elle parle de cette histoire à quelqu'un, je suis fichu. Une porte s'ouvre devant moi, au premier, je m'emmêle dans un caddie, le repousse. Arrivé dans la rue, je regarde à droite, à gauche : Kim a disparu. Un taxi démarre au coin de Lexington. Je cours pour le rattraper, il accélère et me sème au pâté de ruines suivant.

Je m'arrête, reprends mon souffle. L'angoisse s'en va avec la sueur : après tout, je n'ai plus grand-chose à perdre. Je regarde les sans-abri allongés contre les rideaux de fer couverts de fresques haïtiennes. A la fin du mois, je serai parmi eux. Ou en prison, pour divulgation de mon secret de famille. Peut-être que je devrais prendre les devants, aller raconter moi-même mon histoire à la presse démocrate, pour déclencher un comité de soutien avant qu'on me réduise au silence...

– Pour mon petit garçon, s'il vous plaît.

La femme est sans âge, la main tremblante sous le sari. Elle se tient devant le distributeur de Donuts scellé dans le mur de l'ancienne agence de voyages.

– Je vous en supplie : il a faim.

Il n'y a pas d'enfant près d'elle, mais tant pis. Je fouille mes poches, hésite devant les regards qui se sont tournés vers nous dans la pénombre. J'introduis ma pièce. Le beignet tombe dans la fente, je le prends et le donne à la femme. Elle me remercie en s'inclinant à petits coups saccadés, l'emballage huileux serré contre son cœur.

Je repars, absorbé dans les réactions de Kim, sa stupeur, sa fuite... Jamais je n'ai guéri personne – il faut dire que je n'avais pas encore essayé. Les soirs où Emma avait la migraine, je lui donnais de l'aspirine. Quand Zaroud a pris le courant dans ma salle de bains, l'an dernier, et qu'il s'est cassé le bras en tombant de l'escabeau, j'ai appelé directement le médecin. Mais là, je n'ai pas non plus *voulu* guérir Kim : je ne l'ai même pas demandé, je n'ai pas prié, je n'y ai pas pensé. Est-ce mon inconscient qui a fait le travail ? Et l'aurait-il fait si j'avais continué d'ignorer d'où je viens ?

Un vacarme retentit derrière moi. Je me retourne. Le distributeur est en train de cracher son contenu sur le trottoir, dans une série de cliquetis réguliers. Avec des cris d'enthousiasme, les sans-abri se précipitent pour ramasser les beignets, se bousculent, se disputent, se les arrachent... Puis, voyant que la machine continue de se vider, ils se calment et les passent en silence, les répartissent entre eux.

Médusé, je regarde les dizaines de Donuts qui tombent de la trappe métallique, circulent de main en main, parviennent jusqu'aux infirmes allongés sous l'auvent. Un type apporte un sac, un autre vide une valise de chiffons pour faire de la place. Le cliquetis continue, les beignets dégringolent de plus en plus vite et la panique me prend. Je me mets à courir, jette un œil derrière moi en entendant des acclamations, mais personne ne me regarde, ils ne s'occupent que de la machine, l'encouragent, lui donnent des bourrades, l'applaudissent.

J'accélère entre les maisons murées, dépasse l'entrée de mon immeuble. Je ne peux pas remonter chez moi, me retrouver avec les quatre évangélistes qui m'attendent pour m'aspirer dans leur histoire... Un klaxon, derrière moi, un coup de frein, un cri. Le temps que je me retourne, un pick-up fonce en zigzaguant, m'évite de justesse, percute une poubelle et disparaît dans Lexington.

Au milieu de la chaussée, un corps est étendu sur le dos. Je me précipite, m'agenouille devant le blessé. C'est un jeune homme, la bouche ouverte sur un filet de sang, les yeux fixes. Je regarde autour de moi. Personne. Des ombres immobiles derrière les rideaux.

Mon cœur s'emballe, tout mon corps tremble et les paroles se nouent dans ma gorge. Mais je dois les prononcer, je dois oser, je dois savoir... C'est maintenant, c'est tout de suite, avant que les curieux ne déboulent, avant qu'ils n'appellent la police. J'avance les mains, cherche où les poser, répète ma phrase dans ma tête...

Un flot de musique s'échappe du sous-sol, en face, un groupe sort de la boîte latino. Deux filles en sueur, à moitié nues, deux types qui titubent en braillant un refrain qui les fait rire. Ils s'arrêtent par à-coups en nous découvrant. L'un des hommes dessoûle aussitôt, traverse, me repousse, s'accroupit en disant qu'il est infirmier. Il prend le pouls, la carotide, fait le bouche-à-bouche, masse le cœur. Une sirène de police retentit, au loin. Il colle son oreille pour guetter un battement, se redresse en secouant la tête, abaisse les paupières du garçon. Les filles lui crient de ne pas rester là. Son copain le tire par la manche. L'infirmier me regarde d'un air impuissant, dit qu'il est désolé, se laisse entraîner. J'attends que leurs motos aient disparu sur l'avenue, que les derniers rideaux soient retombés aux fenêtres.

Je fixe le corps tout raide, la chemise déchirée. Je prends

une longue inspiration, je ferme les yeux et je murmure, avec toute la force de persuasion que je trouve en moi, comme si j'y croyais réellement :

– Lève-toi et marche.

J'attends, les oreilles aux aguets. Au bout d'un instant, je risque un œil. Rien. Il est toujours mort. Et pourquoi en serait-il autrement ? Il ne suffit pas de croire au Père Noël pour qu'il existe. Un distributeur qui se dérègle et me voilà aussi sec en Terre sainte, multipliant les pains et réveillant les cadavres. Pauvre con. Rentre chez toi, va, bourre-toi la gueule et continue de rêver : c'est tout ce qui te reste.

Du bout de l'index, je trace une croix sur le front du garçon. Il devait avoir dix-huit ans, peut-être vingt. Pas plus. Des cheveux noirs frisés, une chaîne autour du cou, la médaille de la Vierge trempant dans une flaque d'huile.

– Sois béni au nom du Père, du Fils et du Saint-Esprit.

Qu'ils existent ou non, ça ne peut pas faire de mal. La sirène se rapproche. J'essuie la médaille, la remets dans sa chemise. Je me lève, regagne le trottoir où des shootés serrés sous un porche me sourient sans me voir.

– Attendez ! Monsieur ! Vous êtes témoin !

Je m'arrête, pétrifié.

– Ce fumier m'a foncé dessus ! Vous avez noté son numéro ? Monsieur !

Le cadavre est debout, gesticulant, il avance vers moi. Je m'enfuis à toutes jambes, incrédule et forcé de croire, complètement bouleversé, fou de bonheur et d'angoisse. Je peux le faire... *Je l'ai fait !*

L'évangile de Jimmy

Le premier rayon du soleil éclaire le toit de la synagogue. Un vieux est couché sur un carton, replié autour de sa bouteille, une canne blanche coincée entre ses jambes pour éviter qu'on ne la lui vole. La soucoupe posée à côté de lui est vide, brisée en deux par le pied d'un passant. Une benne de la voirie roule au ralenti entre les tas d'ordures, l'arrière barré d'un calicot « EN GRÈVE ». Elle tourne au coin de Madison, et les rats qui avaient disparu un instant reprennent leurs recherches parmi les sacs-poubelles.

J'ai attendu le lever du jour. J'ai attendu qu'on soit samedi. Si c'est à moi de reprendre le flambeau, je dois me conformer aux Evangiles, faire comme *lui*, mettre mes pas dans les siens pour recréer le processus. Depuis la Chrysler à moitié désossée où j'ai passé la nuit, dans le terrain vague, je guette le réveil du vieil aveugle d'en face. Je veux une preuve. Une certitude – ou alors un vrai démenti. L'infirmier sentait trop l'alcool pour que je me fie à son constat : l'accidenté était peut-être simplement en état de choc, plongé dans un bref coma d'où il est sorti tout seul, et le distributeur de beignets a pu se dérégler sans moi.

Le vieux grommelle, s'étire, clappe de la langue et cherche à tâtons sa bouteille qui a roulé contre le mur. Je quitte la vieille Chrysler, ramasse un peu de terre. Je crache pour en faire de la boue, et je traverse. Je m'approche du mendiant. Ses yeux sont complètement blancs : au moins, cette fois, il n'y aura pas d'ambiguïté. J'agite les mains devant son visage. Aucune réaction. Alors, comme dans saint Jean, j'applique sur ses paupières mon cataplasme de boue molle. Il sursaute.

– Casse-toi, connard, pédé, je t'encule !

Je réponds avec douceur :

– Va te laver à la piscine de Siloé.

Il lance ses bras, cherche devant lui, agrippe ma jambe pour me faire tomber tandis que je répète la formule magique. Du genou, je le bloque contre le mur, fixe de toutes mes forces la boue sur ses yeux pour que la taie disparaisse, et je compose dans ma tête l'image d'un regard normal en essayant de l'imprimer sur sa rétine. Deux Black Jews à turban gris sont arrivés devant nous et hésitent à intervenir, comme c'est le jour du sabbat. Je leur dis de ne pas s'inquiéter : je m'en vais. Un dernier effort de concentration en pressant mes pouces dans l'emplâtre, et je lâche prise, vacillant, complètement vidé.

En m'éloignant vers Mount Morris, je murmure entre mes dents : « Seigneur, je ne suis pas digne de Te recevoir, mais dis seulement une parole et il sera guéri. » Je le répète, scande les mots du centurion romain qui croyait en Jésus, les enfonce à chaque pas au plus profond de moi-même. Je ne suis pas un faiseur de miracles, je ne suis pas le Messie : je ne suis qu'un récepteur, un ampli, une chapelle vivante qu'on a conçue pour attirer l'action divine. Voilà. Seigneur, je ne suis pas digne de Te recevoir, mais dis seulement une parole...

Soudain j'entends l'aveugle hurler qu'il voit, que c'est pas possible et que putain de lumière, ça brûle. Des gens se retournent, des cris se répondent.

– Le type qui a fait ça, où il est ?

J'accélère, la tête dans les épaules, traverse le carrefour, descends Madison en courant, tourne dans la 122e. Arrivé chez moi, je referme la porte et m'y adosse, hors d'haleine. La main tremblante, je sors de ma poche la carte de visite.

L'évangile de Jimmy

– Vous êtes sur la messagerie du Dr Entridge, merci de laisser votre nom et le motif de votre appel.
– C'est Jimmy.
Ma gorge se serre, j'ajoute dans un souffle :
– J'ai peur.

Au quarante-deuxième étage de l'hôtel Parker Méridien, dans le solarium dominant Central Park, les abonnés venaient de finir leur séance d'aquagym et l'agent Wattfield avait la piscine pour elle toute seule.

– Chaussures, monsieur, s'il vous plaît.

Le Dr Entridge croisa le maître nageur sans lui accorder un regard, s'arrêta devant l'échelle. En dos crawlé, Kim l'aperçut à l'envers, se retourna vers lui en atteignant le rebord. L'air encore plus crispé qu'à l'accoutumée, insolite dans sa chemisette à carreaux et son jean de week-end, le directeur de service de la CIA lança sèchement :

– Vous attendez qu'il vienne vous contrôler le pH ?

– Je croyais qu'il était avec vous.

– Il était, répliqua Entridge en brandissant un enregistreur. Je vous attends dehors.

La chef d'unité du FBI grimpa l'échelle et enfila son peignoir, tout en suivant des yeux le psychorigide en tenue de barbecue qui poussait l'une après l'autre les portes vitrées en pestant. Il finit par trouver celle qui était ouverte, et sortit sur la terrasse.

Elle prit le temps de sécher ses cheveux au vestiaire,

enfila son caleçon et son tee-shirt, puis rejoignit Lester Entridge sur la piste de jogging en gazon plastifié qui faisait le tour du building.

— Un problème ?

Accoudé à la rambarde de sécurité, il lui tendit le deuxième écouteur et enclencha la lecture.

— Allongez-vous, tout ira bien.

— Non, docteur, ça va pas du tout. Je suis un type ordinaire, moi. Je veux pas de ce pouvoir ! Je peux pas assumer !

— Pourquoi ?

— Parce que... parce que j'sais pas... La mort c'est la mort, sinon y a plus de vie possible !

— Précisez, Jimmy.

— Il faut des repères ! Sinon c'est complètement injuste... Pourquoi laisser mourir tous les autres, guérir celui-ci et pas celui-là ? Ils sont combien de milliards sur Terre, et combien je peux en sauver par jour ? Mon pouvoir, c'est peut-être un truc qui se décharge...

— Mais vous croyez en vous.

— Je suis bien obligé !

— Obligé dans quel sens ?

— Par vous ! Si vous m'aviez rien dit, j'aurais jamais découvert que je peux faire des miracles...

— Etes-vous sûr d'avoir *fait* quelque chose ?

— Allez sur Lexington au coin de la 123e, demandez aux sans-abri, demandez à la synagogue, demandez aux...

— Je ne mets pas en cause le résultat, mais le verbe *faire*.

— J'ai vu un type renversé par une voiture, il avait l'air complètement mort, je lui ai dit « Lève-toi et marche », et il m'a obéi !

— C'était peut-être juste une perte de conscience, un

infarctus... Vous m'avez déclaré que l'infirmier avait fait un massage cardiaque...

— Et l'aveugle ? C'était un *vrai* aveugle : j'ai vérifié ! J'ai fait de la boue avec ma salive, je la lui ai plaquée sur les yeux, et il a *vu !*

— On connaît des cas de cécité hystérique où le nerf optique n'a rien, mais le cerveau ne traite plus les informations transmises par la rétine. Vous le badigeonnez de boue, il se croit agressé par un sadique, et la brutalité du choc rétablit soudain la connexion...

— On ne distinguait même plus son iris : il n'y avait qu'une taie blanche ! Mais merde, comment je dois vous convaincre ?

— Pourquoi voulez-vous me convaincre ?

— Parce que je suis complètement paumé ! Après votre appel, vous savez ce que j'ai fait ? Je suis allé aux urgences du Mount Olivet Hospital. J'étais là, au milieu des blessés, des malades, des vieux en train de crever, j'étais comme au supermarché, j'allais d'un rayon à l'autre, je comparais, je savais pas lequel choisir... Vous m'aviez interdit de guérir quelqu'un d'autre avant qu'on se rencontre ; je me disais : j'ai quand même le droit, au moins un, discrètement... Pour voir... Voir si ça dure.

— Vous m'aviez promis, Jimmy...

— J'ai tiré au sort, c'est tombé sur un amputé de la main.

— Et alors ?

— J'ai pas osé. J'ai pris le métro et je suis venu.

— « Pas osé », dites-vous. A cause de votre promesse, ou par peur de l'échec ?

— C'est pas ça qui me fait peur. Vous savez ce qu'il dit, saint Matthieu ? « Il surgira des faux Christs et des faux

prophètes, qui produiront des signes et des prodiges considérables, capables d'abuser, si possible, même les élus. »
— Et alors ?
— Rien. Je me pose des questions, c'est tout.
— A votre avis, Dieu est-il en vous depuis le stade de l'embryon, ou est-ce l'éclosion de votre foi qui l'a incarné en vingt-quatre heures ?
— Et si c'était autre chose ?
— Quoi donc ?
— Le diable.
— Intéressant. Vous pensez que ça fait partie de votre formation ?
— Ma formation ?
— Pendant quarante jours, Jésus a été tenté par le diable dans le désert...
— Non. Dans le désert, il est allé voir les Esséniens, la secte qui l'a entraîné pour être le chef de la résistance juive contre les Romains : ils lui ont appris la magie égyptienne, le spiritisme et le calendrier occulte ; c'est pour ça qu'avec ses disciples il fêtait Pâques trois jours avant Pâques.

Un silence. Kim Wattfield interrogea du regard le Dr Entridge. Il lui fit signe de patienter, puis désigna l'enregistreur où retentissait de nouveau sa voix :
— Vous m'impressionnez, Jimmy. D'où tenez-vous ça ?
— Je suis allé piquer des bouquins dans une librairie. L'histoire de Jésus par ceux qui n'y croient pas. Je veux savoir le pour et le contre, moi, je veux me faire mon opinion : je suis pas une marionnette !
— Et quelle est votre opinion, ce matin ?
— Jésus était bidon, et moi je fais des miracles.
— Vous en concluez ?

— Ça tient pas debout. Je veux dire : ça vient pas de lui. J'ai potassé aussi la vie d'un chaman, et celle du médium de CBS qui soulève une chaise à distance. On a tous des pouvoirs secrets dans notre cerveau ; il suffit de les réveiller. C'est *moi tout seul* qui ai déclenché les phénomènes, parce que je me suis mis à y croire.

— Vous éliminez le divin, et vous gardez le paranormal.

— J'élimine rien : je vous parle de la foi. Vous m'avez donné la foi avec vos preuves à la con. La foi en moi. J'ai le sang du Christ, donc c'est moi. Alors je me suis demandé l'impossible, et je l'ai obtenu. Voilà.

— Si c'était à refaire, vous le referiez ?

— Evidemment !

— Je note quand même une contradiction avec le début de notre entretien. Ou une évolution, si vous préférez. Vous me disiez refuser ce pouvoir, trop lourd à assumer.

— Je sais plus où j'en suis, docteur, je change d'avis tout le temps.

— L'important est de vous en rendre compte. C'est déjà un grand progrès. Maintenant, ne pensez-vous pas qu'on puisse concilier ce que vous appelez « la foi » avec l'action éventuelle d'une force divine extérieure à l'homme ?

— Divine ou diabolique, on revient au même problème. Le diable aussi fait des miracles.

— Vous n'avez pas l'ADN de Satan.

— J'ai pas non plus la tête du Christ.

— N'oubliez pas la vie que vous avez menée pendant trente-deux ans, en ignorant tout de vos origines. Il y a votre alimentation, votre environnement, votre regard sur vous et le regard des autres...

— Mettez la télé sur le canal 510 : vous verrez des gens

aussi normaux que moi, même des religieux, qui sont possédés par quarante esprits qui leur font faire des conneries, et parfois même des miracles ! J'ai vu une fille de vingt ans, canon et tout, étudiante en comptabilité, qui est revenue d'un pèlerinage à la Vierge de Medjugorje avec douze démons qui parlaient à sa place. Mais quand le pasteur Hunley l'aspergeait d'eau bénite, elle rigolait et elle faisait le signe de croix à l'envers en disant : « Encore ! » Et elle soignait l'eczéma, les brûlures et le cancer ! Il se fout de nous, le diable ! S'il existe, je peux vous dire qu'il se marre bien !

— Vous accordez vraiment tant de crédit aux talk-shows ? On dit que la plupart sont truqués.

— Ça n'empêche rien : si des millions de gens y croient, ça devient vrai !

— On dirait que ça vous rassure, l'hypothèse du diable.

— Oui.

— Pourquoi ?

— Si je suis possédé, je peux me faire déposséder : y a quatre mille exorcistes à New York. Mais si c'est Dieu qui est en moi, je suis obligé de tout changer.

— C'est-à-dire ? Vous mettre à vivre selon les préceptes de la Bible ?

— Oui.

— Par exemple ?

— Par exemple j'ai sauté l'autre soir une inconnue dans la maison où j'avais rencontré la femme de ma vie, quatre ans avant. J'ai détesté sa façon de faire l'amour et pourtant j'ai encore envie d'elle, j'étais à deux doigts de lui grimper dessus la nuit dernière, avant qu'elle se torde la cheville... Comment je peux gérer ça ? Hein ? Je veux dire : d'un côté l'obsession du cul, et de l'autre la mission de sauver les hommes ?

Le Dr Entridge arrêta l'enregistrement. Il dévisagea l'agent Wattfield, le regard inquisiteur et les lèvres en trait de rasoir.

– C'est terminé ? s'étonna-t-elle en désignant l'appareil.

– Vous avez fait l'amour au clone de Jésus-Christ, articula-t-il avec un blanc entre chaque mot.

– Oui.

Scandalisé par son naturel, il la fixa avec une lueur de meurtre, lui demanda si elle mesurait les conséquences de son acte. Elle retira l'écouteur, fit valoir qu'elle n'avait pas reçu de consigne particulière limitant son champ de manœuvre.

– Et au FBI, on trouve normal de prendre ce genre d'initiatives ?

– Mes ordres étaient de lui apparaître dans son élément, de lui inspirer confiance, de nouer des liens et de le surveiller à son insu, d'accord ? Le meilleur moyen d'assurer la sécurité d'un type sans qu'il s'en doute, c'est de sortir avec lui. Non ?

– Vous avez fait l'amour avec le clone de Jésus-Christ ! répéta Entridge d'un ton hystérique en martelant ses mots sur la rambarde.

– Ce n'est peut-être pas utile que tout Manhattan le sache. Et je ne suis pas la première, je vous signale. Désolée, docteur, mais ce n'est pas un pur esprit ; c'est même un très bon coup. Il n'y a pas que les pains qu'il multiplie.

– Nous réécrivons l'Evangile, Wattfield ! cria-t-il à voix basse dans un rictus. Qui vous a dit que ça débutait par : « Au commencement, Jésus se tapa Marie Madeleine » ?

L'évangile de Jimmy

Elle saisit un bouton-pression de la chemisette du psychiatre, et le dévissa d'un quart de tour.

— Ne réveillez pas votre ulcère, Entridge. Vous me prenez pour qui ? Une nympho qui profite de sa mission ? Vous avez le droit d'être jaloux, mais pas de m'attaquer sur le plan professionnel.

— Jaloux de quoi ? Ne cherchez pas à dévier le sujet !

— Sur quels critères Buddy Cupperman m'a-t-il choisie, à votre avis ? Sur mes états de service, ou sur photo ? Vous êtes chargé d'embrouiller Jimmy, j'étais chargée de le séduire.

— De le tenter, à la rigueur, c'est tout !

— Et pourquoi croyez-vous que j'aie pris les devants ? Fatalement un homme comme lui aurait été obsédé par l'idée de me sauter. On l'a fait le premier soir, comme ça ensuite on est passés à autre chose. On est copains, il a confiance, et la phase 3 s'est déroulée de la manière prévue, avec un impact encore plus fort quand il a guéri mon entorse, vu notre intimité.

— Et vous n'entendez pas à quel point ça l'a perturbé ? Vous m'avez collé un dilemme charnel là où j'induis un transfert au divin, connasse !

Elle lui mima un baiser et remit le lecteur en marche. La voix enregistrée du Dr Entridge reprit l'entretien, nettement plus douce et convaincante que la version *live*.

— Le sexe était-il déjà quelque chose de honteux pour vous, Jimmy ?

— Absolument pas. Ç'a toujours été de l'amour. Mais là, j'ai plus le droit de mélanger... Jamais j'aurais dû coucher avec cette fille.

— Jésus ne condamne pas l'amour physique.

— L'adultère, si. J'ai lu.
— Vous n'êtes pas marié.
— C'est pareil.
— Développez.
— Je me comprends.
— Vous pensez que vous allez vous « christifier » davantage en pratiquant la chasteté ? Ou bien vous avez trouvé ce prétexte pour justifier votre fidélité castratrice à la femme qui vous a quitté ?
— Je ne vous ai pas parlé d'Emma.
— Voulez-vous qu'on en parle ?
— Vous avez une fiche sur moi ? Vous savez tout de ma vie, c'est ça ?
— Nous avons quelques renseignements. Vous ne m'avez pas répondu. Qu'est-ce qui rend impur à vos yeux l'acte charnel, aujourd'hui ? La notion de péché ?
— La dépense d'énergie. J'ai bien vu comment ça se passe, les miracles : il me faut une concentration maximum... En même temps, non, pas toujours. Les beignets, ils sont tombés tout seuls. Je veux dire : j'avais pas l'intention. C'est les gens autour qui voulaient manger, et c'est peut-être cette envie qui s'est servie de moi.
— Servie ? Précisez.
— Comme la femme qui saigne tout le temps, et qui a entendu parler des miracles du Christ, mais elle ose pas lui demander, alors elle se met dans la foule et elle touche son manteau ; elle se dit que ça va suffire. Et elle guérit.
— Et alors ?
— « Alors Jésus eut conscience de la force qui était sortie de lui, et s'étant retourné dans la foule, il demandait : Qui m'a touché ? » C'est dans Luc ou Marc, je ne sais plus.

– Vous pensez à une sorte de courant électrique ? Vous seriez comme un convertisseur de tension, un transformateur de la puissance divine à l'usage des humains ?

– Sauf que la femme croyait en lui. Là, les sans-abri, comment ils pouvaient savoir que je venais de guérir une entorse ?

– Je reviens à ma question de tout à l'heure. Pourquoi refusez-vous de concilier votre identité christique et l'intervention éventuelle de Dieu à travers votre personne ?

On entendit Jimmy pousser un long soupir. Un corbeau en provenance de Central Park survola la terrasse de l'hôtel en croassant avec une telle insistance que Lester Entridge monta le volume.

– Le miracle, docteur, c'est comme une eau croupie où quelqu'un se fait baptiser. Il sait qu'il n'y a pas de chlore, ni d'électrolyse, ni d'oxygène actif, mais si l'idée du baptême est plus importante pour lui que la peur des bactéries, il aura moins de chances d'attraper des champignons.

– Je ne comprends pas.

– C'est normal, c'est une parabole.

– Expliquez-moi.

– Débrouillez-vous.

– Vous voulez dire que la force de la foi se substitue à l'action divine.

– Regardez les stigmatisés, docteur. Les gens qui se mettent à saigner comme le Christ sur la croix. On a prouvé que c'est sans trucage. Et pourtant c'est de la tromperie.

– Mais encore ?

– Ils ne saignent pas *où il faut*. C'est toujours au creux des paumes. Et les chirurgiens disent que c'est impossible de clouer les gens comme ça : la peau se déchire. Et sur le Linceul, on voit bien que c'est dans les poignets.

– Votre conclusion ?

– Jésus n'y est pour rien : c'est la personne qui s'identifie à lui qui se fabrique avec son cerveau les blessures qu'elle voit sur les crucifix des églises. C'est pas de la foi, c'est de l'autosuggestion. Vous me prouvez que je suis une greffe de Jésus : j'agis comme lui. Même s'il n'est pas le Fils de Dieu, je fais *comme on dit qu'il a fait*. Et du coup je réveille dans mon corps le pouvoir qu'on a peut-être tous : le moyen de communiquer, dans les deux sens, avec les cellules des humains et les circuits des machines.

– Il est midi et demi, vous avez faim ?

– On a fini ?

– Pour aujourd'hui. Nous recommençons quand vous le souhaitez. Comment vous sentez-vous ?

– Mieux.

– Pourquoi ? Parce que je vous crois ?

– Non, au contraire. Parce que vous faites pas semblant.

– Je n'ai aucune opinion personnelle, Jimmy. Je ne suis qu'un écho, pour vous, et c'est vous seul qui vous jugez. Vous ne saurez jamais si j'ai ou non une religion, vous ne saurez jamais ce que je crois ni ce que je pense.

– Je vous dois ?

– C'est payé par la Maison-Blanche. Comme votre séjour.

– Mon séjour ?

– Vous avez la 4107, au bout du couloir. La vue est mieux centrée, l'Essex House ne vous cachera pas Central Park.

L'évangile de Jimmy

— Attendez... vous voulez dire qu'on m'offre une chambre ici, dans ce palace ?

— J'ai cru comprendre que vous aimiez le quartier. De toute manière, maintenant que vous êtes sans emploi, vous n'aurez pas les moyens de garder votre studio.

— C'est la Maison-Blanche qui m'a fait virer ?

— Appelons ça la Providence. J'ajoute que c'est le seul hôtel de Manhattan avec une piscine sur le toit. Maintenant, si jamais vous trouvez que le confort est un frein à votre évolution christique, nous vous déménageons aussitôt dans un meublé du Bronx.

Un silence s'installa, parmi les bruits de sirènes et de moteurs étouffés par l'altitude.

— Docteur, c'est quoi l'« évolution christique » ? Qu'est-ce qu'on attend de moi, à la Maison-Blanche ?

— Que vous deveniez vous-même. Croyez bien que nous n'avons aucune opinion préconçue, ni aucune direction vers laquelle vous orienter a priori.

— Vous êtes gonflé, commenta l'agent Wattfield.

— Nous sommes des chercheurs, Jimmy, en train de mener une expérience, soucieux d'attendre et d'observer les résultats en évitant d'exercer la moindre influence.

— Mais le but de tout ça ? Vous avez bien une idée derrière la tête ?

— Au Ier siècle, Jimmy, qu'avait-on pour étudier le phénomène ? La comparaison avec des prophéties antiques, le témoignage des foules, la censure des occupants romains, la jalousie du clergé ; l'adhésion ou le rejet selon des critères exclusivement politiques et religieux. Aujourd'hui, la plus grande puissance du monde met tous ses moyens psychologiques, scientifiques et financiers pour savoir si Dieu existe à l'intérieur d'un homme, et de quelle manière, et jusqu'à quel point. Ce n'est pas une « idée derrière la tête », c'est la quête suprême de l'humanité, Jimmy Wood, et vous en êtes aussi bien le cobaye que l'enjeu, si vous consentez à collaborer et si vous acceptez notre aide.

– Je vous ai appelé au secours, Lester. Evidemment j'ai besoin de vous.

– Je préfère que vous disiez « docteur ». Un minimum de distance est souhaitable entre nous, pour éviter le transfert et les dangers de sujétion afférents.

– Ça veut dire quoi ?

– Evitez de me trouver sympathique.

– Sans problème.

– Parfait. Bon appétit.

– Vous ne venez pas ?

– J'ai du travail. Le père Donoway vous attend au Boat House, avec trois personnes qui vous plairont beaucoup, d'après ce que j'ai pu capter de votre sensibilité. A plus tard, Jimmy. Prenons un verre à six heures, si vous voulez.

– Je peux utiliser vos toilettes ?

L'enregistrement s'arrêta. L'agent Wattfield retira son écouteur, le rendit au Dr Entridge en déclarant :

– Sans me vanter, il me plaît bien, comme ça.

– J'exigerai qu'on vous relève de votre mission, Wattfield. Vous étiez censée incarner la tentation féminine, vous n'êtes plus pour lui qu'un repoussoir. Quand on prend l'initiative de baiser, au moins on le fait bien !

Kim croisa les bras, s'adossa à la rambarde avec un sourire posé, et lui répondit en deux points : dépendant de l'unité action du FBI, elle n'avait aucune critique à essuyer en provenance du département psycho de la CIA, et ne relevait que du coordinateur Cupperman auprès de qui le Bureau fédéral l'avait détachée ; en second lieu, un spécialiste du comportement devrait savoir que la tentation masculine de refaire l'amour par charité à une mal-baisante est bien plus efficace, pour mettre à l'épreuve un vœu de chasteté, que le désir de concrétiser des fantasmes avec une inconnue.

– Vous faites mal l'amour *exprès* ? interpréta le médecin, désarçonné, avec un regard en biais vers les seins humides qui pointaient sous le tee-shirt.

– Ça, Entridge, vous ne le saurez jamais.

Elle retourna vers la piscine. S'empêchant de la suivre des yeux, par dignité autant que par tactique, Entridge ôta son oreillette, et fixa à la place le microrécepteur qui le reliait à la table 9 du Boat House.

C'est fou le bien que ça fait, une psychanalyse. Je n'ai pas eu l'occasion de me confesser à un prêtre, je ne peux pas comparer, mais je me sens aussi léger qu'après une heure de crawl. Nettoyé, dégrippé, tout neuf ; libéré de ces pensées morbides qui m'encrassaient depuis mes lectures du matin.

Je marche lentement dans la touffeur de Central Park, entre les seringues et les écureuils, longeant les drogués en manque recroquevillés dans les fourrés. Je m'efforce de détourner la tête, pour ne pas me laisser attendrir : on m'a dit d'être discret jusqu'à nouvel ordre, de ne plus rien faire pour personne. J'obéis, je m'isole, me replie sur moi, et c'est moins difficile que prévu.

Le Dr Entridge est un type formidable. Il m'a rappelé à sept heures du matin, dix minutes après mon message. Je lui ai expliqué la situation, j'ai dit que j'avais besoin d'aide. Il a répondu qu'il sautait dans un avion, qu'il serait à New York pour le déjeuner, m'a demandé où je voulais qu'on se retrouve. J'ai proposé le Boat House, le premier endroit qui m'est venu à l'esprit. Les brunchs du dimanche avec Emma. Après un petit silence, il m'a dit que ça tombait bien : il descendait au Parker Méridien sur la 57e, derrière Central Park South, et m'a donné rendez-vous à l'hôtel vers midi.

Je suis arrivé avec deux heures d'avance, dans une espèce d'atrium en verre et miroirs où j'ai tenté de faire le point, assis dans un fauteuil en cuir dur au milieu des hommes d'affaires étrangers qui se croisaient, regard hagard ou absorbé, dans l'écho des talons sur le marbre. J'essayais de calmer mon imagination, mais je n'y pouvais rien : je voyais des démons partout. En eux, autour d'eux, sautant de l'un à l'autre, échangeant leurs places ou se regroupant... A chaque poignée de main je flairais l'emprise, dans chaque sourire je voyais un piège, un sort, un envoûtement, à chaque transaction ils se faisaient posséder. Je les dévisageais, assis en grappe ou à l'écart au téléphone : je ne connaissais pas leur avenir ni leur passé, ni même leur présent, mais je sentais s'ils étaient squattés ou pas. Illusion, influence des Evangiles, reflet de ma situation ? Je ne savais plus si le sang de Jésus me montait à la tête, ou si c'était le diable qui se moquait de moi.

J'avais beau me concentrer sur des détails matériels, fixer les attachés-cases, les costumes à rayures grises des Japonais en séminaire jurant avec le débraillé des touristes, les porte-bagages électriques qui franchissaient dans un cliquetis les rayons détecteurs d'explosifs, les hôtesses décolletées derrière les longs comptoirs en teck design, rien n'accrochait, je n'étais plus de ce monde, je venais *d'avant*, j'étais comme en escale dans ce décor d'apparences, la tête ailleurs. Nazareth, Béthanie, Cana, Gethsémani ; je parcourais la Judée, la Galilée, j'entrais dans Jérusalem, je faisais scandale, je prêchais, je guérissais, je virais les démons, j'engueulais mes troupes, je provoquais les prêtres et les Romains, je prédisais ma mort avec une telle insistance qu'ils finissaient par me tuer. Je ressuscitais, je renaissais chez Marc, Luc ou Jean ; c'était reparti pour un tour.

Au bout d'un moment, j'ai rebranché mon téléphone. J'avais un message de Kim. Sa cheville allait toujours très bien, elle avait digéré le choc et me demandait d'excuser sa réaction de fuite. Si vraiment j'étais ce qu'on m'avait dit, ajoutait-elle, il fallait que je la rappelle très vite : je ne pouvais pas rester comme ça. Je me suis remis sur boîte vocale. Je n'avais pas envie d'entendre une chrétienne me parler du Christ, me faire la morale ou me donner des conseils. J'ai sorti de mon sac à dos les livres que j'avais piqués en route. *Jésus : les preuves de l'imposture, Le Nouveau Testament en quarante mensonges.* Et je me suis plongé dans la négation de mes origines avec un effort d'impartialité, une curiosité malsaine, presque un sentiment de revanche...

Dans son *Jésus*, le chimiste italien Guido Ponzo donnait la recette de « l'image thermonucléaire », qu'il affirmait avoir réalisée dans sa cuisine sur un vieux drap de lin avec des ingrédients disponibles au Moyen Age : oxyde de fer, bleu outremer, jaune d'arsenic, rose de garance et charbon de bois, le tout appliqué par détrempe. Quant aux marques de sang, il suffisait de fouetter n'importe quel clochard et de lui enfoncer des clous dans les extrémités : on le roulait dans le drap peint et on obtenait le Linceul de Turin. Saupoudrez de quelques pollens israéliens et servez chaud à la crédulité humaine. J'imaginais que j'étais le descendant de ce clochard, et mes poings se serraient de colère. Si une secte avait commis cette atrocité, les pouvoirs que je détenais venaient de Satan.

A midi trois, le Dr Entridge est arrivé. Chemise à manches courtes, jean blanc, casquette. Ses lunettes carrées, son air tendu et les fiches débordant de ses poches faisaient de sa tenue de Mickey un déguisement obligé, une concession au week-end. Il a tout de suite vu l'état dans lequel je me trouvais, et m'a proposé de monter me relaxer dans sa suite, un grand volume glacé plongeant sur Central Park. Je ne me souviens plus de ses arguments, mais son écoute et sa conviction m'ont remis les idées en place.

– Un p'tit coup de paradis ?

Je repousse le jeune type qui m'a abordé avec un air de routard, ses doses de crack fixées dans son dépliant de Manhattan. Pour échapper aux tentations qui m'assaillent à chaque pas sur le sentier – casser la gueule aux dealers, imposer les mains aux shootés en manque – , je rejoins la chaussée goudronnée où les amoureux se promènent en calèche. Un jour de pluie, l'an dernier, j'en avais loué une pour aller de Columbus Circle au Boat House. Je revois Emma me caresser sous le plaid à carreaux... J'éprouve soudain une nostalgie terrible, qui n'est même plus un désir en creux, le poids de ce bonheur à vide que je traîne partout en solitaire, mais le regret du temps où j'avais le droit de n'être qu'un homme, où je n'étais l'héritier de rien, le représentant de personne, où je pouvais aimer tranquille une femme unique en me foutant du reste du monde.

Finalement la vision des calèches m'est plus pénible que celle des épaves et des revendeurs. Sur eux, encore, j'arrive à faire l'impasse. Je regagne le sous-bois.

Après m'être paumé dans les allées en boucle, avoir tourné un petit moment du zoo à Sheep Meadow, je repère le lac derrière la fontaine de Bethesda. Dans une clairière déserte, un ours en peluche manchot gît au sommet d'une corbeille à papier. Je m'approche, regarde la mousse qui s'échappe du moignon. Je me demande qui a pu lui arracher le bras : un enfant sadique, un chien, deux nounous se disputant la peluche volée par l'un de leurs mômes...

A quelques pas de la corbeille, un érable est en train de mourir. Au milieu des feuillages débordants de ses voisins, il se fait l'automne pour lui tout seul. Ses feuilles desséchées pendouillent, brunes et grises, d'autres se détachent, racornies, tombent autour de moi ; les plus hautes branches sont déjà nues. Sur le tronc est clouée une pancarte :

CET ARBRE MALADE SERA PROCHAINEMENT ABATTU,
POUR LA SÉCURITÉ ET L'AGRÉMENT DES PROMENEURS.
MERCI DE RESPECTER LA NATURE.

Je me retourne, le cœur battant, vérifie que personne ne me voit. Après tout, le psychiatre m'a dit de ne plus rien faire pour les gens ; il n'a pas parlé des arbres.

Je respire profondément, enlace le tronc, et demande à l'érable de respecter le secret défense : je vais essayer de le sauver. S'il veut bien, à tous les deux on va réparer le coup du figuier stérile — cette injustice de Jésus qui me poursuit, me travaille comme un remords vivant. Le ventre pressé contre l'écorce, j'essaie de visualiser la circulation de la sève, de la remettre en route, d'imaginer des bourgeons, des feuilles qui grandissent, des fleurs... Je prononce à mi-voix :

— Seigneur, je ne suis pas digne de Te recevoir, mais dis seulement une parole et il sera guéri.

Un picotement sous la nuque se répand dans mes épaules, envahit mes veines avec un dégagement de chaleur, descend le long des bras, gagne mes mains, puis je sens une espèce de reflux, lent et froid, comme une transfusion de sève... Mon corps se met à trembler, on dirait que toutes mes forces m'abandonnent pour que j'accueille une autre énergie, une légèreté glacée qui me remplit d'une joie complètement neuve.

Je m'arrache soudain du tronc. J'ai reçu un choc électrique, une décharge de courant qui me laisse groggy, pantelant, oppressé par la séparation, l'impression d'arrachement. Je titube, secoué par des spasmes, je reprends mon souffle en m'asseyant dans l'herbe. Je suis en nage, ma sueur coule comme des larmes. Un mélange de tristesse totale et de bonheur à l'état pur... Puis les tremblements s'espacent, ma respiration redevient normale. Je me laisse aller en arrière, la tête dans les feuilles mortes qui craquent sous mes oreilles. Peu à peu l'exaltation bascule dans un sentiment de solitude à crever, un écœurement, une déception, un genre de honte... Ce que racontent les types au comptoir du Walnut's, quand ils parlent femmes entre deux bières. Ce coup de cafard après l'amour qu'ils ont tous l'air de trouver normal et que je n'ai jamais connu ; ce besoin morose d'être ailleurs, là où moi je n'éprouvais que l'envie de remettre ça. Est-ce l'échange d'énergie que je viens d'avoir avec cet érable en voulant le sauver, alors que les êtres humains que j'ai guéris ne m'ont rien *donné* ? Est-ce leur ingratitude qui m'atteint par contraste ? Peut-être que Jésus a ressenti la même chose devant la réaction des gens qui oublient, qui doutent, rejettent le miracle après coup... C'est pour ça qu'il était si souvent de mauvais poil, agressif envers ses obligés, qu'il traitait ses disciples de crétins, de faux culs, de traîtres en puissance, et que parfois il se vengeait sur les arbres.

Je me relève, regarde l'érable qui n'a pas l'air d'aller mieux. Le veut-il, d'ailleurs ? Un blessé, un aveugle, un mort violent rêvent de redevenir comme avant, c'est évident, mais un arbre ? On dit qu'ils sentent leur fin longtemps à l'avance. Vieillesse ou maladie, sans doute avait-il programmé son décès après avoir répandu ses pollens autour de lui au printemps, et je ne lui ai pas demandé son avis. Voilà que de nouveau je me sens coupable. Je n'ai pas à forcer la nature, même si j'en ai les moyens – qui suis-je, pour décider ce qui est bon pour les autres ? L'humilité. Personne ne m'en parlera, de l'humilité, ni les psys avec leur ego thérapeutique, ni les politiciens qui s'intéressent évidemment plus à mes pouvoirs qu'à mes scrupules.

Je caresse l'érable, lui demande pardon, lui rappelle qu'il est libre : il n'est pas obligé de revivre uniquement pour me faire plaisir. OK ? A lui de voir. Je lui tapote l'écorce, tourne les talons et reprends le chemin du restaurant. J'ai quand même franchi un sacré pas depuis ce matin, grâce au Dr Entridge. Je ne doute plus : je m'interroge. La question n'est pas de savoir d'où vient le don que j'ai reçu, mais ce que j'ai le droit d'en faire.

Tentes rayées beiges, ventilateurs à pales noires, colonnes blanches et balustres au-dessus du lac ; le Boat House est le seul restaurant de luxe que je connaisse, mais je me sens chez moi tellement j'y ai été heureux, un dimanche par mois, la main d'Emma dans la mienne, nos genoux imbriqués sous la double nappe jaune. L'idée ne m'a même pas effleuré, en donnant l'adresse au Dr Entridge, qu'elle pourrait être là avec le grand blond qui m'a remplacé. Je sais qu'elle n'est pas comme moi : quand elle tourne la page, elle ne revient pas en arrière ; elle change d'habitudes, de goûts et de décor. Enfin, j'imagine. Je conclus, d'après le peu que j'ai vu le jour où j'ai sonné chez eux.

Le maître d'hôtel s'avance vers moi, l'air dissuasif, me demande si j'ai réservé. Il ne me reconnaît pas, c'est normal : on n'avait d'yeux que pour elle. Un regard à mon blouson Darnell Pool, et déjà il a le sourire diplomatique et le geste amorcé vers la terrasse voisine, le snack des familles où les enfants s'écrasent contre les grilles pour jeter du pain aux canards. J'hésite à lui donner mon nom qui doit être secret défense, lui aussi. Je ne sens pas trop non plus de lui demander la table de la Maison-Blanche.

– Monsieur est avec nous.

Je me retourne sur le père Donoway, qui est arrivé dans mon dos. Le maître d'hôtel s'incline, nous promet que la 9 sera prête dans un instant, et se hâte d'aller refouler un couple de jeunes en shorts. Le prêtre me dévisage avec une affection de longue date, pétrit mon bras en m'assurant que ça va aller. Je ne dis rien. Je n'aime pas l'intimité qui suinte de ce vieux Noir aux yeux glauques. Ne sentir aucun écho dans ma mémoire, face à cet inconnu qui prétend m'avoir élevé, me rend méfiant, allergique à l'air embué qu'il affiche quand il me regarde comme si j'étais son œuvre.

Il me conduit vers les fauteuils en cuir brun du coin cheminée, où brûle en hiver un feu de fausses bûches au gaz. Deux hommes se lèvent. Un grisâtre en tweed hors

L'évangile de Jimmy

saison qui me rappelle un hérisson de dessin animé, et un quadra lisse comme un savon, le menton fuyant, la main molle et le regard en dessous.

– Monseigneur Givens, évêque in partibus.

Pour être poli, je lui demande où c'est.

– Nulle part, répond à sa place le hérisson en me broyant les doigts avec enthousiasme. Monseigneur est un titulaire sans diocèse, docteur en théologie et conseiller du Président pour les questions religieuses. Moi je m'occupe de la partie scientifique. Irwin Glassner. C'est un grand, grand plaisir.

Avec une lenteur timide, il me touche le bras, l'épaule, comme pour évaluer ma musculature, m'attire brusquement contre lui, m'écarte avec des tremblements dans le sourire. Vu ses yeux injectés et l'état de son pif, il ne doit pas sucer de la glace.

– Toutes ces années, Jimmy, vous n'imaginez pas... C'est une chose de décrypter un génome, de rêver sur des données, mais lorsqu'on se retrouve tout à coup devant... devant la réalité, en chair et en os... Excusez-moi.

Gêné par ces débordements dont je ne peux mesurer la sincérité, je lui réponds qu'il n'y a pas de mal. Il renifle, hoche la tête, croise le regard froid de l'évêque, desserre les doigts. Je récupère ma main, la plonge dans ma poche pour toucher la feuille morte que j'ai prise à l'érable – un moyen de m'isoler de ces gens, de garder le lien avec l'arbre qui est peut-être en train de se régénérer à leur insu, là-bas.

– Voilà, Jimmy, reprend le scientifique en noyant la sensiblerie dans la jovialité, soyez le bienvenu parmi nous. Vous connaissez déjà le juge Clayborne et le Dr Entridge, mais ce n'est qu'un petit aperçu de l'équipe de tout premier plan mobilisée autour de vous...

– Pour quoi faire ?

Ma question le prend de court.

– Allons déjeuner, décide l'évêque.

Le maître d'hôtel nous conduit jusqu'au bord du lac, où un gros rouquin en chemise bariolée tartine du beurre en étudiant le menu. Le restaurant est archicomble ; seules les six tables autour de nous sont vides, sans doute réservées par les services secrets.

– Je ne vous ai pas vu entrer, Buddy, vous êtes arrivé en barque ? lance gaiement le conseiller Glassner, qu'on a dû charger de mettre l'ambiance.

L'autre abaisse le menu, se retourne, et j'ai un choc.

– Buddy Cupperman ?

Il me dévisage avec stupéfaction.

– Vous me connaissez ?

– *The Crayfish* !

– Eh ben, fait-il en se renfrognant. Vous avez de la mémoire.

– Je me suis repassé le making-off, l'autre jour. Vous n'avez pas changé du tout, c'est dingue !

– Asseyez-vous.

Je m'installe à côté de lui, le cœur battant. C'est la première fois que je côtoie le talent d'aussi près. Je croise le regard des trois autres. Visiblement, ils ne savent pas de quoi on parle. Je leur raconte :

– C'est un type dans mon genre, qui s'appelle Bob. Il a tout perdu, il s'est fait larguer par sa femme et sa famille. Il déjeune au restaurant avec son seul copain, un médecin qui lui annonce qu'il a un cancer généralisé. En plus c'est l'amant de sa femme. A côté d'eux, il y a un vivier où une langouste est en train de se faire massacrer par un homard.

L'évangile de Jimmy

Alors, quand le garçon vient pour la commande, Bob demande la langouste, et il part avec. Il l'installe chez lui dans sa baignoire, il la soigne. Et puis elle fait des petits, et finalement elle prend toute la place dans sa vie : la baignoire ne suffit plus. Alors il colmate toutes les ouvertures, il inonde sa maison, il la remplit d'algues et de mollusques, et c'est lui qui se met à vivre peu à peu dans le milieu des langoustes. A la fin, comme il souffre trop de son cancer, il s'ouvre les veines dans l'eau pour qu'elles le mangent, par dignité humaine. Comment ça vous est venu, l'idée ?

— Je n'avais droit qu'à deux décors. Un très mauvais souvenir.

— Au contraire, pourquoi ? C'est un désespoir tellement optimiste, et en même temps c'est la seule revanche possible : je décide que je vais créer des liens avec un crustacé, parce que les humains ne veulent plus de moi... Non ?

Je prends à témoin le scientifique et les religieux, qui ont l'air totalement largués. Trois minutes plus tôt, j'étais leur chose, ils se croyaient les maîtres du jeu, et voilà qu'une discussion de cinéphiles leur fait perdre tout contrôle.

— En tout cas, moi, c'est mon film-culte. La première fois que je l'ai vu, j'avais quinze ans, et je me le repasse dès que j'ai un coup de blues.

— Il a fait un bide noir, oublions. Là, je travaille pour la Maison-Blanche, Jimmy. C'est moi qui supervise le projet autour de vous.

Je digère la nouvelle, partagé entre l'incrédulité, l'emballement et la prudence. Je connais sa filmo par cœur. Ce type est un génie absolu, un bloc de souffrance qui s'est toujours caché sous la provocation trash. Quel dommage qu'il n'ait jamais trouvé de réalisateur à la hauteur de son inspiration. Et que la politique lui ait mis le grappin dessus. Je suis peut-être la chance de sa vie. S'il est chargé d'écrire mon histoire, ça peut donner quelque chose de formidable, à condition qu'il ait les coudées franches.

— Aujourd'hui, la suggestion est une lotte aux morilles.

On se tourne vers le maître d'hôtel qui enchaîne :

— Légèrement déglacée au bouillon, avec une pointe de madère.

— Cinq lottes, décide mon scénariste pour gagner du temps. Vous prenez du vin ?

— Je ne sais pas si j'ai le droit, dis-je pour montrer ma bonne volonté, en consultant les deux religieux.

Le père Donoway ne semble pas voir de contre-indication, le Monseigneur reste sur la défensive. Buddy appelle le sommelier d'un claquement de doigts.

— Un blanc léger ? me propose Irwin Glassner.

— Ou plutôt un nuits-saint-georges.

Le prêtre hausse les sourcils, et l'évêque me toise comme si j'avais sorti un blasphème.

— Un bourgogne rouge avec du poisson, souligne-t-il sur un ton d'indulgence narquoise.

— C'est un excellent choix, confirme le sommelier. Avec les morilles et la pointe de madère, le blanc ne tient pas ; un côte-de-nuits est idéal. Tous mes compliments, monsieur.

Il s'en va. Les quatre hommes me regardent avec attention, comme si je venais d'avoir une vision, de formuler une prophétie. En fait, c'est le vin que j'ai bu avec Emma la dernière fois.

— Depuis les événements de cette nuit, reprend le

conseiller Glassner, vous n'avez pas tenté d'autre... action sur des personnes ?

Je fais non de la tête. Le soulagement que je vois dans leurs yeux me donne un malaise. Effet secondaire ou pas, je ne me sens plus de mentir, même par omission. Je précise :

— Sur des personnes, non. Mais tout à l'heure, en venant, j'ai essayé de guérir un arbre. Un érable condamné à mort, avec la pancarte. Je ne suis pas sûr que ça ait marché.

Ils se regardent en biais, sans autre réaction qu'un sourire poli sur le visage chiffonné du scientifique.

— Bon, attaque Buddy Cupperman en se beurrant une nouvelle tartine, vous marchez avec nous ?

— Pour aller où ?

— Je ne sais pas, on le découvrira ensemble. Vous avez un matériel génétique évidemment très fort, et la faculté d'agir par la pensée : il nous reste à découvrir le pourquoi de la chose, autrement dit le sens de votre mission, si vous en avez une.

J'acquiesce. Un garçon dépose un petit pain sur l'assiette à ma gauche. Je vais pour le rompre, et puis je me ravise. Ça ne serait peut-être pas de très bon goût.

— Ce que vous appelez « matériel génétique » n'est pas une notion théologiquement correcte, objecte l'évêque en fixant mon assiette à pain. L'ADN ne signifie rien.

— Monseigneur aime bien jouer l'avocat du diable, m'explique Irwin Glassner sur un ton de conciliateur.

— Dieu sème la Grâce où il veut, et non où les généticiens le décident. Vous me faites penser à des vignerons qui croiraient avoir percé le mystère du vin de messe. C'est l'eucharistie qui transforme le rouge de table en sang christique, pas la manière de le vinifier.

Je lui demande s'il cueille le raisin sur les épines.

— Qu'entendez-vous par là ?

Je lui rappelle que c'est dans saint Matthieu. Il a raison de se méfier des faux prophètes déguisés en vendangeurs, mais c'est au millésime qu'on juge le cep, à condition de remplacer les barriques.

— Et pan dans les dents ! se réjouit Cupperman. Faites gaffe, Partibus : quand les pisciniers se mettent à connaître l'Evangile mieux que les évêques, l'Eglise a du souci à se faire.

— C'est parce que c'est tout frais, dis-je pour ménager la susceptibilité du Monseigneur.

— « Tout arbre qui ne donne pas un bon fruit, réplique-t-il en me retournant la conclusion de la parabole, on le coupe et on le jette au feu ! »

Je lui réponds que cette morale de bûcheron n'est vraiment pas ce qu'il y a de plus miséricordieux dans la Bible.

— Et qui êtes-vous pour juger ? s'écrie-t-il dans un sursaut, puis il se tourne vers les autres en baissant la voix : Je trouve scandaleux tout ce que j'ai entendu sur la prétendue divinité de cet individu. Pour l'instant, aux yeux de l'Eglise, il n'est au mieux qu'un guérisseur. Ce n'est pas le degré ni la nature du phénomène qui fondent le miracle, mais l'intention dans laquelle il est accompli !

— Et vous croyez que je guéris les gens pour leur faire du mal ?

— J'estime que détenir un fluide n'implique en rien posséder la Grâce !

L'évangile de Jimmy

— Je suis bien d'accord, mais j'ai rien demandé ! C'est vous qui venez me raconter que je suis le Messie !

— Nous n'avons rien dit de pareil ! se récrie l'évêque.

Et il referme la bouche. Le sommelier est arrivé avec le nuits-saint-georges. Il le débouche, me le fait goûter. Je ferme les yeux en appelant l'image d'Emma pour faire écran à ces gens, retourne le vin sur ma langue et l'avale en disant OK. Il nous sert, couche la bouteille dans un panier d'osier, s'en va en nous souhaitant un agréable déjeuner.

— Vous avez été informé de la provenance supposée de vos gènes, c'est tout, reprend l'évêque entre ses dents, et si l'on m'avait consulté, à l'époque, je me serais farouchement opposé à l'idée d'annoncer une telle nouvelle à quelqu'un d'aussi improbable !

Je vide mon verre d'un coup, puis je le regarde en face, très calme.

— Et qu'est-ce que vous savez de moi ? Je suis peut-être un type très bien.

— C'est moi qui suis chargé d'instruire votre dossier à l'intention du Saint-Siège. Dois-je vous rappeler les éléments dont je dispose ? Une condamnation à trois mois avec sursis pour voies de fait sur des mineurs, une liaison notoire avec une femme mariée, des coups et blessures volontaires dans l'enceinte d'une église, le pillage d'un distributeur automatique de beignets, la prétendue réanimation d'un piéton dont on n'a retrouvé ni traces ni témoins, et la guérison hypothétique d'un soi-disant aveugle sans existence administrative, dont la cécité ne s'appuyait sur aucun certificat médical.

Il se rejette en arrière et serre les mâchoires en détournant les yeux, tandis qu'une jeune fille nous dépose nos assiettes avec des seins en gelée dans le décolleté blanc. Le conseiller Glassner a rempli mon verre. Je le descends d'un trait en essayant de rester zen.

— Et pour compléter mon dossier, renchérit le partibus dès que la serveuse a tourné les talons, on me présente un pochetron incollable sur le bourgogne, qui ne retient de l'Evangile que ce qui a trait à son vice.

— Non mais ça suffit, là ! Je vais pas me laisser insulter par mes évêques !

— Vous l'entendez, Irwin ? Si vos scientifiques ne m'avaient pas soutenu que son ADN est celui des taches du Linceul, jamais je n'aurais vu en lui autre chose qu'un mécréant paillard et hystérique !

— Et vous, sans votre croix en sautoir, vous auriez l'air de quoi ? D'un connard d'agent du fisc en train de prendre son pied en torturant un contribuable !

— Mesurez vos paroles, jeune homme !

— Si tu veux, on sort et on s'explique !

— Moins fort, soyez gentils, nous implore Glassner.

Je lui réponds que j'ai cogné les braqueurs en état de légitime défense : ma condamnation est une erreur judiciaire.

— Et une procédure apostolique n'est pas un blanchiment ! glapit l'évêque. En aucun cas, vous m'entendez, je ne soutiendrai auprès du Vatican la candidature de cet énergumène au rang de Messie transgénique !

Il se lève et quitte la table.

— Il se calmera, commente Buddy en sauçant son assiette.

Le père Donoway secoue la tête, consterné, promène une morille entre ses morceaux de lotte. Irwin Glassner allonge son bras et pose une main amicale sur mon poignet.

L'évangile de Jimmy

— Ce n'est pas contre vous, Jimmy. Il faut comprendre que les chrétiens soient un peu chatouilleux sur l'image à laquelle on associe leur Christ...

— Qu'est-ce que vous allez faire de moi, alors ? M'enfermer au secret pour éviter de chatouiller la chrétienté ?

Le silence qu'ils observent soudain me fait froid dans le dos. Ou ils y ont pensé, ou je viens de leur donner l'idée et, apparemment, elle chemine.

— C'eût peut-être été le désir de certains, murmure Glassner, mais ce n'est pas l'option retenue. Nous souhaitons vous préparer, Jimmy, vous assurer la meilleure formation possible pour que vous soyez à la hauteur de vos origines, que vous puissiez choisir en connaissance de cause, agir en conséquence...

— ... et réussir votre examen de passage, complète Buddy Cupperman.

— Quel examen ?

— Si vous acceptez la préparation théologique et mentale qui nous semble opportune, poursuit Glassner, nous mettons à votre disposition cette maison dans les montagnes Rocheuses.

Je repousse la photo qu'il me tend, lui demande ce qu'ils entendent par « examen de passage », et devant qui je dois le réussir.

— Le Pape, Jimmy, laisse tomber Irwin Glassner avec douceur. Le représentant de Dieu sur terre. C'est lui qu'il faudra convaincre de votre nature, de votre potentiel et de vos intentions ; c'est lui qui se prononcera sur le caractère sacré ou non de votre personne, et qui vous donnera éventuellement l'autorisation de divulguer au monde votre empreinte génétique.

— Sans l'investiture officielle, appuie Cupperman, vous ne pouvez rien faire. Je veux dire : vous n'incarnez rien. A la limite, vous n'avez pas le droit de soulager les souffrances. Les chrétiens se déclarant guéris par vous risqueraient même d'être excommuniés.

J'attrape à tâtons mon verre, puis le repose sans y toucher. Je cherche autour de moi, machinalement. Il n'y a pas de vivier, dans ce restaurant. M'oublier en apprivoisant une langouste, c'est tout ce qu'il me faudrait en ce moment. Je redescends dans mon assiette.

— Vous ne dites rien, Jimmy ? s'informe le père Donoway d'une voix gentille.

— Je mange pendant que c'est chaud.

Ils me regardent mastiquer, sans cacher leur anxiété. Je me tourne vers le lac où passent des canards entre les barques. Des filles rient, des hommes les prennent en photo, un enfant derrière les grilles leur jette du pain. Toute cette vie banale et simple à laquelle je n'ai plus droit. Je regarde le jeune couple assis dans l'herbe, sur l'autre rive, en train de manœuvrer un voilier téléguidé. Ai-je le choix ? Ils me logent dans un palace de rêve, ils m'invitent à la montagne, ils mettent à ma disposition un scénariste génial pour me donner une formation d'apprenti Messie présentable au Pape... Si je refuse c'est le chômage, l'errance – la liberté. Mais la liberté de faire quoi ? De jouer les guérisseurs clandestins en risquant la prison. Ou de m'interdire à jamais d'approcher un malade, de toucher un infirme. J'ai le choix entre la soumission et le remords. Ma décision est prise. Si l'érable est sauvé, je leur dis oui.

J'essuie ma bouche, repose ma serviette.

— J'ai besoin de réfléchir encore un peu.

L'évangile de Jimmy

Le soulagement se répand autour de la table.

— Une glace, un gâteau ? propose le conseiller scientifique en sortant son étui à cigares.

— Ça va, je reste sur le vin.

— On vous ramène à l'hôtel en voiture, dit Cupperman. Vous pourrez vous reposer un peu, ensuite nous avons un petit briefing à quatre heures dans la suite du Dr Entridge : vous ferez connaissance avec le reste de l'équipe. Et si tout se passe bien, si on finalise nos accords, on partira demain matin pour les Rocheuses.

Je regarde la photo que j'ai repoussée tout à l'heure. Un immense chalet de bois noir avec des volets rouges, au milieu d'une forêt de sapins entourée de sommets blancs.

— Vous auriez préféré le désert ? demande prudemment Irwin Glassner.

Je les remercie pour le déjeuner et les informe que je rentre à pied.

— Je vous accompagne, propose le père Donoway en se levant. Si vous voulez, bien sûr...

La contrariété que je perçois chez les deux autres me fait répondre oui.

Avant de quitter le restaurant, je passe aux toilettes où je laisse un message sur la boîte vocale de Kim : si jamais elle est encore à New York et qu'elle accepte de me revoir, d'en savoir plus sur ce qui m'arrive, elle me trouvera au Parker Méridien. J'ajoute, du ton le plus sincère possible, avec les vibrations et les fêlures qu'il faut, que j'aurais terriblement besoin d'elle dans l'heure qui vient, en tant qu'avocate.

Le ciel s'est chargé, un vent aigre a chassé les promeneurs. Je marche d'un pas rapide dans les allées, talonné par le prêtre qui souffle pour se maintenir à ma hauteur, son vieux cartable sous le bras, engoncé dans son imper gris qui n'a plus qu'un bouton sur deux.

— Il m'a prié de vous transmettre son meilleur souvenir, dit-il au bout d'un moment.

Je le regarde guetter ma réaction du coin de l'œil. Je suppose qu'il parle de Philip Sandersen — l'en-tête imprimé à chaque page du protocole décrivant mon clonage. Les cinq syllabes n'évoquent pour moi qu'une blouse blanche parmi d'autres. Je demande à quoi il ressemble.

— C'est un homme remarquable, Jimmy. On s'est rencontrés à vingt ans au Vietnam, je l'ai connu dans les pires situations que peut traverser un homme ; celles où l'on montre qui l'on est réellement. J'étais blessé, pratiquement inconscient ; il s'est évadé du camp viêt-cong en me portant sur ses épaules. Il m'a traîné de cachette en cachette pendant trois jours, avant que notre unité ne nous retrouve.

Je ralentis sans faire de commentaire. Le portrait ne cadre pas vraiment avec l'image du savant fou dans son labo.

— Il ne s'est jamais remis de cet enfer. Il n'a jamais pu oublier ces enfants soldats qu'on l'obligeait à tuer... De retour au pays, il a créé une Fondation pour les infirmes de guerre. Il travaillait sur les cellules souches, obsédé par l'idée de régénération. Il soutenait que si un animal comme le triton a la ressource génétique de faire repousser n'importe quelle partie de son corps, l'être humain possède la même faculté, mais elle est déprogrammée par la conscience. Je *sais* qu'un bras ne repousse pas, donc mon cerveau déclenche la cicatrisation. Comme chez la grenouille adulte – sauf qu'il avait prouvé qu'en l'empêchant de cicatriser, par application de chlorure de sodium sur la plaie, on la rendait capable de *refabriquer* la patte manquante. Il a donc tenté l'expérience sur des amputés dans le coma, sans succès. En revanche, sur des sujets sous hypnose, il est parvenu à ramener les cellules au stade de la construction embryonnaire... Malheureusement, les attaques de confrères plus « classiques » ont freiné ses recherches. Seul le Pr Andrew McNeal, un très grand biologiste, croyait en lui. Il l'a intégré à l'équipe chargée d'examiner le Linceul, en 1978. Lorsqu'il est revenu de Turin, Philip n'était plus le même. Complètement bouleversé, conforté dans son idéal, avec la certitude d'une « mission divine » qui m'a fait un peu peur, je l'avoue. Cette fascination, cette obsession... Le Christ n'était plus pour lui qu'un ADN. Nous nous sommes perdus de vue pendant une quinzaine d'années, et puis nous nous sommes retrouvés grâce à vous.

– Grâce à moi ?

– Il avait réussi votre naissance, mais pour le reste... Il a fait appel à moi. Quand il m'a révélé votre existence, j'ai été atterré, bien sûr, indigné par les conditions de votre venue au monde ; cette manière de forcer la main du Seigneur... Mais vous étiez là, et je ne pouvais pas dire non. Je n'avais pas le droit de vous laisser aux mains des scientifiques sans ranimer en vous la parole de Dieu... J'ai essayé de vous donner toute la chaleur humaine que je pouvais, pour adoucir cette détention qui ne semblait pas vous peser, d'ailleurs...

Je m'arrête, plonge dans ses yeux.

– J'étais quel genre d'enfant ?

Il baisse le front, embarrassé, fait rouler un caillou entre deux brins d'herbe.

— Silencieux. Très silencieux. Avec un regard insoutenable. Une façon de juger sans rien dire, de savoir sans connaître, d'accepter par avance...

— Je suis baptisé ?

— Oui, bien sûr. Et circoncis le huitième jour, comme le précise saint Luc. Tu as reçu tous les sacrements logiques, dans ton cas : bar-mitsva, première communion...

— Je faisais des miracles ?

Il relève la tête. Je vois dans ses yeux l'hésitation, la gêne, la dérobade, puis la franchise qui reprend le dessus. Il murmure :

— On a fait une expérience, tous les deux, un jour. On était assis dans les jardins du Centre, j'étais en train de te lire la guérison de l'aveugle à la piscine de Siloé, et tout à coup mon genou s'est bloqué. Plus moyen de me relever. Ça m'arrivait, parfois. Un éclat d'obus qui se baladait, depuis le Vietnam. Tout imprégné de l'Evangile, tu m'as demandé : « Moi aussi, je pourrais te délivrer du mal ? » Je t'ai regardé, et je t'ai répondu : « On ne sait jamais. » Alors tu as fermé les yeux, tu as posé les mains sur mon genou, un long moment, et *tu as réussi*, Jimmy. A quatre ans et demi. Plus jamais je n'ai eu la moindre douleur dans l'articulation. Sur mes radios, on ne voit plus trace de l'éclat d'obus.

Je le regarde au fond des yeux. Aucun souvenir de la moindre intimité avec lui. Seule une phrase me dit quelque chose. Je répète à mi-voix cet *On ne sait jamais* qui réveille un écho bizarre, comme une profession de foi ressassée devant la glace pour lutter en même temps contre les certitudes et contre le doute.

– Moi en tout cas, Jimmy, depuis ce jour, je sais. Et ce figuier que tu as voulu guérir, ça ne m'étonne pas vraiment. Montre-le-moi.

– C'est un érable.

– Dans la Bible, c'est un figuier. Déjà tout petit, ça t'avait mis en rogne que Jésus l'ait desséché injustement, tu voulais le venger. Il y avait un poteau de basket, dans la cour, tu enlaçais le bois, tu lui disais : « Je te bénis. Sois vivant, fais des branches et fleuris ! »

Je soutiens son regard un instant, puis me remets en marche. Après la terrasse de Bethesda, j'oblique sur la gauche.

– Je veux rencontrer Philip Sandersen.

– Il ne le souhaite pas, Jimmy. C'est un homme âgé, aujourd'hui, à la fois très diminué et très orgueilleux. Il ne veut pas que tu le voies tel qu'il est devenu. Il préfère que tu gardes une image, comment dirais-je ? sublimée de l'homme qui a opéré la transition entre Jésus et toi.

Je quitte la route. On avance sous les arbres en direction de la clairière. Un coup de tonnerre résonne, les derniers promeneurs se hâtent de remonter vers la 5ᵉ Avenue.

– Et ma mère porteuse ?

– Je ne l'ai pas connue. C'était une jeune militaire, dans le coma depuis deux ans. Elle est morte après ta naissance.

Il remonte son col d'imperméable. Les premières gouttes s'écrasent sur le bassin où gît un petit voilier abandonné.

– Jimmy, je devine les épreuves par lesquelles tu passes depuis jeudi... De mon côté, ça a été si dur, toutes ces années, de garder le silence, de prier pour toi sans savoir ce que tu étais devenu, sans savoir si j'aurais pu t'aider d'une manière ou d'une autre...

Je me tais un moment, envahi par la douceur triste de cet homme replié sur un secret qui l'a brûlé à petit feu. Je lui demande ce qu'il me conseille, aujourd'hui. Son soupir augmente mon indécision.

— Que te dire, Jimmy ? D'un côté on n'a pas le droit de cacher ton existence aux hommes, et d'un autre côté le monde n'est pas encore prêt... Tu me diras : il ne le sera jamais. Et c'est à toi de savoir ce pour quoi tu es né. Jusqu'où tu es disposé à t'engager, et dans quelle intention...

— Je ne veux pas être manipulé par l'Eglise.

— Tu n'as pas aimé ce Mgr Givens, j'ai vu, et je te comprends. Mais n'oublie pas qu'ils sont tous en train de te tester. D'éprouver tes réactions, de les comparer à celles que pouvait avoir Jésus à son époque. Rappelle-toi ses attaques contre les dignitaires religieux... Si cet évêque t'a provoqué, c'est pour son édification. Maintenant, s'il te déplaît vraiment, tu peux le changer.

— Il ne changera pas.

— Exiger qu'on le remplace. Qu'on t'adjoigne un théologien moins sectaire. C'est le Président des Etats-Unis qui est demandeur, Jimmy ; tu obtiendras ce que tu veux.

Je souris, troublé par cette perspective que je n'avais pas encore envisagée.

— C'est comme un casting, alors ? C'est moi qui choisis ?

— Evidemment. Avec le soutien de ce Cupperman que tu as mis dans ta poche en le flattant, il n'y aura aucun problème.

— Vous, en tout cas, je vous garde.

— Ce sera difficile.

Il se détourne, les mains dans le dos.

— Ma place est auprès de Philip. C'est moi qui administre ses affaires, qui dirige sa Fondation... Je reprends l'avion tout à l'heure. Il est anxieux de savoir comment tu as évolué, depuis que tu sais...

— Mon père !

Il s'arrête en même temps que moi, suit la direction de mon regard. Je m'approche, émerveillé, lève la tête, protège mes yeux de la pluie. Lentement je fais le tour de l'arbre, examine une branche basse.

— C'est *lui* ? demande-t-il en me rejoignant.

— Regardez ! Il a fait des bourgeons !

Je me jette contre l'écorce, enlace le tronc ressuscité de toutes mes forces. Enfin j'ai une preuve, une vraie preuve.

— Attends, Jimmy... Tu es bien sûr que c'est le même arbre ?

Je lui montre la condamnation clouée sur le bois, le rond de peinture rouge qui confirme la sentence, les feuilles desséchées sous nos pieds.

— Et ces bourgeons n'étaient pas là, tout à l'heure ?

— Je vous le jure ! Enfin, non, mais je vous le garantis.

Il coupe un rameau dans un craquement sec, cherche la sève, secoue la tête, perplexe.

— Et puis on est en juillet, mon père ! Vous avez déjà vu des bourgeons sur un érable en juillet ?

— Chut ! fait-il vivement en désignant un type qui passe avec une brouette.

Je me précipite sur le jardinier, le saisis par le bras pour qu'il vienne constater. C'est un petit Indien morose, qui se débat faiblement. Le nez sur une branche, il plisse les yeux, écrase une pousse entre ses doigts, écarte les mains en signe d'incompréhension.

— Vous le connaissez, cet arbre : il était mort !

— Oui, c'est vrai, il va mieux, répond-il avec un naturel qui me fait un bien fou.

Je le serre contre moi dans un élan de joie virile, comme si on avait marqué un but ensemble. Dès que je l'ai lâché, il recule lentement en se grattant le crâne, sourire fixe, reprend sa brouette, et s'éloigne à toutes jambes.

Je me retourne vers le prêtre. Il a l'air sonné, décomposé, il se retient à l'arbre. Je ne comprends pas cette réaction. Il le sait, lui, que je l'ai *déjà fait*. Mon pouvoir de guérison, il l'a vécu de l'intérieur. Cet éclat d'obus dans son genou, je ne l'ai pas désintégré style Superman avec un laser qui sort des yeux : j'ai dû booster d'un coup ses anticorps, un truc comme ça, et ils ont détruit le métal aussi vite que l'érable s'est refait de la sève...

— Il vaudrait mieux ne pas trop ébruiter, murmure-t-il, embarrassé, quand j'ai terminé mon explication.

— Faudrait savoir ! Vous dites qu'on n'a plus le droit de me cacher...

— Tu n'es pas prêt, marmonne-t-il.

— Je guéris par la pensée, j'agis sur la matière, j'arrête la mort, qu'est-ce qu'il vous faut de plus ?

Je reviens vers mon érable, décloue son avis de décès et vais le jeter dans la corbeille. Donoway me rejoint.

— Tu n'es pas prêt *moralement* ! Tu n'es pas un phénomène de foire, Jimmy, ton rôle n'est pas de faire des tours de magie pour qu'on t'applaudisse ! Tu ne peux pas encore comprendre le sens, la portée de ce qui se passe en toi, tu n'en es pas encore...

Il s'interrompt, un mot blessant en travers de la gorge.
— Digne ?

Il détourne son regard, les yeux humides. Je le réconforte d'une tape sur l'épaule : je le sais bien, allez, n'en parlons plus, je ne sauverai plus personne avant d'avoir reçu la formation nécessaire, je laisserai crever les hommes, les bêtes et les arbres autour de moi tant qu'on ne m'aura pas donné la permission de guérir. De toute façon, à partir de maintenant, je suis lié par le serment que je me suis fait. La résurrection de l'érable signifie que j'accepte en bloc le briefing de quatre heures, le chalet des Rocheuses et l'adieu au Jimmy que j'étais. Je changerai en moi tout ce qui les contrarie, tout ce qui ne colle pas avec le rôle et l'image qu'ils attendent de moi ; je ferai tout ce qui est en mon pouvoir pour me montrer à la hauteur de leur espérance, être digne de mon sang.

Il soupire, enfouit le rameau d'érable dans son imper.
— Je ne suis pas sûr que nous ayons raison, Jimmy. Est-ce vraiment le destin qu'il te faut ?
— Arrêtez de me tester ! C'est bon, je vous dis. C'est OK.

On se dévisage sous la pluie, comme deux boxeurs groggy qui s'affrontent et s'estiment. Il hoche la tête, longuement. Je vais prendre congé de mon arbre, j'embrasse le tronc au-dessus du rond de peinture rouge. On dirait que le marquage fatal a diminué, depuis tout à l'heure, que l'écorce commence à le résorber.

— Comment ça marche, mon père, techniquement ? Comment la pensée peut agir sur les cellules ?

Du bout des lèvres, il répond que Jésus avait le pouvoir de *réinformer*, du dedans, ce qui avait été déformé par l'usure, la maladie ou l'accident – de *recréer* ce qui avait été organisé et qui s'était désorganisé.

— Ton fric !

Trois types nous entourent, couteau en main, surgis de nulle part. Le père Donoway, paniqué, lâche son cartable, cherche dans ses poches. Je détaille les agresseurs, leurs yeux exorbités, leurs regards fixes, leurs rictus identiques. Soudain j'écarte les bras, et je marche vers eux en hurlant :

— Sortez de ces corps, esprits impurs ! Je vous l'ordonne, je vous chasse, je vous expulse !

Paralysés de surprise, les trois jeunes me regardent avancer.

— Dieu tout-puissant, aide-moi à délivrer ces hommes des esprits malfaisants qui les tourmentent !

Aucune réaction. Je brasse l'air autour d'eux à coups de signe de croix, en gueulant de plus belle :

— Vous avez entendu, démons de merde, tous autant que vous êtes ? Montrez-vous, sortez de ces innocents, barrez-vous au nom du Père, du Fils et du Saint-Esprit !

Torse en avant, j'avance sur le gars du milieu, poussant ma poitrine contre sa lame. Il recule.

— Vous ne pouvez rien contre moi ! Ces trois possédés ne vous obéissent plus, ils n'entendent plus votre voix, regardez : vous perdez votre temps chez eux ! Dehors, j'ai dit, ou je vous enchaîne au tombeau et je vous maudis pour quarante générations !

Les deux premiers s'enfuient brusquement, le troisième fend l'air avec son couteau devant mon visage. J'attrape son poignet, le désarme. Il me balance un coup de poing sous l'oreille.

L'évangile de Jimmy

– Mais laisse-toi délivrer, connard ! dis-je en lui enfonçant mon genou dans les couilles.

Il se plie en deux, roule dans les feuilles, se relève et détale. Je reprends mon souffle en regardant le trou dans mon blouson. Donoway me fixe, épouvanté. Lentement, il se signe, flageole sur ses jambes. Je le frictionne pour qu'il arrête de trembler. Je lui dis :

– C'est pas grave, allez, je recommencerai plus, personne m'a vu, on dira rien aux autres... C'est comme ça qu'on fait, avec les démons ?

Il a un geste d'ignorance.

– Je pensais qu'on sentait quelque chose, quand ils sortent. Comment on sait qu'ils sont partis ?

– Je ne sais pas, Jimmy...

Il a cent ans, tout à coup, il s'appuie sur moi, les larmes aux yeux, et on se dirige vers la 5ᵉ Avenue. Après quelques pas, je lui avoue que ce petit coup de baston m'a fait beaucoup de bien. Pourtant je ne suis pas quelqu'un de violent. C'est peut-être dans mes gènes. Il ne dit rien.

En montant les escaliers de pierre moussue, je fais bouger ma mâchoire endolorie par le démoniaque. Poliment, je me demande à voix haute si, au lieu de mon genou dans les couilles, je n'aurais pas dû lui tendre la joue gauche. Le vieux Black s'arrête en haut des marches, s'adosse à la balustrade et me regarde dans les yeux, très grave.

– C'est un malentendu, Jimmy. Je te l'ai déjà expliqué, quand tu étais petit... Gifle-moi.

– Pourquoi ?

– Fais le geste.

Perplexe, je dépose au ralenti ma paume sur sa joue.

– Tu vois : en tant que droitier, tu m'as spontanément

frappé à la joue gauche. C'est donc la *droite* que Jésus devrait me conseiller de tendre, en réponse. Sauf si tu m'as giflé du revers de la main. Ce que faisaient les Romains avec les juifs, par mépris, pour marquer la différence. Alors quelle est la réaction du Christ ? Il regarde en face son agresseur et lui dit : « Si tu dois me gifler, gifle-moi comme si j'étais ton frère, et pas un être inférieur. » D'accord, Jimmy ? Tendre la joue gauche, ce n'est pas un appel à la non-violence, c'est un combat contre le racisme.

Il s'avance vers la chaussée, fait signe à un taxi qui s'arrête, revient vers moi.

— N'oublie jamais qu'on dit « Fils de l'Homme ». Quelle que soit la manière dont tu es venu au monde, quelles que soient les intrigues autour de toi, les tromperies qui vont se mêler aux révélations, c'est ton *humanité* qui importe. Elle seule te relie au divin.

— Ça vient, oui ? s'impatiente le chauffeur.

— C'est ton libre arbitre qui accomplira ou non la volonté du Seigneur, Jimmy, pas la composition de ton sang.

— Pourquoi vous me dites ça ?

Il monte dans la voiture, en ressort aussitôt.

— J'ai oublié mon cartable. Non, laisse, j'y vais, ils t'attendent à l'hôtel.

Le prêtre claque la portière du taxi qui démarre en trombe, redescend l'escalier, se retourne :

— Rappelle-toi, Jimmy... On ne naît pas Fils de Dieu, on le devient.

Je le regarde s'éloigner, dans l'écho de cette phrase tellement contraire à l'esprit de l'Evangile.

A l'arrière de la limousine qui les ramenait de Central Park, Buddy Cupperman et Irwin Glassner avaient confronté leurs premières impressions. Tel qu'il était apparu au déjeuner, brut de décoffrage, Jimmy présentait un dosage assez convaincant de douceur et de révolte, de candeur et de lucidité, de sympathie et d'intransigeance. Pour Buddy, la génétique avait fait l'essentiel : le reste ne serait que de la mise à niveau, de l'éducation, de l'habillage. Irwin, bouleversé par la rencontre, imaginait dans la fumée de son cigare le cheminement intérieur de ce piscinier, passé sans transition de l'athéisme à la déification. Ruminant ses propres allers-retours entre la griserie de la science et l'humilité de la foi, il s'identifiait à lui et se laissait ballotter de l'exaltation au repentir.

Lorsqu'ils entrèrent dans la suite 4139 du Parker Méridien, les trois junkies brandissaient leurs poignards sur l'écran de contrôle, filmés par la microcaméra équipant le père Donoway.

– C'est quoi, ça ? rugit Cupperman en fonçant sur le Dr Entridge. Qui vous a permis ?

— Mais je n'y suis pour rien ! se récria le psychiatre de la CIA.

Furieux, le coordinateur se retourna vers l'agent Wattfield qui, les yeux rivés sur la télé, démentit toute implication du FBI.

— Ce sont des *vrais*, Buddy.

— Sortez de ces corps, esprits impurs ! beuglait Jimmy en entrant dans le champ, les bras en croix.

— Il est fou, gémit Glassner en lâchant son cigare, il va se faire tuer !

— Autorité à contrôle : intervention ! cria Kim Wattfield dans son oreillette.

— Attendez ! lança Buddy en voyant les deux premiers drogués prendre leurs jambes à leur cou.

Dès que le troisième fut neutralisé, Kim donna son contrordre aux fédéraux qui suivaient Jimmy à distance, et la tension retomba d'un cran dans la pièce.

— En tout cas, il est dans le rôle, commenta l'attaché de presse en se remettant de ses émotions. Je ne sais pas vous, mais moi j'y crois.

— Lui aussi, laissa tomber Cupperman d'une voix soucieuse. Un peu trop, même.

— Quoi qu'il en soit, insista l'expert en médias, il possède le personnage.

— Ou le contraire, dit Mgr Givens avec une froideur pensive.

Sur l'écran, Jimmy se demandait à présent s'il n'aurait pas mieux fait de tendre la joue gauche. Les différents spécialistes prêtèrent une oreille distraite aux explications sur la gifle à la romaine, chacun tirant de l'incident sa propre leçon et les conclusions qui s'imposaient.

L'évangile de Jimmy

— Excellent faux jeton, ce Donoway, apprécia en connaisseur le Dr Entridge qui, seul, restait concentré sur la télé.

— Avons-nous encore besoin de lui ? s'interrogea tout haut le juge Clayborne, lorsque le prêtre et Jimmy se furent séparés.

Les regards revinrent sur l'image tremblante du sous-bois traversé par Donoway, dont la voix off retentit au bout d'un instant par-dessus les crissements de semelle :

— Voilà, messieurs les conseillers, vous avez pu constater par vous-mêmes ses capacités comme sa qualité d'âme. Tout ce que je vous demande, c'est d'en faire bon usage... Et de respecter l'intégrité de Jimmy.

La gravité de son ton jurait avec ses arguments de vendeur ; personne ne s'y arrêta.

— Je transmets mon rapport au Dr Sandersen, acheva-t-il, et je vous recontacte pour la levée d'option. Bonne fin de journée. Veillez sur Jimmy.

Sa main vint masquer l'écran, la liaison s'interrompit.

— Vous l'avez signé ? demanda l'attaché de presse.

Le juge Clayborne répondit qu'il avait rendez-vous dans deux heures avec les avocats de Sandersen au Waldorf Astoria. Il restait quelques points litigieux sur lesquels la Maison-Blanche demeurait intraitable – notamment la clause définissant la responsabilité pénale du cédant au cas où, malgré son engagement à servir et défendre les intérêts supérieurs de la nation, le cédé se retournerait publiquement contre l'Etat cessionnaire.

— Repassez-moi la scène, ordonna Buddy Cupperman debout derrière Entridge, arc-bouté sur le dossier de sa chaise.

Le psychiatre remit l'enregistrement au départ. Kim

L'évangile de Jimmy

Wattfield leur transmit l'information donnée par les gardes du corps : Jimmy marchait d'un pas très lent sur la 5ᵉ à hauteur de Grand Army Plaza – à cette allure il ne serait pas au Méridien avant sept à huit minutes.

— Et le cartable ? demanda-t-elle à ses hommes.

— On l'a.

— Scindez-vous. L'un reste sur Jimmy, l'autre va restituer le cartable, récupère la caméra et assure la sécurité du prêtre jusqu'à l'aéroport. Le troisième prélève un rameau d'érable et me le rapporte pour analyse.

— Qu'est-ce qui se passe avec l'érable ? tiqua Buddy Cupperman.

— Celui qu'il a soigné en venant ? s'émut Irwin.

— On y arrive, répondit Entridge en accélérant la recherche.

— Regardez ! s'exclamait Jimmy. Il a fait des bourgeons !

Entridge figea l'image et zooma sur les branches.

— En ce qui me concerne, l'arbre est mort, trancha le juge. Ce sont des bourgeons grillés par le gel au printemps, voilà tout.

— Je n'y connais rien, signala l'attaché de presse, mais ils sont verts.

— Incroyable, murmura Irwin qui avait collé son nez sur l'écran. Vous voyez ce rejet, ici ? C'est comme une montée de sève après un élagage. Mais on ne voit aucune trace de taille. Et de toute manière, ça prendrait des semaines... On est restés combien de temps à table, une heure ? Vous mesurez l'énergie qu'il faudrait communiquer à un arbre pour qu'il bouleverse son cycle, qu'il accélère sa photosynthèse jusqu'à bourgeonner en plein juillet ?

— On n'a pas d'image de l'érable *avant*, objecta Kim

Wattfield. Il était peut-être déjà comme ça lorsque Jimmy est passé tout à l'heure.

— Et le témoignage du jardinier, vous en faites quoi ? dit l'attaché de presse.

Kim rétorqua :

— Dans l'état d'excitation où est Jimmy, il ferait gober n'importe quoi à n'importe qui. Ce qu'il est en train de nous prouver, là, c'est son charisme. Point.

— Je n'ai rigoureusement aucun doute sur sa sincérité, protesta Entridge.

— Sincérité qu'il puise dans l'ignorance de vos bidonnages, souligna-t-elle.

— Preuve que nous avons réussi au-delà de nos espérances, trancha Buddy.

Irwin se tourna vers le psychiatre, et posa la question qui l'obsédait depuis le visionnage de l'agression :

— Lester, vous pensez que c'est la résurrection de l'arbre qui lui a donné ce... cet ascendant mental sur les braqueurs ?

Le Dr Entridge répondit avec prudence que les deux événements pouvaient avoir une lecture tout à fait rationnelle : Jimmy sait se battre, les agresseurs ont fui car ils l'ont senti, et Freud parle dans une lettre à sa fille Anna d'un poirier que la famille a cru mort depuis trois ans, et qui vient de refleurir par surprise.

— Bon, abrégea Buddy Cupperman, planquez-moi ce matos. Tant que la phase 4 n'est pas bouclée, Wattfield, vous gardez l'incognito.

Sans un mot, Kim se leva et sortit. En présence d'Entridge, elle préférait passer sous silence le message qu'avait laissé Jimmy vingt minutes plus tôt sur sa boîte vocale.

— Trop lourd, son pinard, grimaça Buddy en se laissant choir dans un sofa mauve. Du bourgogne à midi, c'est une hérésie. Entridge, faites-moi écouter son analyse. Excellent, votre numéro, l'évêque.

Mgr Givens, debout à contre-jour, les bras croisés, redressa la tête et déclara d'un ton guerrier :

— Je crois en ce garçon. Humour, punch, obstination, hypocrisie et dignité : le Vatican va adorer.

— Y a quand même du boulot sur le look, rappela l'attaché de presse.

Lester Entridge remit l'enregistreur à Cupperman, puis entraîna l'évêque à l'écart pour discuter de son verdict.

— Tu as un doute, Lester ?

— Une question. Il s'est construit sur le rejet de la religion : s'il adhère à présent au dogme par exaltation de l'ego, ne risque-t-il pas de devenir intégriste, fondamentaliste, incontrôlable ?

— Non, Lester. Sa foi est une conséquence, pas un élan. Il ne croit pas : il admet.

— Tu ne penses pas qu'il pourrait se retourner contre nous ? C'est un abandonnique : il éprouve une frustration inconsciente s'il ne projette pas sur un proche sa paranoïa du reniement.

— C'est sur moi qu'il projette, et j'assume le rôle qu'on m'a confié, sourit le prélat de la Maison-Blanche. Ne t'inquiète pas : tant que je suis le fusible de Dieu, il n'y aura pas de court-circuit.

Ils se regardèrent, rassurés l'un l'autre au souvenir des quarante prises d'otages qu'ils avaient résolues ensemble, par leur aptitude commune à rouler les fanatiques religieux dans leur propre farine.

— Appuie-moi pour faire virer Wattfield du Projet, poursuivit Entridge entre ses dents. Elle a couché avec lui.

— Ah, commenta sobrement l'évêque. Tu as une preuve ?

Le psychiatre désigna l'enregistrement qu'était en train d'écouter Cupperman, avachi dans son sofa comme une baleine échouée.

— Définis ta gêne, reprit doucement Mgr Givens, qui savait pousser dans leurs retranchements ses confessés comme le faisait Entridge avec ses patients. Tu es choqué dans l'idée de chasteté que tu associes à Jésus, ou tu as peur qu'une femme ne recueille davantage de confidences sur l'oreiller que toi sur le divan ?

— Qu'est-ce que c'est que ces conneries ? lança Buddy en arrachant son écouteur.

— Vous parlez du problème avec l'agent Wattfield, soupira Entridge d'un ton navré. Il est certain que ça le déstabilise...

— Je parle des salades qu'il vous balance et que vous accréditez ! beugla le coordinateur. Opposer l'action divine à la foi personnelle dans le but d'imputer les miracles au diable — mais on va où, là ?

— Pour faire tomber ses défenses, justifia Entridge, il fallait brouiller ses repères.

— J'ai distribué les rôles, bordel ! Givens est la voix du rejet, vous êtes l'oreille de la confiance ! Et quand il se monte la tête avec ses démons, vous lui donnez raison ! Vous avez vu le résultat ?

— J'étais bien obligé de creuser son argumentation, pour qu'il en perçoive l'inanité...

— On ne creuse pas à l'aveuglette ! Quand on fait du forage de nombril, on s'arrête à la colonne vertébrale ! Vous êtes vraiment des branleurs, à la CIA !

— Mais ça suffit ! éclata Entridge. Je ne vais quand même pas me faire apprendre mon métier par le scénariste d'*Alerte à Malibu* !

— Je travaille dans le visible, moi, pas dans le subliminal !

— Ça, on l'a vu ! Entre l'Irak, le Pakistan et Cuba...

— Je n'ai pas tenté d'empoisonner les cigares de Castro, moi ! rugit Buddy en se dressant. Je n'ai pas injecté dans sa combinaison de plongée des extraits de champignons vénéneux ! Je n'ai pas enduit ses godasses de sels de thallium pour faire tomber sa barbe, dans l'espoir de casser son image !

— Ça vaut peut-être mieux que de faire croire qu'un pays a des armes de destruction massive pour justifier une guerre !

— C'était mon successeur !

— Et moi, à l'époque de Castro, je n'étais pas encore en poste !

— Il arrive, dit l'attaché de presse en ôtant son oreillette avant d'ajouter, la main sur la porte, d'une voix brusquement hystérique : Et tâchez de vous calmer, parce que tous vos coups tordus foireux, à l'arrivée, qui est-ce qui doit les faire passer pour des stratégies de pointe, c'est moi ! La Maison-Blanche a coupé autant de têtes à la CIA que la CIA a fait tomber de Présidents : vous êtes quittes, alors cessez de vous friter ! On travaille pour Dieu, cette fois-ci, merde : un peu de tenue !

Je franchis la porte coulissante, qui me souhaite la bienvenue d'une voix sexy. Aussitôt, un petit nerveux à piercing et veste en daim saumoné traverse le hall et s'abat sur moi, la main tendue, le sourire en bataille :

– Frank Apalakis, attaché de presse à la Maison-Blanche, je vous trouve formidable, je suis membre de l'Eglise adventiste du Septième Jour, nous allons faire un boulot fantastique !

Je reste sans voix, tourné en direction de l'atrium où Kim s'est levée à mon entrée. L'air anxieux, elle me désigne le couloir des ascenseurs vers lequel elle se dirige.

– Voici votre carte de chambre, nous avons le briefing dans un quart d'heure, si vous voulez vous rafraîchir, vous trouverez dans cette enveloppe une avance pour vos dépenses urgentes, je crois que vous n'avez pas de bagages, les nuits sont fraîches dans les Rocheuses, une limo est à votre disposition devant la porte, vous demandez le chauffeur à la réception et il vous conduit où vous voulez...

Je lève la main pour calmer le débit de sa voix chuintante. Il s'arrête immédiatement, l'œil aux aguets, comme un chien qui attend qu'on lui lance un bâton.

– J'avais laissé mon sac à la réception.
– Il est dans votre chambre, je vous accompagne ?
– Non merci.
– C'est la 4107, rendez-vous à la 4139 à quatre heures, en tout cas vous avez l'air en pleine forme, n'hésitez pas si vous avez le moindre problème d'intendance, je suis là pour aplanir toutes les difficultés, pardon pour le son de ma voix qui n'est pas comme d'habitude, je ne dis rien, mais j'ai une rage de dents épouvantable...

Il se tait, la tête de côté, l'air en attente, le sourire dispos. Je lui dis de prendre une aspirine, et je gagne les ascenseurs, entre dans la cabine où vient de s'engouffrer Kim.

– C'est génial que tu sois venue si vite, tu étais dans le quartier ?

Elle répond que mon ton l'a inquiétée, sur sa messagerie. Je la regarde. Je préférais son tailleur sérieux de la veille. Là, dans sa robe d'été, elle a l'air inoffensive. Elle me demande mon numéro d'étage.

– Kim... Il faut que je te parle, mais pas dans ma chambre.
– Ne t'inquiète pas, je sais me tenir.
– Ce n'est pas ça. J'ai peur qu'il y ait des micros.

Elle me regarde, perplexe.

– A ce point-là ?
– J'ai besoin que tu me défendes, Kim.
– Qu'est-ce que tu as fait ?
– Rien. Je *suis*. Et je veux pas me faire avoir.
– Par qui ?
– La Maison-Blanche.

Elle appuie sur le dernier bouton. Les portes se referment, et on regarde le dessin animé au-dessus des chiffres qui défilent. La cabine s'arrête au 15e, deux Japonais en pantoufles d'éponge et peignoir blanc nous saluent, un porte-documents sous le bras, découvrent le bouton 42 éclairé, nous remercient et nous tournent le dos.

Quelques secondes plus tard, on débarque sur le sol carrelé de l'étage Fitness. Kim me précède dans le couloir qui mène à ce qu'ils appellent la piscine, un bassin carré minuscule dans une chaleur de serre, au milieu des gratte-ciel dégoulinant sur les vitres embuées. Le maître nageur nous fait signer son registre, nous donne des serviettes. Kim va étendre la sienne sur le dernier transat du fond, remonte le dossier, s'installe. Je me pose à côté d'elle, regarde les Japonais qui, de l'eau jusqu'à mi-torse, font les cent pas dans la piscine en consultant des bilans comptables.

– Alors, quel est le problème avec la Maison-Blanche ?

Je réponds, sous la musique sirupeuse qui tombe de la verrière :

– Je sais pas ce qu'ils vont me demander, mais c'est sûrement d'aller jouer les ambassadeurs dans les pays pétroliers. Genre : « Je suis l'Agneau de Dieu qui enlève le péché du monde ; je vous donne la paix, laissez-nous le sous-sol. »

– Tu es sérieux ?

– J'ai pas confiance. Je vais pas vendre mon âme les yeux fermés, Kim. Je veux bien faire l'Agneau, mais je suis pas un mouton. Il faut que tu négocies pour moi.

Elle m'observe, désarçonnée.

– Je peux te donner une avance, dis-je en sortant l'enveloppe que m'a glissée l'attaché de presse.

– Enfin, Jimmy... Tu ne sais même pas ce que je vaux, comme avocate.

– Je ne connais que toi.

– Je débute à peine...
– Et moi ils m'attendent dans dix minutes pour signer la promesse de vente. Ils m'ont déjà baisé la gueule avec une obligation de silence, pas question de me faire enfler une deuxième fois !

Elle prend l'enveloppe et la remet dans mon blouson.

– Viens au moins les voir avec moi, Kim... C'est important de leur montrer que je suis pas tout seul, que je protège mes intérêts, que je dirai pas amen à tout ce qu'ils demandent...

Elle sort un bloc de son sac, débouche un stylo.

– Ils t'ont fait une offre ? Cite-moi les termes exacts.

Je réponds qu'ils ont parlé d'une formation théologique et mentale, pour que je développe mes pouvoirs dans le bon sens et que je sois homologué par le Pape. Elle note sans réagir.

– Sur quels critères ?
– Pardon ?
– Quels sont tes arguments pour être « homologué » ?
– Le dossier génétique et les miracles.

Elle sursaute.

– Tu en as fait d'autres, depuis mon entorse ?

D'un ton pudique, je raconte la multiplication des beignets, la résurrection du piéton, les yeux de l'aveugle et les bourgeons de l'érable. Elle va à la ligne avec un tiret après chaque événement, le visage impassible.

– Tu me crois ?
– J'intègre. Si les deux parties sont convaincues de la réalité des faits, je n'ai pas à revenir dessus.
– Ne leur parle pas de l'érable : ils me demandent de ne plus guérir, pour l'instant.

L'évangile de Jimmy

Elle relit ses notes. Une vieille dame est sortie des vestiaires, en maillot étoilé, maquillage turquoise et bonnet rouge, tordue par les rhumatismes. Elle tremblote en boitant jusqu'à l'échelle, pose sa canne, se laisse tomber en arrière et part dans un dos crawlé impeccable, ample et gracieux, au milieu des Japonais qui tournent en rond.

– Que veux-tu ? reprend Kim en retirant son stylo de la bouche. Un contrat de travail, une indemnité journalière, un forfait, des honoraires de mission ?

Je la dévisage, ému par son côté pro, cette manière spontanée d'adapter ses compétences à ma situation, sans se laisser distraire par des considérations d'ordre surnaturel ou religieux.

– J'sais pas... Tu me conseillerais quelle formule ?

– Les honoraires. Ça te permet de facturer tes prestations ou de les refuser sans que tu aies besoin de faire jouer une clause de conscience.

– Je réclame pas d'argent. Juste de pouvoir guérir qui je veux et quand je veux, sans demander la permission.

– Tu es prêt à leur signer une exclusivité ?

– Non. Je veux pas être la propriété des catholiques ni le porte-parole des républicains. Ni celui des démocrates, s'ils gagnent les élections. Manquerait plus qu'on me refile avec les meubles. Ou qu'on me sous-traite.

– Si je t'obtiens le statut de médiateur bénévole, l'absence de contrepartie financière garantira juridiquement ton indépendance. Tu as l'air contrarié.

– Non, mais c'est de parler devant la piscine. J'ai l'impression qu'on est en train de discuter mon devis.

– Moi, tu me demandes une consultation...

Je soupire, m'allonge sur le transat pour regarder les

nuages au-dessus de la verrière. Elle continue pendant cinq minutes à peaufiner ma défense, à anticiper les obstacles, établir les parades et les moyens termes. Bizarrement, plus je vois que ma position se renforce et moins je me sens en sécurité.

— Et si jamais je me trompe, Kim ? S'ils m'ont raconté des salades ? Si tout ce qu'ils veulent c'est m'enfermer au secret dans les Rocheuses pour étudier mon sang, mes réactions et mes pouvoirs, tout en me neutralisant ? Attends, un Christ en liberté qui ameute les populations au nom des vraies valeurs de l'Evangile, y a de quoi faire trembler le monde ! J'ai passé mon enfance enfermé sous cloche dans un labo, je veux pas que ça recommence ! J'exige un contrat qui oblige les Etats-Unis à mettre leurs structures au service de ma cause, avec une garantie d'existence publique, tous les moyens dont j'ai besoin – télés, personnel, hôpitaux, avions sanitaires – sinon je me mets sur le marché, moi ! Je vais m'offrir à l'Afrique, à l'Asie, à l'Europe... Après tout, rien ne m'oblige à sauver ma patrie plutôt qu'une autre. Nul n'est prophète en son pays : faut que tu fasses jouer la concurrence.

— C'est l'heure, dit-elle, et j'ai l'impression qu'elle est contente que le temps nous manque.

Elle range son bloc, vérifie son maquillage avec un air inquiet.

— On les aura, m'assure-t-elle en se levant, son poudrier refermé.

Tout s'est très bien passé, au début. Ils étaient une dizaine dans la suite 4139. J'ai fait les présentations, en

L'évangile de Jimmy

commençant par ceux dont j'étais le plus sûr : le Dr Entridge et Buddy Cupperman. Ils ont salué Kim d'un sourire aimable, sans paraître choqués de me voir débarquer avec une avocate. L'évêque lui a tendu la main. Au lieu de la serrer, elle lui a embrassé la bague. Il a eu l'air content ; ça doit se faire, dans leur milieu. Les bras ouverts en signe de réconciliation, il m'a prié d'excuser la sévérité de ses paroles, au déjeuner. J'ai pardonné de bon cœur, en lui suggérant simplement de me gifler la prochaine fois sur la joue gauche. Il n'a pas percuté, m'a demandé pourquoi je voulais qu'il me gifle. Et c'est lui qui est censé m'apprendre la théologie. Je lui ai dit d'aller en paix, avec une tape sur l'épaule, j'ai entraîné Kim vers Irwin Glassner, le juge Clayborne, et puis on s'est laissé présenter les autres. Le speedé volubile en daim pastel nous a trimbalés d'un général à un nutritionniste, d'un professeur de langues à un coach mental, pour finir par la seule femme de l'équipe : un boudin hommasse chargé de me relooker. Je lui ai souhaité bon courage, tout en me disant qu'ils avaient dû la choisir pour m'inciter à l'abstinence.

On s'est assis autour de la table basse et, en préambule, j'ai tenu à mettre les choses au point. Si on faisait affaire, je voulais bien tenter par exemple l'expérience de la chasteté, mais je refusais qu'on prenne mon libre choix pour le respect d'un interdit que je contestais : nulle part Jésus ne condamne les relations sexuelles en tant que telles, et le péché de chair n'est qu'une invention de l'Eglise pour que les gens se sentent coupables. Un léger froid a suivi mon introduction. Je regardais surtout la réaction de Mgr Givens, qui s'est contenté de prendre acte en écartant les mains. Buddy Cupperman m'a souri :

L'évangile de Jimmy

— Le seul péché qui ne sera pas pardonné, Jimmy, si je me souviens bien, c'est de blasphémer contre le Saint-Esprit, de prendre les envoyés du Ciel pour des suppôts du diable.

Et il s'est tourné vers le Dr Entridge, tandis que je confirmais que c'était dans saint Marc.

— Voilà déjà un point acquis, s'est réjoui le juge Clayborne qui, jambes croisées, un coude sur le dossier de sa chaise, jouait dans les vagues de son double menton.

J'ai passé la parole à mon avocate, et elle m'a scotché en leur présentant, sans consulter son aide-mémoire, un cahier des charges qui prenait en compte et accentuait toutes mes craintes, mes réserves et mes revendications.

— C'est oui à tout, a laissé tomber le juge qui n'avait rien noté, quoi d'autre ?

Un silence désarmé a ponctué la phrase qu'il avait prononcée d'un ton définitif, avec un air de soulagement. On aurait dû demander plus. J'ai échangé un regard avec Kim, et ça m'a réchauffé de voir qu'elle paraissait aussi déçue que moi de cette victoire par abandon.

— Les assurances, a-t-elle enchaîné. Quel type de contrat avez-vous souscrit ?

— A quel point de vue ? s'est refroidi Clayborne, comme un gastronome qui voit venir l'addition.

— Dans l'éventualité d'un attentat dont il serait victime durant l'exercice de son ministère, comment compteriez-vous l'indemniser ? Et quelle serait sa responsabilité pénale en cas de crimes perpétrés en son nom, voire de conflit religieux provoqué par son apparition publique ?

— Chaque chose en son temps, a déclaré le juge, la voix onctueuse et l'œil glacial.

L'évangile de Jimmy

– Nous ne sommes pas d'accord, a riposté mon avocate. Tous ces éléments concourent évidemment à la décision que nous allons prendre. On ne s'engage pas à la légère lorsqu'il s'agit d'assumer l'identité génétique du Christ, face à ses partisans comme à ses adversaires.

Sur un signe de Buddy Cupperman, le juge a refermé la bouche. Kim s'est tournée vers le conseiller Glassner.

– Je suppose que vous avez fait estimer mon client. A combien a-t-on chiffré la valeur de son ADN ? En cas d'accident, de maladie ou d'empêchement, prévoyez-vous de le cloner à son tour ? Si oui, à quelles conditions et sous quelle forme s'exercerait le droit de suite ?

Plus personne ne souriait autour de la table. Irwin Glassner me dévisageait, consterné, avec l'air de me plaindre. Moi aussi je trouvais que mon avocate allait un peu trop loin, et j'avais peur qu'elle ne fasse tout capoter par excès de zèle. C'est le problème, avec les débutantes. Le Dr Entridge lui a demandé avec beaucoup de douceur si son but était de défendre mes intérêts ou de décourager ma vocation.

– Je veux qu'il ait conscience de ce à quoi il s'expose. Concernant les relations israélo-palestiniennes, dans quelle stratégie comptez-vous l'inclure ?

Mgr Givens s'est raclé la gorge. Les doigts joints devant son nez, il s'est adressé à moi avec une autorité sereine et respectueuse, comme si j'avais sollicité son avis.

– J'admets la nécessité de cette discussion, Jimmy, mais je ne suis pas certain qu'elle vous apporte l'élévation d'esprit à laquelle vous avez choisi désormais de vous consacrer.

L'intelligence compréhensive dans son regard a dissipé

le malaise que m'avaient donné les différentes situations imaginées par mon avocate. Je me suis levé, j'ai dit à Kim que j'allais dans ma chambre attendre qu'elle ait fini. Entouré d'un silence approbateur, je suis sorti en les laissant régler mon sort.

Et, depuis vingt minutes, je marine dans un bain moussant à la pomme verte, rajoutant de l'eau chaude avec mon orteil, tout en zappant sur la télé encastrée au-dessus du porte-serviettes. L'anxiété a fait place au détachement, puis à la confiance. Au diable les détails matériels : l'important est qu'on me donne les moyens de comprendre et d'accomplir ma mission, de savoir dans quel but je suis venu au monde, et comment adapter le discours du Christ aux hommes d'aujourd'hui.

Les chaînes balancent des morceaux d'infos au rythme de mon doigt sur la touche. Soudain je sursaute. Le visage d'Irwin Glassner a surgi, plein écran. Debout sur fond bleu devant l'emblème de la Maison-Blanche, il annonce tristement que, pour des raisons encore inconnues, la navette Explorer vient de se désintégrer dans la stratosphère. Je le regarde, avec un retour de malaise. Il a l'air si différent, si mécanique... Je ne retrouve pas cette lueur d'humanité, ces élans de passion blessée que je ressens quand il est devant moi, cet enthousiasme de vieil ado momifié dans le sérieux des fonctions officielles. Qui est le vrai Irwin ? Le politique à formules creuses débitant ses condoléances aux familles des cosmonautes en faux direct avec l'œil vide, ou le scientifique utopiste qui me regarde comme le rêve de sa vie ? Peut-être que je lui fais du bien, qu'il redevient lui-même à mon contact. Comme Buddy Cupperman, comme le père Donoway, Mgr Givens – ou même la petite Kim dont

L'évangile de Jimmy

les compétences et l'audace ont bluffé les huiles de Washington. Ce n'est pas directement mon influence, mais l'enjeu que je représente pour eux les aide à dépasser leurs limites. Je suis peut-être là pour ça.

La météo des plages succède au communiqué d'Irwin, et je coupe le son. La rumeur de la ventilation faiblit, s'arrête. J'ai dû enfoncer deux touches à la fois, sur la télécommande qui regroupe toutes les fonctions de ma chambre. La buée envahit la salle de bains, et je me fige. Dans le miroir au-dessus du lavabo apparaît peu à peu une croix. Je l'observe en retenant mon souffle, tandis que ses contours se précisent à mesure que la vapeur s'épaissit. Deux autres dessins ont commencé à se former, de chaque côté. Un éclair, une spirale. Sans doute le tracé par lequel la femme de ménage a nettoyé la glace, en trois coups de chiffon.

Je sors de la baignoire, m'habille, écris un mot pour Kim sur le carton « Ne pas déranger » que j'accroche à ma porte, et je descends dans la rue. La pluie s'est arrêtée, les bouchons klaxonnent sur la 57e. Le chauffeur jaillit de la limousine, m'ouvre la porte arrière. Je lui dis non merci, traverse et pars en direction de Central Park.

Sous les branches qui s'égouttent au soleil, ma légèreté revient à petites foulées. Le temps fait un pli, efface l'heure passée et je me retrouve dans l'état d'euphorie où j'étais avant les calculs, les marchandages, les bras de fer juridiques. Deux garçons en jogging se roulent une pelle contre mon érable. Je fais le tour de la clairière au pas gymnastique, en resserrant peu à peu mes cercles, par discrétion.

L'évangile de Jimmy

Les dernières feuilles mortes sont tombées, et j'ai l'impression que les bourgeons ont grandi. Le bonheur des deux gamins qui se dévorent en s'agrippant comme des alpinistes me donne un coup de nostalgie, un élan d'impatience. Je ne peux pas laisser perdre l'incroyable énergie qui monte du sol autour de l'érable, cette force de gratitude qui me réconcilie avec tout.

Ils me fixent du coin de l'œil, agacés, se détachent. Je m'arrête, les rassure en souriant : ce n'est pas eux que je regarde, c'est l'arbre. J'ajoute qu'ils peuvent graver leurs initiales dans le tronc, ça lui fera plaisir. Ils ramassent leurs affaires et s'en vont.

J'enlace l'érable, respire à plein nez son écorce qui sent la pluie et le sucre chaud. C'est moi qui lui demande son aide, à présent. J'ai envie d'un autre miracle. Je veux tenter le sort, en tout cas ; dominer le blocage, cesser de me protéger en faisant le mort. Cet après-midi, j'aurai le courage d'aller aux nouvelles, de pardonner, de dire adieu, de poser un dernier regard.

Je pique un sprint jusqu'à l'hôtel, m'engouffre dans la limousine à côté du chauffeur et lui lance, avant même qu'il ait replié son journal :

— 184, 64e Est, s'il vous plaît.

Il lance son moteur, me propose de monter à l'arrière. Je me retourne vers la glace fumée isolant le salon-bar où les rois mages ont bouleversé ma vie, jeudi matin. Je lui dis que je préfère rester à l'avant : on est mieux pour discuter. Et je le branche sur lui, le temps du trajet, histoire de faire le vide en moi, de ne rien appréhender, ne rien espérer, ne rien prévoir.

L'évangile de Jimmy

Entre les travaux de Lexington et le vacarme de la 3ᵉ Avenue, la 64ᵉ est une petite rue à l'ambiance provinciale, avec des acacias qui se rejoignent au-dessus de la chaussée. Pedro s'arrête devant le 184. J'ai retenu son prénom, à défaut d'autre chose. Là, il est en train de raconter sa campagne d'Irak, l'après-guerre où les copains de son unité se faisaient descendre les uns après les autres, en échange de la citoyenneté américaine. J'acquiesce, tout en fixant l'angle du troisième étage. Les stores sont à moitié descendus, un pan de rideau gonflé par le courant d'air sort de la fenêtre du salon. Comme la dernière fois où je suis venu.

Pedro me décrit le Thanksgiving surprise du Président Bush, arrivé incognito à Bagdad pour manger la dinde avec ses troupes alors qu'on le disait en famille à Camp David, le régiment au garde-à-vous pour la descente de l'hélicoptère, l'immense déception des soldats qui espéraient Madonna. Puis il enchaîne sur son retour au pays, ses insomnies, la mort de son chien, l'amant de sa femme.

— Démarrez !

Il déboîte, au milieu d'une phrase. Emma vient de surgir sur le trottoir. Je me contorsionne pour la regarder. Elle jette un œil à sa montre, cherche autour d'elle, fébrile. Elle est en robe longue bleu pâle, ses cheveux cachés sous un panama, un petit sac en perles pendu à son épaule nue. Elle est restée la même qu'il y a six mois. J'ai changé pour deux.

— Faites le tour du bloc, Pedro, merci.

Le cœur battant, je me concentre sur la vision qui a disparu au coin de la rue. Il se tait, pour ne pas gêner mes pensées. Au carrefour suivant, je lui demande de repasser au ralenti devant le 184, comme s'il cherchait une place. Il s'exécute. Un taxi nous double en klaxonnant. Emma descend du trottoir pour l'appeler, il accélère. Elle donne un coup de talon rageur dans le caniveau.

— Refaites un tour.

— Belle femme, approuve-t-il, dans l'élan de l'intimité créée par ses confidences.

Il s'engage dans la 3e Avenue, et je lui demande soudain de s'arrêter. La Toyota jaune qui nous suit depuis l'hôtel pile en même temps.

— Passez derrière, je prends le volant.

Il se tourne vers moi, désemparé.

— Quand on arrivera à sa hauteur, je stopperai, vous descendrez, vous lui direz que vous allez au bar d'en face et que la limousine est payée pour la demi-journée : si elle veut, elle n'a qu'à en profiter. Je vous récupère tout à l'heure.

— Mais... je n'ai pas le droit de vous quitter, monsieur.

— Je prends sur moi. De toute façon, il reste la Toyota jaune. Ça ne sera pas long, mais c'est important, Pedro. C'est mon dernier après-midi d'homme libre.

Il me dévisage, ému, descend et s'installe à l'arrière. Je me glisse aux commandes, fonce dans la 63e, stoppe à un feu rouge qui n'en finit plus. Je remonte Park Avenue, tourne dans la 64e en priant pour qu'un taxi ne l'ait pas chargée entre-temps. Elle est toujours là, se ronge un ongle au bord du trottoir. Je m'arrête en double file devant le bar d'en face. Pedro descend. Il a desserré sa cravate noire, pour faire moins domestique. Il feint d'apercevoir Emma, lui propose de profiter de la limo parce qu'il lui reste une heure de location et qu'il doit prendre un verre ici même avec des relations d'affaires. Il joue comme une patate, mais elle est tellement pressée qu'elle le remercie à peine et s'engouffre à l'arrière.

— Saint Michael, me crie-t-elle, 86e Est et York Avenue.

Les épaules remontées, la tête rentrée derrière ma vitre opaque, je me dirige vers l'East River. J'espère que je ne suis pas en train de la conduire à son mariage. Le sourire dérisoire que provoque l'hypothèse me fait chaud au cœur, bizarrement. La vie continue sans moi, et c'est bien. Tout ce qui importe, là, c'est d'entendre le son de sa voix, une dernière fois, dans le haut-parleur du tableau de bord. Partir en paix, accepter enfin notre rupture, la regarder vivre sans moi en lui souhaitant tout le bonheur qu'elle mérite. Ne laisser derrière moi ni grief, ni remords, ni espoir superflu.

— Oui, Cindy, c'est Emma, j'ai trouvé ton message. Non, pas ce soir, je t'ai dit, je ne peux pas. Hein ? Mais non, c'est samedi, simplement. J'ai des obligations... Ecoute, tu ne vas pas recommencer avec ça ! Je te jure que je ne pige pas pour un autre magazine ! Et comment je trouverais le temps de bosser ailleurs sous pseudo ? J'ai des problèmes personnels, c'est tout. Pourquoi « avec mon mec » ? De ce côté-là ça va très bien, et c'est pas la peine de ricaner, d'abord ça ne te... Bon, d'accord, je ne quitte pas.

Son soupir grésille dans le haut-parleur. Je monte le volume, guette le bruit de son briquet, le sifflement saccadé qu'elle émet quand elle se détend après la première bouffée. Le rétroviseur ne me renvoie qu'une ombre derrière la glace teintée, mais j'ai tant répété ses gestes dans ma tête depuis qu'on s'est quittés que je les connais par cœur.

— Non, je suis toujours là.

Sa voix stressée me noue la gorge. Apparemment rien n'a changé, de son côté. Les problèmes avec sa rédaction, les bouclages, et les hommes de sa vie qui lui prennent la tête... Je manœuvre les commandes de la clim, essayant de basculer les systèmes de ventilation pour aspirer son air dans mon compartiment. Au bout d'un moment, par le circuit de recyclage, un peu de son parfum sort de la buse centrale, ambré, fleuri, glacé. Je ferme les yeux. Un coup de klaxon me ramène aux réalités de la circulation.

– Quelle ordonnance ? Tu fouilles dans mes tiroirs, maintenant ? Je te dis que je vais très bien ! Tom est en dépression et je me suis fait prescrire des anxiolytiques pour qu'on ne le sache pas, c'est tout : il postule pour entrer au bureau du procureur, tu te doutes que la moindre faille dans son dossier... Mais bien sûr, j'ai confiance en toi, ce n'est pas la question ! Ecoute, Cindy, je t'ai proposé onze sujets pour le numéro de septembre, on boucle dans huit jours et tu ne m'as rien commandé... C'est dégueulasse ce que tu me fais subir, tout ça parce que je t'ai dit non ! Mais tais-toi, je ne t'accuse pas de harcèlement, je m'en fous : j'ai besoin de mon boulot et je fermerai ma gueule, tu le sais, alors merde, arrête ce jeu ! Tu peux te taper toutes les filles du journal : sois un peu humaine ! Je te supplie, je m'humilie, qu'est-ce qu'il te faut de plus ? Bien sûr, j'ai envoyé mon book ! Si j'avais intéressé une autre rédaction, tu crois que je serais là en train de m'aplatir ? Commande-moi un sujet, merde ! Bon, d'accord, huit heures chez toi. Vous pourriez aller plus vite ? enchaîne-t-elle en criant vers la glace de séparation, sans voir que le micro de son accoudoir est ouvert.

Je hoche la tête, enfonce l'accélérateur. Son portable

sonne, elle répond qu'elle est désolée Tom, elle est partie depuis une heure, ça ne roule pas, elle arrive. Bruit de fermoir. Elle refait son maquillage, efface les larmes de rage qui lézardaient sa voix. Je suis consterné que tout ait si peu évolué autour d'elle. J'espérais que sa nouvelle vie aurait amélioré les choses dans son travail, supprimé les blocages dont elle m'accusait. De mon temps, son rédacteur en chef était un fêtard compréhensif qui lui laissait tout le temps de travailler ses sujets, et c'était son problème : elle me disait qu'elle manquait de pression pour se mettre à écrire, qu'elle ne pouvait être efficace qu'en s'y prenant à la dernière minute... Quant au livre politique qu'elle porte en elle depuis dix ans et dont elle me lisait le premier chapitre, un dimanche par mois, en le recommençant d'une fois sur l'autre, inutile de se demander où elle en est.

Je me concentre sur les sens interdits, les déviations pour travaux. C'est terrible de voir qu'elle n'a rien fait de mon absence. On ne devrait jamais se résoudre à quitter pour leur bien ceux qu'on aime. Mais c'est trop tard. Et je viens de me planter, une fois de plus. Si je l'avais abordée dans la rue sans monter ce stratagème à la con, elle m'aurait dit tout va bien, je suis heureuse, toi aussi, c'est génial, on a vécu une vraie belle histoire ensemble et ça reste un super-souvenir, à bientôt, on s'appelle. Et je serais parti vers l'inconnu avec son sourire au chaud dans mon cœur, tandis que là je n'emporterai que détresse, ratage et solitude – sans parler de sa honte si jamais je descendais lui tenir la portière, sa rancune méritée en découvrant qu'elle s'est mise à nu dans mon dos sans le savoir.

Je clignote à l'approche de Saint Michael, une église en ravalement avec un mariage qui pose devant l'échafaudage.

L'évangile de Jimmy

Le grand blond qui m'a ouvert la porte, la dernière fois que j'ai sonné chez elle, lui fait un signe furieux dans son smoking blanc. Elle court se glisser contre lui dans la photo, à la gauche des époux, sourire fixe. J'attends qu'elle reprenne vie au milieu des invités en applaudissant, et je redémarre, la mort dans l'âme. La dernière image que j'aurai d'elle, c'est l'agacement avec lequel elle se détourne du blond qui l'engueule à voix basse. Tant qu'à en être privé, ça m'aurait fait du bien de savoir qu'un autre profite de la douceur lumineuse que j'ai tant aimée en elle. Mais ce n'est pas le sujet de leur histoire. Pour durer, les couples ont peut-être besoin d'autre chose.

Toujours collé par la Toyota, je vais récupérer Pedro dans le bar où il se morfond derrière un jus de tomate, et on retourne à l'hôtel. Il me demande si tout s'est bien passé. Je réponds oui. Je suis prêt, maintenant. Prêt à quitter cette vie où je n'ai plus ma place. Certain de ne laisser qu'un vide inutile qui se refermera très vite dans le cœur d'Emma – si ce n'est déjà fait. La prière sera le seul lien que je garderai avec elle, mon seul moyen de l'aider, mais pas n'importe quelle prière. Pas cet espoir obstiné de revenir en arrière, pas cette harmonie d'autrefois que je ressasse comme un argument pour qu'on se retrouve... Non, la vraie prière. Désintéressée, gratuite, sans chair. Celle qu'ils sauront peut-être m'apprendre à la montagne.

Je retourne dans ma chambre, j'ôte le carton « Ne pas déranger ». Aucun message de Kim. J'appelle la 4139 : personne ne répond. Je ne peux pas croire que la négociation ait échoué à cause des exigences de mon avocate. Que vais-je devenir, s'ils renoncent à moi ? Son mobile est sur

L'évangile de Jimmy

boîte vocale. Je laisse un message neutre : je ne bouge pas et j'attends, voilà.

Le soleil couchant dessine des arcades dans les nuages. J'essaie de ne plus penser à Emma – du moins de penser à elle différemment. De vouloir son bonheur sans moi. Je ne demande plus qu'elle me revienne ; je veux qu'elle aille le plus loin possible dans la direction qu'elle souhaite. Un autre style de journalisme, de vraies enquêtes, un combat politique, un livre, un enfant... L'équilibre. Ai-je le pouvoir d'influencer les événements, comme j'ai pu agir sur des états de santé ?

Je m'assieds par terre, je ferme les yeux, me projette devant l'église où je l'ai quittée tout à l'heure, je reconstruis la scène et l'ambiance pour essayer de les modifier. Je pars mentalement avec Emma et Tom, je les réconcilie dans leur voiture, je les suis chez eux, j'accepte qu'ils fassent l'amour et qu'elle y prenne du plaisir, je me concentre pour que Tom ait le même rêve qu'elle, pour que sa dépression ne soit que l'angoisse d'être stérile, l'angoisse que j'ai toujours tue moi aussi, alors je rassemble notre peur et je la broie entre mes poings, je fais sauter ses blocages et je libère la vie qui ne demande qu'à éclore en Emma grâce à lui, et je me clone dans leur bébé qui aura une vraie famille, une enfance claire, un destin libre...

La sonnerie me fait sursauter. Je suis couché sur le sol, replié en chien de fusil. Il fait nuit. Je me lève, titube jusqu'à la porte. Kim est devant moi. Les questions se bousculent dans ma tête : comment la réunion s'est terminée, pourquoi ce visage bouleversé... J'ouvre la bouche, mais elle me colle sous le nez une carte magnétique, me pousse à l'intérieur et referme la porte. Les trois lettres FBI chevauchent sa photo, son nom, son grade. Je relève les yeux, incrédule.

— Tout est bidon depuis le départ, oui. J'étais chargée à la fois d'assurer ta sécurité et de te mettre en condition. La nuit avec toi, ça, c'était mon choix ; c'est la seule circonstance atténuante que tu peux m'accorder. Et c'est la raison pour laquelle je suis relevée de ma mission. La raison, sinon le prétexte.

Je lui dis d'attendre un instant, je vais dans la salle de bains, passe ma tête sous l'eau pour reprendre mes esprits. J'ai l'impression qu'il s'est produit quelque chose d'incroyable pendant que je dormais, comme une sortie hors de mon corps, une fusion dans le couple d'Emma, et je voudrais en retrouver le souvenir, mais les phrases de Kim résonnent dans ma tête, prennent peu à peu toute la place. Ruisselant dans le miroir, je revois notre rencontre à la lumière de ce qu'elle vient de m'avouer, et tout me paraît soudain évident. Son apparition devant la piscine de Madame Nespoulos, sa compréhension de mes sentiments, nos chagrins d'amour jumeaux, nos retrouvailles de cet après-midi... Elle m'a raconté qu'elle était avocate, pour que je lui demande de défendre mes intérêts auprès de ceux qui l'emploient. C'est cohérent. Je me sens ridicule, mais je n'ai rien à redire.

Devant la baie, elle regarde les lumières de Manhattan autour de la fosse noire de Central Park. Elle m'entend revenir, se retourne, l'air navré, lèvres mordues. Elle s'attend à une avalanche de reproches, de questions ; je lui demande simplement pourquoi elle m'a dit la vérité.

— Demain je démissionne, et je signe mon engagement de confidentialité. Cette nuit, je peux encore parler, donc

L'évangile de Jimmy

je te balance tout et tu en fais ce que tu veux. C'est ta vie, c'est ton choix : tu es toujours libre de tout arrêter et de les envoyer se faire foutre. Il te reste quoi, dans le minibar ?

Son ton haché et son regard trouble laissent entendre que le sien est vide. J'ouvre le frigo et lui fais signe de se servir. Elle verse dans un verre les trois mignonnettes de gin et de porto, s'adosse au placard.

– Quand je dis que tout est bidon, Jimmy, je ne parle pas que de moi. Désolée d'être brutale. J'ai simulé l'entorse que tu as cru m'enlever, ensuite je me suis enfuie pour t'obliger à me poursuivre, et t'emmener de cette manière sur le terrain des opérations.

Elle me tend son verre. Je fais non de la tête. Elle le vide d'un trait, puis enchaîne :

– On avait trafiqué le distributeur de beignets, et on le manœuvrait à distance. Le cadavre était un type à nous sous Danoxyl pour stopper son pouls le temps que tu le ressuscites, l'infirmier et sa bande faisaient partie de l'équipe – l'aveugle était vrai, lui. On pensait que tu vérifierais la cécité, mais que, vu les miracles précédents, tu ne douterais pas de sa guérison.

– Il est... toujours aveugle ?

– Ce n'est pas contre toi, Jimmy. Ça a l'air d'un jeu de piste, mais c'était un vrai protocole. On avait investi le quartier, anticipé tes déplacements et tes états d'âme, avec tous les cas de figure, les différentes options... Cupperman était certain que tu te conformerais aux Evangiles, dès lors que tu croirais avoir multiplié les beignets. Entridge pensait même que tu attendrais le samedi matin pour soigner l'aveugle devant la synagogue – en mémoire de Jésus qui choquait les juifs en guérissant le jour du sabbat. Pour tenter le sort, provoquer, renouer le fil... Buddy a répondu que le sabbat commence le vendredi soir ; Entridge était d'avis que tu l'ignorais, en tant que non-pratiquant... Ils ont parié.

— C'est dégueulasse.

J'ai parlé dans un murmure, au-delà du dégoût, de la colère, de la honte.

— Ce n'était pas contre toi, répète-t-elle. C'était juste pour amorcer la pompe. Tu comprends ? T'amener à croire aux pouvoirs du Christ, c'était le meilleur moyen de les réactiver, si jamais ils étaient passés dans tes gènes. Du moins c'était la théorie de Cupperman, approuvée par Glassner.

Elle tend les mains vers moi, je bloque ses poignets.

— Parce que mes analyses d'ADN, elles sont vraies, elles ?

— Jimmy... Tu crois que la Maison-Blanche aurait mobilisé le FBI, la CIA et le Pentagone pour une étude sociologique sur les réactions d'un piscinier lambda qu'on amène à se prendre pour Dieu ? Tu es une priorité nationale qu'il fallait mettre à l'épreuve, c'est tout.

Je tombe assis sur le lit. J'essaie d'avaler ma salive avant de demander, la gorge en feu :

— Et l'érable ? Vous êtes allés lui coller des bourgeons pendant le repas ?

— Non, Jimmy, répond-elle gravement. L'érable, c'est réel. C'est ton premier miracle. Et c'est la preuve que Buddy avait raison.

J'écoute ma respiration, partagé entre l'écœurement et la tristesse. Fallait-il vraiment me transformer en candide mégalo pour réveiller Jésus ? La force d'amour et de confiance propre à déclencher une guérison, je n'aurais pas pu la trouver sans eux ? Ils n'ont pas *cru* en moi, ils ont misé sur ce que j'ai de pire : l'orgueil, la naïveté enthousiaste, le besoin de dominer les autres par la générosité... Pour amorcer la pompe, comme ils disent. Quelle horreur. Quels salauds.

Je sursaute à contretemps :

— Comment tu sais, pour l'érable ? Le père Donoway t'a raconté ?

— Tu étais filmé. Donoway, mes hommes l'ont retrouvé pendant que je négociais pour toi. La gorge tranchée dans les buissons, dévalisé. J'étais chargée de sa sécurité : c'est le prétexte pour me renvoyer à Washington.

J'ai bondi du lit, je l'empoigne.

— Les junkies, c'étaient des types à vous ?

Elle dit non. Mes mains retombent et je marche dans la pièce, bouleversé. Si c'étaient des vrais possédés, alors j'ai raté l'exorcisme. Je n'ai réussi qu'à les mettre en fuite ; dès que j'ai eu le dos tourné, ils sont repassés à l'attaque. Et s'il n'y avait pas de démons en eux, si c'était juste une agression ordinaire, j'ai provoqué leur vengeance en les humiliant, je les ai poussés au meurtre. Dans tous les cas, c'est ma faute. J'ai tué Donoway. Pour une parabole.

Kim me rejoint contre la vitre.

— Tu n'y es pour rien, Jimmy, ni ces trois types. Je suis sûre que c'est une exécution maquillée. Comme la CIA n'a pas le droit d'opérer sur le sol national, elle imite nos méthodes pour nous faire porter le chapeau : un fait divers classique, là où normalement elle emploierait la sarbacane à curare, le serpent minute ou le scorpion. Entridge dirige la cellule psychiatrie à Langley : on se bouffe le nez et il ne supporte pas que tu aies couché avec moi.

L'évangile de Jimmy

Je lui dis qu'elle est gentille, mais ce n'est pas la peine d'essayer de me décharger la conscience. Ou alors, si elle pense vraiment ce qu'elle dit, elle est aussi parano que j'étais crédule. La CIA n'irait quand même pas assassiner un prêtre pour la punir d'avoir fait l'amour avec moi.

— Non, mais pour te soustraire à son influence, peut-être.

Je hausse les épaules. Pauvre homme... Je revois son sourire quand il parlait de mon cloneur, sa gêne en me racontant la manière dont j'avais guéri son genou à quatre ans et demi... Est-ce qu'il mentait, lui aussi, pour mon bien ? Ses dernières paroles me reviennent en plein cœur. Son testament. *On ne naît pas Fils de Dieu : on le devient.*

— Que vas-tu faire, Jimmy ?

Je ne réponds pas. Je ne peux ni retourner en arrière, ni me voiler la face, ni me réfugier dans les remords. J'ai dit adieu à ma vie d'avant, et je n'ai encore rien fait pour les hommes, sinon me croire leur sauveur. Mais ce n'est pas l'illusion de mon pouvoir qui a guéri l'érable ; ça, j'en suis sûr. C'est l'injustice contre le figuier stérile qui m'a donné la rage, le besoin et les moyens de la réparer. Je suis prêt à parier que si hier soir, en sortant de chez moi, ma première rencontre avait été celle de l'arbre mort, je l'aurais ressuscité de la même manière. On ne réveille pas les gènes du Christ en transformant son clone en pigeon – ou alors Dieu n'a rien à voir dans l'histoire. Le Saint-Esprit n'est pas une serrure qu'on force : la clé se trouve en moi, si elle existe, mais je ne veux plus chercher tout seul, à l'aveuglette. J'ai trop peur de me tromper. J'ai vu les conséquences de mon excès de confiance : j'ai causé la mort d'un homme en sous-estimant le diable. Quoi qu'il m'en coûte, j'ai besoin de l'Eglise et des experts de la Maison-Blanche. A moi

L'évangile de Jimmy

d'éviter la mainmise, c'est tout, les détournements, les récupérations... J'irai au bout de l'apprentissage qu'ils veulent me donner, mais j'irai de mon plein gré, à ma façon et tel que je suis. Même si c'est pour marcher dans les traces de Jésus, je refuse de me renier.

— Bon, je te dis adieu, soupire Kim.

Je me retourne vers elle, lui demande avec dureté si elle a décidé de m'abandonner, ou si elle se contente d'obéir aux ordres.

— Je n'ai pas le choix, Jimmy.

— Qui est-ce qui commande ? Cupperman ou Glassner ?

— Sur le papier c'est Cupperman, mais c'est Glassner qui a l'oreille du Président.

J'appelle la réception pour qu'on me passe la chambre d'Irwin Glassner. La standardiste me donne l'heure.

— Je m'en fous, réveillez-le.

Dès que la voix pâteuse du conseiller scientifique bredouille allô, je vide mon sac. Ils m'ont baladé comme un pion, ils m'ont bourré le mou, d'accord, ils ont réussi : maintenant je fais des miracles pour de bon, ils l'ont vu, alors je veux bien continuer et travailler mon pouvoir avec eux, mais ce sera à mes conditions, sinon je me jette par la fenêtre.

— Attendez... calmez-vous, Jimmy. Voyons-nous.

— Première condition : Kim reste en charge de ma sécurité, elle vient avec moi dans les Rocheuses. Et je ne veux plus qu'Entridge l'emmerde : ou il met de l'eau dans son vin, ou je le vire. C'est clair ?

— Ecoutez...

— Vous me répondez oui ou non : ce n'est pas négociable.

— Oui.

— Alors bonne nuit.

Je raccroche. Kim me fixe, médusée.

— Et maintenant vous arrêtez de vous tirer dans les pattes, tous autant que vous êtes ! Soyez un peu professionnels, merde !

Elle vient se glisser contre moi. Je lui caresse les cheveux, me calme dans son parfum de fougère.

— Pourquoi tu prends mon parti, Jimmy ? Je t'ai menti, je t'ai trahi dès le premier jour...

— Comme ça c'est fait : je peux avoir confiance. Mais je t'en supplie : change-moi cette ambiance, je supporte pas ces rapports de force, ces coups fourrés, ces magouilles... Ça déteint sur moi, tu le vois bien ! Si vous voulez que je devienne le Christ, il faut quand même, j'sais pas, un minimum de pureté...

Elle soupire, pose les mains à plat sur ma poitrine, me détache d'elle.

— C'est quoi, la pureté, Jimmy ? Ce n'est pas la prudence du naïf qui vit sous cloche pour se protéger du mal ; c'est la réaction du pécheur qui s'est frotté au pire et qui choisit le bien, en connaissance de cause.

Je la regarde. Elle aussi, elle a sa lecture de la Bible. Ma tension se relâche tandis que je sens des larmes piquer mes yeux. On se rapproche et on reste l'un contre l'autre, respirant au même rythme, nous caressant doucement, reprenant nos forces dans ce moment de faiblesse. Puis un voyant clignote sur la télé. Kim attrape la commande, va dans le menu messagerie. Deux mails s'affichent sur l'écran :

L'évangile de Jimmy

Cher Jimmy,
Je vous confirme que Kim Wattfield est reconduite dans ses fonctions. Breakfast au restaurant à huit heures, si cela vous convient.
Bien à vous.

Irwin Glassner.

Désolé, Jimmy, si mon attitude a pu induire une interprétation malencontreuse : j'apprécie Kim Wattfield et souhaite que la collaboration entre nos services se poursuive dans la franchise et la bonne intelligence nécessaires à nos objectifs communs.
Cordialement.

Lester Entridge.
Copies à I. Glassner et Mgr Givens.

Kim éclate de rire, la bouche fermée, les yeux plissés, cogne du poing mon estomac et va se resservir un cocktail. J'attends qu'elle ait vidé le minibar en évitant de partager son sentiment de revanche, lui demande de me laisser seul.

Dès qu'elle a quitté la chambre, je sors du sac les livres où j'avais cherché des arguments contraires pour garder mon esprit critique. *Jésus : les preuves de l'imposture, Le Nouveau Testament en quarante mensonges...* Je les jette dans la corbeille. Je n'ai plus les moyens de douter.

J'éteins les lumières, je vais coller mon front à la vitre et, le regard absorbé dans la tache sombre de Central Park, je reconstruis le visage du père Donoway, je me concentre pour entrer en contact avec son esprit, s'il m'entend ; je lui demande pardon et je l'absous. Pour lui, pour ses meurtriers, pour tous ceux qui vont vouloir m'utiliser ou me réduire au silence, je prie. Je prie comme je peux. Dans l'ignorance et l'espoir, je creuse à nouveau ce vide en moi que je commence à appeler Dieu.

Il est huit heures cinq lorsque je franchis l'entrée du restaurant. Glassner et Entridge me sourient en mastiquant leurs céréales, comme si de rien n'était, s'informent si j'ai bien dormi. Je n'ai pas fermé l'œil et je vais très bien. J'ajoute que je me repentais d'avoir guéri un érable sans leur accord, mais désormais je m'en félicite. S'ils n'avaient pas constaté sur leur film que mes dons peuvent se passer de leurs simulacres, ils auraient continué à bidouiller inutilement des miracles pour amorcer une pompe qui marche déjà : on aurait perdu un temps précieux, au lieu de se mettre au boulot sur des bases saines. A présent on est quittes, et je vais dire au revoir à mon arbre.

Entridge se rembrunit, boit une gorgée de lait, consulte sa montre, me dit que notre avion décolle dans une heure trente : j'ai juste le temps de prendre mon breakfast. Je réponds que je n'ai pas faim, et me dirige vers le hall. Deux minutes plus tard ils sont à mes côtés, avalant leurs dernières bouchées : ils préfèrent qu'on aille ensemble.

Je marche à grands pas dans la fraîcheur du matin, contourne l'arrosage automatique où le soleil dessine des arcs-en-ciel. Ils peinent à se maintenir à ma hauteur, Glassner toussant ses cigares de la veille et Entridge évitant l'herbe sous ses chaussures de sport à cinq cents dollars. Je longe le Carousel en direction de Sheep Meadow, m'arrête net en débouchant dans la clairière.

Ils me rejoignent, essoufflés. Marchant dans la sciure,

L'évangile de Jimmy

écrasant les brindilles, je m'approche de la souche, lentement, incrédule. Au centre de l'aubier encore humide de sève, le cœur est un trou gris.

– C'est moche, murmure Irwin en posant la main sur mon bras. Mais le tronc était quand même très creux, regardez : ça pouvait être dangereux...

J'entends le sifflement électrique d'un engin, me précipite. C'est le jardinier du secteur, le petit Indien à qui j'ai fait constater hier la guérison de l'érable. Je le descends de sa machine, le ramène dans la clairière en l'accusant d'assassinat. Il se défend, me dit qu'il n'y est pour rien : ce n'est pas le même service, l'abattage est planifié par la division Reboisement.

– On est dimanche, merde !
– Ils sont venus hier soir...
– Mais il était sauvé ! Ils l'ont bien vu !
– C'est pas leur problème. Eux, si c'est marqué d'un point rouge, ils coupent.

Je me tourne vers Entridge et Glassner pour les prendre à témoin. Leur soulagement est visible. Je laisse retomber mes mains. A quoi bon insister, s'énerver, porter plainte ? Ce qui est fait est fait. Le destin de l'érable n'était pas de me servir de pièce à conviction. Il se savait condamné, je suis allé contre sa nature : il lui fallait peut-être une seconde mort.

Je regarde le jardinier au fond des yeux :
– Vous confirmez qu'il avait refait des bourgeons ?
– Ah oui ! assure-t-il en levant le doigt.

Face à l'air fermé de mes compagnons, il ajoute, pour justifier sa compétence tout en dégageant sa responsabilité :
– On voit de ces choses, avec la couche d'ozone.

L'évangile de Jimmy

– Absolument, appuient les hommes du Président.

Et, devant la chaleur de leur adhésion, je me dis que c'est eux qui sont à l'origine de l'abattage. Pour respecter le planning. Ni preuve, ni publicité, ni polémique tant qu'ils ne m'estiment pas *prêt*.

Le jardinier s'en va et Irwin Glassner tapote mon épaule.

– Il est temps, me dit-il doucement.

Les derniers points de désaccord étaient levés, les avocats s'étaient entendus sur la rédaction finale des clauses litigieuses, et la licence d'exploitation relative au brevet attendait la signature, en quatre exemplaires étalés sur le bureau Empire.

Philip Sandersen regarda l'hélicoptère se poser sur la pelouse derrière les hibiscus. Le juge Clayborne en sortit, la main à plat sur son brushing, suivi d'Irwin Glassner qui protégeait ses yeux du soleil. Sandersen soupira, décroisa les bras, porta l'inhalateur à son nez, le glissa dans un tiroir. Puis il se tourna vers la chaise en cuir à côté de lui, dont l'assise creusée semblait s'être redressée depuis six jours. La mort du père Donoway, tout en le délivrant d'un grand poids, lui laissait un vrai vide. La tutelle morale que le prêtre avait exercée sur lui, depuis leur jeunesse au Vietnam, s'était évanouie en emportant cinquante ans d'amitié, d'admiration sincère, de méfiance mutuelle et d'intérêts communs.

— Vous avez une mine admirable ! s'exclama le juge en entrant à la suite de l'infirmière.

Le soleil inondait l'immense chambre en palissandre

d'où avaient disparu dialyseur, respirateur et moniteurs de contrôle. Emacié mais bronzé, l'air à la fois tendu et relaxé de l'homme qui vient de souffrir une heure en salle de fitness, le Dr Sandersen se leva pour accueillir les représentants de la Maison-Blanche.

— Toutes nos condoléances, prononça gravement Irwin Glassner, soucieux de tempérer l'entrain gaillard du conseiller juridique pour qui la négociation était close.

Sandersen leur indiqua les fauteuils en cuir de Cordoue qui faisaient face à son bureau, et se rassit en murmurant :

— L'après-midi de sa mort, j'ai eu le père Donoway au téléphone. Il m'a dit que Jimmy, après l'avoir longuement interrogé à mon sujet, priait pour moi. Alors – ne croyez surtout pas que je vous dise cela comme un argument dans nos transactions...

D'une moue bienveillante, le juge s'affranchit de cette arrière-pensée.

— ... Alors j'ai senti comme un courant électrique parcourant tout mon corps. Dans les minutes qui ont suivi, j'ai pu respirer sans assistance, et le soir même les marqueurs témoignaient d'une rémission fulgurante de mon cancer.

Irwin laissa son cœur s'emballer, mais ne montra rien. Un élan douloureux dans son crâne fit revenir devant ses yeux l'érable de Central Park.

— Et vous, de votre côté ? reprit Sandersen avec un frémissement contenu. Y a-t-il eu d'autres manifestations ?

— En ce qui me concerne, le Président est prêt à lever l'option, éluda Wallace Clayborne.

Il désigna la mallette en veau bordeaux posée contre son

mollet gauche, contenant le million de dollars versé à titre d'à-valoir sur les droits d'exploitation du clone.

— Il n'est plus question de ça, répondit Sandersen.

Clayborne crispa les fesses en gardant le visage avenant.

— Que dois-je entendre par là, docteur ?

— Je ne vous le vends plus.

Les neurones du conseiller juridique se connectèrent aussitôt sur les clauses du préaccord interdisant au cédant de se rétracter, mais Sandersen devança la riposte :

— Je vous le donne. Je ne veux rien toucher sur les miracles opérés par Jimmy, maintenant que... maintenant que j'éprouve leur réalité dans ma chair. Nous ne sommes plus dans le virtuel, messieurs. La protection de mon droit moral devient soudain... dérisoire, pour ne pas dire indigne. La propriété intellectuelle s'exerce-t-elle sur la Grâce ?

Le juge dodelina gravement de la tête en ravalant son incrédulité.

— Je ne reviens pas sur nos accords ; simplement les sommes qui devaient m'être versées le seront à des œuvres caritatives dont je vous laisse le choix. De toute manière, sans le père Donoway, je ne sais ce qu'il adviendra de ma Fondation...

— N'ayez crainte, assura Clayborne : un simple avenant suffira. Je vous le transmets demain matin, avec la liste des œuvres susceptibles de mériter...

— Je vous fais confiance, coupa Sandersen en dévissant son stylo.

Tandis que les deux parties signaient la convention de licence, Irwin observait les traits de son confrère. Il avait du mal à admettre ce revirement brutal, mais s'imaginait à la place de Sandersen si, d'aventure, sa propre tumeur au cerveau disparaissait du jour au lendemain. Depuis l'installation dans les Rocheuses, il était hanté par cet éclat d'obus que Jimmy, à l'âge de quatre ans et demi, avait dissous mentalement dans le genou du prêtre, et il repoussait sans cesse la tentation de rééditer l'expérience. Quelque chose en lui s'insurgeait contre un usage privé des facultés du clone. Ce n'était pas seulement l'éthique du serviteur de l'Etat, mais un vieux fond de doute, ou alors l'indice d'une vraie foi. On ne met pas Dieu à l'épreuve.

— Pardon de ne pas vous retenir à déjeuner, conclut Sandersen en se levant, j'ai un autre rendez-vous. Je vous laisse aux bons soins de mes hommes de loi, qui connaissent les meilleures tables de l'île. Veuillez transmettre à Jimmy toute ma...

Il chercha le mot dont son visage exprimait l'ampleur, la force, les nuances.

— Ce sera fait, promit d'une voix tonique le juge Clayborne que le voyage avait creusé.

Sa poignée de main fit craquer les doigts décharnés du généticien. Il reprit sa mallette et, d'un pas vif, se dirigea vers l'infirmière qui lui tenait la porte.

— Sans rancune, Irwin, susurra Sandersen en sondant le regard de son confrère.

— Faites attention à vous, répondit Glassner, pour qui l'exécution du père Donoway par la CIA semblait, sinon probable, du moins logique.

— Qu'ai-je à perdre ? sourit le vieil homme. Je ne suis plus utile. J'ai été la cheville ouvrière ; maintenant c'est à vous d'accomplir les desseins du Seigneur. Veillez sur Jimmy.

Irwin reconnut les mots du prêtre, hocha la tête et rejoignit Clayborne qui piaffait sur le seuil. A peine les émissaires de Washington avaient-ils quitté la maison que le personnel soignant reprenait possession de la chambre, ouvrant les placards pour ressortir le matériel d'hospitalisation à domicile. Une infirmière défit le lit, une autre prépara le dialyseur, une troisième déshabilla Sandersen, le recoucha, lui ôta son fond de teint.

Il souriait, tandis que se dissipait l'effet des produits dopants qu'on lui avait injectés pour qu'il fasse illusion. La vérité sur les origines de Jimmy éclaterait en temps voulu, juste avant l'élection présidentielle, ainsi que le souhaitait l'état-major démocrate. D'ici là, Glassner et ses équipes de chercheurs pourraient refaire indéfiniment les analyses du présumé clone ; elles confirmeraient toujours l'identité génétique de Jésus. Ensuite il y aurait la reconnaissance officielle du Saint-Siège, trop heureux de redorer sa bannière dans une croisade orchestrée par l'Amérique, puis la médiatisation planétaire de Jimmy-Christ sur fond de campagne électorale. Dans un élan d'euphorie, Sandersen se dit que le rêve de sa vie prendrait de vitesse ses métastases. En inventant sa guérison à distance par les prières de sa créature, il s'était senti si crédible qu'il était presque au bord d'y croire. Donoway aurait souri. Ou pas.

De tous ses collaborateurs, le prêtre était le seul à savoir que Jimmy n'était pas né de l'ADN du Christ. Il n'aurait jamais avoué délibérément la mystification, mais son inaptitude au mensonge, aggravée par sa mauvaise conscience de chrétien, aurait rendu de plus en plus visible une culpabilité que tous les intéressements financiers n'avaient jamais réussi à adoucir. Le vieux dominicain n'aurait pas tenu longtemps, face aux psychologues des services secrets. Le fait que la CIA soit soupçonnée de son élimination résolvait le problème de la manière la plus harmonieuse qui soit, pour Sandersen, mais cela n'empêchait pas les regrets. On se sent seul, quand on a perdu l'unique personne sur Terre pour qui l'on était quelqu'un de bien.

— Vous n'auriez jamais dû vous lever, docteur, soupira l'infirmière qui avait pris sa température. J'espère que vous n'aurez pas à en payer les conséquences.

Il sourit sans répondre. En se laissant rebrancher sondes et électrodes, il remâchait avec une jubilation amère l'injustice et l'humiliation que lui avait infligées son pays, le contraignant à l'exil pendant que les médiocres inoffensifs comme Glassner, couverts d'honneurs en échange de leur docilité, occupaient pour rien le devant de la scène. Sa vengeance allait être grandiose. Il n'avait aucun doute sur la suite des événements. D'avance il savait que les maîtres de la Maison-Blanche se ridiculiseraient aux yeux du monde, désormais, avec d'autant plus de conviction que ça ne leur coûterait rien.

La première semaine dans les Rocheuses fut assez difficile. Epuisé par les épreuves et les émotions qui s'étaient enchaînées depuis que le ciel lui était tombé sur la tête, Jimmy avait dormi vingt-quatre heures. Ensuite avaient commencé les examens. Le Président exigeait un bilan complet, une connaissance exhaustive du prototype humain dont ses services allaient faire le Messie du XXIe siècle. Dans les différents laboratoires aménagés au sous-sol du chalet de cèdre noir, utilisé habituellement pour le débriefing des terroristes et des transfuges, les prélèvements avaient succédé aux radios, les tests d'effort aux évaluations des quotients intellectuel, affectif, médiumnique, les séances de thérapie expérimentale aux plongées sous hypnose. Et les chercheurs étaient perplexes.

Reparti trois jours à Washington, Irwin avait trouvé au retour une anxiété à couper au couteau. Sous les poutres vitrifiées de la salle à manger, les divers spécialistes lui avaient présenté leurs rapports. Seul point positif : Jimmy était en excellente santé. Ses organes et son métabolisme correspondaient à ceux d'un trentenaire, alors que les divisions cellulaires héritées de Jésus auraient pu aboutir au bilan général d'un homme de soixante-cinq ans. Mais le reste posait problème.

En premier lieu, la relookeuse du Conseil national de sécurité décréta, preuves à l'appui, que la copie ne *cadrait* pas avec l'original figurant sur le Linceul de Turin. Elle leur projeta les deux images : la photo négative du crucifié et la simulation obtenue par palette graphique – Jimmy tel qu'il se présenterait dans quatre mois, barbe et cheveux longs, quarante livres de moins. L'impression globale pouvait faire illusion, mais, une fois les deux clichés superposés, on voyait bien, en lumière polarisée, que les proportions n'étaient pas les mêmes. Le nez du clone était plus court, plus étroit et, surtout, ses yeux étaient beaucoup moins grands, beaucoup moins ronds.

Elle remplaça le visage de synthèse par l'*Hypogée des Aureli*, une fresque romaine datant du IIIe siècle – la première représentation connue d'un Christ avec barbe. Lorsqu'elle déplaça les filtres, le portrait mural se fondit dans l'image du Linceul. Tout concordait : la ride transversale sur le front, le sourcil droit plus haut que le gauche,

L'évangile de Jimmy

les grands yeux de chouette, larges et décalés, le triangle au-dessus du long nez aux narines évasées, les pommettes saillantes, l'espace sans poils entre la lèvre inférieure et la barbe. Soumises au même traitement optique, les effigies du *solidus* et du *tremissis*, monnaies byzantines du VIIe siècle, présentèrent un respect similaire des proportions « d'origine » imprimées sur le Linceul. Quand elle superposa de nouveau les traits de Jimmy Wood, les différences n'en furent que plus flagrantes.

— La duplication du génome n'obéit peut-être pas aux mêmes critères que la reproduction artistique, fit sèchement le juge Clayborne qui, au regard des fonds qu'il avait débloqués, avait à cœur de justifier l'investissement du contribuable.

Le Dr Entridge déclara que, pour lui, les traumatismes subis par Jimmy dans sa tendre enfance et le syndrome d'exclusion dont il souffrait pouvaient justifier, sur le plan de la morphopsychologie, la sous-dimension oculaire et nasale : refus de sentir, refus de voir. La relookeuse, dont les compétences balayaient la physiologie, l'anatomie comparée et la chirurgie plastique, ajouta que la dégradation de la couche d'ozone avait rendu la luminosité beaucoup plus forte aujourd'hui qu'au Ier siècle, sans parler de la pollution de l'atmosphère : indépendamment des facteurs psychologiques, le rétrécissement des organes olfactifs et visuels était une réponse de l'anabolisme aux conditions extérieures. Une légère intervention chirurgicale rendrait Jimmy conforme à l'image du Linceul.

— Pas question ! s'insurgea Mgr Givens. On ne retouche pas le visage du Seigneur.

L'évangile de Jimmy

— Mais s'il n'est pas ressemblant, les gens n'y croiront pas, s'alarma l'attaché de presse.

— Nous présentons une réincarnation, pas un sosie.

Le coach coréen avait parlé de sa voix chaude et lénifiante, sur le ton d'évidence dont il ne se départait jamais. La référence bouddhiste heurta l'évêque qui passa outre en acquiesçant, puisque son voisin abondait dans son sens.

— Et il y a plus grave encore, s'entêta l'attaché de presse, c'est la jambe droite ! Montrez le Linceul en pied, Rebecca. Regardez, on voit bien qu'elle est plus courte que la gauche ! D'ailleurs la tradition des Pères grecs parle constamment d'un « Christ boiteux ». Je regrette, je ne connais rien au clonage, mais c'est très handicapant pour moi en termes de crédibilité que Jimmy ne boite pas.

— Cassez-lui les os, pendant que vous y êtes ! s'indigna Mgr Givens.

— Très bien, mais ne venez pas vous plaindre si le Vatican le rejette parce qu'il n'est pas aux normes.

— Frank Apalakis ! gronda gentiment Buddy. Je connais l'efficacité de vos plans médias, mais le travail qu'on vous demande sur l'image du Messie n'a rien à voir avec un chantier de reconstruction à la Michael Jackson.

— De toute façon, renchérit la relookeuse, l'asymétrie des jambes sur l'image s'explique aisément : la rigidité cadavérique les a fixées dans la position où elles étaient sur la croix, l'une sur l'autre et la droite repliée, pour utiliser un seul clou.

Les lèvres pincées, l'attaché de presse redescendit sur son bloc-notes, humilié dans sa rigueur professionnelle comme dans la culture orthodoxe héritée de ses aïeux marchands d'huile à Corfou.

L'évangile de Jimmy

Le nutritionniste profita du silence pour exiger un pont aérien, qu'il estimait indispensable à l'alimentation de Jimmy. Afin de ramener son patrimoine cellulaire aux conditions initiales, il ne consommerait que des fruits et légumes disponibles en Palestine deux mille ans plus tôt. La question épineuse de savoir s'il devait manger casher ou non avait été résolue par Jimmy lui-même : dans un souci d'œcuménisme, il serait végétarien. L'esprit de conciliation dont il avait fait preuve en l'occurrence répandit un murmure approbateur dans la salle aux boiseries lisses décorée de trophées de chasse.

— Pourquoi est-il stérile ?

Tout le monde se tourna vers Entridge, qui enchaîna en se répondant par une seconde question :

— Parce que c'est un clone ?

Irwin, qui venait de prendre connaissance des dernières analyses, releva les yeux et lui répondit, troublé :

— Ça n'a rien à voir, Lester. Au contraire, il est dans la norme. Deux Américains sur trois présentent aujourd'hui la même carence en spermatozoïdes, associée à une vitesse de progression linéaire insuffisante.

— Et alors ?

Le généticien promena son regard sur les visages soucieux que surmontaient des têtes de caribous aux ramures encaustiquées.

— Je m'interroge. Les cellules dont il provient n'ont aucune raison d'être affectées par les molécules chimiques, pollutions et radiations qui ont fait baisser la fertilité masculine depuis une centaine d'années. Le sperme le plus ancien qu'on ait retrouvé congelé remonte à la guerre de 14-18 : il était trois fois plus concentré qu'aujourd'hui. En

L'évangile de Jimmy

toute logique, les gamètes issus d'un homme du Ier siècle auraient dû produire une semence encore plus riche...

— Jésus n'était pas destiné à faire souche, rappela le général Craig.

— Quoi qu'il en soit, éluda Mgr Givens, ce genre d'épreuve est inhérent au dogme. Dieu s'incarne pour prendre sur Lui les souffrances et les misères humaines. L'angoisse principale de nos contemporains étant la stérilité masculine, Jimmy s'en trouve affecté.

— On lui a communiqué les résultats ? murmura Irwin.

— Ça ne l'a pas surpris.

— Et le problème est ailleurs, laissa tomber Cupperman.

Entridge sortit de son dossier une chemise d'une autre couleur, la fit passer à Irwin. Chaque jour, de huit à onze, le psychiatre plaçait son patient sous hypnose, afin qu'il mémorise en accéléré les rudiments d'hébreu, de latin, de grec, d'arabe et d'italien nécessaires à sa formation et au rôle de médiateur international envisagé par le Département d'Etat. C'était du moins la raison officielle. Le véritable enjeu de l'opération consistait à débrancher Jimmy de sa mémoire actuelle, pour faire remonter les souvenirs du Christ qui, selon toute vraisemblance, étaient encryptés dans ses cellules. Buddy Cupperman travaillait la nuit à la rédaction de son *Sixième Evangile*, ce rapport secret qu'il espérait bien, quand les républicains auraient quitté le pouvoir, transformer en best-seller mondial, et il avait tanné Entridge pour qu'il fasse régresser d'emblée Jimmy jusqu'à l'arrestation au Mont des Oliviers. Cupperman voulait entendre le récit de la Passion, le *vrai*, le *bon*, de la bouche même de l'intéressé. Rompu aux techniques de l'hypnose, Entridge s'y était attelé dès la première séance, et l'échec était total. Si Jimmy, en état de conscience modifié, assimilait parfaitement les langues, il était impossible d'accéder à sa mémoire antérieure.

— Vous supposez qu'il y en a une, objecta Irwin, mais c'est une hypothèse gratuite, sans aucun fondement scientifique. Sur les vingt-six clones humains officiellement répertoriés, deux seulement ont eu le temps d'apprendre à parler avant de mourir. Vos confrères ont pratiqué la régression sous hypnose, comme vous dites. Dans l'un des cas, ils ont certes obtenu des réponses troublantes quant au passé de l'adulte cloné, mais ces éléments figuraient dans le dossier, les psychiatres les connaissaient et l'enfant a pu les recevoir par suggestion mentale.

— Vous écartez la mémoire génétique en tant qu'hypothèse « gratuite », ironisa Entridge, et vous en trouvez l'explication rationnelle dans la télépathie.

— Prouvez-moi que j'ai tort.

— Je ne *peux pas,* Irwin. Il y a un blocage absolu, dès que j'arrive à la période fœtale. Ou c'est un interdit d'ordre divin, une sorte de gène-verrou qui nous empêche de remonter plus loin, ou bien c'est Sandersen qui a programmé une clé.

— Une clé ?

— Un code, un système de protection qui s'ouvre par un mot de passe... Une barrière de péage, en somme. Les souvenirs antérieurs à Jimmy sont en option : je suppose que, pour y accéder, nous devons négocier un avenant.

— C'est absurde, protesta le juge Clayborne.

— Non, dit Entridge. La seule certitude que j'ai, c'est que mentalement Jimmy n'est pas vierge. Il a *déjà été hypnotisé.* Dès son plus jeune âge.

— Que voulez-vous dire ? bondit Irwin. On lui a introduit des données, des informations, des... ?

— Au contraire : on a *effacé* quelque chose. Irwin, depuis dix ans je travaille à déprogrammer les kamikazes, les agents dormants et les faux transfuges : je sais reconnaître un lavage de cerveau.

— Ça ne tient pas debout, s'obstina Clayborne. S'il y avait un pay-per-view, Sandersen nous aurait indiqué la marche à suivre, dans l'état d'esprit où il se trouve aujourd'hui. Il est certain d'avoir été miraculé à distance par Jimmy : il est touché par la Grâce, il ne veut plus d'argent, il donne les royalties à des œuvres pour racheter son âme, etc. Non, tout ce qui lui importe est que Jimmy soit reconnu mondialement comme le Messie qu'il a reconditionné : pourquoi nous fermerait-il sa mémoire antérieure ?

Mgr Givens, agacé, rappela que Dieu nous demande de ressusciter à chaque instant Jésus au fond de nos cœurs, pas de traire sa mémoire à son insu pour en tirer un succès de librairie. Buddy Cupperman soutint le regard de l'évêque, et lui balança tout en rallumant sa pipe :

— Sorti de vos quatre Evangiles canoniques, point de salut, c'est ça ? Vous rejetez a priori le récit de l'intéressé, pour vous cramponner aux témoignages écrits des années après les événements !

— Tout ce que je préconise, Buddy, c'est de réserver l'hypnose à l'apprentissage des langues.

Buddy marmonna dans sa pipe, et continua l'ordre du jour. La mise en place du planning de la semaine suivante raviva les tensions, chacun souhaitant bénéficier d'un créneau plus favorable.

L'évangile de Jimmy

Irwin n'écoutait plus, déçu : vingt siècles plus tard, les querelles de clocher, les récupérations et les intérêts personnels parasitaient à nouveau l'aventure christique. Tourné vers la fenêtre à triple vitrage, il regardait Jimmy traverser le lac entre les branches agitées par la brise. La conférence quotidienne se tenait pendant l'heure d'aviron programmée par son coach, et Irwin mesurait tristement l'ironie du spectacle : l'apprenti prophète traçant ses sillages aller-retour avec droiture et régularité, tandis que s'affrontaient en joutes brouillonnes les manipulateurs concurrents qui se le disputaient.

Les semaines passèrent, au gré des calories perdues, de la poussée capillaire, du développement des connaissances et des facultés de concentration, d'absorption, de mimétisme. Irwin travaillait la semaine à Washington, et arrivait au chalet pour le dîner du vendredi, au cours duquel l'équipe lui faisait constater les progrès accomplis. Dans la grande salle à manger des caribous cirés où ils singeaient la Cène, Jimmy prêchait en quatre langues et dissertait sans fin sur la théologie de saint Paul, cheval de bataille de Mgr Givens. Les efforts du coach pour lui faire changer l'eau en vin n'avaient abouti à rien. En revanche, lorsqu'il canalisait son énergie, les yeux fermés, un verre de napa valley entre les mains, il parvenait à le rendre meilleur, comme s'il accélérait son vieillissement. On avait soumis Irwin à une dégustation en aveugle : effectivement, par rapport au verre témoin, les tanins avaient fondu, l'attaque était plus longue en bouche et développait une note boisée avec une finale de groseille.

L'évangile de Jimmy

Jimmy les croyait sur parole : il ne buvait plus d'alcool. Une pratique quotidienne avait accru son magnétisme, sans qu'il pût toutefois en gouverner les effets. La même concentration dirigée sur un morceau de pain, par exemple, aboutissait à le faire durcir, alors que, s'il traitait mentalement de l'eau croupie, elle rajeunissait, l'analyse prouvant une diminution notable de la flore bactérienne.

– Nous le savons, qu'il fait des miracles, s'impatientait Mgr Givens : arrêtons de le tester ! Travaillons la source, et non plus les effets ! Sinon vous en ferez un prestataire de services, un phénomène psi, c'est tout ! Quelle est notre mission, quel est notre devoir ? Recentrer sa spiritualité, réactiver son mysticisme !

– A condition de ne pas privilégier *une seule forme* de mysticisme, nuança le rabbin Chodorowitz, directeur des Langues orientales au Département d'Etat.

Le général Craig, qui s'était converti à l'islam après avoir commandé les services de renseignements en Irak, appuya la requête du linguiste, en insistant sur l'urgence de rappeler aux musulmans combien Mahomet vénérait Jésus. Pour les faire taire, l'évêque suggéra d'allonger la durée de leurs cours en supprimant les séances de psychokinésie.

– La psychokinésie est indispensable ! protesta le coach. Si l'on a écouté l'enseignement de Jésus, c'est parce que *d'abord* il a fait des miracles ! Ce n'est pas sa culture qui importe, mais la force de son esprit !

– C'est en nourrissant l'esprit qu'on augmente sa force, et pas le contraire ! tonna Mgr Givens, approuvé par les deux autres religions du Livre. J'exige l'arrêt des travaux pratiques ! Qu'on cesse de lui faire bonifier le vin, soigner les arbres ou tordre les petites cuillères, et que nul d'entre nous ne s'avise de lui soumettre un rhume ou une crise de goutte à guérir ! Au stade où il en est, toute réussite concrète alimente l'orgueil, et ralentit d'autant l'évolution spirituelle !

— C'est clair, reconnut Buddy Cupperman.

Durant la guerre froide, il avait initié le programme Stargate, la détection à longue distance des bases de missiles par un collège de médiums. Le bilan avait été nul, les Soviétiques employant la même technique, mais Buddy savait quelles étaient les limites du pouvoir mental : les pulsions sexuelles qui détournent l'attention et l'autosatisfaction qui bride les performances. Pour les pulsions, l'enseignement du coach, à base de tantrisme et de plantes médicinales, avait réglé le problème. Quant au reste, la motion de l'évêque fut adoptée à l'unanimité moins une voix.

De week-end en week-end, Irwin observait avec un recul anxieux l'effet de ces stratégies sur Jimmy. Il le trouvait changé, mais pas toujours en bien. De plus en plus dense, à la fois docile et distant, absent et disponible. Les premières semaines, il avait eu des élans d'enthousiasme, des rébellions, bousculant ses formateurs comme Jésus rudoyait ses apôtres. Un soir, notamment, il avait surgi au milieu d'une partie de billard, les yeux rougis par la lecture :

— Ne restons pas ici ! Démissionnez, abandonnez tout, comme moi, et partons sur les routes ! On ne peut pas laisser les gens dans l'ignorance !

Ils l'avaient regardé avec patience, agacement ou compréhension. Le nutritionniste lui avait signalé qu'il lui restait le cinquième de son poids à perdre, l'attaché de presse avait dit qu'un plan médias ne s'improvise pas, et

L'évangile de Jimmy

Mgr Givens avait rappelé que le Vatican était en train d'examiner leur requête, mais n'avait pas encore fixé d'audience.

— Participez, au moins ! Quand les disciples lui demandent comment il arrive à guérir et ressusciter son prochain, il leur répond : « Priez, jeûnez, et vous ferez de même. » Allons-y ! Attaquons-nous ensemble à un vrai malade ! Si j'ai ce pouvoir, tout le monde l'a, vous aussi !

— Pousser les hommes à l'orgueil, Jimmy, c'est le rôle du diable, avait répondu gravement l'évêque.

Jimmy avait promené un regard douloureux sur les visages qui se détournaient, l'un après l'autre, puis il était allé retrouver ses livres tandis que la partie de billard se poursuivait. Ce fut sa dernière manifestation d'indépendance. Sa dernière initiative. Irwin se reprochait encore de ne l'avoir pas soutenue.

Depuis, Jimmy suivait scrupuleusement l'emploi du temps épinglé dans sa chambre, il se soumettait sans commentaire à toutes les expériences, assimilait comme une éponge les savoirs les plus subtils, les connaissances les moins rationnelles, les théologies les plus contradictoires. Nourrie d'exégèse chrétienne, initiée aux secrets de la Kabbale, excitée par les mystiques soufis, son intelligence semblait beaucoup plus vaste, aiguë, agile qu'auparavant, mais il avait perdu quelque chose d'essentiel qu'Irwin n'arrivait pas à définir. Sans doute le libre arbitre. Ou cette vérité intime de l'être qui s'exprime à travers le laisser-aller, le lâcher-prise. Il ne paraissait pas le moins du monde endoctriné ; il évoquait plutôt ces sportifs que l'entraînement intensif rend peu à peu étrangers à eux-mêmes. Irwin ne savait pas si la part divine que voyait en lui la majorité de l'équipe en tirait avantage, mais il le trouvait de moins en moins humain. Et plus il le voyait s'éloigner du piscinier d'origine, moins il croyait en lui. Moins il pensait que Dieu pouvait se satisfaire de l'icône vivante qu'ils étaient en train de construire. Un moulin à paroles d'Evangile, une tour de Babel polyglotte, un Temple de l'impérialisme religieux aux couleurs des futurs Etats-Unis de la Terre – un Fils de l'Homme sandwich. Dans l'ambiance oppressante de compétition et de ferveur qui baignait le chalet, Irwin était le seul à éprouver ce genre d'inquiétude.

Un après-midi d'octobre, où la relookeuse se félicitait que la transformation physique de Jimmy ait quinze jours d'avance sur les simulations de la palette graphique, Irwin éprouva le besoin impérieux de quitter la conférence pour gagner le bord du lac. Marchant dans les feuilles mortes, il avança jusqu'au ponton. Jimmy le vit, changea de cap et accosta, lui proposa un tour. Le conseiller scientifique descendit avec précaution dans la pirogue indienne, s'assit, prit la deuxième pagaie et s'efforça de coordonner ses mouvements avec ceux du jeune homme.

Arrivé au milieu du lac, Jimmy obliqua vers une petite île plantée de sapins noirs et de bouleaux. Quand ils furent à l'abri d'un rideau de feuillage, hors de vue du chalet, Jimmy arrêta de ramer. Il enjamba la planche où il était assis pour se retrouver face à Irwin, posa la pagaie et l'interrogea, les yeux dans les yeux :

– Comment va Philip Sandersen ?

Pris de court, Glassner répondit qu'il n'avait pas de nouvelles. Et, de fait, depuis le jour de la levée d'option, son confrère ne répondait plus à aucun mail. Jointe par téléphone, une collaboratrice avait indiqué qu'il s'était retiré du monde et ne souhaitait plus communiquer.

Jimmy poussa un soupir de contrariété, pianota nerveusement sur les montants de la pirogue. Irwin baissa la tête. Il n'aimait pas sa métamorphose, sa maigreur fébrile ni les impatiences brutales qui le sortaient de sa léthargie. Avec sa tunique de lin, son regard inspiré et ses cheveux dans la barbe, il évoquait davantage Raspoutine que Jésus-Christ.

– Quand j'ai dit au père Donoway que je voulais faire sa connaissance, reprit-il sèchement, il m'a répondu que Sandersen était malade et diminué, qu'il refusait de se montrer comme ça. Chaque nuit, je travaille mentalement sur lui : je veux savoir s'il est guéri, s'il est présentable et quand je peux le rencontrer.

Irwin chercha ses mots dans les feuilles du bouleau qui tombaient tout autour de Jimmy. L'équipe avait décidé de lui cacher le miracle que Sandersen lui attribuait, et le conseiller scientifique ne trouvait aucune réponse. Ça faisait longtemps qu'il n'avait pas éprouvé pareil blocage devant quelqu'un. Précisément, depuis que son fils ne voulait plus le voir.

– Pourquoi tout le monde se défile, quand je pose cette question ?

Irwin sentit un élancement violent dans son crâne. Arc-bouté sur la douleur, il attendit que la boule de feu se résorbe. C'était sa première crise, depuis le mois de juillet.

Quand il releva la tête, Jimmy fixait la rive nord, où le soleil blanchissait les grilles du chenil vide.

– Vous êtes au courant, pour les chiens ?

Irwin acquiesça. En arrivant au chalet, Jimmy avait sympathisé avec Roy, le berger allemand du FBI, un molosse inapprochable qui, à son contact, était devenu tendre et joueur. Ils faisaient de grandes promenades tous les deux dans la montagne, à l'intérieur des clôtures électrifiées de la zone militaire. Et puis le chien s'était mis à dépérir, sans raison apparente : prostration, neurasthénie, perte de poids et de réflexes. On l'avait retrouvé noyé. Son successeur avait présenté les mêmes symptômes au bout de dix jours, et les suivants avaient duré moins d'une semaine. Qu'ils soient seuls ou en meute, c'était toujours le même processus : sympathie envers Jimmy, disparition de l'appétit, de l'agressivité, de l'élan vital.

– Je déteins.

– Pourquoi dites-vous ça, Jimmy ?

– Ils prennent sur eux. Je ne me fais pas d'illusions : entre les clôtures à vingt mille volts, les détecteurs et la police militaire, personne ne peut entrer. Les chiens de garde, c'est pour m'empêcher de fuir.

La moue d'Irwin lui tint lieu de commentaire. Son cerveau lui faisait l'effet d'un emballage sous vide comprimé par un étau. Il laissa passer quelques instants, décida de jouer franc jeu :

– Vous pensez qu'ils le sentent ? Qu'ils captent votre malaise ?

– Ça date du jour où j'ai soigné Roy. Un serpent l'avait mordu, je me suis concentré sur sa patte. Il a cessé de boiter, et sa déprime a commencé. Les autres n'ont même pas eu besoin que je les soigne.

Irwin gratta pensivement le bois de sa pagaie. L'affaire des chiens avait empoisonné l'ambiance, au chalet. Personne ne comprenait, ni les fédéraux, ni le psychiatre, ni les théologiens, ni le vétérinaire. Jésus n'avait pas de rap-

L'évangile de Jimmy

ports particuliers avec les animaux, dans les Ecritures, à l'exception de ce troupeau de porcs où il avait introduit une légion de démons pour libérer un possédé, et qui, du coup, s'était précipité du haut d'une falaise. Saint François d'Assise, lui, avait un vrai lien psychique avec les bêtes, mais il les guérissait, il ne les rendait pas malades. Le problème était résolu depuis la fin de l'été : le chenil désormais restait vide.

– Ils vous manquent ?

– Si je suis allé vers eux, c'est que je ne peux plus rien éprouver pour les hommes. Je n'ai le droit d'aimer que le genre humain. Préférer une personne, c'est affaiblir l'amour.

Dès qu'il ouvrait la bouche, Irwin entendait la voix de ses maîtres, mais il y avait une intonation particulière, cette fois, une charge beaucoup plus personnelle. Jimmy enchaîna :

– J'ai appris à ne plus m'attacher, au présent comme au passé, à oublier Emma, à voir en Kim Wattfield une infime partie du Tout, à ne plus admirer Buddy, à ne plus vous trouver touchant, à ne plus regarder mon prochain comme un ami possible – à me neutraliser. Et ça n'a rien changé. Sandersen est mort, j'en suis sûr.

– Pourquoi ? tressaillit Irwin, qui s'était formulé l'hypothèse.

– Comme Donoway, comme l'érable, comme les chiens... tous ceux pour qui j'ai *réellement* fait quelque chose. Ma force mentale n'est pas bonne, Irwin ; je sens qu'en essayant d'influencer, d'avoir une action positive, je dérègle quelque chose d'essentiel. Chaque fois que je crois faire le bien, je renforce le mal.

— Attendez... Il ne faut pas non plus vous sentir responsable de tout. Vous aviez quatre ans quand vous avez guéri le genou du père Donoway : il est mort vingt-huit ans plus tard !

— Il est mort le jour où j'ai *su*.

La pagaie d'Irwin tomba dans l'eau. Il se contorsionna pour la rattraper, manqua faire chavirer l'embarcation. Jimmy n'avait pas bougé. Quand la pirogue se fut stabilisée, il reprit :

— A la fois j'ai un besoin terrible de faire le bien, et j'ai peur. Je m'empêche de soigner, mais ça me manque tellement... Je me suis senti si heureux, à chaque fois, si puissant, si boosté par celui que je soulage... J'ai l'impression que je me rouille, là, que je me gâche.

— Si vous voulez, j'ai une migraine, proposa Irwin.

Son ton modeste et serviable amena un sourire sur le visage creusé, vieilli par la barbe.

— Je ne vous fais pas peur ?

— Non, Jimmy. En aucun cas. Je m'inquiète de vous voir comme ça, je m'interroge sur ce que nous provoquons en vous, j'ai parfois des doutes sur la finalité de notre mission, mais je suis sûr... je suis toujours aussi sûr de vous.

— Et si j'étais l'Antéchrist ?

Irwin resta sans voix. Il avait le soleil dans les yeux et n'osait pas cligner, de peur que sa réaction fût mal interprétée.

— Je suis né d'une image négative, je proviens d'un linge de mort, un objet totalement impur, une relique maudite qu'on a essayé de cacher, de nier depuis toujours, et peut-être qu'on aurait dû la détruire.

L'évangile de Jimmy

Martelés d'un ton sourd et déterminé, les mots s'enfonçaient dans le crâne d'Irwin, accentuant sa douleur.

— On m'a extrait du sang d'un sacrifice, je viens de la partie *restante* du Christ, celle qui n'est pas ressuscitée, qui n'est pas montée vers Dieu. Quelles que soient ses intentions, mon cloneur a fait le jeu du diable. L'incendie du Centre de recherche était voulu par la Providence, mon amnésie était une bénédiction, et puis vous êtes venus me rechercher. Qu'est-ce que je suis, Irwin ? Le cavalier de l'Apocalypse ? Celui qui s'avance « vêtu d'un manteau teint de sang » ?

— Vous en avez parlé à Mgr Givens ? murmura Irwin qui, sur un terrain aussi délicat, préférait se défausser.

— Que me répondrait-il ? Que je m'autoblasphème. Il doit mener à bien sa mission, comme vous tous ici. Une mission qui est de fournir un Messie au Vatican, et si ce n'est pas le *bon*, vous vous en lavez les mains. Qu'êtes-vous en train de faire, Irwin ? D'élever l'Agneau de Dieu, ou d'engraisser le Veau d'or ? De former un Sauveur, ou de perfectionner un monstre ?

— Jimmy...

— Je me suis livré à vous, j'étais sûr de bien faire, et... Je ne sais plus *qui* est en moi. J'ai tué Jimmy Wood, et c'était peut-être le seul antidote.

La pirogue avait tourné sous l'effet du courant. Le soleil transfigurait ses traits, les larmes coulaient sur ses joues, se perdaient dans sa barbe. C'était la première fois qu'il ressemblait à Jésus. Irwin se dit que le secret de l'Incarnation était là : c'est le doute qui fait l'homme, pas la foi. C'est l'inquiétude, et non la croyance. L'épreuve du discernement, bien plus que les convictions. Dieu est venu sur

L'évangile de Jimmy

Terre pour nous montrer que la foi n'est pas une question de certitude, mais d'amour. C'est parce qu'elles ne *croyaient* pas à la Résurrection annoncée que les trois femmes sont allées au tombeau, pour parfaire l'embaumement, tenter de conserver un peu plus longtemps le corps de leur défunt. C'est *par amour* qu'elles ont découvert que le Linceul était vide. Irwin était sûr d'une chose, au terme de sa vie : la croyance fige, l'élan du cœur est la seule vérité.

— Je n'ai pas les moyens de vous répondre, Jimmy. Je ne suis qu'un protestant de base, qui parfois rejette en bloc tout ce qu'on lui a inculqué. Mais je ne pense pas me tromper sur vous. Tout ce que je ressens, c'est que vous *vivez* les Ecritures, à force d'y être immergé à plein temps. Ces crises de désespoir terribles de Jésus dans les Evangiles, vous les reprenez à votre compte, et même cette histoire d'Antéchrist... C'est ça, être tenté par le diable, non ? Etre tenté de croire que le mal est toujours caché derrière le bien. C'est ça, le péché originel.

— Merci, murmura Jimmy en souriant dans ses larmes. Merci d'avoir l'air aussi paumé que moi.

— A votre service.

Irwin avança la main sur son genou. Jimmy la prit, et ils restèrent un moment immobiles à dériver, se réconfortant par leur détresse mutuelle.

— Mais c'est un contresens, reprit doucement Jimmy.

— Quoi donc ?

— Le péché originel. C'est une faute de saint Augustin. En traduisant l'Epître aux Romains, il s'est trompé dans les pronoms. Il n'a pas vu que le relatif renvoyait à la mort, qui est un nom masculin en grec, et non au péché, qui est féminin. Dans le texte original de saint Paul, c'est la mort qui devient héréditaire à cause du péché d'Adam, pas le péché lui-même. Quand on lui a mis le doigt sur sa bourde, Augustin était vieux, il avait fini sa théologie qui faisait déjà autorité, il a dit : Tant pis. Il n'allait pas tout recommencer pour une coquille. Il s'est contenté d'un postscriptum : les nouveau-nés, qui n'ont pas eu le temps de commettre d'autre péché que l'originel, iront dans un enfer spécial, beaucoup plus soft. Et voilà comment la chrétienté continue de vivre sur l'idée que la damnation éternelle se transmet par héritage.

— Heureusement que vous êtes là.

Jimmy haussa les épaules. Irwin non plus n'était pas dupe. Mgr Givens, en lui truffant l'esprit de ses propres interprétations, ne songeait qu'à réintroduire au Vatican *sa* théologie de saint Paul. Le coach comptait sur lui pour démontrer sa théorie de la pensée modifiant la matière, le nutritionniste le considérait comme une vitrine célébrant les bienfaits de son régime, le général et le linguiste le transformaient insidieusement en agent double, Buddy Cupperman voyait en lui le héros d'un futur livre culte, et le Président Nellcott voulait faire entendre par sa bouche la voix de l'Amérique. Quant à Irwin, il espérait avant tout que ses confrères du monde entier seraient dopés, dans leurs recherches et leurs motivations, par l'existence révélée d'un clone adulte sans la moindre déficience. Comme toujours dans la vie, chacun poursuivait son but personnel, au travers d'un enjeu qui n'était qu'un prétexte.

— Je peux ? demanda Jimmy en montant les mains.

Irwin se pencha en avant. Quand les paumes se posèrent sur ses tempes, il ressentit une impression de froid, un fourmillement de plus en plus glacé. Il ferma les yeux.

L'évangile de Jimmy

Aussitôt une escouade d'Eskimos miniatures descendit en rappel le long de ses cheveux, s'engouffra dans son conduit auditif et attaqua les replis du cortex à coups de piolet. La vision était colorée, contrastée, rigolote. Un souvenir de cartoon qui s'était présenté spontanément pour traduire les sensations, pour *aider le travail*. Irwin laissait faire, et une légèreté de givre apaisait les tensions dans son crâne. A présent, le commando polaire rabotait la tumeur qui se pelait à vue d'œil comme une orange en bois ; les épluchures se tordaient en copeaux enroulés sur eux-mêmes. Bientôt il n'y eut plus qu'un tas de sciure que les nains inuits balayaient en sifflotant *La vie qui va,* une chanson décapante que sa femme avait choisie pour leur mariage et pour ses funérailles.

Il revint à lui quand les mains de Jimmy le saisirent aux épaules, pour l'empêcher de tomber. Il se redressa, cligna des yeux. Il allait bien, divinement bien. La gorge un peu sèche, mais c'était normal, avec la sciure. Il sourit. Ses années de médecine lui avaient prouvé la réalité de l'effet placebo : il décida qu'il était guéri.

Jimmy s'essuya le front avec sa manche de tunique. Irwin vit qu'il était en nage. La température était déjà froide pour la saison, mais il transpirait comme au soleil de Palestine.

— Costaud, votre migraine, commenta-t-il en reprenant son souffle.

— Je suis désolé, je n'aurais pas dû vous demander ça... Mais je me sens mieux, là. Vraiment mieux.

Jimmy plongea ses mains dans le lac, les agita, se rinça le visage.

— Il faut que je rentre.

— Oui, bien sûr, s'empressa Irwin, qui sentait une énergie

terrible irradier dans son crâne. Reposez-vous, je vais pagayer.

— Non, ça va, ne vous dérangez pas. Je rentre à pied.

Sans avoir le temps de réagir, il vit Jimmy se lever comme un somnambule au milieu de la pirogue, et s'élancer d'un pas confiant sur l'eau sombre. Tétanisé, il regarda le corps s'enfoncer tout droit, la tête refaire surface dans un grand éclat de rire.

— Vous y avez cru ?

Irwin baissa les yeux, mortifié. D'autant plus honteux que sa première réaction, en voyant Jimmy couler, avait été la déception.

Je ne me reconnais plus. Et pas seulement à cause du physique, des connaissances et des responsabilités qu'ils m'ont donnés. J'ai renoncé à tout ce que j'aimais, j'ai décapé jour après jour la personnalité et les souvenirs de Jimmy Wood pour revenir à l'original, laisser parler la voix du sang... Mais ni l'abstinence ni le jeûne, ni la psychothérapie ni l'hypnose n'ont fait remonter quoi que ce soit, ou alors on me le cache. Rien d'ancien n'a surgi et je n'éprouve rien de neuf, à part la confusion, le désordre, le sentiment de changer tout le temps.

Quand j'écoute Mgr Givens, je me crois Dieu le Fils. En face du rabbin Chodorowitz, je redeviens juif de toute mon âme, et je ne suis plus qu'un prophète. Et lorsque le général Craig m'initie au Coran, je me sens musulman comme un caméléon prend la couleur de la branche qui le supporte. Je ne sais plus qui je suis – ou plutôt je suis les trois. Ma Trinité à moi, c'est d'incarner à la fois le fils légitime, le bâtard, l'adopté. D'aimer de la même manière ceux qui me revendiquent, me rejettent et me tolèrent. D'épouser tour à tour les points de vue de la chrétienté, du judaïsme et de l'islam ; d'entrer dans leur logique pour leur donner raison. C'est cela, alors, le véritable amour ? Le manque de caractère, l'incapacité de choisir ? Je m'y suis résigné. C'est toujours mieux que de se croire un avatar du diable. Sur ce point, Irwin m'a convaincu.

Mais quand je me retrouve, la nuit, dans ma chambre en pin mansardée, je ne sais plus qui prier, je ne sais plus de qui je viens. D'Allah, de Yahvé ou des hommes ; d'une Loi, d'une Providence ou d'un hasard de laboratoire. Au fond de moi, aucune révélation ne s'est produite ; mon identité n'est que de l'explication de textes.

Pour Mgr Givens, Jésus est le premier-né de la Nouvelle Création, celui qui devait montrer aux hommes comment se libérer de ce qui entrave leur évolution : la peur de la mort, l'égoïsme et la prison de la matière.

— Il n'a jamais dit qu'il fallait revenir à l'Unité originelle, Jimmy, au contraire : nous devons aller plus loin, accomplir à sa suite le dessein de son Père. La perfection ne se trouve pas dans le passé, saint Paul nous le confirme, mais en avant de nous, si nous incarnons Dieu pour ressusciter de nous-mêmes.

A cause des querelles entre théologiens et des erreurs de traduction qui ont dénaturé le message des Evangiles, Jésus a échoué à l'écrit, selon l'évêque de la Maison-Blanche : c'est à moi de réussir l'oral de rattrapage. A moi de casser les dogmes et de secouer la planète, mais, cette fois, grâce au direct, à la couverture médiatique et au contrôle que lui-même exercera, ma parole se répandra sans être déformée par des tiers.

Lorsque je passe entre les mains du rabbin Chodorowitz, je cesse d'être divin, mais ça n'a rien de reposant. Il m'apparente au Golem, cet automate d'argile à forme humaine que les rabbins de la Kabbale avaient créé, grâce à une combinaison de lettres sacrées – l'équivalent des TAGC à l'origine de ma naissance.

– Sur son front était écrit *emeth*, « vérité », récite le linguiste. Mais le Golem effaça la première lettre, *aleph*, pour montrer que Dieu seul est vérité. Il ne resta plus que *meth*, « il est mort », et le Golem mourut.

Je ne sais pas comment je dois le prendre. Invitation au suicide ou au respect de la vérité ? Chod m'a laissé mariner six jours dans le *Sepher Yetsirah*, le Livre de la Formation rédigé au IIIe siècle. Puis il m'a donné son interprétation : puisque Dieu a toléré qu'on me crée, je ne peux vivre à Son service qu'en refusant le doute. Les hommes, par leur science et leur foi, m'ont fabriqué à partir du sang d'un *hassid*, le prophète Ieschoua de Nazareth, ce pharisien dissident en lutte contre les siens, cette figure de proue des querelles judéo-juives qui donnèrent naissance au Talmud : je dois continuer son œuvre en réparant les conséquences de son enseignement.

– On est juif par le sang, Jimmy : en instituant l'eucharistie, qui permet de recevoir Dieu en soi par un simple verre de vin, Ieschoua a rompu avec la religion de ses pères. Un prophète juif peut déclarer : « Ceci est mon corps », en référence à la Torah qui, dans la tradition, « se mange », mais en aucun cas : « Ceci est mon sang. »

Autrement dit, à moi d'en tenir compte dans mes discours, si je veux tendre la main aux talmudistes qui, d'après Chod, sont de plus en plus nombreux à souhaiter réconcilier Ieschoua avec les siens. Pour lui, au-delà du rôle de pacificateur auquel voudront me réduire les lobbies du pétrole, j'ai une mission fondamentale à accomplir : libérer le Juif errant. Cet homme qui, d'après la légende, a refusé d'aider Jésus à porter sa croix, et qui du coup a été condamné à errer jusqu'à la fin des temps, sans jamais trouver la paix – légende qui, en permettant de justifier les malheurs de son peuple, aura fait des millions de morts. « Tu marcheras ainsi jusqu'à ce que je revienne », lui a dit Ieschoua. C'est donc à son clone de lever la sanction, publiquement, de demander pardon pour saper les fondations de l'antisémitisme.

– Fais confiance à ceux d'entre nous qui attendent ton retour, murmure Chod en hébreu, le regard humide, sous l'auréole de ses cheveux frisés.

Je lui réponds qu'un jour, Ieschoua s'approcha d'un rabbi qu'il savait choqué par ses provocations. Le rabbi leva la main pour l'empêcher d'avancer ; du coup, Ieschoua lui tourna le dos et s'en alla, se croyant définitivement rejeté, alors que l'autre lui demandait simplement d'attendre la fin de sa prière.

– Cette fois, tu sauras éviter le malentendu, m'assure Chod, heureux de m'entendre citer son Talmud sur lequel je m'endors un soir sur trois.

En revanche, s'il y a un domaine où ni l'étude ni l'hypnose ne me font progresser, c'est bien le calcul. Plus Chod essaie de m'expliquer le langage secret des chiffres, plus je suis nul. Sorti d'*ekhad*, « l'unité », et d'*ahavah*, « l'amour », qui ont la même valeur numérique et donnent *Yahvé* quand ils s'ajoutent – treize et treize vingt-six, l'unité plus l'amour égale Dieu –, mes additions ne tombent jamais juste. Et je désole mon expert-comptable, qui me ressasse en vain les paroles de Ieschoua, dans l'Evangile de Thomas dont les chrétiens n'ont pas voulu : « Quand vous ferez le deux

L'évangile de Jimmy

Un, et ferez le dedans comme le dehors, et l'en-haut comme l'en-bas, et le masculin comme le féminin, c'est alors que vous irez dans le Royaume de Dieu. »

La cloche sonne et je me retrouve devant le général Craig, vieux cow-boy à rouflaquettes qui m'enseigne Mahomet, la charia et le djihad avec les yeux de l'amour. A travers les lois coraniques, c'est de sa femme qu'il me parle : Samira, trente ans de moins que lui, pour qui il s'est converti à l'islam comme d'autres se font lifter ou s'habillent en rocker. Dopé par une foi toute neuve qui, après cinq ans de sévices à la tête du contre-espionnage en Irak, lui tient lieu tour à tour de rédemption et d'aphrodisiaque, il m'apprend des choses magnifiques dans un langage clair, plein de tolérance, de poésie, et c'est avec lui finalement que je me sens le mieux.

Je croyais que l'islam était l'ennemi de la chrétienté, mais pas du tout. Mahomet, à qui l'ange Gabriel a dicté le Coran, reconnaît Jésus dans la quatrième sourate comme « Messie, fils de Marie, envoyé de Dieu et Son Verbe, projeté vers Marie ; esprit venant de Dieu ». Et il ajoute cette phrase inouïe : « Nul n'est plus en droit de se réclamer de lui que moi-même, car, entre lui et moi, il n'y a aucun prophète. » Il l'appelle Sidna Aïssa, et il annonce son retour pour des temps messianiques où la paix, la justice et l'égalité triompheront sur Terre. Le contraire du Jugement dernier, en somme : si je suis ce Sidna Aïssa II, l'Apocalypse est derrière nous.

Décoré d'une douzaine de guerres, revenu de tout et ramené à Dieu par une femme, le général Craig m'assure que les hommes vont s'unir autour de ma personne pour que le Bien écrase le Mal. Sa confiance en moi est du béton armé ; il est certain que ma parole aura raison des fanatiques, qui se font sauter au nom d'Allah parce qu'ils n'ont pas bien lu le Coran.

Au début, tout cela me paraissait de la propagande américaine, mais j'ai vérifié dans les textes. Pour les soufis, chaque prophète évoqué dans le Coran et la Bible correspond à un degré spirituel, le *maqqam*. Celui de Sidna Aïssa est le plus haut : son enseignement délivre une spiritualité pure, qui annule les principes de l'espace et du temps. Par sa naissance et sa renaissance, il nous révèle que les lois physiques de la Création peuvent être bouleversées, inversées par le Créateur. Il démontre aux hommes que, s'ils suivent sa voie initiatique, ils accéderont à l'essence universelle du divin, qui redonne l'équilibre et l'harmonie au monde.

– Entre les Arabes et nous, je ne vois pas où est le problème, se réjouit l'officier du Pentagone : c'est Jésus le trait d'union.

Je ne sais pas si c'est l'effet du Viagra, mais il est totalement sincère, optimiste et convaincu d'être un bon musulman. Deux soirs par semaine, il expédie ma leçon pour rejoindre sa femme dans un motel de la vallée. J'ai beau avoir renoncé à Emma, ça me rend toujours triste, un homme amoureux. Et j'aime bien cette tristesse. Elle est tout ce qui reste de ma vie d'avant.

Quoi qu'il en soit, lorsque je me retrouve face à moi, privé des certitudes contagieuses de mes professeurs, la chute est rude. Que je sois né pour réactualiser Jésus, Ieschoua ou Sidna Aïssa, je ne suis qu'une resucée, un mauvais décalque, une copie infidèle. Je croyais me rapprocher de Dieu en l'étudiant sous toutes ses formes, mais plus Il gagne en ampleur, en diversité, plus Il prend ses distances. La Grâce n'est pas une question de culture, de piété ou d'hygiène alimentaire : je l'ai connue pendant quelques minutes à Central Park, en faisant l'amour avec un arbre, et elle ne revient pas. Ni par surprise, ni sur commande. Les végétaux ont cessé de me répondre, je rends les chiens malades et je ne guéris plus les hommes.

Irwin a prétendu que j'avais soulagé son mal de tête, le mois dernier, mais c'était pour me faire plaisir ou s'en convaincre. J'ai bien vu, la semaine suivante, qu'il continuait à souffrir en cachant ses migraines. J'aurais dû écouter l'évêque, ne plus agir mentalement tant que je ne maîtrise pas le phénomène. Il me compare à un môme qui aurait appris à conduire tout seul la voiture de son père. Il faut refaire les choses dans l'ordre, repartir de zéro. Arrêter la conduite, pour apprendre le code.

Mais les théories et les prières dans lesquelles ils me cantonnent ne font que renforcer mes doutes. A trop étudier le code, on ne se sent plus de conduire. Et puis c'est trop tard. Quelque chose en moi s'est cassé, le jour où le coach a voulu me faire changer l'eau en vin. L'échec m'a démobilisé – ou alors le dérisoire de ce tour de magie, cette parodie qui n'apportait rien à personne. De là est né ce cauchemar qui revient me hanter périodiquement : ils sont tous des incarnations du mal qui veulent m'offrir en sacrifice, Irwin tente de s'y opposer, et je le tue.

Cela dit, le quart d'heure d'intimité avec lui, sur le lac, a peut-être été ma plus grande épreuve. La tentation de revenir en arrière, de me conduire comme avant, de redevenir le Jimmy simple et sympa qui n'avait d'autre but sur Terre que purifier l'eau des piscines et aimer de son mieux la femme de sa vie, même après leur rupture. Le fou rire que j'ai eu en voyant le conseiller scientifique de la Maison-Blanche, prix Nobel et garant de mes gènes, faire la tronche d'un mari trompé parce que je barbotais dans le lac, au lieu de marcher dessus, a eu des conséquences dont je ne me remets pas. C'est fou le pouvoir d'un éclat de rire. J'ai beau éviter Irwin, depuis, je n'arrive plus à prendre mon rôle au sérieux. Je fais semblant, pour me raccrocher au-dessus du vide, mais le rideau du Temple a craqué, la trame est visible et le sacré s'effiloche. Le besoin d'amour m'avait mené à Dieu, l'envie d'une amitié m'en éloigne.

Il s'est mis à neiger. En vingt-quatre heures tout était blanc, le lac gelé. Pour remplacer l'aviron, ils m'ont appris les raquettes. Je pataugeais dans la poudreuse avec l'attaché de presse, au bord de la falaise. Il admirait la vallée de brume sous les flocons, tout en me faisant réviser son protocole, ses ronds de jambe et ses courbettes. Il m'expliquait la différence entre « Eminence » et « Votre Eminence », « Très Saint-Père » et « Votre Sainteté ». Je lui ai envoyé une boule de neige. Offusqué, il m'a rappelé à la dignité de ma personne. Je lui ai répondu que, dans la Bible, il est dit sept cents fois de ne pas être triste. Il a ouvert la bouche pour répliquer, a craché la neige, et s'est mis à me bombarder en représailles.

Son portable a sonné. Il est redevenu grave d'un coup, puis s'est détendu à nouveau, m'a demandé de l'excuser : c'était un ami qui l'appelait d'Athènes. Le signe m'a glacé. Dans le chalet, il n'y avait pas de réseau pour les communications civiles : c'était la première fois que j'entendais

L'évangile de Jimmy

fonctionner un téléphone, et c'était un appel venu de Grèce. Depuis combien de temps avais-je oublié Madame Nespoulos ? Je ne savais même pas si elle était encore vivante. Sa silhouette de vieille petite fille revenait devant moi, intacte ; je revoyais les heures passées dans les romans qu'elle me faisait découvrir sans rien attendre en retour, *elle,* pour le simple plaisir de transmettre un bonheur de lecture, de partager un éclat de rire ou une mélancolie, de retrouver dans les yeux d'un jeune homme les personnages de papier qui l'avaient émue...

Quand Frank Apalakis a terminé sa conversation, il a dit que la tempête se levait, qu'on ferait mieux de rentrer. Je l'ai balancé dans la neige, j'ai pris son portable, sa clé de voiture et j'ai dévalé la pente sur mes raquettes. Ses cris se perdaient dans le vent, son asthme et ses jambes grêles m'ont laissé tout le temps d'arriver au garage. Le Hummer H4 a foncé jusqu'au portail qui s'est ouvert de lui-même pendant que je me concentrais sur le système électronique, saluant à coups d'appels de phares les plantons frigorifiés qui se sont mis au garde-à-vous.

Connecté un quart d'heure aux renseignements internationaux, j'ai roulé dans le blizzard en réveillant tous les Nespoulos de Grèce. Au quinzième pardon, c'était elle. Sa voix contente et douce, même pas étonnée de m'entendre. Ses opérations à cœur ouvert n'avaient pas totalement échoué, elle avait abrégé sa convalescence pour retourner près de la tombe de son mari à Patmos : il faisait un temps magnifique, la mer était calme et tout allait bien.

— Et vous, Jimmy ?
— Ça va.
— Je n'ai pas l'impression. Un problème avec la piscine ?

– J'ai perdu mon travail.
– De toute façon, je ne retournerai pas à Greenwich. Venez. J'ai un jardin, ici, tout petit, mais on peut y creuser un bassin. Je vous prends deux billets sur Olympic Airways, j'aimerais beaucoup revoir Emma.

Je conduisais droit devant, de plus en plus vite, rebondissant dans les congères, défonçant les clôtures sous la neige.

– Ça me manque, une histoire d'amour à côté de moi. J'ai bien mon mari et sa seconde épouse, dans le caveau, mais en attendant de les rejoindre... Il n'y a que des vieux, ici, hors saison. Vous vous êtes mariés ?

L'émotion m'empêchait de mentir. Le pare-buffle a cassé un arbuste.

– Merci, madame Nespoulos, mais... Je voulais juste avoir de vos nouvelles.

– C'est gentil. On vient pour ma piqûre, je vous embrasse.

Je me suis arrêté à l'entrée du village. J'ai mis mes feux de détresse pour que les voitures du FBI me repèrent dans le brouillard, et j'ai attendu. J'étais bouleversé par cet autre moi-même qui continuait de vivre à deux, là-bas, dans la mémoire d'une vieille amoureuse. C'était lui, le vrai Jimmy. Et il n'existait plus. La neige recouvrait peu à peu le véhicule. J'avais coupé le moteur pour le silence et je ne sentais pas froid. J'étais libre. J'avais un tout-terrain de l'armée qui pouvait forcer n'importe quel barrage, le réservoir était plein, les vitres blindées. Mais pour quoi faire ? Il n'y avait plus de passé où retourner, pas d'avenir autre que celui pour lequel on me préparait. Je ne supportais plus d'être enfermé loin du monde, et je ne voulais pas de ma liberté. Il ne me restait que la foi ; j'étais au bord de la perdre.

Au bout de vingt minutes, comme personne ne venait, j'ai fait demi-tour et je suis rentré.

Frank Apalakis m'attendait au coin du feu. Il m'a dit qu'il avait pris froid, mais qu'on s'était bien amusés. Les autres commentaient la météo. Le nutritionniste s'inquiétait pour le pont aérien : j'allais manquer de légumes.

J'ai posé sur la table le téléphone et la clé de voiture, et je suis monté dans ma chambre.

J'ai perdu le sommeil. Je me tourne et me retourne en entendant respirer Kim derrière la cloison de bois. Pourtant j'ai appris à la côtoyer sans dommages, à neutraliser sa présence, son odeur, le souvenir de son corps. Je lui avais raconté Emma, en arrivant ici, pour que notre histoire soit autre chose à ses yeux qu'une fiche de police, pour qu'elle en soit dépositaire – j'avais vidé mon cœur comme on vide ses poches quand on entre en prison. Les deux femmes qui ont compté pour moi n'en forment plus qu'une, désormais : l'unité plus l'amour faisant Dieu, j'ai cru qu'elles s'annuleraient.

Au fil des semaines, j'étais parvenu à recycler mes pulsions sexuelles en ondes mentales, à canaliser, détourner vers la prière ces vibrations de la chair au lieu de les soulager manuellement. Mais à présent j'ai reperdu le contrôle, je ne sais plus débander. Les exercices que m'a enseignés le coach ne marchent plus. La visualisation tantrique du flux et du reflux de mes énergies, de la plante des pieds au cerveau, ne referme plus mes chakras. Et Kim a dû le sentir, derrière notre mur mitoyen.

Une nuit où j'avais fini par m'endormir, en m'abrutissant de codes chiffrés kabbalistiques, son parfum m'a tiré du sommeil. Elle était devant moi, nue, agenouillée. Elle pleurait. Je me suis redressé sur mon lit de moine. Elle a enlacé mes jambes, elle est descendue jusqu'à mes pieds, les a mouillés de ses larmes, les a séchés avec ses cheveux en me demandant pardon. Je l'ai repoussée, aussi doucement que j'ai pu. Je lui ai dit que ses péchés étaient remis. Elle a continué, m'a embrassé la cheville, a léché mes orteils du bout de la langue. Je me suis recouché brusquement, j'ai rabattu le drap sur moi. Elle a écarté ses cuisses, effleuré son sexe, approché ses doigts pour caresser mon visage.

– Arrête, Kim.

Elle a murmuré :

– Je suis ta pécheresse aimante et pardonnée.

– Laquelle ? Celle de Luc, qui montre beaucoup d'amour parce qu'elle a beaucoup à se faire pardonner ? Ou celle de Matthieu, Marc et Jean, qui vient me parfumer d'avance pour la mise au tombeau ?

Elle m'a dévisagé, la main en suspens, s'est relevée d'un bond.

– Tu fais chier !

Et elle est sortie en claquant la porte.

Depuis, je garde les yeux ouverts toute la nuit et je prie, je me repens et j'expie. Ce n'est pas l'envie de faire l'amour qui me tenaille, ni le désir qu'elle peut encore éprouver pour moi de l'autre côté du mur. C'est le remords, la honte de me protéger, de me dérober, de me refuser au moindre échange avec elle, de jour comme de nuit, par crainte de

L'évangile de Jimmy

réveiller la chair, de réveiller Emma. C'est l'humiliation que je lui inflige en l'imposant à mes côtés tout en ignorant sa présence, en la réduisant au rôle de l'ennemie contre qui l'on s'entraîne. C'est la conscience du mal que je me donne pour lui devenir indifférent. La tentation du bien que je pourrais lui faire.

Buddy Cupperman quitte de moins en moins sa chambre. J'y suis entré, un soir où il était allé acheter du tabac dans la vallée. Des monceaux de feuilles s'entassaient sur trois tables, autour de l'ordinateur, des post-it de couleurs différentes se chevauchaient par dizaines, collés sur les murs en cèdre. C'était ma vie. Mes réactions, mes réflexions, mes origines et mon avenir, dans le désordre. Propos saisis sur le vif, récit au jour le jour de ma formation spirituelle, tâtonnements, hypothèses, idées de rebondissements, dénouements éventuels...

Qu'était devenu l'homme qui avait écrit *The Crayfish* ? Où étaient passés la tendresse blessée, la compassion, le talent de s'identifier à ses personnages, humains ou crustacés ? Sous sa plume, mon histoire n'était qu'un plan de bataille.

— J'ai la date ! claironna Wallace Clayborne en entrant dans le salon où l'attaché de presse tisonnait les bûches.

Il débarquait de l'hélicoptère, en tenue de Maison-Blanche sous sa parka fourrée. Mgr Givens le suivait à petits pas circonspects, le duffle-coat recouvert de neige, verdâtre et engoncé dans son mal de l'air. Il s'assit sur une chaise droite, demanda si Jimmy était couché. Kim pianota sur son agenda électronique le code *smart dust* qui permettait de le localiser à chaque instant, acquiesça. En termes sobres, l'évêque commenta l'émoi qui s'était emparé du Saint-Siège à propos du dossier Oméga. Transmise par la nonciature apostolique à Washington, la première réaction officieuse du Vatican était de demander au Président Nellcott le silence le plus absolu sur l'existence du clone.

— Il faut les comprendre, sourit le juge Clayborne avec mansuétude, en frottant ses mains au-dessus des flammes. Juridiquement, l'héritier génétique de Jésus peut très bien faire valoir des droits sur le patrimoine de l'Eglise.

— Notre but n'est pas un hold-up, rappela sèchement Irwin.

— Bien entendu. C'est pourquoi j'ai fait signer à Jimmy

une lettre où il renonce à toute prétention d'ayant droit. Par retour de courrier, la secrétairerie d'Etat l'a convoqué devant la commission d'examen de la Congrégation pour la cause des saints, le 7 décembre à huit heures quinze.

Un cri d'enthousiasme emplit la pièce. On se serait cru dans un club de supporters à l'annonce d'une sélection internationale. Irwin se dressa, ulcéré, leur jeta :

— Mais qu'est-ce qui vous prend ? Vous envoyez votre champion à Rome pour qu'il vous rapporte une médaille ? Vous croyez que ça va se passer comme ça ? Je vous rappelle qu'au bout de vingt siècles, l'Eglise n'a *toujours pas* reconnu le Linceul comme relique officielle du Christ !

— Ils seront bien obligés, maintenant ! tonna Buddy Cupperman. On leur apporte sur un plateau la preuve vivante !

— Et vous en avez fait quoi, de la preuve vivante ? Un automate qui récite les psaumes en araméen, bonifie le vin et rassit le pain ! Un zombie mortifié, une descente de croix, un top model sulpicien — mais le message d'amour, la condamnation des puissants, la révolte ? Vous l'avez décervelé pour lui greffer vos connaissances, vos théories, vos ambitions, vos obsessions ! Chacun de vous a modelé Dieu à son idée, chacun de vous s'est fabriqué son clone ! Mais qu'est-ce que vous croyez ? Que vous avez renforcé sa part divine en le déshumanisant ?

— C'était une étape, répondit Buddy Cupperman, placide, en reposant son verre de brandy. Maintenant on va passer en phase active. Souffrance ambiante, misère et compassion.

— L'héroïcité des vertus, confirma Mgr Givens, à qui un G.I. de service venait d'apporter une tisane. C'est en effet

L'évangile de Jimmy

capital pour le Vatican. Aux démonstrations paranormales, la Congrégation pour la cause des saints préférera toujours la modestie et le dévouement. Il nous reste trois semaines.

— On peut l'envoyer sur le front des inondations en Inde, proposa l'attaché de presse, qui entretenait le feu avec les dizaines de journaux qu'il recevait chaque jour.

— Trop médiatique pour l'instant, objecta Buddy. Rome pourrait nous accuser de vouloir faire un « coup ».

— La famine en Afrique, suggéra le nutritionniste.

— Et pourquoi pas un stage d'accompagnant à Lourdes ? jeta violemment Irwin. La plus grande concentration mondiale de paralysés, d'aveugles, de mourants, le mélange hystérique de foi, d'impuissance, d'injustice et de désillusion ! Il passera inaperçu, là-bas, s'il guérit quelqu'un : on imputera le miracle à la Vierge ou à l'eau de la grotte. Et si ça ne marche pas, il n'y aura pas de témoins, et ça fera bien dans son dossier qu'il ait joué les brancardiers bénévoles ! Reçu avec mention chez vos pantins de la Curie !

Au milieu de la consternation générale, Kim Wattfield, avec reconnaissance, regardait craquer le généticien. Elle avait tenté en vain de ramener Jimmy à ses limites humaines, afin de sauver son libre arbitre, mais elle ne représentait plus à ses yeux qu'une tentation vaincue. Elle ne pouvait plus rien pour lui, sinon assurer sa sécurité. Irwin aurait peut-être plus de chance.

— Quel est votre problème, Glassner ? bougonna Buddy Cupperman. Tout ce que vous nous reprochez, c'est dans le contrat de départ. C'est vous qui êtes venu nous chercher.

Le conseiller scientifique haussa les épaules, et retourna jouer sa boule de billard. Il ne supportait plus de se trouver dans ce chalet blindé truffé de micros et caméras, parmi ces trafiquants d'âme qui confondaient la formation spirituelle avec l'emprise morale. Depuis leur tête-à-tête dans la pirogue, Jimmy l'évitait ostensiblement. Ce bref moment de connivence et de partage avait fait remonter dans le cœur d'Irwin tous les élans repoussés par son fils, et ce nouveau reniement lui était intolérable. D'autant plus que la douleur dans son crâne revenait, plus aiguë, chaque fois qu'il revoyait la scène au milieu du lac.

Il ne comprenait pas ce qui avait provoqué l'hostilité de Jimmy. Peut-être l'explication rationnelle qu'il lui avait donnée sur la manière dont se produisent les guérisons spontanées. Quatre ans plus tôt, il avait emmené son ex-femme en pèlerinage à Lourdes, en espérant la sauver du sida. Il avait étudié les dossiers médicaux du sanctuaire, il était sûr que la volonté de survivre et la foi, amplifiées par l'espoir des milliers de malades présents, pouvaient débloquer dans le cerveau un mécanisme d'autoguérison : l'envoi par l'hypophyse de ces fameuses « molécules messagères », agissant sur les gènes constitutifs. Ça ne marchait pas pour tout le monde, mais quand ça marchait, c'était *de cette façon*. A l'analyse, l'eau de la grotte sacrée ne présentait aucune propriété thérapeutique, et même s'il y avait « action divine », c'était avec les moyens du bord, Glassner n'en démordait pas. La mort de Caroline n'avait rien changé à sa conviction. Jimmy s'était montré choqué par cette vision profane du miracle.

— Et dans un arbre, ça se trouve où, l'hypophyse ? avait-il répliqué d'un ton sec. Ce n'est pas en remplaçant Dieu par une glande que je vais réconcilier les croyants.

La rigidité était devenue la réponse à ses doutes. Comme prévu, l'évêque Givens et les parareligieux qui le secon-

L'évangile de Jimmy

daient avaient transformé au fil des semaines le piscinier en diplomate œcuménique, polyvalent du Salut, gardien du Temple et de l'ordre établi, omettant soigneusement dans leur enseignement l'essentiel du message de Jésus, son appel constant à la rébellion et sa référence aux valeurs de l'enfance : la liberté, la confiance, l'insouciance, la transgression dans la joie. Jimmy avait *tout* en lui au départ, Irwin en était certain, et ces fonctionnaires de la CIA, du Département d'Etat et du Pentagone étaient en train de le dénaturer, de le pasteuriser pour le mettre aux normes du Vatican, pour décrocher son autorisation de mise sur le marché et l'envoyer défendre leurs intérêts stratégiques en Terre sainte. Mais de quelle manière ? Par le Verbe ou par la Chair, par la voix ou par le sang ? En lui faisant répandre la parole de Dieu, ou en le sacrifiant à leur cause ? Y avait-il, derrière toute l'opération qu'Irwin avait déclenchée au mois de juillet, une mécanique diabolique dont il n'était qu'un rouage ?

Quand il l'avait mis en garde contre les agissements de ses professeurs, Jimmy avait répliqué : « Ils savent très bien ce qu'ils font. » Il y avait dans sa réponse autant de pardon lucide que de soumission aveugle. Irwin s'était déchargé de tous ses dossiers sur ses assistants de la Maison-Blanche pour demeurer au chalet, mais c'était la dernière phrase que Jimmy lui avait dite.

– C'est une excellente idée, Lourdes, déclara le général Craig en s'arrachant du canapé. Ça sera le sas idéal, avant la marche sur Rome.

Il pleut depuis l'aéroport. Avec le brouillard et la buée sur les vitres, tout ce que j'ai vu de la France, jusqu'à présent, ce sont des panneaux de limitation de vitesse et des ronds-points. Le monospace de location traverse des villages resserrés entre montagne et voie ferrée. Mon équipe est en formation réduite : le coach, l'évêque, le psychiatre et l'attaché de presse qui conduit. Kim Wattfield et deux gardes du corps suivent dans une Citroën bleue. Mes cheveux sont noués dans un catogan sous une casquette de base-ball : j'arrive incognito, avec le foulard à nœud coulant et les bretelles de corde du brancardier stagiaire. Ils ont choisi un lundi pour que je puisse me fondre dans la foule des pèlerins sans subir d'emblée l'hystérie des dimanches, les heures de queue aux piscines et les mesures de sécurité entourant les processions. Après quatre mois de montagne en vase clos, j'appréhendais mon retour dans le monde. Mais je n'éprouve rien.

– Lourdes ! annonce Frank Apalakis d'une voix creusée.

On enlève la buée. Petites rues encaissées, pentes raides, lampadaires éclairés à trois heures de l'après-midi, rideaux de fer descendus, tranchées, travaux... Personne. Des faça-

L'évangile de Jimmy

des anciennes et des immeubles aux volets clos. Tous les hôtels fermés. Une ville fantôme.

On se regarde. Les images que j'ai vues sur le site Internet étaient noires de monde : des milliers de brancards et de fauteuils roulants occupant toute la chaussée, entre les étals de bondieuseries, les saintes Bernadette en napperons, coussins, lampes de chevet, pain d'épice, et les Vierges Marie en forme de gourde pour aller puiser l'eau de la source...

Quelques passants se hâtent dans la bruine avec un pain à la main. On s'arrête devant la boulangerie, seule enseigne éclairée, et je descends tester mon français. Une dame à l'air dépressif indique sur mon plan la maison qu'on a louée sur le Net pour éviter l'hôtel, par souci de discrétion. Au-dessus de la vitrine des tartelettes se balance un portrait du Christ à géométrie variable : tantôt l'image du Linceul, tantôt le visage qui est le mien désormais, l'un remplaçant l'autre au rythme des courants d'air.

J'achète des croissants que je distribue dans le monospace. On roule au pas, les roues gauches sur le trottoir de la rue à moitié condamnée par des barrières de chantier sans personne.

— L'état de la foi, dans ce pays, murmure tristement Mgr Givens en dodelinant sous les cahots.

Il détourne son regard des rideaux métalliques surmontés de panonceaux rutilants : *Tout pour le Miracle, Chez l'Immaculée Conception, Aux Trésors de la Grotte, Au Bonheur du Pèlerin, Bernadette Soubirous Multishop, Notre-Dame free-tax.* Des affiches « La Santé malade – Infirmières en grève » se gondolent sur les tôles.

Le monospace s'arrête devant une vieille maison à balcons de fer forgé. Je descends, m'approche de la Citroën. Kim abaisse sa glace.

— Riant, dit-elle.

— Installez-vous, je vais faire un tour.

Le voyage m'a fatigué ; j'ai besoin de m'isoler, de prier tranquille, de me retrouver en silence après ces heures de promiscuité à parler pour ne rien dire.

— Ne te fais pas remarquer, me rappelle-t-elle.

Je désigne mes bretelles de brancardier : ici je ne suis qu'un intermédiaire, celui qui achemine le malade vers le lieu qui est censé le guérir. Un œil sur le plan, je descends la rue de la Grotte, franchis le portail ouvert marquant l'entrée du sanctuaire. Entre d'immenses conifères et des panneaux appelant à la générosité collective pour terminer les travaux, l'Immaculée-Conception apparaît. Une basilique de style Disneyland, gris clair, haute et fine, avec des tourelles effilées, des échafaudages et des bâches. L'esplanade est vide. Je passe devant un enclos de statues de saints déposées sur des palettes à roulettes, au coude à coude derrière le grillage. Quelques parapluies circulent sur la prairie des grands rassemblements.

Un homme avec une canne, les yeux au ciel, fixe les clochetons, immobile dans une pose de prière. Il m'aperçoit, s'avance aussitôt à grandes enjambées claudicantes, une grimace de sourire aux lèvres, la main gauche tendue vers moi pour réclamer de l'aide. Je me compose un air accueillant, compréhensif et doux. Il dit :

— Ça ne vous ennuie pas, devant la basilique ?

Il me donne son appareil photo. Je le cadre sur fond de clocher, entre les distributeurs automatiques de médailles et les robinets à bouton-poussoir où un groupe de Japonais remplit des jerrycans.

— Quel temps de chien, fait-il en arrêtant de sourire après la pose.

Je lui rends son appareil et lui dis sévèrement, les yeux dans les yeux :

— Que Dieu vous bénisse.

— J'ai ce qu'il faut, répond-il en montrant les saints de jardin, les basiliques sous boules neigeuses et les Vierges grand format pleines à ras bord qui dépassent de son sac en bandoulière. Ils se sont encore bien plantés, à la météo.

Et il se hâte en boitant vers la sortie. Je cherche autour de moi sur l'esplanade une âme en peine, un corps en souffrance... Des dames en ciré fluo passent en mâchant des chewing-gums, suivant dans leurs écouteurs la visite guidée. Un policier les croise, en rollers. Un jardinier repousse des emballages et des feuilles mortes avec sa souffleuse électrique. Les Japonais entassent leurs jerrycans dans une dizaine de caddies, repartent avec leur butin.

Je m'approche de la grotte des Apparitions. Je suis mal à l'aise. Je pensais arriver dans un lieu saturé, vidé de son énergie par la détresse, l'espoir et la déception de millions de malades. Et je me retrouve dans un espace creux, neutre et fade, en sommeil. Je suis peut-être là pour ça. Pour le réactiver par ma prière, ma foi qui s'offre et ne demande rien.

Des rangées de bancs déserts sont disposées derrière les barrières qui servent à canaliser les files d'attente. Je m'attendais à une vraie grotte, une source coulant au fond d'une caverne. C'est un simple renfoncement dans la roche sous la basilique, avec une statue de Marie, un autel et des

L'évangile de Jimmy

bouquets fanés. Toute seule, bras écartés, une femme plaque contre la paroi lisse une photo de maison, priant pour obtenir une promesse de vente ou un délai de saisie. A genoux à sa gauche, deux techniciens travaillent dans le coffrage électrique sur lequel repose l'autel. Ils parlent football entre deux bourdonnements de visseuse. La grotte suinte, les rochers gouttent sur les bouts de papier déposés par les pèlerins, diluent les intentions de prière.

Je n'arrive pas à me recueillir, à ressentir autre chose que la superstition et la désinvolture que masquait la ferveur des foules sur les images Internet. Qu'ont fait pour ce lieu les générations de pèlerins venus supplier à pleines mains les parois de la grotte sacrée ? Ils ont poli la pierre.

Au moment où je me retourne, j'aperçois un brancardier qui court à petites foulées. Bretelles en cuir : c'est un titulaire. Je le rattrape, le salue. Il me sourit, sans ralentir, regarde mes bretelles en corde, me dit :

— C'est bien que tu sois avec nous.

La sympathie me réchauffe aussitôt. Je règle mon allure sur la sienne, on se dirige vers un portail de sortie ; on va sans doute chercher des invalides à la gare.

— On ne prend pas de civières, de voiturettes ?

— La pancarte, ça suffira, me répond-il tandis que trois autres cuirs jaillissent du poste d'information pour nous rejoindre, avec un mégaphone et un écriteau blanc sur fond bleu : « Notre-Dame-de-Lourdes – Les hospitaliers solidaires ».

— Sympa de venir, me disent-ils.

Je leur demande où on va.

— La manif des infirmières.

Je m'arrête, leur dis que non : moi je viens pour les

malades. Ils me regardent avec un reproche mêlé de tristesse – encore un peu, ils me traiteraient d'égoïste. Ils haussent les épaules et franchissent les grilles au pas gymnastique.

La pluie redouble. Je retourne vers l'esplanade, m'approche d'un panneau d'orientation. *Accueil Notre-Dame, zone C3, repère 34.* Je traverse le pont qui enjambe la rivière boueuse, marche jusqu'à un bâtiment moderne à trois ailes en verre fumé et bulles d'ascenseurs extérieurs. C'est là qu'on héberge les malades et les paralytiques en pèlerinage. Entre les portes vitrées que je pousse en vain s'entassent, sous des arches, les voiturettes à trois roues et capote bleue qui permettent d'emmener aux piscines les infirmes les plus transportables. Sur les plaques d'immatriculation, on lit : Don de Pernod-Ricard, Autocars Champion, Cartier International, Centres Leclerc... A la dernière porte que je secoue, une jeune femme sort d'un bureau, disparaît, revient avec un trousseau de clés. Elle m'ouvre en regardant mes bretelles avec surprise.

– Vous désirez ?

– Si vous avez un pèlerin... Je ne sais pas, quelqu'un à transporter aux piscines...

– Mais c'est fermé, monsieur, me sourit-elle sur un ton d'évidence navrée. De mi-novembre aux Rameaux.

Je la dévisage, interdit. Elle me demande si je suis inscrit.

– Non.

– Ça, en revanche, vous pouvez le faire. Allez aux Renseignements Hospitalité, de l'autre côté du Gave, repère 36. Il y a une personne de permanence.

Je la remercie. Elle referme à clé et je retraverse le pont, tourne à gauche, longe une série de vieilles bâtisses rénovées en gris sale. Je sonne aux Renseignements Hospitalité. Pas

L'évangile de Jimmy

de réponse. La personne a dû aller défiler. Un autocollant indique : « Formation des brancardiers : bureau 70, 2ᵉ étage. » Je cherche un panneau d'orientation, me repère, retourne sur mes pas, entre dans le bâtiment voisin de celui d'où je viens. La porte est entrebâillée, le hall vide, à part un casier de béquilles et cannes anglaises étiqueté : « Don des pèlerins ».

L'ascenseur me dépose sur un grand palier blanc qui s'éclaire tout seul. A gauche, une double porte est marquée : « Bienvenue aux bénévoles ». Fermée. Je tape, en vain. De l'autre côté du palier, une vaste salle bleu pâle s'intitule « Musée ». Je m'approche des grandes boîtes en bois vitrées où s'alignent les soixante-huit miraculés officiels, diplômés par leur évêque, et une sélection des sept mille cas de guérisons attestées par la médecine et rejetées par l'Eglise, car elles ne répondaient pas aux critères administratifs. Encadré dans un coin, le règlement intérieur précise :

a) Pathologie incurable, uniquement lésionnelle ou organique.

b) Diagnostic certain, précis, pronostic fatal.

c) Guérison soudaine, instantanée, définitive avec recul.

Je regarde les photos, parcours les C.V. des élus, étudie ceux des recalés. Toutes les maladies sont représentées, des classiques aux plus rares, des oubliées aux contemporaines. Les miraculés n'ont pas de profil particulier : enfants, retraités, paysans, artistes, fonctionnaires, militaires, religieuses, garagistes... Beaucoup étaient croyants, mais certains non, et quelques-uns dans le coma. La plupart des guérisons ont eu lieu en piscine, mais pas toutes – comme celle de Pierre De Rudder, un Belge. La jambe gauche broyée, grabataire depuis huit ans, il se traîne sur ses béquilles, le 7 avril 1875, jusqu'à la réplique de la grotte de Lourdes qu'on vient de construire dans son village flamand. Là, il retrouve d'un coup l'usage de sa jambe, et tombe à genoux. Le lendemain, les médecins constatent que la gangrène a disparu, que les plaies sont cicatrisées et les os subitement reconstitués. Quelques jours après, il reprend son travail d'ouvrier agricole. Quand il meurt, vingt-trois ans plus tard, on décide une autopsie, qui révèle « le tracé d'une fracture ancienne, de très longue durée, ressoudée spontanément, rendant les os de la jambe gauche absolument égaux à ceux de la jambe droite ». Le moulage en cuivre des deux tibias figure dans la vitrine, à côté de la bonne bouille de leur propriétaire.

Le côté « bricolage » du miracle est peut-être ce qui m'impressionne le plus. Souvent les os et les organes se rétablissent dans l'urgence, mais un peu n'importe comment. Le chasseur alpin Vittorio Micheli, homologué numéro 63, avait la hanche détruite par un cancer ; sa jambe n'était plus reliée au bassin que par des lambeaux de chair. Le 24 mai 1963, plongé dans la piscine avec son plâtre, il sent son articulation se reconstruire. Mais en plusieurs temps, ainsi que le montrent les radios : une réparation de fortune a d'abord fabriqué de l'os pour raccrocher le fémur au bassin, comme un raccord provisoire posé par un plombier, puis au fil des mois l'apparence de la hanche est devenue conforme à l'anatomie. Comme si la volonté divine ou la nature avaient à cœur de se plier au critère de vitesse exigé par l'Eglise pour reconnaître le miracle : un bidouillage express afin que le sujet puisse marcher, ensuite on prend le temps de peaufiner le côté esthétique pour rentrer dans la norme.

Souvent, aussi, la fonction se rétablit avant l'organe. Marie Biré, miraculée numéro 37, retrouve la vue pendant un pèlerinage et lit le journal à ses médecins, alors que la cause de la cécité – atrophie papillaire bilatérale – ne disparaîtra que deux mois plus tard. Même chose pour le 45, Francis Pascal, qui cesse brusquement d'être aveugle à quatre ans, en 1938. Le docteur qui l'examine lui dit que c'est impossible : son nerf optique est trop gravement lésé. « T'as une tache sur ta cravate », lui répond l'enfant.

Et certains sont même sauvés deux fois, comme sœur Sainte-Béatrix, née Rosalie Vildier, qui perd sa tuberculose dans la piscine le 31 août 1904, et revient dire merci l'année suivante. En reconnaissance de sa gratitude, elle est guérie de sa myopie.

– La fringale.

Je me retourne sur le jeune homme qui vient d'entrer, un flacon à la main. Il désigne d'un geste circulaire de son chiffon jaune les miraculés sous verre.

– Le seul point commun entre tous, précise-t-il en envoyant trois giclées d'Ajax-vitres de 1860 à 1875, c'est qu'une fois guéris ils sont pris d'une fringale énorme. Ils peuvent bouffer des steaks et des choucroutes pendant des heures, même les perfusés qui n'ont rien avalé depuis des mois. Comme si toute l'énergie disponible dans le corps avait été pompée d'un coup.

J'acquiesce. C'est la théorie d'Irwin Glassner : les « molécules messagères », ces milliards d'hormones et de neurotransmetteurs que l'hypophyse enverrait vers la zone malade, pour modifier la structure cellulaire. Mais si c'est

L'évangile de Jimmy

là le mode d'emploi du miracle, pourquoi tout le monde n'est-il pas guéri dès que la demande est faite ? Le laveur de carreaux hausse les épaules : on peut tous apprendre à grimper et vouloir vaincre l'Everest, ça ne veut pas dire qu'on atteindra le sommet.

— C'est votre première fois ? ajoute-t-il en désignant mes bretelles de corde.

— J'aimerais bien, mais je ne trouve pas de malade.

— Vous avez un hôpital, en ville. C'est pas le moment des pèlerinages, mais y a pas de saison pour être malade.

Il essuie la vitrine, d'un mouvement rotatif plein de respect, vérifie la transparence en se décalant, passe aux années suivantes.

— Vous savez pourquoi elle n'est pas avec eux, sainte Bernadette ? reprend-il en désignant l'alignement des photos. Elle était aux premières loges, pourtant, avec la Vierge qui lui est apparue dix-huit fois. Mais elle ne lui a rien demandé pour elle. Du coup elle a souffert le martyre toute sa vie, et en échange son cadavre s'est conservé comme au premier jour. Ça lui fait une belle jambe. En plus, comme c'est un miracle à titre posthume, l'Eglise n'a pas voulu le reconnaître.

Je lui demande s'il a été guéri, lui-même. Il dit qu'il n'est pas malade, mais que ça n'empêche pas de se sentir concerné en tant que Lourdais.

J'ai traversé la ville. Je suis passé devant la maison où mes compagnons de voyage cuvaient leur décalage horaire. Il ne pleuvait plus. En remontant vers le centre, j'ai croisé

L'évangile de Jimmy

la manifestation des personnels de santé qui réclamaient des moyens, du respect, des loisirs.

Les couloirs de l'hôpital sont quasiment déserts. Je les sillonne d'étage en étage, regardant par les portes ouvertes, sans essayer de « choisir », me contentant d'être là, disponible, d'attendre qu'une personne ressente ma présence. Ou simplement remarque mes bretelles de corde, et me demande un transport.

— Jeune homme...

Je me retourne. Un vieux monsieur se tient au chambranle, dans un lainage trop grand, les yeux rouges et des lunettes pendant au bout d'un cordon.

— Vous êtes d'en bas ?

Je souris, reviens sur mes pas, lui confirme que je viens du sanctuaire. De son bras, il me barre l'entrée de la chambre. J'aperçois une fillette endormie, reliée à une dizaine d'appareils. Elle est coiffée d'un bonnet en plastique, toute maigre, les yeux bridés comme une petite Chinoise. Une bande dessinée est posée à cheval sur le drap bleu, à côté d'un tigre en peluche. Vingt-cinq ans me remontent à la gorge d'un coup ; je me vois couché à sa place. Le grand-père m'entraîne vers le distributeur de boissons. Je lui demande comment elle s'appelle.

— Sarcome d'Ewing. Ça lui a pris au genou, il aurait fallu amputer, ses parents n'ont pas voulu. On l'a traitée au cobalt, mais ça n'a rien fait : la paralysie s'y est mise, et puis tout le reste... Elle est dans le coma depuis quinze jours. Les médecins disent qu'il n'y a plus d'espoir.

Il ajoute en baissant la tête :
— Ils ont besoin du lit.
— Quel est son prénom ?

— Tian.
— Vous venez de loin ?
— D'ici. Lonvilliers, sur la route de Pau. Ses parents sont détruits. Ils n'ont pas la foi, et ils n'ont plus la force.
— Vous voulez que je l'emmène à la grotte ?
— Sa mère n'acceptera jamais. Déjà, quand je l'ai inscrite au catéchisme... Et puis elle n'est pas transportable : regardez toutes ces machines.

J'entre dans la chambre, m'approche de l'enfant. Le *Picsou-Magazine* ouvert sur sa poitrine se soulève à chaque inspiration, dans le bruit de l'appareil à oxygène.

— C'est pour que ça fasse moins triste, murmure le vieux. Je le laisse à la page où elle s'est arrêtée : comme ça je me dis que si elle se réveille...

Sa phrase s'achève dans une grimace de sanglots. Ses yeux restent secs. Il est au-delà du chagrin, des illusions, de l'espoir. Il a trop pleuré, trop donné, trop pris sur lui. Il regarde l'heure.

— Faut que j'y retourne, j'ai la fournée de ce soir. J'ai dû me remettre au pétrin, mon fils n'a plus le courage. Vous pouvez rester un peu ? Que ça lui fasse une présence.

J'acquiesce en fixant la table de chevet, où prie une Sainte Vierge en plastique à moitié vide.

— Je vais la remplir à la source, chaque midi. Tous les quarts d'heure, je lui en mets un peu sur les lèvres. Si vous y pensez, à la demie...

— Ayez confiance.

Il me regarde, un sourcil en l'air, étonné par ma fermeté. Il balbutie un merci, se penche pour embrasser sa petite-fille entre les tuyaux.

— Je reviens bientôt, ma chérie. Je te laisse avec le monsieur, il est très gentil. Décrivez-vous, poursuit-il à voix basse, je suis sûr qu'elle entend.

Il ramasse son caban et s'en va. Je m'assieds sur la chaise encore chaude, prends la main libre, truffée de piqûres et d'hématomes. Et je demande à Notre-Dame de Lourdes l'autorisation d'entrer en communication avec Tian, pour m'adresser à ses molécules messagères, leur transmettre l'ordre de mobilisation générale.

– *Talitha koum... Talitha koum...*

Je lui répète sans fin la formule de Jésus, « Fillette, je te le dis, lève-toi. » La nuit tombe et la main reste froide. Je ne ressens rien. Aucune réponse, aucun échange, aucun signe de vie autre qu'un pouls très faible. J'essaie de retrouver cette électricité dans mon corps, cette exaltation que j'éprouvais quand j'ai soigné l'érable. Mais je suis si différent, aujourd'hui.

Tous les quarts d'heure, je mouille ses lèvres avec l'eau de la grotte, je trace un signe de croix sur son front en murmurant Notre Père, faites qu'elle sorte du coma, qu'elle survive, qu'elle guérisse, qu'elle grandisse, qu'elle redevienne une enfant comme les autres...

Pourquoi n'ai-je plus aucun écho lorsque je prie ? A quoi sert ce sang dans mes veines, cette préparation mentale qu'ils m'ont fait subir pendant des mois ? J'en suis au même point qu'en juillet – beaucoup moins sûr de moi, c'est tout. En voulant me cultiver, ils ont semé le doute. En m'empêchant de travailler mes dons de guérisseur pour « recentrer ma spiritualité », ils ont tué en moi la foi du charbonnier, celle qui a permis aux sept mille miraculés de Lourdes, reconnus ou bâtards, d'obtenir l'impossible. En m'apprenant tout ce que je devais savoir pour être à la hauteur de mes origines, ils ont remplacé mon instinct par des références. J'étais humble, ils m'ont rendu modeste. Ils m'ont cassé l'élan, ils m'ont coupé les ailes pour éviter que je leur échappe. Ma foi est structurée, aujourd'hui, comme-il-faut, présentable, mais elle ne déplacera plus de montagnes. Pour que je sois homologué par le Vatican, ils m'ont formaté, aseptisé, mis au goût de l'époque. Relique vivante, décorative, récupérable et sans danger. Pour eux, le sang de Jésus qui circule dans mes veines n'est rien de plus que l'eau de la Vierge qui coule aux robinets de la source. J'arrête tout. Ils n'ont qu'à me poser un drain, remplir des bouteilles et aller demander à Rome l'appellation contrôlée – moi je reste là. Même si je n'y peux rien. Je reste là pour accompagner une enfant condamnée qui mourra sous mes yeux parce que je ne crois plus en moi.

Je prends le *Picsou-Magazine* à la page où elle s'était arrêtée, et je commence à lui lire les bulles, à lui expliquer les dessins. Et une sorte de paix revient dans mon cœur tandis que Donald et ses neveux remplacent mes Notre-Père.

Un bip me fait sursauter. Un deuxième. Je regarde l'écran en face de moi, où la ligne horizontale trace des petits points, des pics de plus en plus rapprochés.

Tian remue les lèvres. Je laisse tomber la BD. Elle ouvre les yeux, et les referme aussitôt en détournant la tête. Le plafonnier. Je me précipite pour l'éteindre. Quand je me retourne, elle me fixe. Je tombe à genoux devant elle, prends sa tête dans mes mains.

– Tu es Jésus ?

Elle m'observe sans ciller, avec un sourire de Noël. Je soutiens son regard, incapable de répondre. Elle l'a *senti* dans son coma – ou simplement je ressemble aux images du catéchisme.

– Y a du chaud dans mes jambes, j'ai des fourmis partout... Ça fait mal !

Elle repousse soudain le drap et arrache les perfusions. Elle se lève. Pétrifié, je la regarde trembler dans son pyjama jaune, tendre une jambe en avant, vaciller, lancer l'autre. Les patchs se détachent, les fils qui la relient aux moniteurs tombent l'un après l'autre. Ses amarres larguées, elle marche comme une somnambule autour de la chambre, mes bras en cercle autour d'elle, prêts à la retenir si elle perd l'équilibre.

– Ça tourne, murmure-t-elle.

Je la rattrape, la soulève dans mes bras, toute légère, toute molle, la recouche.

– Ne bouge pas, Tian.

Je me rue dans le couloir, cherchant des pièces dans mes poches, fonce vers le distributeur. Barre chocolatée, potage, biscuits, chips... J'enfonce toutes les touches. En panne. Je cours au bureau des infirmières. Personne. J'accélère jusqu'au bout du couloir où j'entends des voix. Un médecin fait sa tournée. Je lui crie d'aller voir Tian. Il me demande qui c'est. Je lui indique la chambre. Une femme de service sort de l'ascenseur avec un chariot.

– Les cuisines, c'est où ?

– Deuxième sous-sol, pourquoi ?

La cabine est redescendue. Je pousse les battants pare-feu, dévale l'escalier, tambourine à la porte fermée à clé, la défonce d'un coup d'épaule, attrape un plateau, vide un frigo et remonte avec douze blancs de poulet, vingt carrés de fromage, un pack de mousses aux fruits – de quoi combler la fringale d'après-miracle.

Un signal d'alarme résonne quand j'arrive à l'étage. Des médecins accourent, une infirmière me bouscule en poussant une machine à roulettes. Je lâche le plateau, me précipite à leur suite vers la chambre de Tian.

Elle est couchée, dans la position où je l'ai laissée il y a cinq minutes. Les yeux ouverts. Son corps tressaille sous le choc électrique. Son expression reste la même. Nouvelle secousse. Le tracé sur l'écran demeure plat. Les médecins secouent la tête, rangent le défibrillateur. Je les écarte, saisis la petite fille par les épaules, la secoue.

– C'est moi ! Tian... Tout va bien, tu es guérie ! Reviens !

Ils m'attrapent, me tirent en arrière. Une main ferme les yeux, une autre enlève les électrodes de l'encéphalogramme.

– Vous êtes de la famille, monsieur ?

– Non, mais c'est moi qui...

Je m'interromps, regarde les visages qui m'observent, passant de la compassion à la méfiance.

– C'est vous qui l'avez débranchée ?

– Hein ? Mais non, c'est elle ! Pour se lever.

Un silence atterré me répond. Les infirmières reculent pour me fixer avec horreur.

– Elle était paralysée depuis un mois, monsieur.

– Je sais, mais...

Je referme la bouche, détourne la tête, renonce à leur expliquer. Mes gardes du corps font irruption dans la pièce. Tandis que le ton monte de part et d'autre, je baisse les yeux vers la Vierge en plastique, renversée dans la bousculade, qui achève de se vider sur le sol.

— Bravo ! Le prétendant au titre de Messie accusé d'euthanasie à Lourdes, on ne pouvait pas rêver mieux !

Irwin éloigna le téléphone de son oreille. Buddy Cupperman venait de le réveiller en sursaut, et il essayait de rassembler ses idées au milieu du torrent d'imprécations que déversait le scénariste.

— C'était une idée à vous, de l'envoyer dans ce bled à la con ! Ne comptez pas sur moi pour porter le chapeau, Glassner !

— Je ne compte pas sur vous. J'assumerai l'entière responsabilité devant le Président.

Du coup, l'acrimonie de Buddy bascula dans l'autocritique : s'il avait accompagné la délégation en France, peut-être que rien ne serait arrivé. Irwin se faisait le même reproche. Tous deux avaient renoncé au voyage à Rome via Lourdes par délicatesse – l'un en tant que juif, pour ne pas avoir l'air de parrainer Jésus auprès des autorités catholiques, et l'autre par crainte de causer du tort à un lieu de miracles en y trouvant la mort, onze heures d'avion pressurisé n'étant pas l'idéal pour une tumeur au cerveau.

— On fait quoi, maintenant ? reprit Cupperman, plus

calme. On a dédommagé la famille et les témoins, filé une donation à l'hôpital, de ce côté-là on est tranquilles : l'histoire n'ira pas transpirer jusqu'à Rome. Mais on ne peut pas laisser Jimmy là-bas, ni le montrer au Saint-Siège dans l'état où il est.

— Comment réagit-il ?

— A votre avis ? Entridge a essayé de le mettre en cure de sommeil, il refuse. Il ne parle plus, il ne veut plus voir personne. L'évêque s'arrache les cheveux, il ne sait quel prétexte inventer pour repousser la date de l'examen — en plus les échos sont excellents, au Vatican : un cardinal lui a personnellement téléphoné pour lui dire que le dossier était remonté jusqu'à l'Académie pontificale des sciences... On est à deux doigts de réussir, merde ! Qu'est-ce qu'on fait, on le rapatrie ?

Irwin demanda une heure de réflexion. La communication coupée, il regarda son réveil, alla prendre une douche, s'habilla et, le cœur battant, composa le numéro de la Banque de France. Le secrétariat du Mouvement général des fonds le fit patienter en musique. Envahi par la tristesse du prélude de Bach, le front contre la vitre de son living qui ressemblait à une salle d'attente, Irwin regardait, sous la lueur crue des lampadaires, le Potomac charrier ses poissons morts à travers les beaux quartiers de Washington.

— Oui ? fit la voix de son fils.

Ravalant son émotion, il s'efforça de prendre un ton dégagé.

— Bonjour, Richard. Je ne te dérange pas ?

— Je t'écoute.

— Tu vas bien ?

— Je suis en réunion.

L'évangile de Jimmy

— Pardon. C'était juste... Enfin, c'était pour te demander si tu es toujours en relation avec ton ami Jérôme d'Ermanville.

Après trois secondes, Richard Glassner répondit :

— Je te repasse ma secrétaire, elle cherchera les coordonnées. Au revoir.

— Tu pourrais me demander de mes nouvelles, laissa échapper Irwin sur un ton d'aigreur qu'il se reprocha aussitôt : Richard n'était pas au courant de sa tumeur.

— Pourquoi, ça ne va pas ?

— Si, si, s'empressa Irwin.

— Je suis en plein conflit avec Bruxelles, je te rappelle.

Il raccrocha. Il ne rappelait jamais. Il envoyait une carte pour le Nouvel An, une caisse de vin aux anniversaires. Il avait beaucoup de travail, des responsabilités, des comptes à rendre, une belle-famille, des femmes, des chevaux. Son père n'était qu'un absent qui a tort. Lui téléphoner pour avoir le numéro d'un de ses anciens camarades de lycée, devenu bénédictin dans les Hautes-Alpes, n'était peut-être pas la meilleure idée pour tenter un rapprochement. Athée convaincu, Richard ne lui avait jamais pardonné d'avoir fait sortir sa mère du service de soins palliatifs, quatre ans plus tôt, pour l'emmener dans la fournaise surpeuplée d'un pèlerinage à Lourdes qui avait hâté sa fin.

— J'ai trouvé les coordonnées de l'abbaye de Saint-Gilles, monsieur le conseiller, claironna la secrétaire.

Un goût amer dans la bouche, Irwin remercia, et téléphona au monastère. Frère Jérôme parut content de l'entendre. Devenu maître de chœurs en chant grégorien, il n'oubliait pas les conseils attentifs que lui avait prodigués le père de son meilleur ami, durant sa crise mystique au lycée Charlemagne. Irwin s'ouvrit à lui, sans trahir le secret défense, décrivant son compatriote comme un juif converti au catholicisme, déchiré pendant son séjour en France entre la confusion morale et le sentiment de culpabilité. Frère Jérôme en référa au père abbé, puis assura Irwin que la personne serait la bienvenue, pour le temps qu'elle voudrait.

Averti de cette possibilité d'une retraite transitoire dans une abbaye bénédictine non loin de la frontière italienne, Buddy Cupperman applaudit sans réserve. On ferait en sorte que Jimmy pense avoir choisi lui-même ce refuge ; ainsi, le contact d'Irwin pourrait le surveiller sans qu'il se méfie, et transmettre ses rapports à l'équipe basée dans un hôtel voisin. Silence, pénitence et ambiance grégorienne : dans son cas, on ne pouvait trouver mieux pour une remise en forme. Buddy en parlait comme d'une thalasso, et Irwin raccrocha très vite.

Il se déshabilla, se remit au lit, se rencogna dans sa douleur. Le lien psychique qu'il essayait de maintenir avec Jimmy, de l'autre côté de l'Atlantique, mettait son crâne en feu et torturait sa conscience. Après celle du père Donoway, de l'érable et des chiens, la mort de la petite fille était une épreuve terrible, qui devait confirmer ses pires craintes, justifier ses hypothèses les plus absurdes. Irwin l'entendait sans cesse répéter les propos qu'il avait tenus sur le lac : *En essayant d'influencer, d'avoir une action positive, je dérègle quelque chose d'essentiel. Chaque fois que je crois faire le bien, je renforce le mal...* Et si Jimmy avait raison ? S'ils avaient fabriqué l'Antéchrist ?

Il noya cette pensée dans les somnifères, et la honte de fuir ses responsabilités lui refusa le sommeil. Il essaya de

L'évangile de Jimmy

travailler. Les piles de *Science* et *Nature* qui s'effondraient autour de son lit le dégoûtaient autant que son planning des mois suivants. Tout ce qu'il avait à faire, maintenant que le Projet Oméga était aux mains des instances vaticanes, était de lire les travaux des chercheurs républicains, avant de les convier à déjeuner pour écouter leurs doléances et leur promettre la lune en échange de leur soutien. Il ne supportait plus cette vie. L'avenir de Jimmy était la seule chose qui pouvait le faire tenir jusqu'à l'élection présidentielle, pour peu que sa tumeur lui en laisse le loisir, ensuite il se retirerait de la politique.

Mais si Jimmy craquait, s'il renonçait à la mission qu'il avait acceptée, à quoi bon continuer ? Le revolver était chargé, dans le deuxième tiroir de la table de chevet. La répulsion que lui inspirait le suicide n'était pas seulement de nature religieuse : le vrai problème était qu'il conforterait Jimmy dans l'idée que tous ceux qu'il voulait guérir finissaient par en mourir. Cela dit, Jimmy ne savait pas de quoi il l'avait soigné. Et ça n'avait pas marché : les crises étaient de plus en plus fréquentes. Les doutes d'Irwin avaient-ils affaibli le pouvoir du clone, contribué à la mort de la petite Lourdaise ? En lisant les Evangiles, on se rendait bien compte que plus l'audience du Christ et la foi mise en lui étaient grandes, plus les miracles étaient nombreux. Qui croyait *réellement* en Jimmy, au sein de l'équipe, qui *l'aimait*, indépendamment des objectifs que chacun s'était fixés ? Le rabbin Chodorowitz, après lui avoir donné la formation exigée par le Département d'Etat, avait le mieux résumé la situation : ils s'étaient tous pris au jeu en construisant le Golem, et leur foi n'était que nombrilisme, orgueil, ambitions projetées. C'était leur volonté de puissance qui s'était incarnée dans la créature dont chacun, désormais, revendiquait une part de paternité. Dont chacun s'estimait, consciemment ou non, le copropriétaire.

Et tout cela pour quoi ? Il était trop tard pour revenir en arrière, trop tôt pour avancer une réponse. On ne pouvait que remettre Jimmy entre les mains de son seul et vrai Père.

Hautes fenêtres donnant sur une cour vide, pigeons roucoulant dans le silence entre deux cloches lointaines... Depuis plus d'une heure, on nous fait patienter dans une salle glacée. Le psychiatre s'enrhume dans son magazine, l'attaché de presse me répète avec de moins en moins de conviction comment je dois me conduire en face de qui et ce que je dois répondre, le coach travaille par intermittence ma respiration, mes chakras, mon aura. L'évêque, livide et crispé, serre les mollets sur la mallette qui renferme pour lui l'argument décisif : la lettre de recommandation du père abbé de Saint-Gilles, attestant ma piété, mon dévouement, l'héroïcité de mes vertus et la qualité de ma voix.

Je n'aime pas Rome. Du soleil sale, des gaz d'échappement, du bruit, des ruines, des filles en scooter. Je déteste ce Vatican plein de morgue et de mystères, de soutanes à murmures et de regards en coin. Je n'aurais pas dû quitter l'abbaye. A quoi bon mariner entre ces dorures, ces peintures et ces marbres qui se moquent de la misère du monde, à quoi bon tuer le temps sous ce plafond à caissons pour aller dire à une bande de fossiles rouges et violets tout le mal que je pense d'eux ? Ils attendent un candidat, un postulant dans ses petits souliers ; ils tomberont sur un rebelle sûr de son droit qui les virera de la maison de son Père à coups de pompes. Mes accompagnateurs ne se doutent de rien, ils n'ont ressenti ni la force nouvelle de ma foi ni mon état d'esprit. Ils peaufinent leurs ronds de jambe, tout en ruminant l'humiliation de faire antichambre.

Mais, au fil des minutes, la violence m'est tombée des mains. Est-ce vraiment utile de jouer au justicier infantile pour finir expulsé entre deux gardes suisses ? Les marchands de religion sont chez eux dans leur temple. Ce n'est pas en me dressant contre l'Eglise que je pourrai faire quelque chose pour elle. Je vais tenter d'être malin, puisque j'ai accepté de venir...

C'était si bon, ces dix jours dans une vraie communauté. C'était si bon de partager une foi sincère, la gratuité des sentiments, la rudesse du travail, la pauvreté de ces reclus volontaires plus heureux que tous les nantis que j'ai pu côtoyer quand j'étais un homme libre. A leur contact, je me suis nettoyé de ces mois de formation spirituelle qui m'ont compliqué Dieu, qui m'ont coupé du monde et des réalités bien plus que leurs règles monacales. Levé à cinq heures du matin pour les laudes, je nettoyais l'étable, je trayais les vaches, je retournais à la chapelle chanter la tierce, puis je rejoignais les vendangeurs. Le poids des tâches manuelles, associé à l'incroyable légèreté qu'éveillaient en moi les vibrations du grégorien, parvenait de temps en temps à diminuer l'horreur que je m'inspire.

Sous le couvert d'un labeur sans répit, j'ai passé dix jours à l'intérieur d'un quart d'heure. Le temps qui sépare l'instant où Tian est sortie du coma de celui où elle est entrée dans la mort. Ce sas qui s'est ouvert grâce à moi et par ma

L'évangile de Jimmy

faute. Ce visage d'enfant émerveillée du miracle, cette émotion trop puissante qui l'a tuée. Si je n'avais pas forcé la nature pour tester mon pouvoir, elle serait peut-être remontée du coma toute seule, la médecine aurait peut-être eu raison de sa maladie et elle serait peut-être encore de ce monde. La somme de ces « peut-être » est sans effet sur ma culpabilité : c'est l'intention qui compte. J'ai voulu sauver une vie en faisant valoir mes droits, en pliant Dieu à mes désirs, et je l'ai perdue parce que j'ai agi par intérêt personnel plus que par amour. J'avais besoin d'une *preuve*. Tian se trouvait là, je me suis servi et elle est morte. Il faut vivre avec ça. Expier, ce n'est pas se délivrer d'une faute par la pénitence, c'est l'assumer, l'apprivoiser, la mener à terme. C'est une grossesse de l'âme. Je ne sais pas encore ce que je ferai naître, mais j'irai jusqu'au bout. Même si personne ne me comprend.

Je m'étais confessé, dès le premier jour. Le père abbé m'avait absous, avec un discours traditionnel sur la rédemption qui se terminait par l'assurance que Dieu reconnaîtrait les siens. C'est bien le problème. Huit jours plus tard, après qu'il m'avait regardé vivre à ses côtés, qu'on avait partagé les prières, les travaux, les repas et chanté d'une seule voix, je lui ai demandé, dans le secret du confessionnal, s'il croyait en son âme et conscience que j'étais un Messie.

– Entendez-vous l'Esprit-Saint parler en vous, Jimmy ?
– Non.
– Alors laissez le Pape décider. Lui seul peut reconnaître le signe de Dieu.
– Parce que l'Eglise est l'épouse du Christ et qu'il en est le chaperon ?

L'évangile de Jimmy

— Parce qu'il est infaillible.

Je n'ai pas voulu discuter avec lui de ce point du dogme. Ils ont si bien su me faire comprendre, en quelques jours de fraternité, de chorale et de vendanges tardives, que la foi n'est pas une question de culture, que tout ce que je connais des religions humaines ne pèse rien devant Dieu. Mais l'infaillibilité du Pape, quand même, je rigole. C'est le successeur de saint Pierre, celui qui a renié Jésus trois fois de peur d'être arrêté avec lui. Et c'est pourquoi Jésus l'avait choisi, en connaissance de cause : l'Eglise ne pouvait se construire sans un minimum de prudence, de diplomatie et de souplesse.

— Je sens qu'ils sont déjà en train de délibérer, se persuade l'attaché de presse en me tendant un bonbon à la menthe, comme si mon investiture dépendait de la pureté de mon haleine.

Et il défroisse pour la dixième fois mon blouson Darnell Pool, que j'ai imposé pour mettre d'accord ceux qui voulaient m'habiller en costume-cravate et ceux qui tenaient à la tunique de lin.

— Le dossier est tellement évident qu'ils n'ont pas besoin de nous auditionner, ajoute-t-il dans la foulée : ils vont nous appeler pour nous annoncer directement le résultat du vote.

— Vous n'êtes pas aux Oscars, lui rappelle sèchement Mgr Givens.

Le coach prend mon pouls, inquiet de la pression du suspense qu'ont fait monter les deux autres. Rassuré, il déclare que tout va bien. Il se félicite de voir que je reste zen, quand il devrait s'alarmer de mon sang-froid. Le

L'évangile de Jimmy

Dr Entridge referme son magazine, et le recommence depuis le début.

A dix heures moins dix, la clenche de la double porte en chêne se soulève, les battants s'écartent sans bruit. Un grand maigre à soutane traînante s'approche lentement d'un pas glissant, s'arrête devant moi, s'incline et me prie de le suivre. Mgr Givens retient d'une main ferme l'attaché de presse qui allait se lever, puis me tend sa mallette. Je secoue la tête : je ne suis pas un domestique qui présente ses références.

Les mains dans le dos, j'écoute couiner mes baskets sur le dallage de marbre aux joints dorés, me retourne sur le seuil. Le quatuor m'encourage par des regards intenses. J'emboîte le pas au grand maigre à travers des couloirs, un cloître et des salles de musée vides. On finit par arriver dans une seconde antichambre encore plus froide, où il me dit de m'asseoir, puis il ressort.

Je regarde autour de moi. Il n'y a qu'une planche dépassant d'un bat-flanc sculpté en bois noir, et un grand miroir terni. Peut-être une glace sans tain derrière laquelle la Commission m'examine. Je me compose un air naturel, je ferme les yeux, adossé au bat-flanc, et je m'abstrais en priant comme les moines me l'ont appris : à partir d'un point dans mon cerveau, je concentre mon énergie pour qu'elle rayonne au service des autres, sans rien leur demander ni leur offrir. Emettre et laisser faire. Etre un simple canal qui ne dirige pas son cours.

Quelque temps plus tard, la porte grince, le grand maigre réapparaît. Il tient une épaisse chemise cartonnée, vient me la remettre. C'est le dossier à l'en-tête de la Maison-Blanche, fermé par son cachet de cire intact. Une enveloppe

L'évangile de Jimmy

y est accrochée par un trombone : *A l'attention de Mgr Givens*. L'huissier de la Congrégation pour la cause des saints me regarde longuement, dans un curieux mélange de compassion et de respect.

En me reconduisant vers la pièce où patiente mon escorte, il me tend une carte de visite et murmure, d'une voix aussi feutrée que le glissement de sa soutane sur le dallage :

— Son Eminence, *elle*, souhaiterait vous rencontrer. J'ai été autrefois son secrétaire : elle m'a chargé de vous dire qu'elle vous attendait à midi.

Je regarde la carte gravée en relief :

Damiano, cardinale Fabiani
Castel dei Fiori
Ostia

En me voyant revenir avec mon dossier sous le bras, l'évêque se dresse d'un bond, atterré. Son visage s'allonge encore tandis qu'il décachette l'enveloppe et prend connaissance du verdict.

— C'est inconcevable, déclare-t-il dans un souffle.

Les mâchoires vibrantes, il toise l'intermédiaire en soutane qui, effacé dans l'encadrement de la double porte, les mains en coquille et le regard modeste, attend qu'on vide les lieux.

— J'exige une audience, au nom du Président des Etats-Unis.

D'un mouvement de cils, l'huissier pontifical désigne la carte de visite qu'il m'a remise. Givens s'en empare. Je le vois sursauter, reprendre des couleurs. Il s'écrie, ragaillardi d'un coup :

L'évangile de Jimmy

— Mon Dieu, il est encore vivant !

Les doigts tremblant sur le rectangle de bristol, il relève les yeux pour remonter le moral des troupes, effondrées par la lettre qui circule de main en main. Je viens de la lire, et je souris intérieurement. Pour ceux qui en auraient douté, le Vatican assume toujours pleinement l'héritage de saint Pierre.

D'un ton aussi rassurant que péremptoire, l'évêque banalise l'injure faite à Washington :

— C'est classique : la Curie vous oppose une fin de non-recevoir, puis elle fait examiner votre requête à titre officieux par une autorité incontestable, dont l'intercession personnelle déterminera le jugement final de la commission qui a refusé de statuer en première instance.

— Et qui est-ce, ce cardinal Fabiani ? lance avec hauteur le psychiatre, visiblement jaloux de ces prélats qui pratiquent la complication mentale d'une manière encore plus efficace que lui.

— L'ancien conservateur des archives secrètes de la Bibliothèque vaticane, membre émérite de l'Académie pontificale des sciences, répond Mgr Givens avec le ton qu'on emploie pour décrire le cheval sur lequel on mise. Il est doyen honoraire du Sacré Collège, il n'a plus de fonction officielle, mais rien ne se passe sans lui : il a fait trois papes, et il prépare le quatrième. S'il nous soutient, c'est gagné !

Sous son entrain communicatif, l'optimisme a duré le temps du trajet. Dans la banlieue d'Ostie, nos deux taxis nous ont arrêtés devant le Castel dei Fiori. Un hospice.

— Fabiani, c'est la 312, a déclaré la réceptionniste en fixant son écran. Visite autorisée, mais un seul à la fois. C'est au troisième, je les préviens.

L'évangile de Jimmy

A la sortie de l'ascenseur, une grille à double serrure barre l'entrée du couloir. Une religieuse au pas dynamique vient m'ouvrir.

— Ne le fatiguez pas, il va avoir cent ans, on lui fait sa petite fête dans quinze jours. Pourvu qu'il tienne jusque-là, avec ce froid...

Par les portes ouvertes, je vois des alignements de vieillards mais quelques jeunes aussi, l'air hagard, certains attachés sur leur lit par des sangles. Il y a des barreaux à toutes les fenêtres. Après avoir doublé le chariot des plateaux-repas, dans une odeur de soupe aigrelette et de savon chaud, elle toque à une porte tout en entrant, la voix chantante :

— On a une visite, Votre Eminence !

Tourné vers la vitre, un vieux décharné regarde le mur d'en face, minuscule et de travers dans son fauteuil roulant, les pantoufles pendant au-dessus du sol. Il tourne la tête vers moi, et sourit de toutes ses rides. Il lui reste trois dents. Il a un regard brillant d'intelligence ou de gâtisme, un épi dressé sur son crâne aux trois quarts chauve, et le teint vert comme la chambre. Un petit haricot flottant dans un pyjama bleu.

— « Alors je vis le ciel ouvert, dit-il en me dévisageant de côté, et il parut un cheval blanc... »

— C'est ça, commente la sœur qui me glisse à voix basse : Il est pas méchant, mais faut pas le contrarier. Cinq minutes, pas plus.

Je hoche la tête et, dès qu'elle est sortie, j'enchaîne de mémoire :

– « Celui qui le monte est vêtu d'un manteau teint de sang, et il s'appelle : le Verbe de Dieu. »

Le cardinal arrête de sourire et acquiesce, gravement :

– Apocalypse, 19,13. Ils savent tous que c'est du Linceul que parle saint Jean. Soit vous êtes une contrefaçon humaine, soit vous êtes le signe ultime. Dans les deux cas, il était normal qu'ils nomment une commission pour refuser d'examiner votre cas. Depuis que la science a rendu la parole au Linceul, le Vatican s'ingénie à le faire taire, par tous les moyens. Je vous expliquerai pourquoi. Asseyez-vous, Jimmy.

Je me pose sur la chaise en skaï brun, sans le quitter des yeux. Ses mains à plat sur les cuisses, paumes tournées vers le ciel, sont complètement immobiles ; sa tête qui bouge tout le temps est comme prisonnière d'un corps de momie.

– Bien entendu, nos services de renseignements connaissaient votre existence bien avant que votre Président ne nous l'apprenne. J'étais en charge des archives secrètes quand la nouvelle du clonage est tombée, en 1997. Vous imaginez le séisme.

Sa voix sifflante et bulleuse n'a rien de désagréable, au contraire. Il parle avec vitesse et précision, comme si des mois de silence avaient préparé cette rencontre où le temps nous est compté. L'idée que mon avenir est entre les mains d'un centenaire enfermé dans un hospice me redonne un élan d'enthousiasme, je me demande pourquoi. Apparemment il sait tout de moi, même ce que j'ignore. En tout cas je viens de rencontrer mon seul et véritable allié – j'en ai eu tout de suite la certitude, même si elle ne repose sur rien d'autre qu'une affinité immédiate, une ressemblance qu'on a perçue en même temps, et que personne ne pour-

L'évangile de Jimmy

rait soupçonner. Ce petit vieux sans défense, ce puits de science et de puissance périmée est aussi seul que moi, je le sens, aussi courtisé, aussi rejeté, aussi dangereux.

– Au Symposium de Rome, en juin 93, les scientifiques du monde entier venaient de certifier en dix-huit points l'authenticité du Linceul de Jésus, y compris son tissage dans la région de Jérusalem au Ier siècle. Plus question de nous abriter derrière le carbone 14. Pourtant, nous avions pris nos précautions pour que le linge soit postdaté : le prélèvement que nous avions donné aux trois laboratoires provenait d'une bordure raccommodée au Moyen Age. Il pesait quarante-deux milligrammes au centimètre carré, alors que le poids moyen du Linceul est de vingt-trois.

Je le dévisage, abasourdi.

– Mais pourquoi ? Pourquoi vous aviez fait ça ?

– J'y viens. Au début, le secret défense entourant votre naissance nous a rassurés : l'espérance de vie d'un clone humain était si basse que, pour nous, l'incident serait vite clos. Il suffisait que le Linceul disparaisse pour que le lien entre votre sang et celui du Christ devienne à jamais improuvable. D'où l'incendie du 11 avril 1997.

Mes doigts se raccrochent aux montants de la chaise.

– Vous voulez dire...

– Température ! claironne une jeune infirmière.

Elle entre avec un thermomètre qu'elle lui introduit dans l'oreille. Cramoisi de colère, il me prend à témoin :

– J'ai *une heure* de lucidité par jour, entre le moment où les somnifères cessent d'agir et celui où les anti-inflammatoires commencent à m'abrutir, et ils font exprès de me déconcentrer !

L'évangile de Jimmy

— Sa température va monter, remarque l'infirmière d'un ton fataliste.

— On s'en fout ! glapit-il en arrachant le thermomètre qu'il balance contre le mur.

— Ça suffit, monseigneur ! On est sage, ou alors au lit !

Le vieux se calme instantanément, fixe la jeune fille avec une grimace de gargouille.

— Bassin, gémit-il d'une petite voix gênée.

L'autre gonfle les joues et va dans la salle de bains. Je vais pour sortir, mais le cardinal me retient avec une moue goguenarde, assortie d'un plissement des yeux.

— Où elles l'ont mis, encore ? râle-t-elle en traversant la chambre. Je reviens.

Dès qu'elle est sortie, le cardinal enchaîne :

— Résultat : vous avez survécu, et le Linceul aussi, mais pour combien de temps...

— Vous ne pensez tout de même pas que c'est le Vatican qui a mis le feu au Linceul ?

— J'ai dit ça ?

— Il m'a semblé.

Il fronce les sourcils, cherchant à retrouver le fil, reprend en renversant la tête en arrière :

— A mes débuts à Rome, Jean-Paul Ier voulait révolutionner la Curie, chasser les maffieux qui tenaient notre banque et imposer à tous les prélats le vœu de pauvreté, pour qu'ils reviennent dans les pas du Christ. Ça ne veut pas dire que le Vatican l'ait assassiné. Dieu l'a voulu, et la Maffia l'a fait.

— A table ! rugit gaiement l'aide-soignant qui entre avec un plateau.

— Le but de l'incendie n'était pas la destruction, bien

sûr, continue le cardinal, comme s'il n'avait pas enregistré l'arrivée du grand barbu jovial. Non, il suffisait d'émouvoir la Terre entière devant le péril encouru par l'icône, afin de pouvoir l'escamoter pour son bien, la soustraire dorénavant aux études scientifiques...

— C'est Gian Franco, Votre Eminence. Vous ne me reconnaissez pas ?

— ... et laisser les médias ressusciter à loisir l'hypothèse de la peinture médiévale. Pour frapper un grand coup, il nous avait paru opportun...

— Levez le menton.

Il lui attache autour du cou sa bavette des jours d'avant, tachée d'œuf et de potage.

— Ne voyez dans ce « nous » qu'un pluriel canonique, pas un aveu de complicité ni un témoignage de soutien...

— Alors, elle est contente d'avoir une visite, Son Eminence ? Bonjour, monsieur.

Il pousse le fauteuil roulant vers la table où il a déposé le plateau. Fabiani se dévisse la tête pour conserver mon regard.

— Il nous avait paru opportun que la chapelle royale s'enflammât durant le dîner de gala donné dans la salle voisine en l'honneur de Kofi Annan, alors secrétaire général de l'ONU. La présence de la presse internationale et des forces de sécurité garantissait à la fois le retentissement du sinistre et sa maîtrise rapide.

— Bassin ! annonce l'infirmière en entrant.

— Plus envie.

Elle hausse les épaules, va ranger l'accessoire dans la salle de bains et ressort sans un regard.

— Mais il ne faut pas jouer avec le feu : en l'occurrence

L'évangile de Jimmy

nous avons eu chaud. L'incendie a été d'une violence totalement imprévue, avec cinq foyers différents, là où il ne devait s'agir officiellement que d'un simple court-circuit. Les pompiers ont mis sept heures pour venir à bout des flammes...

— On commence par la purée : c'est ce qui refroidit le plus vite.

Je retiens ma phrase, le temps qu'on lui fourre la cuillère dans la bouche.

— Enfin, Eminence, je ne peux pas croire que l'Eglise ait fait une chose pareille...

Sitôt qu'il a avalé, il me répond :

— Ecoutez ce que je vous dis et croyez ce qu'il vous plaît : la seule certitude incontestable est que je suis dans un asile de fous.

— Mais qu'est-ce qu'il raconte ! pouffe Gian Franco. Ah la la, quel taquin... C'est une maison de retraite, ici, c'est tout...

— Retraite mon cul, ronchonne le cardinal, et le garçon lui enfourne par surprise une deuxième cuillère de purée avec laquelle il s'étouffe.

Je rassemble ses paroles dans ma tête, pendant qu'il tousse entre les bourrades et les verres d'eau. Après une série de raclements d'outre-tombe, il reprend, d'une voix encore plus pressée :

— Dieu soit loué pour sa redoutable ironie ! L'incendie était une magouille humaine destinée à protéger l'Eglise contre la mainmise de la science, et c'est un miracle qui a sauvé le Linceul. Un homme, un seul, le pompier Mario Trematore, dit qu'il a entendu une voix, provenant de l'intérieur du reliquaire cerné par les flammes : « Vas-y, c'est à toi ! Ce qu'un obus ne peut percer, c'est toi qui le feras, avec une simple masse. »

— Vous ne voulez pas attendre dans le couloir, monsieur, le temps qu'il finisse son repas ? Sinon ça le ballonne.

— Foutez-nous la paix, Gian Franco ! Il reste, ou j'arrête de manger ! Trematore a saisi une masse de quatre kilos, et il a réussi l'impossible : défoncer au milieu des flammes, en vingt minutes, les huit épaisseurs de vitres blindées entourant la châsse d'argent, et sortir le Linceul pour le mettre à l'abri !

— Allez, encore une cuillère et on passe à la viande.

— J'avais demandé des pâtes.

— Faut varier un peu, sinon tous les jours se ressemblent.

— Pourquoi vous avez voulu me voir, monsieur le cardinal ?

Sourcils froncés, il me dévisage en tournant la purée dans sa bouche.

— Vous savez qui c'est ?

— Un monsieur gentil qui est venu vous rendre visite, lui répond Gian Franco. Quelqu'un de votre famille, peut-être...

Tout en mâchant, le cardinal me surveille du coin de l'œil. Il avale d'un coup de menton, et me jette sèchement :

— Je ne crois pas en votre divinité. Quel besoin aurait Dieu d'utiliser le clonage ? Mais je crois en votre sincérité. Je vais vous dire dans cinq secondes une chose terriblement sacrilège, dès que mon tortionnaire nous aura laissés.

— Même pas de dessert, alors ? se moque le colosse avec un œil narquois. Vous êtes sûr ? C'est mousse au chocolat.

— Je déteste.

— Mais non, Votre...

– Merde !

Gian Franco dénoue la serviette, la replie, et remporte son plateau en me souhaitant bon courage.

– La foi est un choix spirituel et moral, non une soumission logique à des preuves matérielles, d'accord ? Dès l'instant où l'authenticité du Linceul et la dématérialisation de Notre-Seigneur sont démontrées par la science, on quitte le domaine de la foi pour entrer dans celui des faits, et la religion s'effondre, au sens de lien entre les hommes, pour devenir une simple relation de cause à effet. Cela, conformément à l'enseignement de Jésus, qui toujours refusa de « donner d'autres signes » de sa divinité, nous sommes obligés de le refuser.

– Je dois me taire, alors ? Et disparaître comme le Linceul dans son container de gaz ?

– Au contraire, Jimmy. Parce que l'Eglise, en voulant défendre son intégrité, du moins ses prérogatives face à la science, se suicide par le silence, l'autocensure et le reniement de son principe fondateur : la Résurrection. Mon ami Upinsky, le mathématicien qui dirigea le Symposium de Rome, soutient une thèse à laquelle j'adhère totalement, celle de la « balise de secours ». Vous la connaissez ?

– Non, Votre Eminence.

– Appelez-moi Damiano, sinon je n'entendrai plus mon prénom avant l'éloge funèbre. Ça vous ennuie de me retourner les mains ? Ils m'ont laissé en position de lecture, j'ai l'air d'un ravi de la crèche et ça me déconcentre.

Je soulève ses poignets, tourne ses paumes et les repose sur le pyjama.

– Mon ami Upinsky soutient une thèse à laquelle

j'adhère totalement, celle de la « balise de secours ». Vous la connaissez ?

J'hésite à lui dire qu'il a déjà prononcé cette phrase. Ce que je prenais pour une intelligence intacte est peut-être un noyau dur qui dévide sa mémoire entre deux bugs et trois virus, dernière sauvegarde avant que tout s'efface. Je réponds « Non, Damiano », pour gagner du temps.

– Mue par son principe fondateur, l'Eglise a régné sans partage pendant vingt siècles : elle était la balise principale envoyant sur Terre les signaux du Seigneur. Puis elle a cessé d'émettre, peu à peu, justifiant son dysfonctionnement dans un dernier message capital. Sous le pontificat de Jean-Paul II, elle a publié la liste des fautes qu'elle reconnaissait : les croisades, l'Inquisition, la condamnation de Galilée, les torts infligés aux juifs, aux protestants, aux femmes, les collusions avec la Maffia... Quelle institution peut résister à un tel mea culpa, alors même que ses effectifs sont au plus bas et qu'elle n'affirme plus son principe de base face à ses contradicteurs ? En reniant à travers son rejet du Linceul le message même de la Résurrection, l'Eglise a laissé le champ libre à son éternel rival – non pas le diable, principe d'intelligence opposée nécessaire, mais Mammon. Ce mot araméen qui personnifie les biens matériels dont l'homme se fait l'esclave. Si l'Incarnation, la Résurrection et les miracles sont considérés par les théologiens comme des « abstractions », et si, dans le même temps, l'Eglise avoue que les valeurs morales qu'elle prône n'ont débouché finalement que sur le crime, l'intolérance et la corruption, alors le Verbe se réduit au silence et il ne reste plus que le Chiffre. 666, le Chiffre de la Bête, la monnaie qui divise, la Trinité inversée du 9 qui symbolise la perfection dans l'échange – bref, l'Apocalypse annonçant la disparition de la foi en prélude au retour du Christ... J'en étais où ?

Je cherche les mots dans son regard égaré. Le discours qu'il me tient me noue le ventre, me choque et me conforte en même temps. Mais le sifflement dans sa poitrine, tandis qu'il s'efforce de renouer le fil, me ramène aux réalités de son âge : la confusion mentale, les ressassements, la parano, les idées fixes... Le besoin de parler, tout simplement, parce qu'on l'écoute.

Son silence se prolonge. Il mendie la suite en me fixant, les lèvres entrouvertes. Je l'observe dans son attente immobile, angoissant et touchant comme une marionnette quand le ventriloque se tait. Je finis par lui souffler :

– La « balise ».

Il repart aussitôt :

– C'est le terme, vous avez raison. Au moment précis où la balise principale commençait à ne plus fonctionner, une balise de secours s'est allumée pour prendre le relais. Car le Linceul a ceci de singulier : pendant vingt siècles, il s'est comporté comme ce que les services secrets appellent un « agent dormant ». On ne pouvait déceler à sa surface qu'une vague silhouette jusqu'à l'invention de la photographie, qui permit de découvrir sur le négatif la véritable image du Christ, de lancer les études scientifiques qui allaient confirmer point par point le récit des Evangiles, mettre en pleine lumière la victoire de l'esprit sur la matière, et attribuer à une réaction thermonucléaire inexplicable la disparition du corps à l'instant où se forme l'image – bref, activer le Linceul pour qu'il puisse délivrer son message.

Il clappe de la langue, donne des coups de menton pour

trouver de la salive. J'approche un verre d'eau de ses lèvres. Sans prendre le temps de boire, il enchaîne, de plus en plus tendu vers un but qui m'échappe :

— Maintenant, vous allez m'objecter une chose : si le Christ a voulu nous laisser la preuve scientifique de sa mort sur la croix et de sa Résurrection, pourquoi était-elle *encryptée à l'origine* ? Parce qu'elle n'était pas utile, voilà, tant que l'Eglise assumait ses fonctions de balise spirituelle diffusant la vérité des Evangiles. Mais si aujourd'hui l'Eglise reconnaît la nature, le sens et le message du Linceul, elle entérine du même coup sa propre disparition, telle que l'ont prédite les Ecritures, disparition nécessaire au retour annoncé du Christ. C'est là que vous intervenez.

— Mais vous dites que ce n'est pas moi !

— J'ai dit que je niais votre nature divine, pas votre rôle. Vous n'êtes pas l'incarnation de Dieu, Jimmy, mais l'émanation du Linceul. Vous êtes la voix de la balise de secours, et vous devez le crier aux nations ! Si ce n'était pas inscrit dans le plan voulu par Dieu, vous ne seriez jamais venu au monde, vous ne seriez pas l'unique réussite du clonage reproductif humain. Et je ne serais jamais sorti de mon bunker atomique, la *Riserva* des archives secrètes où le Saint-Siège me confinait en échange de mon silence, depuis le 29 septembre 1978, jour où j'ai découvert le corps de Jean-Paul Ier, le pape qui avait régné trente-trois jours, le pape du renouveau, du retour à l'Eglise des origines – et neuf jours après son assassinat, vous m'entendez ? commençaient les premières véritables études scientifiques sur le Linceul, par les chercheurs américains du STURP ! Ceux-là mêmes qui allaient définitivement activer la balise de secours !

L'évangile de Jimmy

D'un mouvement des sourcils, il me demande le verre d'eau. Je le fais boire jusqu'à ce qu'il retire brusquement sa tête.

— Je me suis tu pendant plus de vingt ans, j'ai fait le mort au milieu de la mémoire cachée de l'humanité – jusqu'au jour où le plus grand spécialiste du Linceul, le biologiste McNeal de l'université de Princeton, a écrit au Pape en brisant le secret défense pour lui annoncer que vous étiez peut-être vivant, et *libre*, et que le fils Bush n'avait pas voulu de vous.

Il secoue violemment la tête pour m'empêcher d'essuyer la bave qui coule dans son cou, enchaîne, de plus en plus saccadé, expéditif, halluciné :

— La lettre est arrivée dans mes archives, ouverte et classée « officiellement non-reçue », alors je suis remonté à la surface, j'ai foncé à l'Académie pontificale des sciences pour exiger une enquête et je me suis retrouvé ici, voilà : aujourd'hui tous ceux qui voulaient me faire crever en camisole sont morts, les autres m'ont oublié, mais moi je suis resté en vie toutes ces années dans ce pauvre corps de misère *pour vous*, uniquement pour vous, mobilisé par un seul but, priant sans relâche afin que vous surviviez et qu'un jour on vous amène à moi pour que je vous réactive, seul contre tous ceux qui tenteraient de vous éteindre, et Dieu m'a exaucé, mais je ne pourrai mourir qu'en sachant que la balise de secours a trouvé son porte-parole et que je réponds de ce porte-parole ! Vous m'entendez, Jimmy Wood ? Le Linceul n'est pas là pour attester votre lien génétique avec le Christ : c'est *vous* qui êtes là pour crier au monde son authenticité ! C'est vous, le *signe de vie* ! C'est vous qui devez ameuter les nations pour que l'Eglise, face à la pression populaire, soit obligée de ressortir le Linceul de ce cercueil de gaz inerte où les bactéries sont en train de le bouffer ! C'est vous seul qui pouvez le sauver pour défendre la chrétienté contre elle-même, c'est ce que Dieu vous demande, vous êtes né pour ça, et vous y arriverez !

Je me laisse aller contre le dossier de ma chaise, sonné par le vertige, ballotté entre l'exaltation et la lucidité, le pouvoir qu'il me prête et la conscience de ma totale impuissance.

– Faut pas rêver, Damiano.

– Hein ?

Essayant de reprendre son souffle par des gargouillis sifflants, avachi sur lui-même comme un canot pneumatique qu'on a plié en deux pour qu'il se dégonfle, il me regarde avec à nouveau l'air hagard.

– Le Vatican m'a traité par écrit d'imposteur, d'hérétique : il m'interdit de révéler mes origines et, si je le fais, il excommuniera les chrétiens qui m'écoutent.

Il se tait, un long moment, les yeux fermés. Sa respiration est redevenue régulière. Je vais pour m'éclipser, mais il reprend, à peine essoufflé, sans relever les paupières :

– Moi, je vous le demande. Moi, je vous donne mon investiture. Elle n'a d'autre valeur que le combat de toute une vie pour la foi et le respect de la science, elle ne pèse rien face aux décrets de la Curie, mais moi, Jimmy, je vous demande, je vous supplie d'assumer votre rôle.

Avec douceur et fermeté, j'objecte :

– La Maison-Blanche ne me suivra pas. Comment je peux faire, sans autorisation officielle et sans structure ?

Il me lance un regard de haine. Tout à coup je ne suis

plus, dans ses yeux, qu'un jeune, un sale jeune qui refuse de lui obéir et qui lui survivra.

— Il avait une structure, Jésus ? Il avait une superpuissance à ses côtés pour lui mâcher le travail ? Sa force c'était d'être seul, et de se dresser de toute sa faiblesse humaine contre les forces terrestres, afin de parler au cœur des humbles et des victimes !

Je réplique en me levant, énervé :

— Mais il était Dieu né de Dieu, Lumière née de la Lumière ! Moi, c'est pas le Saint-Esprit qui m'a extrait du Linceul, c'est un mégalo dans un labo !

Il secoue la tête, buté, jusqu'à ce que je me calme.

— Vous n'êtes pas plus seul que lui, Jimmy, pas plus démuni.

— Il savait où il allait, lui.

— Il avait accepté la volonté de son Père.

— Parce qu'il la connaissait.

Le cardinal reste la bouche ouverte, les mots soudain bloqués par ma phrase. Il me fixe, le regard rétréci, et le hoquet succède aux paroles. Des larmes se détachent de ses yeux à chaque soulèvement de sa poitrine. Il a cru me chauffer, me doper, me convaincre, et il comprend qu'il a échoué. Que lui dire ? Je ne vais quand même pas remuer ciel et terre sans autre espoir que de faire plaisir à un centenaire qui a fantasmé sur moi, et qui nourrit ses dernières forces avec la mission démesurée qu'il me confie. En même temps, sa déception, sa solitude me redonnent l'envie de me battre pour une cause perdue qui me dépasse.

— Vous êtes encore là ? J'avais dit cinq minutes, lance la sœur en entrant au pas de charge. Laissez-le se reposer, maintenant : c'est l'heure de son feuilleton.

L'évangile de Jimmy

Elle tourne le fauteuil roulant vers l'écran, allume la télé, descend le store et ressort. Baigné de lumière douce, la bouche tombante, le cardinal fixe le canapé où un couple se tient par la main sur fond de musique brésilienne. Je reste jusqu'à la fin de la scène, puis je m'en vais sans bruit tandis qu'il s'endort.

— Je l'avais dit que c'était foutu ! ragea Buddy Cupperman en s'abattant dans un fauteuil Louis XV. Le Vatican a les meilleurs services secrets du monde ! Faut être naïf pour croire qu'une donation à un hôpital garantit le silence de quinze témoins, et qu'il suffit d'escamoter Jimmy dix jours dans un monastère pour étouffer l'affaire !

Arrivé juste avant lui dans le bureau d'angle du juge Clayborne, Irwin Glassner se tourna vers le coordinateur et répliqua d'un ton froid :

— La décision de la Curie était prise bien avant le voyage à Lourdes. La naïveté, c'était de penser qu'une lettre de Jimmy renonçant à ses droits patrimoniaux plaiderait en sa faveur : pour l'Eglise, ce n'est pas une question d'héritage, mais de principe. Lisez !

La bouche en cul-de-poule, le conseiller juridique tendit à Cupperman l'ordonnance signée par le cardinal Nichelino, préfet de la Congrégation pour la cause des saints, qu'avait scannée depuis Rome Mgr Givens :

La demande d'examen du dossier sous référence a été jugée irrecevable, tant sur le plan scientifique qu'au regard du droit canon. D'éventuels prélèvements sanguins sur le Saint Linceul, en date du 21 avril 1988, ayant été effectués sans autorisation ni contrôle, la Commission d'étude ne saurait prendre en compte un quelconque résultat d'expériences menées à partir d'échantillons dont rien ne garantit l'authenticité ni la provenance. Toute mention ou déclaration publique d'imposteurs se réclamant desdites expériences relèverait donc d'une hérésie, qui frapperait d'excommunication ses auteurs, ses complices et ses dupes.

En outre, les Etats-Unis ayant été historiquement, aux côtés du Vatican, parmi les plus ardents partisans de l'interdiction absolue du clonage humain, le Saint-Siège ne saurait douter de leur condamnation, implicite et définitive, d'une tentative de manipulation génétique portant atteinte à la personne sacrée d'un embryon, quelle qu'en soit l'origine.

— Ces cathos sont vraiment des nases, grommela Cupperman en abaissant la lettre. On leur apporte la preuve de leur dogme, et ils font la fine bouche !

— L'Eglise n'a jamais reconnu officiellement le Linceul en tant que relique, rabâcha Irwin d'une voix fatiguée. Elle n'allait pas légitimer la créature issue d'un linge qu'elle s'obstine à qualifier d'*icône*. J'avais dit à Givens que la parité des génomes rendrait les cardinaux hystériques, mais non, il se faisait fort d'obtenir l'agrément de ses amis...

Le juge se leva, défroissa son blazer et alla reprendre le document des mains de Cupperman.

— Comme je le disais à Irwin avant que vous n'arriviez, un tel papier n'a aucune valeur juridique. Ce cardinal Nichelino n'est qu'un préfet de la Curie romaine, chargé d'expertiser les candidats à la canonisation : il est habilité

L'évangile de Jimmy

à se prononcer sur les vertus morales ou spirituelles de Jimmy et à critiquer les miracles qu'on lui attribue, c'est tout. Seul l'archevêque de Turin est qualifié pour contester l'origine des prélèvements : c'est lui le Custode, le Gardien du Linceul.

— Voilà sa réponse, fit Glassner en sortant une deuxième feuille de son porte-documents. Arrivée par Internet il y a dix minutes. Il se contente de reproduire la déclaration de son prédécesseur, qu'il estime explicite et définitive.

Il circule de plus en plus d'informations à propos d'expérimentations faites sur des échantillons de matériel venant du Saint Linceul. Même si l'Eglise reconnaît à chaque scientifique le droit de faire les recherches qu'il croit opportunes dans le domaine de sa science, il est nécessaire, dans le cas présent, de mettre au clair que :

a) aucun nouveau prélèvement n'a été fait après le 21 avril 1988 et, autant que le sache la Garde du Saint Linceul, il n'est pas possible que du matériel restant de ce prélèvement soit entre les mains de tiers.

b) si ce matériel existait, le Gardien rappelle que le Saint-Siège n'a donné à personne l'autorisation d'en détenir et d'en faire quelque usage que ce soit, et il demande aux intéressés de le remettre dans les mains de l'autorité vaticane[1].

— Faudrait savoir, grinça Cupperman. Ils récusent Jimmy, ou ils le réclament ?

---

[1]. Communiqué du cardinal Saldarini, archevêque de Turin, Gardien du Saint Linceul, septembre 1995.

L'évangile de Jimmy

— Quelle est l'interprétation de Mgr Givens ? demanda prudemment Clayborne en se rasseyant.

— Il est vexé, résuma Irwin. Il prend le refus d'audience comme une offense personnelle, il dit que c'est un règlement de comptes et que le cardinal Nichelino lui fait payer le prix de son soutien à l'Opus Dei.

— Quoi encore ? lança Clayborne à la jeune collaboratrice qui venait d'entrer sur quinze centimètres de talons.

— Je pense que ça devrait vous intéresser, Wallace. J'ai lancé une recherche sur l'origine du titre de propriété.

La juriste déposa son mémo sur le bureau, et ressortit avec une discrétion ostentatoire.

— Mais ça change tout ! s'exclama brusquement le juge Clayborne, en frappant son buvard du plat de la main.

Instantanément, son teint était passé du rouge au violacé.

— Les cardinaux n'ont rien à dire : le Linceul ne leur appartient pas ! Vous entendez ? Pendant cinq siècles, il a été la propriété de la Maison de Savoie, jusqu'en 1981 où le roi Humbert II l'a légué au *souverain pontife*. Non pas au Vatican, à l'archevêque de Turin ou à Jean-Paul II alors en exercice, mais à la *personne morale* du successeur de saint Pierre ! C'est du Pape et de lui seul que relève Jimmy, dès lors qu'il est un produit dérivé du Linceul !

Glassner passa lentement la main sur son visage pendant que le juge frétillait de plus belle, pianotant sur les touches de son interphone.

— Allison, envoyez illico un rappel du titre de propriété à mon homologue de la secrétairerie d'Etat au Vatican, et dites à Givens de griller les sous-fifres : qu'il demande directement une audience au Saint-Père.

Clayborne se rejeta en arrière dans son fauteuil en cuir clouté, les doigts croisés sur le nombril, dans un état de jubilation qui faisait peine à voir.

— Je sors de chez le Président, laissa tomber Irwin sur le ton posé de celui qui s'apprête à gâcher la fête. On arrête tout.

— Pardon ?

— Je vous rappelle que la vocation première de Jimmy, c'était d'être un cadeau. Tout ce que voulait le Président, c'était faire plaisir au Vatican. L'objectif était de livrer un Messie clé en main, en échange de l'annulation du premier mariage d'Antonio.

— Qu'est-ce que c'est que ces conneries ? bondit Cupperman.

Devenu presque livide, Clayborne attesta qu'en effet, le Président souhaitait se marier religieusement.

— En opposant une fin de non-recevoir à son cadeau, acheva Irwin, le Vatican lui fait mettre un terme à l'opération Oméga.

Interloqué, Buddy ouvrait et refermait la bouche en les regardant tour à tour.

— Alors c'était ça ? Ce n'était *que* ça ?

A la surprise des deux autres conseillers, il éclata de rire. Un fou rire énorme, cascadant, suraigu, qu'il n'essayait même pas d'endiguer. Les bras en croix ramenés brutalement pour claquer des mains sur ses cuisses, ébranlant dangereusement le fauteuil Louis XV dont les accoudoirs disparaissaient sous ses bourrelets, Buddy Cupperman s'abandonnait à la plus belle crise d'hilarité qu'il eût connue.

Essayant d'ignorer les barrissements du scénariste, Irwin

Glassner transmit au juge Clayborne les ordres du Président : la délégation conduite par Mgr Givens devait rentrer immédiatement à Washington, tandis que la Maison-Blanche la désavouerait dans une lettre personnelle au Souverain Pontife, imputant sa venue à la seule initiative du conseiller aux Affaires religieuses, d'ores et déjà relevé de ses fonctions. Un appel au directeur de la CIA venait de sceller le sort du Dr Entridge, qui rejoignait l'évêque dans la charrette à visées diplomatiques. Quant à Jimmy, le Très Saint-Père recevait l'assurance qu'on n'en entendrait plus jamais parler.

Une fois calmé, Buddy reboutonna sa veste, se leva, arracha de ses hanches le fauteuil qui tentait de s'incruster, et prononça avec simplicité son oraison funèbre :

– Allez, je démissionne avant qu'on me vire. Salut, Irwin. Je regrette pas le voyage : on aura bien rigolé. Dites aux mariés que je suis habitué à tenir ma langue, ajouta-t-il à l'adresse de Clayborne, mais si jamais on avait l'idée saugrenue d'attenter à mes jours, le Sixième Evangile serait publié dans le quart d'heure.

Après avoir jeté sur le sous-main son badge à puce, il fit trembler le parquet jusqu'à la porte qu'il referma dans un bruit mat. Aussi impressionné par la dignité de sa sortie que choqué par sa désinvolture, Glassner prit congé à son tour. Laissé en plan au milieu des documents qui lui donnaient l'avantage sur la Curie romaine, Wallace Clayborne se sentait désarmé, au bord de l'écœurement. Etre parfois contraint de perdre par abandon, lorsqu'on détient les cartes maîtresses, était la seule chose qui lui répugnait en politique.

De retour dans son placard jaune, Irwin téléphona au

L'évangile de Jimmy

Memorial Hospital, et dit à son chirurgien qu'il se tenait à sa disposition. Le praticien consulta son planning et lui proposa une admission immédiate, pour effectuer les examens en vue d'une intervention le surlendemain.

— Si vous êtes encore opérable, acheva-t-il avec la rancune pincée d'un amant éconduit qu'on a laissé sans nouvelles.

— C'est à vous de décider, répondit Irwin qui, depuis son entrevue avec le Président, n'éprouvait plus que l'indifférence qui succède au dégoût. Je suis libre, acheva-t-il en coupant la communication.

Je voyage seul au premier rang. Les autres se sont installés à l'arrière de la classe affaires, retranchés dans le sommeil, la lecture, le jeu ou les films qui passent sur l'écran de leur fauteuil. Je n'existe plus pour eux : je ne suis plus l'objet de leur mission.

Kim est venue s'asseoir à côté de moi, au-dessus de l'Angleterre, une dizaine de minutes. Le temps de m'expliquer les conséquences du fiasco romain. Elle se voulait rassurante. Elle disait que la Maison-Blanche ne me laisserait pas tomber, puisque mon option était levée : dépendant de fonds gouvernementaux, j'appartenais aux contribuables – même s'ils ne devaient jamais connaître mon existence. J'ai appris ainsi les conditions de mon achat, moi qui croyais offrir mes services à titre bénévole. J'ai appris comment le juge Clayborne avait négocié ma licence d'exploitation, quel pourcentage devait être reversé sur mes déclarations publiques, mes guérisons, mes effigies, mes droits annexes. Je sais maintenant ce que je vaux – du moins ce que je coûte. Et je ne suis plus qu'une dépense inutile, puisque l'Eglise me rejette. Le Président a renoncé à m'utiliser pour servir sa politique étrangère, et il me passe en pertes et profits.

Dès notre arrivée à Washington, je serai pris en charge par le Programme de protection des témoins. En échange de mon silence, on me fera de nouveaux papiers, une nouvelle tête, une nouvelle vie. J'ai dit à Kim que je voulais me retirer dans un monastère. Elle m'a regardé du coin de l'œil. Elle a répondu que ça ne poserait pas de problèmes. Avec un soupir, elle a ajouté que tout de même, c'était du gâchis. Je ne sais pas si elle parlait du Projet Oméga ou du souvenir qu'elle avait de mon corps. Ça n'a plus d'importance. Aux yeux de mon personnel d'accompagnement, tout est fini pour moi – alors que tout commence.

Elle retourne s'asseoir à côté de l'attaché de presse qui, mortifié par l'échec de ses courbettes au Vatican, s'est gavé de tranquillisants au décollage et roupille sous son masque. Humilié jusqu'à la moelle, Mgr Givens s'est plongé dans une exégèse de saint Paul et rumine ses griefs en restant à la même page. Le Dr Entridge, qui joue aux échecs contre son ordinateur, ne relève les yeux que pour lancer vers moi des regards de haine. Mon coach mental, épargné par les sanctions, zappe les programmes du bord en dégustant le caviar du plateau-repas. Les gardes du corps voyagent en classe éco.

Je fixe un point sur la moquette et je retourne à Lourdes dans mon quart d'heure d'expiation. Le visage de Tian rouvrant les yeux, sa main qui arrache les perfusions, ses premiers pas dans la chambre... Plus personne ne croit au miracle, depuis que le Saint-Siège m'a déclaré irrecevable. Entridge, qui a soutenu mon témoignage tant qu'il servait ma cause, a balayé mes illusions en parlant d'une paraplégie psychosomatique annihilée par le coma. Quant à l'éclat d'obus du père Donoway, ce n'est plus pour eux qu'un argument de vente imaginé par un intermédiaire. Le seul phénomène paranormal qu'ils veulent bien laisser à mon actif, c'est le rétablissement d'un arbre exécuté ensuite à la tronçonneuse, prodige risible et sans lendemain.

Pendant qu'on attendait à l'embarquement, l'attaché de presse, dans une dernière tentative pour sauver son plan médias, a rappelé que le jardinier de Central Park lui avait juré sur l'honneur que l'érable mort s'était mis à faire des bourgeons.

— Quoi, le jardinier ? a craché Entridge. Vous voulez qu'on le produise comme témoin devant la commission canonique ? Vous voulez qu'on fasse appel du jugement qui nous déboute, qu'on retente le Vatican par la petite porte en instruisant un dossier de béatification pour guérison végétale ?

La discussion s'est arrêtée là. Mon dossier est clos, mon affaire classée. Et je me retrouve à l'abandon avec le poids d'une mission que mes compagnons de voyage ignorent. Une mission confiée par la seule personne pour qui je suis encore un espoir, et que je ne pourrai jamais accomplir sans leur aide.

Je me réveille en sursaut. Je n'ai pas eu conscience de m'endormir. Je me retourne. Tous les fauteuils sont en position couchette, je suis la dernière lumière allumée. J'éteins mon plafonnier, regarde la lune au coin de mon hublot, essaie de ressentir une présence dans la lueur blafarde étalée sur le désert de nuages. Un grincement à côté de moi. Le parfum de Kim. Je la contemple, démaquillée, ses cheveux dénoués, rajeunie et touchante de ridicule dans le pyjama de coton beige marqué American Airlines, uniforme unisexe des passagers affaires. Je lui demande pourquoi elle est revenue. Je connais la réponse, mais ça meuble ; ça dilue la proximité de son corps en tenue de nuit.

— Tu me racontes ? demande-t-elle dans un murmure.

Pendant l'audience prévue au Vatican, elle était restée à l'hôtel en tant que femme, à la demande de Mgr Givens qui ne voulait pas heurter les sensibilités. Quand elle nous a vus revenir du Castel dei Fiori, on n'a eu que le temps de boucler nos valises : la Maison-Blanche avait déjà transmis l'ordre d'évacuation.

Entre le bruit des réacteurs et les ronflements de l'attaché de presse, je lui raconte l'investiture du cardinal Fabiani, la nouvelle croix que je porte en cachette de tous ; je lui ouvre mon cœur comme si on était seuls dans le ciel.

Elle m'écoute avec attention, impatience et tristesse, tour à tour. Lorsque j'ai fini, elle attrape ma main.

— Oublie ces conneries, Jimmy. Et ferme-la, je t'en supplie : tu risques ta vie.

— Et alors ?

Elle se détourne en crispant son poing sur l'accoudoir. Son profil tendu, sa bouche en colère et la peur qui soulève sa poitrine me touchent. Je ne veux pas qu'elle s'inquiète. Je lui ai fait assez de mal en feignant l'indifférence.

— Qu'est-ce que tu me conseilles, Kim ?

— J'ai envie de toi.

Je sursaute. Elle enchaîne, comme si j'avais mal entendu :

— Tu n'as pas besoin de mes conseils : ta décision est prise. Tu vas retourner dans un couvent, et t'enfermer jusqu'au moment où tu te croiras digne de jouer ton rôle de « balise de secours », mais personne ne t'écoutera, tout le monde s'en branle que ton Linceul pourrisse dans le gaz, il y a d'autres priorités sur Terre, et tu auras causé ta mort ou gâché ta vie pour une poignée de bactéries, mais toi tu penses que c'est pour le bien de l'humanité, alors vas-y : je n'ai rien à dire.

Elle se presse contre moi, cherche ma bouche. Je n'ai pas le courage de me dérober. Elle murmure entre deux baisers :

– Viens me faire l'amour, Jimmy. Pour de vrai, cette fois-ci, sans que je triche, sans que je fasse semblant d'être nulle...

– Je ne t'ai pas trouvée nulle.

– Ne mens pas. Viens enterrer ta vie de garçon, après je te laisse à Dieu. Je veux être ta dernière fois, je veux que tu me connaisses comme je suis... Viens me caresser, viens me prendre, viens dire adieu à mon corps de femme... Viens.

Elle détache ma ceinture de sécurité, désigne du menton les toilettes. Je lui dis :

– Vas-y. Je reste là, Kim, et on le fait à distance.

Elle me dévisage, mord sa lèvre, acquiesce. Je la suis du regard. Lorsque le voyant rouge s'allume sur la cloison devant moi, je ferme les yeux, noue les mains devant ma bouche, me branche sur son corps comme j'essayais de capter l'accidenté de Harlem qui simulait la mort, l'aveugle de la synagogue, l'érable de Central Park, le berger allemand du FBI, Irwin Glassner et la petite Tian. Et je fais l'amour à toute la création, à l'enfant qui se réveille, marche et meurt, à la migraine d'Irwin Glassner pour qu'elle dis-

L'évangile de Jimmy

paraisse, à la femme de ma vie pour qu'elle soit heureuse avec un autre, au vieux haricot dans son fauteuil roulant qui m'envoie baliser le genre humain qui s'en fout... Je fais l'amour immobile dans le ciel, en pure perte, et je sais que derrière la porte Kim vibre à mon rythme et va jouir en même temps. Je prie pour que l'échec de ma mission ne lui cause pas d'ennuis, qu'elle m'oublie sans douleur. Et je recommande son âme en libérant, dérisoire, une semence qui de toute manière ne produira jamais d'être vivant.

A la livraison des bagages, trois policiers s'approchèrent de Jimmy et lui demandèrent de le suivre. Il interrogea du regard l'agent Wattfield qui abaissa les paupières en signe d'acquiescement : ce fut leur seul adieu.

Sac de voyage en bandoulière, encadré par les flics à Ray-Ban, Jimmy passa devant le comptoir où le Dr Entridge accusait la compagnie de lui avoir perdu sa valise. Les yeux fermés, le coach faisait des exercices respiratoires pour diminuer son décalage horaire. Jimmy croisa le regard de l'attaché de presse, n'y vit qu'un sentiment de rancune et de gâchis. Mgr Givens détourna la tête.

Après quelques longueurs de couloirs entrecoupés de portiques à rayons X qu'il faisait sonner dans l'indifférence générale, Jimmy arriva dans un hall minuscule où son escorte le remit entre les mains d'une hôtesse, qui l'emmena dans un salon tamisé, lui offrit une boisson, un fauteuil et la presse internationale. Elle retourna derrière le bar. Il la regarda découper des lamelles dans un citron, puis aperçut Irwin Glassner. Manteau sur les épaules, essoufflé, hirsute, le conseiller traversait la moquette en traînant une petite valise à roulettes. Il découvrit Jimmy, obliqua brusquement et vint le serrer contre lui, le repoussa, le dévisagea à bout de bras. Il était en nage, les pupilles dilatées.

— C'est peut-être la plus grande connerie de ma vie, Jimmy, mais je ne pouvais pas faire autrement. Je n'ai plus rien.

Les ongles du généticien plantés dans son blouson, Jimmy lui dit bonjour, demanda de quoi il parlait. Irwin le lâcha pour désigner son crâne :

— C'est fini ! Disparu, plus rien !

— Vos migraines ? Tant mieux. On vous a tenu au courant, pour le Vatican ?

— Ce n'étaient pas des migraines, mais un glioblastome. Une tumeur maligne au cerveau. J'ai repassé un scanner ce matin, avant l'opération : elle a disparu. Vous entendez ? Vous m'avez sauvé. Sauvé !

Jimmy secoua la tête, doucement, lui rappela que c'était lui-même qui avait fait le travail, avec son hypophyse et ses molécules messagères.

— Qu'importe le processus, Jimmy ! Si je l'ai déclenché, c'est parce que j'ai cru en vous. Et ça a marché, comme pour Donoway, Sandersen, la petite fille de Lourdes...

— Sandersen ?

— Oui, on vous l'avait caché, l'évêque avait peur que vous preniez la grosse tête, il trouvait que c'était trop tôt, mais vos prières ont vaincu son cancer au poumon : je suis témoin ! Ça a marché, Jimmy, comme ça marchera pour les millions de personnes qui vont prendre en vous la force de se guérir !

— Personne ne saura jamais qui je suis, Irwin.

— Venez.

Il l'entraîna jusqu'aux portes vitrées donnant sur la piste,

L'évangile de Jimmy

où un petit jet bleu et gris venait d'atterrir et roulait dans leur direction.

L'hôtesse les invita à monter dans un bus, qui les conduisit jusqu'à un marquage au sol derrière lequel l'avion privé s'immobilisa. L'ouverture de sa porte déplia un escalier en haut duquel parut une jeune femme en tailleur strict, aux couleurs du fuselage.

– C'est le Programme de protection des témoins ? s'enquit Jimmy.

– Ce n'est pas votre protection qui était programmée. Au mieux, votre mise au secret. Je ne peux pas l'accepter. Plus maintenant que j'ai cette preuve dans ma chair. Le monde doit savoir. On n'a pas le droit de le priver de votre existence.

Il empoigna sa valise et descendit du bus ; son air exalté avait laissé place à une détermination froide. Jimmy le suivit, monta derrière lui dans le petit avion. Peu lui importait l'identité de ses repreneurs. Il avait toujours eu confiance en Irwin, et désormais il se sentait responsable d'une guérison qui s'était produite à son insu. Il ne craignait qu'une chose, c'est que cette guérison, une fois encore, ne soit fatale. Le reste n'était que de l'intendance. Il ne serait jamais plus prisonnier de rien ni de personne.

Lorsque, dans la carlingue emplie de musique sacrée, le propriétaire du jet quitta son fauteuil en cuir blanc pour venir l'accueillir, Jimmy ne fut guère surpris. A peine les services gouvernementaux l'avaient-ils lâché qu'il était récupéré par le privé.

– Je vous présente le pasteur Jonathan Hunley.

Bronzé, lifté, athlétique, il faisait à peine plus vieux qu'à l'écran. Une main sur le cœur et l'autre sur l'épaule de

Jimmy, il se figea dans une attitude chevaleresque, prêtant allégeance ou attendant de recevoir l'hommage, on ne savait pas trop.

— Heureux les invités au repas du Seigneur !

Le télévangéliste avait parlé de la voix chaude et profonde qui envoûtait vingt millions d'Américains chaque dimanche. Comme Jimmy restait de marbre, il plissa les yeux et enchaîna, se tournant vers le conseiller scientifique avec l'air inspiré d'un champion de patinage :

— Voici donc l'Agneau de Dieu qui enlève le péché du monde...

Face au silence d'Irwin, il revint dans le regard de Jimmy et ajouta avec une contrition veloutée, en réduisant de moitié le sourire de ses dents refaites :

— Bénissez-moi, rabbi, car j'ai beaucoup péché.

— Je sais, dit Jimmy.

La main quitta son épaule et se posa sur celle d'Irwin.

— Mon infrastructure, mes fidèles et mes ondes sont à sa disposition, si comme nous le pensons il est Celui qui doit venir.

Son débit avait considérablement ralenti, jusqu'aux trois derniers mots qui résonnèrent d'un poids tragique par-dessus la cantate diffusée en sourdine. Glassner ouvrit sa valise, prit le dossier confidentiel défense qu'il avait sorti de la Maison-Blanche au mépris de sa carrière, de son honneur et de sa vie, le déposa sur la table d'acajou boulonnée au sol de la carlingue. Sa nuque reçut l'hommage de la longue main hâlée où brillait un anneau d'améthyste.

— Dieu vous a inspiré la plus sage des décisions, Irwin Glassner.

— On appelle ça une trahison d'Etat.

L'évangile de Jimmy

– Judas livra Notre-Seigneur à l'ennemi ; vous le délivrez de ceux qui le renient.

Jonathan Hunley abaissa les paupières et joignit les doigts d'un air modeste. Plus qu'un orateur sacré, il évoquait ces héros de soaps rompus aux rires enregistrés ponctuant chacune de leurs répliques. Irwin le trouvait plus répugnant que tous les politiciens qu'il avait pu servir, mais il n'avait pas le choix. La dernière fois qu'ils s'étaient rencontrés, c'était dans le bureau de George W. Bush, pour débattre de la présence éventuelle sur Terre de celui dont l'Eglise néo-messianique promettait l'avènement imminent. Vingt-six ans plus tard, Hunley semblait avoir attendu cette minute avec autant de patience que d'efficacité. Tout était prêt pour accueillir le Christ : l'opinion publique était sur des charbons ardents, les adeptes sous pression, la secte en parfaite santé financière et légale. De la diffusion gratuite de Bibles intégralement financées par les encarts publicitaires jusqu'au rachat du plus gros réseau de chaînes nationales, en passant par la captation d'héritage et la prise en charge des études universitaires d'enfants surdoués de milieux défavorisés, la mainmise du pasteur sur le pays n'avait cessé de s'affiner. Depuis le rachat des casinos de Las Vegas, dans l'intention avouée de reverser aux pauvres ce que le hasard fait perdre aux riches, le chiffre d'affaires annuel de l'Eglise du Grand Retour dépassait le milliard de dollars. Les bénéfices avaient permis au télévangéliste de sauver, comme il disait, le chantier le plus pharaonique du monde : la cathédrale Saint John the Divine, commencée en 1882 au nord de Central Park, destinée à devenir en volume la première basilique après Saint-Pierre-de-Rome, et qui tombait en ruine par manque de crédits aux deux tiers de sa construction. Hunley avait racheté à l'Eglise épiscopale ce temple du mauvais goût byzantino-gothique qu'il était en train d'achever à sa propre gloire, grâce aux droits de retransmission des shows dominicaux qu'il y donnait en direct.

L'hôtesse vint dire que le pilote avait reçu un créneau de décollage. Ils s'assirent autour de la table et bouclèrent leurs ceintures.

— Quand vont-ils découvrir que Jimmy leur a faussé compagnie ? s'enquit le pasteur.

— Incessamment. J'ai fait usage de mon code 40 auprès de la police de l'aéroport, pour réquisitionner les hommes qui l'ont conduit au départ des jets. La véritable équipe du Programme de protection l'attend dans le hall d'arrivée, après la douane.

— L'alerte doit déjà être donnée, alors.

— Pas forcément. Pour gagner du temps, j'ai fait intercepter dans la soute, pour détention illégale de documents d'Etat, le bagage d'un de ses accompagnateurs.

Jimmy laissa échapper un sourire. Le conseiller scientifique avait rajeuni de dix ans, mais la disparition de sa tumeur n'était pas seule en cause.

— En revanche, reprit-il, on risque de nous cueillir à l'arrivée à New York.

Le pasteur répondit avec une lueur canaille qu'il avait pris ses précautions, pour l'identification de l'avion et le plan de vol. Une escale technique à Baltimore et la continuation vers Easthampton en cabin-cruiser régleraient le problème.

— Là-bas, une résidence au nom d'un diplomate de l'ONU est à votre disposition : je garantis sûreté et incognito. De votre côté, Irwin, quand la Maison-Blanche va-t-elle s'apercevoir que les documents ont disparu ?

— Je l'ignore : je suis en congé maladie. Mon secrétariat gère les affaires courantes, mais le département de Clayborne peut avoir accès à mes dossiers — ne serait-ce que pour les détruire. Les ordres du Président sont clairs : il n'y a jamais eu clonage, naissance ni tentative de contact avec Jimmy.

— Je propose donc une révélation publique durant l'office de dimanche. La tranche 9 h 30-10 h est mon pic d'audience : nous culminons à quarante pour cent de parts de marché. Avec un bon rédactionnel annonçant l'événement...

— Rien ne doit filtrer avant l'émission, pour la sécurité de Jimmy. Une fois qu'il sera passé à l'antenne, il appartiendra au monde : la Maison-Blanche ne pourra plus s'en prendre qu'à moi. En revanche, après l'impact audiovisuel, il serait bon qu'il s'exprime par écrit dès le lendemain. Si un journaliste de confiance...

— Douglas Trenton, du *New York Times*. Interview exclusive dimanche avant l'office, embargo jusqu'à lundi matin : je réponds de lui.

— Non, dit Jimmy.

Le pasteur le regarda, coupé dans son élan, tandis que l'avion gagnait la piste de décollage. Il haussa un sourcil, mima l'incompréhension et s'informa, sur un ton d'anxiété à la fois hautaine et servile :

— Pourquoi « non », Jimmy ? Qu'avez-vous contre lui ?

— Rien. J'ai quelqu'un d'autre.

Elle est devant moi, dans un manteau de laine, ses cheveux remontés par un chignon qui s'éboule. Elle a de nouvelles lunettes. Son parfum me remue à peine. Je me rappelle l'émotion qu'il m'avait donnée, la dernière fois, quand elle téléphonait à l'arrière de la limousine pendant que je conduisais. Sentir qu'elle avait conservé la même eau de toilette pour vivre avec un autre me faisait plus mal que toutes les images que j'avais pu me fabriquer en pensant à leur couple. Aujourd'hui, c'est différent. Ce que j'éprouve est inchangé, mais lointain. L'homme que je suis devenu n'a plus de place pour elle, plus le droit de retourner en arrière, de se laisser casser par une passion humaine, plus le droit d'être jaloux, dépressif, rancunier. J'ai accepté l'idée qu'elle fasse sa vie sans moi, et j'espère que je pourrai l'y aider à ma manière. C'est la moindre des choses : notre amour inachevé, dans lequel les autres ne voient qu'un échec, m'aura bien mieux préparé au rôle qui m'attend que toutes leurs formations culturelles. Je lui dis merci intérieurement, de toute mon âme, et je lui serre la main avec un sourire aimable, comme si elle faisait partie du passé, comme si elle n'était plus pour moi qu'un joli souvenir parmi d'autres.

— Bonjour, Emma.

— Ça va ?

— Et toi ?

Elle esquive en ôtant ses gants, les glisse dans sa poche, détaille ma barbe de quatre mois et mes cheveux sur les épaules.

— J'ai du mal à te reconnaître.

— Je prends ça comme un compliment.

— Pourquoi ? Je te trouvais beau.

— C'est vrai que tu n'as pas connu ma période intermédiaire. J'avais grossi de quarante livres.

— Pas à cause de moi, quand même ?

— Un peu.

— Flatteur. Qu'est-ce qui t'arrive, alors ? enchaîne-t-elle d'un ton joyeux. Pourquoi tu passes à la télé ? Tu as gagné un prix, un concours de piscines, tu as inventé un nouveau système pour traiter l'eau ? Raconte !

— Ce n'est pas vraiment ça, mais je voulais que tu aies l'exclusivité.

— Cool. Tu as pris un brevet, j'espère. Que les royalties n'aillent pas dans les caisses de ton patron...

— C'est moi, le brevet, mais ça n'a plus d'importance.

— Tu es sympa de m'avoir appelée. Je pensais... Enfin, je me disais : j'aurais pu te donner des nouvelles.

— Moi aussi.

— Je veux dire : les torts étaient de mon côté. En tout cas, c'était à moi de... Ç'aurait été à moi de faire un geste vers toi, plutôt. Non ?

— Ce n'est pas la question. Je n'ai pas appelé la femme,

j'ai appelé la journaliste. Parce que tu me connaissais *avant* et que j'ai confiance en toi.

– Merci, Jimmy. Ça me touche. Et ça me fait plaisir de te voir... comme ça, quoi. Bien. Enfin... mieux. Tu as rencontré quelqu'un ?

– Oui.

– Je suis contente.

Je souris. Son enthousiasme ne sonne pas faux, mais c'est une protection – je la sens sur ses gardes, inquiète de ma démarche, bousculée par nos retrouvailles et déstabilisée face à ma sérénité qui a l'air sincère. Elle pensait trouver un ex inconsolable qui refait surface avec une bonne nouvelle, des arguments, des promesses, des propositions de repartir à zéro, et toutes les défenses qu'elle avait préparées tombent devant mon absence d'attaque.

Ça ne veut pas dire qu'elle soit déçue. Elle n'éprouve plus d'élan pour moi au présent, je le vois bien, mais elle n'est pas du genre à se sentir diminuée parce que sa victime se relève. Il y a autre chose, de plus profond.

– Tu ne veux pas t'asseoir, Emma ?

Elle hésite, puis sort les mains de ses poches. Elle ôte son manteau, le plie sur une chaise, se retourne vers moi. Sous la robe en maille grise, sa poitrine est encore plus belle. Ma respiration s'arrête un instant. Je reviens dans ses yeux. Elle a vu ma réaction. Je lui demande, aussi dégagé, aussi complice que possible :

– De combien ?

– Quatre mois, dit-elle en soutenant mon regard.

Je hoche la tête, essaie d'exprimer le minimum d'émotion personnelle dans le haussement de sourcils par lequel je ponctue l'information.

Elle s'assied. Je m'assieds aussi, en face d'elle, de l'autre côté de la table basse. Je dis :

— C'est bien.

Elle se détourne.

— Non.

La bouche fermée, elle fixe les produits de maquillage alignés sous le miroir de la loge. Je lui demande ce qui se passe.

— J'ai eu des problèmes avec Tom. Y a que l'enfant qui l'intéressait, finalement. On a suivi tous les traitements, pendant des mois, je te passe les détails, et dès que ça a fini par marcher, il est devenu... Je n'existais plus, quoi, je n'étais plus que le contenant. Fais attention, ne mange pas ça, ne fume plus, avance ton congé de maternité, arrête de conduire, pourquoi tu sors ? Je culpabilisais au moindre éternuement. Il ne me touchait plus, et il ne me lâchait pas d'une semelle... Mon boulot, j'en parle pas : il ne voulait plus que j'écrive à cause du rayonnement de l'ordinateur – à même pas deux mois, tu te rends compte ? Et on ne voyait plus personne, à cause de la rubéole.

Elle dénoue ses mains, les renoue, tourne autour de son index une absence de bague. Consterné, je l'écoute en me disant que les rêves sont des pièges, et que ma nostalgie est tellement plus facile à vivre que sa désillusion.

— Je l'ai quitté. Je me suis dit : je garde l'enfant et je me débrouillerai, voilà, on le partagera. Au début il n'a rien voulu entendre, il m'a menacée, maintenant il se tient à l'écart. Il attend la naissance avec ses avocats : il me fait suivre, il a trouvé des témoins, il a porté plainte... Suspicion d'avortement. Les flics m'ont convoquée trois fois, les gynécos ont vérifié, le juge m'a notifié la mise en demeure. Avec

L'évangile de Jimmy

la loi sur la protection des naissances, je risque cinq ans si je le perds. Et dès l'accouchement, de toute façon, je le perds : Tom travaille au bureau du procureur. C'est l'horreur, mais c'est ma faute. J'irai jusqu'au bout. Parlons de toi.

Je la regarde, effondré de l'autre côté de la table en verre, essayant de retrouver mon Emma, de projeter l'amoureuse insouciante, la fée des miroirs insatiable et gamine sur cette femme brisée par son vœu le plus cher.

Gênée par le silence qui se prolonge, elle enchaîne dans un effort de légèreté :

– Tiens, j'ai eu des nouvelles de Madame Nespoulos. Elle va bien, elle est à Patmos. Elle t'embrasse.

Incapable de prononcer un mot, je lui tends la chemise cartonnée aux couleurs de la chaîne. Ses doigts touchent les miens sur la couverture. Elle prolonge un instant le contact, puis se rejette en arrière pour ouvrir le dossier.

Retenant mon souffle, anxieux, je la regarde changer d'expression au fil des lignes. Je me suis trompé. L'avoir revue me coupe tout mon élan ; devant elle mes résolutions ne pèsent plus rien, vides de sens, et je perds pied. Son odeur, sa beauté, sa détresse... Je ne peux pas vivre sans elle. La tentation du désespoir revient, plus forte que jamais, tandis qu'elle parcourt avec stupeur le communiqué de presse. Défi, mission, responsabilités ne sont plus que des notions théoriques, des pis-aller, des moyens de fuite. Je me croyais à l'abri des passions terrestres, désormais, je croyais avoir maîtrisé le désir, renoncé au sexe et ne plus éprouver qu'un amour de principe pour l'homme en général – sa féminité meurtrie qui appelle au secours efface tout le reste. Et le désespoir bascule dans l'intuition que tout est possible encore. La prendre par la main, quitter ce lieu, ces gens, oublier qui je suis, ce qu'ils veulent, ce que je me crois tenu d'apporter – disparaître avec elle, ne plus être que le père adoptif d'un enfant à naître, et laisser tomber la Terre entière pour faire une famille à la femme que j'aime.

Elle relève les yeux du communiqué de presse, et je sais déjà que c'est trop tard, c'est exclu, c'est fini.

– Tu es... Tu es Dieu ? articule-t-elle, atterrée. C'est ça qu'ils racontent ?

– Non, Emma. J'ai les chromosomes de Jésus, mais ça ne prouve rien : le plus gros reste à faire.

– Je peux t'enregistrer ?

– Bien sûr.

Elle ouvre son sac fourre-tout, cherche à tâtons son appareil, le pose sur la table entre nous, l'enclenche.

– Tu as des preuves ? Des scientifiques sont prêts à certifier ton origine ?

– Oui. Le conseiller Irwin Glassner. C'est lui qui a sorti mon dossier de la Maison-Blanche. Je t'ai mis son téléphone : il accepte de témoigner sur mon clonage, sur la guérison qu'il m'attribue, sur...

– C'est lui qui était responsable de ce « Projet Oméga » ?

– Lui et Buddy Cupperman – tu te rappelles ? *The Crayfish*, le film qu'on regardait quand...

– Pourquoi tu fais l'émission d'Hunley ?

Elle lance ses questions en rafales, sans écouter mes réponses, pour rester impartiale.

– Je n'ai de pouvoir que si l'on croit en moi, Emma. Et je me dois d'aider le plus de gens possible...

L'évangile de Jimmy

— En faisant de l'audience. En remplissant les caisses de Jonathan Hunley. En cautionnant la plus pourrie des sectes.

J'essaie de rester neutre, agacé par ces a priori, ces ronces qui lui cachent la forêt.

— Ce n'est pas en boycottant vingt millions de spectateurs qu'on les aidera à y voir clair.

— On t'a drogué ?

— Arrête. J'ai une mission, Emma. Je saurai empêcher ceux qui voudraient la détourner ou en tirer profit.

— Tu es au courant depuis quand, pour ton ADN ?

— Juillet.

— Qu'est-ce qui a changé, dans ta vie ?

— Tout. C'est ce que je croyais, jusqu'à ce matin. Je te regarde, et puis non : je suis le même.

Elle arrête l'appareil.

— Tu veux dire ?

— Ce qu'il y a de mieux en moi, c'est toi. Tout ce qui a fait de moi ce que je veux être aujourd'hui, c'est notre histoire. L'importance que tu m'as donnée, le bonheur qu'on a eu, la souffrance que je te dois. C'est toi qui m'as changé, qui m'as fait grandir, qui m'as laissé cette force d'amour qui s'est multipliée en ton absence.

Elle a un sourire triste, en biais, lucide.

— Tu me dis merci de t'avoir largué, c'est ça ?

— En quelque sorte. Merci de la part des autres.

Elle rappuie sur l'enregistreur.

— Ta mission, c'est quoi ?

Je lui parle du cardinal Fabiani, je lui raconte les Rocheuses, Lourdes et l'abbaye. Je lui donne toutes mes clés ; à elle de trouver les serrures qu'elles ouvrent.

— C'est quoi, Dieu ?

L'évangile de Jimmy

Je marque un temps. Elle allume une cigarette.

– Je ne sais pas encore, Emma. C'est un élan. Une énergie. Une force d'amour et d'organisation...

– ... qui a créé un monde où règnent la haine et le bordel.

– C'est nous qui l'avons fait à notre image. Parce qu'on a cru que c'était ça, notre image. On accuse Dieu, mais on était libres de se construire autrement. Sans cette foutue image.

– Et elle vient d'où, cette « foutue image » ? Du diable ?

– Oui.

– Des femmes, quoi. On en revient toujours à Eve qui croque la pomme. Et c'est pour balancer ce genre de conneries que tu mobilises une chaîne de télé, que tu me fais perdre mon temps ?

– Ce n'était pas une pomme, c'était une figue.

– Pardon ?

– L'arbre de la Connaissance du bien et du mal, dans la Genèse, c'était un figuier. On s'est planté dans la traduction, une fois de plus. *Pomum* veut dire « fruit » en général. On a mélangé *malum* « le mal » et *malum* « la pomme ».

– Je préfère.

– Quoi donc ?

– Là, on est dans le sujet. Je te rappelle que j'écris pour un magazine de jardinage.

– L'interview que je te donne, tu pourras la vendre aux enchères dans une heure au *New York Times,* au *Post,* au *Herald Tribune,* à qui tu voudras... Et je te garde l'exclusivité pour la suite.

– Cesse de vouloir faire le bonheur des autres. Je suis très bien comme je suis.

— Non, Emma. Je ne veux plus que tu t'enlises dans ta routine, que tu renonces à tes ambitions en faisant des constats d'échec.

— On est là pour parler de toi, d'accord ?

Je me penche en avant, saisis ses mains.

— Réagis, Emma, ne te laisse pas avoir ! Le mal qu'on te fait, tu le prends comme une excuse pour ne pas aller plus loin, une raison de renoncer encore...

Elle se dégage avec brusquerie, croise les jambes.

— Et renoncer à quoi ? Tu m'emmerdes !

— Aux enquêtes que tu voulais faire, au livre que tu es en train d'écrire depuis que je te connais et qui en est toujours au même point, non ? En plus court. Chaque fois que tu l'ouvres sur ton Mac, je parie que tu en effaces.

Des larmes brillent derrière ses lunettes mais je continue, je ne peux plus garder pour moi ce que je ressens d'elle ; sa souffrance déborde et il est temps que les barrages cèdent.

— Arrête de douter de toi, Emma, arrête de penser que les autres ont raison, qu'ils t'auraient donné ta chance si tu en valais la peine. Moi je te la donne, ta chance, mais ce n'est qu'un laissez-passer, une feuille blanche que tu dois remplir ! Tout ira bien, ensuite, dans ta vie, si tu reprends l'initiative !

— Et l'enfant que je porte, tu en fais quoi ?

— Une force. Une force d'amour et d'organisation...

— Une force ? Il me fout par terre, je lui donne toute mon énergie et je sais qu'à sa naissance on va me le prendre, qu'est-ce que tu veux que j'en fasse, de ça ? Une source d'inspiration ? Tu crois que tout s'arrange quand on en fait des phrases ? Les écrits restent et les problèmes s'envolent ? C'est ça ?

— Travaille d'abord tes forces pendant que ton enfant se nourrit de toi, sinon qu'est-ce que tu lui donnes ? Du renoncement, de l'amertume, de l'échec programmé. Ensuite, quand tu l'auras mis au monde, Emma, tu te battras pour lui et tu gagneras. Mais si tu abdiques au quatrième mois, tu fais le jeu du diable.

— Qu'est-ce qu'il en a à foutre de moi, le diable ?

— Il a semé le doute.

— Et alors ? Le doute, c'est le point de départ de l'intelligence !

— D'accord, mais c'est aussi le début de la chute ! La faute d'Adam et Eve, ce n'est rien d'autre : avoir douté de l'amour gratuit, avoir remplacé la confiance par la suspicion. Bien sûr que la voix du diable, c'est celle de l'intelligence ! Il est totalement crédible, quand il leur ment : « Dieu vous interdit de manger de ce fruit, parce que vous deviendriez aussi puissant que Lui. » Et voilà le travail ! Ils prêtent à Dieu des *arrière-pensées* : la trouille, l'obsession du pouvoir, la mesquinerie, la jalousie...

— Attends les caméras pour prêcher, tu veux ?

— Je ne prêche pas, Emma : je t'explique. Pourquoi je t'aime et pourquoi j'ai besoin que tu croies en toi. Je ne veux plus que tu galères avec des rédactrices en chef qui te harcèlent pour des histoires de cul, et qui bousillent tes bouclages et ton moral parce que tu refuses de leur céder — j'espère qu'au moins Cindy te fout la paix, depuis que tu es enceinte.

Elle a blêmi, laissé tomber sa cigarette. Je ne voulais pas parler de ça, mais c'est trop tard. Sonnée par mes dernières phrases, elle n'a même pas eu le réflexe de couper l'enregistreur. Je le fais.

– Comment tu sais, pour Cindy ?

Je connais la lueur dans ses yeux. Je l'ai déjà vue chez les autres. L'incrédulité qui se fendille, la raison qui bascule... Elle ne sait plus à quoi se raccrocher, devant l'évidence de mes dons : je lis dans ses pensées, je vois en elle tout ce qu'elle refuse de regarder en face... Elle se demande comment elle a pu vivre trois ans avec un médium, sans rien soupçonner. J'hésite. Dois-je l'abuser pour son bien, afin qu'elle écrive sur moi l'article qui la rendra du jour au lendemain célèbre, indépendante et riche, à même de se défendre avec les armes de l'ennemi pour garder ses droits sur son enfant ? Ou bien respecter son doute légitime et l'émouvoir du même coup, peut-être, en lui montrant que je ne suis avant tout qu'un paumé amoureux qui commet pour elle des folies dérisoires – prendre l'apparence d'un chauffeur de limousine pour le simple besoin de sentir sa présence derrière une vitre opaque... Vaut-il mieux pour elle que je l'impressionne avec un pouvoir surnaturel, ou que je lui inspire confiance par mes faiblesses humaines ?

– Tu m'as fait suivre, toi aussi ?

Toute la tristesse du monde enroue sa voix. J'ouvre la bouche pour me défendre ; elle me fait taire en appuyant sur stop, sans se rendre compte que l'enregistreur est déjà éteint. Elle l'empoche, se lève.

– Je ne ferai pas de papier.
– Pourquoi ?

Elle fourre le dossier de presse dans son sac.

– Je ne crois pas un instant à cette histoire. C'est un coup électoral, un montage dont tu es le complice ou la victime. Et je ne veux pas te tirer dessus, même pour flinguer les républicains, alors appelle quelqu'un d'autre.

— Emma, tout ce que je voulais, c'était...

— Me donner un scoop, d'accord. M'aider à sortir du trou où je m'enfonce depuis que je t'ai quitté, parce que toute seule je n'y arriverais pas. J'ai compris. La seule chose belle qui restait dans ma vie, c'est ton souvenir, et tu viens de tout gâcher. Je m'en sortirai peut-être pas, Jimmy, mais ça sera toute seule. Fous-toi en l'air dans ta secte de merde à jouer les Messies du prime time, et laisse-moi en paix dans mes jardins. Le diable, il est pas où tu crois. Salut.

Elle ramasse son sac, son manteau et s'en va en claquant la porte.

Je reste immobile sur ma chaise, bouleversé par le mal que je lui ai fait en ne voulant que son bien. Comment puis-je me tromper à ce point ? Sous mon maquillage de scène, à quelques minutes de devenir en direct une vedette mondiale, quel sens donner à ces retrouvailles qui me laissent brisé, vidé, sans prise ? Quelle leçon en tirer ? L'orgueil ou l'humilité ?

Peut-être que ce reniement d'Emma était nécessaire... Son refus de me comprendre, de me croire, d'entrer dans mes raisons me remet face à mon vrai but, redonne sa véritable dimension au sacrifice que je dois accomplir. C'est le message, probablement, qui devait passer par elle en guise d'adieu. L'humilité d'accepter qu'on ne puisse faire le bonheur des gens contre eux, et l'orgueil de croire néanmoins que leur salut dépend de soi. Sans orgueil on ne fait rien, sans humilité on le fait mal.

L'évangile de Jimmy

Plus personne ne me retient, j'irai au bout de mon destin ; ils en feront ce qu'ils veulent.

– Tout s'est bien passé ? demande l'assistante en ouvrant la porte. Raccord maquillage, et on monte sur le plateau : l'antenne dans vingt minutes.

Pas toi, Jimmy, t'avais pas le droit... Je rentre chez moi avec une rage, un désespoir à crever. J'ai aimé trois hommes dans ma vie ; l'un après l'autre je les ai vus devenir fous, paranos, hystériques : le contraire d'eux-mêmes. Est-ce moi qui déclenche ça ? Je fais perdre la raison, comme d'autres femmes portent la poisse.

Jimmy... J'ai voulu te protéger contre tout ce qui pouvait te faire mal – contre moi, aussi, contre ce sentiment d'échec et cette peur d'être jugée qui déteignent sur mon entourage depuis l'enfance, je le sais. Mais toi, tu étais le premier à me redonner confiance parce que tu avais besoin de croire en moi : je n'étais pas dans ta vie uniquement pour te mettre en valeur, et c'était délicieux de se sentir aimée pour ce qu'on pourrait être. Quand je te lisais les vingt malheureuses pages de mon essai contre l'Amérique des lobbies religieux, tu applaudissais comme si j'avais fini : tu voyais le livre, tu le sentais, tu en faisais déjà la promo auprès de tes clients. On s'est tellement donné, toi et moi. On se faisait rire, on se faisait jouir, on était faits l'un pour l'autre, l'un par l'autre et pour toujours, tant qu'on voudrait... Rien n'était sordide. Ta manière d'accepter mon mari annulait tous mes remords. Jamais je n'avais connu un homme aussi peu jaloux – c'est plus facile, c'est vrai, quand on sait qu'on est le préféré. Mais tu le défendais sincèrement, en t'identifiant à lui, comme si tu savais déjà qu'un jour je voudrais me séparer de toi pour la même raison – l'instinct de survie.

Je t'ai menti. Une seule fois : en te quittant. Mon travail n'était qu'un prétexte. Je n'ai jamais supporté d'abîmer ceux que j'aime. T'enlever le préservatif, maintenant que tu n'étais plus mon passager clandestin, officialiser notre couple, remplir une demande de grossesse, entrer avec toi dans le cycle infernal, la course contre la montre, le marathon médical, t'infliger les examens, les traitements, les palliatifs ? Ce parcours du combattant dont j'avais désespérément besoin et qui aurait tué notre amour – on avait tant d'exemples autour de nous. Je n'ai pas voulu de toi dans ce rôle. J'ai voulu nous protéger en te quittant, conserver au passé la pureté, la gratuité de notre histoire. J'ai été égoïste, je sais. J'aurais dû faire confiance à ta capacité de changer, mais je ne voulais pas que tu changes.

Tu n'as rien compris, bien sûr. Je t'ai laissé croire que c'était une question d'argent, que je comptais offrir à mon enfant un père qui assure. Je pensais que ce serait plus facile pour toi de m'en vouloir. Il ne fallait pas que tu puisses argumenter : j'avais trop peur que tu me fasses changer d'avis. Et voilà le résultat. Si j'étais restée dans ta vie, si on s'était mariés, tu ne serais jamais devenu l'objet d'une machination, la victime d'une secte, la proie de ces gourous que je hais. C'est ma faute, et aujourd'hui tu veux que j'étale notre intimité pour me faire un nom dans ton sillage.

L'évangile de Jimmy

La nausée me plie en deux au-dessus de la cuvette. Je n'arrive même pas à vomir. Comme le reste. Je ne suis pas aux normes. Je n'ai pas une seule envie de femme enceinte – des sushis en pleine nuit, des anchois aux kiwis, du chocolat dans les nouilles... Rien que du classique, aux heures ouvrables. Pizza marguerite, salade en sachet, yaourt light.

J'hésite à me replonger dans la Fête des orchidées de New Haven, la plus grande compétition de plantes en serre du Connecticut. J'ai écrit neuf cent vingt-huit signes sur trois mille ; le papier était pour hier. Je branche la télé sur BNS. Grandes orgues et roulements de tambour, lumières stroboscopiques dans la nef immense de Saint John the Divine. Le pasteur Hunley arpente le chœur, costume mao et col romain, micro HF en diadème dans les cheveux. Un portrait géant de Jimmy se dessine autour de lui, en incruste, et les mots CHRIST EST REVENU se forment au laser sous les voûtes.

– ... Oui, la notion du Bien a disparu de nos civilisations ! Regardez autour de vous : il n'y a plus de lutte entre le Bien et le Mal ; uniquement entre le Mal et le Pire ! Mais tout va changer, tout, car le Bien revient, mes frères ! Le voici, l'événement considérable que l'humanité attendait depuis vingt siècles ! Et ce n'est pas sur les preuves scientifiques de son incarnation présente que nous allons nous étendre ce matin : elles seront livrées à la réflexion de chacun, dès la fin de cette messe, sur notre site Internet, ainsi que les documents attestant que les forces sataniques au pouvoir à la Maison-Blanche comme au Vatican, dans une complicité infâme, ont voulu priver l'humanité de son

L'évangile de Jimmy

Sauveur ! A lui le Règne, la Puissance et la Gloire, pour les siècles des siècles !

— Amen ! hurlent cinq mille personnes dans la nef et le transept.

— En ce dimanche de grâce qui marque le Second Avènement, la Parousie, le Millénium tant espéré, mes frères, laissons de côté un instant les preuves pour célébrer notre joie ! Car l'Eglise du Grand Retour, dernier refuge des vrais chrétiens sur Terre, est bouleversée, transfigurée et fière d'accueillir en direct sur BNS, au sein même de la plus grande cathédrale jamais offerte à son Créateur par la main de l'homme, d'accueillir Celui qui fut, Celui qui est, Celui qui à jamais sera... Jésus-Christ Notre-Seigneur, le sang de l'Alliance nouvelle et éternelle, versé en rémission des péchés sous Ponce Pilate, et aujourd'hui cloné par l'opération du Saint-Esprit pour réincarner sous nos yeux la toute-puissance divine... ! J'appelle Jimmy Wood !

Le cœur dans la gorge, je regarde mon chéri d'East Harlem, ma bête de sexe et de tendresse arriver devant l'autel en cristal, lentement, dans un halo de lumière, les mains dans le dos, le regard froid, la bouche serrée. Dans son jean et sa chemise en lin, on dirait une pub pour Levi's. Le tonnerre d'acclamations qui résonne sous les voûtes s'interrompt d'un coup, lorsque le pasteur étend les bras en V de la victoire pour continuer sa harangue :

— Or il y avait parmi les pharisiens, nous dit saint Jean, chapitre 3, verset 1, il y avait un homme qui s'appelait Nicodème, un des notables juifs, et qui s'en vint demander à Jésus : « Rabbi, comment quelqu'un peut-il naître, une fois qu'il est vieux ? »

Et Hunley de se tourner, dans le rôle de Nicodème, vers

L'évangile de Jimmy

Jimmy qui lui rend son regard, sans aucune expression. Le silence se prolonge, ponctué par les appels de sourcils du pasteur, conscient que le suspense est en train de basculer dans le temps mort.

— Et vous êtes, Jimmy Wood, lui souffle-t-il, la réponse vivante à la question de Nicodème ! Car Notre-Seigneur eut ces mots : « En vérité, l'homme peut naître une fois qu'il est vieux, entrer une seconde fois dans le sein de sa mère... et renaître ! »

— Sauf qu'il parlait du baptême, pas du clonage.

Je m'approche de l'écran. A la réplique de Jimmy, le sourire du pasteur s'est relâché. Contrechamp sur la foule en attente. Puis gros plan de Jimmy qui se gratte le nez, imperturbable. Un reflet fait scintiller le micro dissimulé dans sa barbe.

— Car le clonage est un second baptême, conclut le pasteur, pour peu que l'Esprit-Saint...

— N'écoutez pas ces conneries, coupe Jimmy en fixant la caméra. Je suis venu aujourd'hui dans ce temple des marchands pour vous dire d'éteindre vos télés, de ne plus donner foi aux imposteurs qui facturent au nom du Seigneur, de ne plus écouter que votre instinct, votre cœur et vos doutes, car la foi commence par le doute, le vrai doute qui consiste à douter de tout, y compris du bien-fondé de ce doute.

— Ainsi Jésus provoquait-il pour interpeller les consciences, commente gaiement le pasteur en entourant l'épaule de Jimmy d'un bras protecteur.

— Ta gueule ! répond Jimmy en le repoussant. Tu m'as fait venir : tu me laisses parler ! J'en ai pour trois minutes, après tu reprends ton show et tes pubs, mais si tu m'interromps je te fais bouffer ton micro, c'est clair ? Vous qui m'écoutez, à travers le pays, sachez d'abord que je n'ai rien à vous dire. Rien de plus. Relisez la Bible, relisez le Talmud, le Coran, le Bhagavad-Gita ou regardez vivre un arbre ; vous entendrez la parole de Dieu sans vous encombrer des intermédiaires, tous ces menteurs de droit divin qui ont fait de la religion une machine de guerre, un esclavage, une pompe à fric, tous ces récupérateurs à la Hunley qui transforment le sang de l'Eucharistie en ketchup !

— Il dit vrai, je l'avoue ! intervient brusquement le pasteur en gros plan. Repentons-nous, mes frères, car l'heure a sonné !

L'affolement dans ses yeux, jugulé en trois secondes, est redevenu inspiration mystique :

— Oui, en vérité, je le confesse : j'ai cédé à la tentation de répandre de mon mieux, par le sponsoring et la générosité populaire, la parole de Dieu, mais l'essentiel n'est-il pas qu'elle se répande ?

— *Quelle* parole de Dieu ? « Tremblez car l'Apocalypse approche à coups de trompette, craignez la colère de votre Seigneur » ? Ce que tu rabâches depuis quarante ans pour alimenter la peur qui fait tourner ton commerce ? Cette parole-là, Hunley, tu peux te la foutre au cul !

Une rumeur d'indignation ravie emplit la cathédrale. Des voix s'élèvent, gueulent : « Vas-y ! Enfonce-le ! Rentre dedans ! » En un instant, l'ambiance de messe télévisée est devenue celle d'un combat de boxe. J'enclenche l'enregistrement et j'appelle les bureaux du *New York Post*. Ned Jarrett, mon ancien chef de rubrique déco, maintenant responsable de leurs pages people, est en train de boucler son édito pour demain. Je lui dis de regarder BNS et de

L'évangile de Jimmy

me réserver trois colonnes à la une, s'ils veulent en exclu le témoignage de la petite amie du Christ. Je coupe la communication sur son rire qui se coincera dans dix secondes, reviens coller le nez à l'écran où Jimmy continue de plus belle, engueulant les fans qui se précipitent pour franchir le cordon de gorilles en aube défendant le chœur.

– Dégagez, abrutis, vous n'êtes pas dans un stade ! Retournez vous asseoir et cessez de m'acclamer, sinon je m'en vais ! Oui, je suis né des gènes de Jésus, et alors ? Je suis fait de chair et de sang, j'ai vécu trente-deux ans comme n'importe lequel d'entre vous, j'étais un mec normal et je le suis toujours : on ne peut pas aller contre sa nature, et ma nature n'est pas d'être un objet de culte ! Je ne veux pas que les gens se massacrent une fois de plus à cause de moi, ça suffit avec vos guerres de religion à la con ! Le pouvoir politique a tenté de me récupérer, je ne laisserai pas davantage une Eglise quelconque s'emparer de ma parole. C'est la dernière fois que j'ouvre la bouche ! Le seul qui a des choses à vous dire, c'est le Linceul de Turin. Que les croyants fassent pression sur le Vatican pour qu'on le sorte de son gaz inerte, car c'est lui qui donne le signal du Jugement dernier : tous les voyants se sont allumés sur la balise de secours, comme sur un flipper : la *vraie partie* va commencer ! Mais si le destin du Linceul est de s'autodétruire à coups de bactéries vertes, c'est que Dieu l'a voulu : oublions les reliques, ne gardons que le message !

– Quel message ? hurle une voix dans la nef, relayée par un millier d'autres.

– Oui, le message ! clame le télévangéliste, qui gesticule dans le panoramique de la caméra-grue pour réclamer un gros plan. Il est là, le message, et il est clair : le Vatican est aux mains du diable ! Il escamote le Linceul, il renie Jésus...

— Silence ! lui crie la foule.

Interloqué, le pasteur se fige comme un arrêt sur image, l'imprécation coincée dans un rictus.

— Non, le message, reprend Jimmy en s'avançant vers le transept, il n'y en a qu'un : l'homme doit achever sa création ! Saint Paul a raison, nous sommes des « préhominiens » : l'homme *final*, digne de ce nom, est incarné dans Jésus, le Fils de l'Homme, en hébreu Ben Adam, le premier-né de la Nouvelle Création, le premier-né d'entre les morts, qui est venu du futur de l'humanité pour nous montrer la marche à suivre... Comment ? En nous donnant l'image de ce que nous serons, quand nous aurons réussi la synthèse entre l'incarnation et la spiritualité, quand nous nous serons délivrés de la peur de la mort et de la prison de la matière ! Voilà le verdict du Jugement dernier : c'est un non-lieu ! L'homme n'est pas coupable : il est libre ! Mais si vous restez en prison préventive de votre plein gré, dans vos petites peurs et vos petits conforts et vos petites querelles de voisins, alors tant pis pour vous, allez en guerre et foutez-moi la paix : vous n'avez rien compris !

Il ôte son micro, le jette et se dirige vers les coulisses. Hunley le rattrape, l'assure de la ferveur et de la mobilisation de ses troupes au service de la Deuxième Création, essaie de lui soutirer des précisions, des encouragements, des bénédictions... Jimmy lui arrache son micro-diadème, et l'approche de sa bouche pour lancer :

— Je n'ai rien à ajouter de mon vivant. Si je viens de Jésus, j'ai sa mission dans le sang, mais vous n'avez *aucune raison* de me croire. Toutes les guérisons qu'on me prête, des magnétiseurs auraient pu les produire : elles ne sont pas un signe de Dieu.

Il lève les bras en V à la manière du pasteur, pour calmer la houle de protestation qui s'est levée.

— Eglise du Grand Retour, je t'ai choisie. Comme le traître Judas était nécessaire pour que s'accomplisse le projet divin, c'est à toi que je confie l'organisation du supplice que je réclame et accepte en mon âme et conscience. Flagellation et crucifixion auront lieu dans treize jours, à Noël : la suite ne m'appartient pas. Je précise toutefois, pour qu'on ne recommence pas les polémiques habituelles, que c'est un vote Internet mondial, toutes religions confondues, qui décidera de mon sort sur la croix. Si vous avez besoin que je meure pour croire, je mourrai. Et qu'importent les recettes publicitaires que votre pasteur engrangera sur mon dos : il faut mourir avec son temps. Je m'arrangerai pour que les droits de retransmission aillent réellement à des œuvres de bienfaisance. J'ai terminé. Que Dieu soit avec vous.

Il laisse tomber le micro du pasteur, l'écrase du talon et quitte le plateau. Je me précipite sur mon ordinateur.

Comment raconter la suite ? Comment justifier ce qui s'est passé, et quel sens lui donner ? Cet article que tu me demandais de publier, Jimmy, je l'ai fait. Je suis devenue une signature, la référence de tes ennemis, la cible de ceux qui ont choisi de croire en toi. Et ce livre que tu me réclamais, tu en es aujourd'hui le sujet. A partir de tes confidences, des témoignages et des documents que j'ai rassemblés, j'essaie d'écrire ton histoire ; j'essaie de me mettre à ta place, de te rendre la parole, d'entrer dans les pensées de ceux qui t'ont créé, de raconter les mensonges qui ont fabriqué ta vérité.

Ce livre n'avait qu'un but, au départ : te sauver de toi-même, te convaincre, t'arrêter. C'était mon seul moyen de te parler, puisque tu ne voulais plus me voir, tu ne voulais rien entendre.

Qu'est-ce qui m'anime, aujourd'hui ? La colère, la révolte, la vengeance, le besoin de te réhabiliter, le refus qu'on t'oublie... Ou simplement l'espoir d'être devenue celle que tu avais devinée, celle en qui, toutes ces années, tu as cru.

Pour des raisons d'« accroche », ils avaient transformé ma *Lettre ouverte à celui qu'on prend pour Dieu* en *Jésus-Clone démasqué par sa maîtresse*. Sous-titre : « Un piscinier du Connecticut victime d'une machination politico-religieuse ».

Le jour se levait, j'étais remontée chez moi avec le journal, et la ligne de Jimmy n'était plus attribuée. J'attendais qu'il me contacte, j'espérais qu'il saurait lire entre les mots, comprendre que j'allais dans son sens : je l'attaquais pour le défendre, je semais le doute sur lui pour le protéger du fanatisme contre lequel il se dressait...

L'un des premiers à réagir à mon papier fut un chercheur italien, Guido Ponzo. Docteur en chimie et biologie, président de l'Union rationaliste de Naples, auteur de *Jésus : les preuves de l'imposture*, il venait de me lire sur le site web du *Post*. Il délirait d'enthousiasme, il me racontait ses propres combats, trente-cinq ans de lutte contre l'obscurantisme religieux, l'industrie de l'idolâtrie et les prétendus miracles. Mis au ban de l'Université, condamné pour destruction de relique et ruiné par les dommages et intérêts, il m'a téléchargé tous ses articles censurés, comme autant d'arguments pour que je continue à dénoncer le faux Messie né d'un Linceul bidon tissé au Moyen Age.

Pour lui, il ne fait aucun doute que l'Eglise fabrique elle-même ses reliques dans les caves du Vatican, où des scientifiques intégristes voués à l'Opus Dei les réactualisent sans cesse grâce à des techniques de pointe, pour duper les instruments d'analyse et de datation. On ne l'a jamais laissé approcher du Linceul de Turin, mais il affirme avoir démontré sa théorie en analysant les autres « linges de la Passion », ainsi que le morceau de barbaque vénéré dans les Abruzzes. Je lui demande des précisions sur la dernière phrase. La légende qu'il me transmet en réponse me laisse perplexe.

Au VIIIe siècle, un moine du village de Lanciano a des doutes : tout en consacrant le pain et le vin, il n'arrive plus à croire qu'ils contiennent réellement le corps et le sang du Christ. Il demande un signe à Dieu. Alors tout à coup, devant les fidèles qui assistent à la messe, l'hostie devient un bout de viande et le vin se transforme en sang. Depuis treize siècles, ces matières organiques se sont conservées sur place dans un état de fraîcheur parfaite – remplacées en réalité à chaque nouvel examen par les autorités religieuses, d'après Ponzo, avec la complicité de l'hôpital voisin. Car le morceau de chair est un vrai fragment de cœur humain, myocarde et ventricule, et le sang est de groupe AB. La recherche d'ADN qu'il a effectuée sur ces échantillons, en 2004, prouve à ses yeux la thèse du complot scientifico-ecclésiastique : groupe sanguin et génotype sont *les mêmes* que ceux qu'il a trouvés sur le Soudarion, ce suaire prétendument appliqué sur le visage du Christ, et conservé depuis le XIe siècle dans la cathédrale d'Oviedo. *Les mêmes*

L'évangile de Jimmy

que sur la Tunique d'Argenteuil, portée pendant l'ascension du Golgotha. *Les mêmes* que sur le Voile de Manoppello, avec lequel sainte Véronique épongea le supplicié. *Les mêmes* que sur la Coiffe de Cahors, la mentonnière qui servait à maintenir fermée la bouche du cadavre.

Guido Ponzo m'envoie les séquences TAGC qu'il a décryptées. Aussitôt, je les compare aux empreintes génétiques sorties des archives secrètes de la Maison-Blanche par le conseiller Glassner, mises en ligne depuis hier midi sur le site du pasteur Hunley. Et le résultat est sans appel. Si les chromosomes de Jimmy et ceux du Linceul de Turin sont bien identiques, en revanche ils n'ont *rien à voir* avec l'ADN des autres reliques. De deux choses l'une : ou les quatre linges annexes sont des faux, ou ils sont authentiques et le Linceul a enveloppé *un autre corps*.

Guido Ponzo est sidéré par ma conclusion : pour lui tout n'est que supercherie, mais c'est la première fois que l'Eglise est prise en flagrant délit de négligence sur ses contrefaçons. Si les pièces détachées de la Passion ne proviennent pas du même puzzle, alors pour lui c'est une chance inouïe de réduire à néant le Linceul et son soi-disant clone.

Je lui promets de le recontacter dans l'après-midi, et je m'habille tout en zappant les infos de neuf heures, où les commentateurs s'empoignent avec violence autour de mon article. Mais que peut-il contre les indices d'écoute ? Au moment de l'intervention de Jimmy, la messe d'Hunley a pulvérisé son record d'audience. Ce matin, sur le Net, on recense de la Floride à l'Alaska soixante-huit mille cas de miracles, du rhume interrompu au sourd qui réentend, en passant par le micro-ondes cassé qui se répare tout seul et la voiture qui démarre alors que la batterie est morte. Pour un Américain sur cinq, Jimmy guérit *par la télé*. Un communiqué de BNS promet le DVD de la messe pour dans trois jours, en édition limitée : avant même sa sortie, il est déjà collector et vaut mille dollars. Sur CNN, quarante pour cent des sondés le croient Fils de Dieu, trente pour cent pensent que c'est le diable qui agit à travers lui ; les autres estiment que c'est un extraterrestre ou ne se prononcent pas. Mon pays est devenu fou.

Quand j'ouvre à nouveau mes mails, une heure plus tard, j'ai reçu une centaine d'insultes, de menaces et de croix dessinées sur des cercueils. Le seul message de félicitations émane du Dr Sandersen, le cloneur que j'ai mis plus bas que terre dans mon papier. Hier midi, j'avais envoyé à tout hasard une demande d'interview sur son site. Il se déclare prêt à m'accueillir chez lui à ma convenance. Je lui réponds, je prends date pour demain, appelle mon nouveau rédacteur en chef. Il exulte : grâce à mon papier, les ventes sont en train de doubler. Je lui demande de me garder le même espace, et je file à l'aéroport de La Guardia. Par le fichier du *Post*, j'ai obtenu l'adresse privée du scénariste Buddy Cupperman, que Jimmy a désigné comme le chef du Projet Oméga. Inconnu au standard de la Maison-Blanche. J'ai laissé dix messages sur la boîte vocale du conseiller Glassner : aucune réponse. Et je veux absolument le témoignage d'un des politiques impliqués, avant d'aller interviewer le cloneur.

Arrivée à Los Angeles, je loue une voiture, prends une chambre d'hôtel, mets mon ordinateur en sécurité au coffre, et je fonce jusqu'à la plage de Malibu. A l'adresse indiquée, la maison n'est plus qu'un squelette de poutrelles métalliques et de planches calcinées. Je finis par trouver Cupperman dans une caravane de tournage. En état de choc, soigné par une escouade de géantes siliconées, il refuse de parler aux journalistes. J'insiste, pour son bien. Si les services secrets ont voulu le faire taire, il a tout intérêt à ce que le public le sache ; ça évitera qu'une récidive ne prouve la réalité des accusations que je suis prête à imprimer. Il s'obstine dans ses dénégations : il ignore tout du Projet Oméga, il ne connaît pas Jimmy Wood, il n'a aucune preuve de quoi que ce soit, toutes ses archives ont brûlé, il n'a rien à dire, et ce n'est pas la peine que je lui laisse mon adresse : il ne changera pas d'avis. En prononçant ces derniers mots, il me regarde avec une telle insistance que, lorsque je remets dans mon sac ma carte de presse, je m'arrange pour laisser tomber ma réservation d'hôtel. Il allonge le bras, la ramasse et me la rend.

Je rentre à l'Holiday Inn, commande un room-service, allume mon ordinateur. Toujours aucun message de Jimmy. En revanche, Tom et ses avocats me bombardent d'injonctions pour que je renonce aux « provocations journalistiques de nature à déclencher des violences fanatiques risquant de mettre en péril ma grossesse. » Connards.

Sans nouvelles de Cupperman, je rassemble les données transmises par le chimiste Guido Ponzo, et je consacre mon deuxième papier à expliquer posément aux chrétiens que le sang du Christ apparu devant témoins à la place du vin de messe, à Lanciano, correspond à celui de quatre linges sacrés sur cinq, mais n'a rien à voir avec l'ADN de Jimmy Wood. Je dois avouer que le fait de suggérer une imposture religieuse en utilisant comme arguments des miracles donne une certaine jubilation. Pour la première fois depuis des mois, je m'endors sans somnifères.

Le lendemain à l'aube, au moment de quitter l'hôtel, je trouve à la réception une enveloppe à mon nom contenant une centaine de feuilles : pages imprimées, notes manuscrites, fiches en vrac.

Quand mon avion se posa à New York, j'avais quasiment tout lu. Dans le taxi, j'achevai le récit de la « formation messianique » dispensée au chalet des Rocheuses, puis je parcourus dans le désordre les états d'âme de Cupperman sur les post-it : sa déception, ses enthousiasmes, son impuissance à « entrer » dans les souvenirs de la Passion, sa rage contre Lourdes et le Vatican... Notés de zéro à dix, les « dénouements possibles » me retournèrent l'estomac. Le traitement auquel ces gens avaient soumis Jimmy, leurs intentions, leurs cafouillages, leur cynisme et leur folie dépassaient tout ce que j'avais pu imaginer dans mon premier article. L'indignation, la colère froide qui m'avaient envahie décalèrent complètement mes réactions quand, arrivée chez moi, je découvris une dizaine de flics.

Le salon était soufflé par une explosion, un corps gisait dans une housse en plastique. Avant même qu'on m'ait demandé de l'identifier, je m'étais précipitée pour descendre la fermeture Eclair. Je poussai un cri de soulagement, puis je courus vomir à la salle de bains. Lorsque j'en sortis, une femme me prit en charge, me donna à boire, me montra sa carte du FBI, me dit que j'étais en sécurité. D'après les témoins, un homme en cagoule, à bord d'une voiture sans plaques, avait tiré au lance-grenade dans ma fenêtre, avant de prendre la fuite. On ne l'avait pas retrouvé, mais l'attentat était revendiqué par un groupuscule de chrétiens intégristes, choqués par mes attaques contre leur néo-Christ.

— Comment s'appelle la victime ? demanda l'agent Wattfield.

— Tom Forbes, adjoint du procureur. C'était mon ex-fiancé.

— Il vivait ici ?

— Il avait gardé une clé : je suis enceinte.

— Vous voulez qu'on fasse venir votre médecin ?

— Non, c'est bon. Je vais bien. La grossesse se passe sans problèmes et je n'ai pas eu de choc, ça va.

— Je vois.

— Non, je veux dire...

— Vous aviez peur que ce soit quelqu'un d'autre.

J'ai soutenu son regard. Même sans les allusions épaisses de Buddy Cupperman dans ses notes, j'aurais deviné les sentiments qu'elle avait pour Jimmy. J'étais surprise d'en éprouver ce genre de joie.

— Que faisait Tom ici, à votre avis ?

— Je suppose qu'il était venu à cause de mes articles. Qu'il attendait mon retour pour m'engueuler, m'accuser de mettre en danger son bébé, me placer sous tutelle prénatale... Il avait déjà enclenché une procédure en suspicion légitime. Toutes les nuits je souhaitais sa mort, si c'est ce que vous voulez me faire dire.

— Non.

La netteté du ton laissait entendre qu'elle croyait à la revendication des fanatiques. A moins que le FBI ne soit à l'origine de l'attentat. Après ce que j'avais lu dans l'avion, je m'attendais à tout de la part de ces gens. Intimidation ou nettoyage, j'étais peut-être sur la même liste que Buddy Cupperman.

— Non plus, a-t-elle souri.

Et j'ai rougi d'avoir eu des pensées aussi visibles.

— Je suis votre alliée, Emma. Officiellement, je suis chargée d'éviter les vagues, mais ce qui m'importe, c'est qu'on sauve Jimmy de lui-même.

— Vous savez où il est ?

— Prenez une valise, votre ordinateur et le dossier de Cupperman. Ne vous inquiétez pas : mes hommes feront le ménage.

— J'étais filée, à Los Angeles ?

— Dès l'instant où votre premier article est parti sur le Net, on vous a mise sous protection. Nous savons tout ce que contient votre vie, votre disque dur et votre boîte vocale.

— Efficace, comme protection.

— Elle se limite à votre personne, répondit-elle tandis que ses hommes emportaient le corps de Tom. Je connais vos préventions contre l'administration républicaine, Emma, mais dites-vous bien qu'aujourd'hui elle est de votre côté, elle appuie votre combat. Dans une heure, le Président donnera une conférence de presse. Il admettra l'existence du Projet Oméga, en tant que simple étude confidentielle sur un clonage humain effectué sous un gouvernement démocrate. Et il rendra public le rapport de la commission Clayborne qui, en accord avec le Vatican, dénie toute origine divine à Jimmy Wood, qualifié d'« irresponsable à tendances mythomanes ».

— Les salauds.

L'évangile de Jimmy

— Ils mettront en avant la thèse d'un complot islamiste, visant à déchirer la chrétienté et déstabiliser l'Amérique. A défaut de preuves, ils ont besoin d'une campagne de presse qu'on ne puisse les accuser d'avoir orchestrée. Vous êtes très précieuse pour eux, Emma. Comptez sur le soutien total de vos adversaires.

Une lassitude dans sa voix, sous la neutralité du ton, indiquait très clairement ce qu'elle pensait de tout ça. La complicité de femmes que je sentais entre nous ne s'arrêtait pas à la personne de Jimmy.

— Vous venez, Emma ?
— J'ai un rendez-vous, ce soir.
— Je sais. Vous y serez.

Une voiture blindée nous conduisit jusqu'à une maison discrète de Chelsea. La façade de brique et lierre dissimulait un bunker servant de PC aux opérations spéciales du FBI. Kim Wattfield m'installa dans une chambre à fausse fenêtre donnant sur un mur de lumière. Elle me laissa prendre une douche, me changer, puis m'emmena trois sous-sols plus bas, dans une chambre identique. Voûté devant son écran au coin de la fausse fenêtre, Irwin Glassner tourna vers nous un regard vide.

— Jimmy n'a rien de commun avec Jésus, dit-il. On s'est tous fait avoir. Moi le premier.

Je l'avais vu aux infos pour l'explosion de la navette Explorer, en juillet : il était méconnaissable. Miné par ce qu'il avait déclenché en livrant Jimmy à l'Eglise du Grand Retour, il s'était constitué prisonnier, mais le FBI ne souhaitait pas l'arrêter : le délit de haute trahison dont il s'accusait n'existait plus, depuis que le Président avait levé le secret défense. En déclassifiant le Projet Oméga, en rendant accessibles aux citoyens les pièces du dossier qu'ils avaient déjà pu consulter sur le Net, la Maison-Blanche pensait retourner la situation.

— Ce chimiste napolitain qui vous a contactée hier, reprit Glassner, la voix pâteuse, les paupières lourdes, cet illuminé qui a cassé l'ampoule de sang qu'il analysait à Lanciano... Depuis les polémiques sur la datation au carbone 14, il écrit à la Maison-Blanche tous les six mois. On me donnait les résumés de ses lettres, je ne les lisais même pas... Cent fois, on a refait les analyses de Jimmy : le génome était toujours conforme à celui du Linceul. On était *obligés* d'y croire...

Sa main frappa soudain son genou, dans une violence dérisoire. Il resta figé de côté, l'épaule basse, le bras ballant.

— Et la preuve, elle était dans nos archives ! Les premiers résultats que Sandersen avait communiqués à l'administration Clinton, en 1993... Mon prédécesseur était sûr de leur authenticité : la séquence des bases était identique aux décryptages effectués par l'institut médico-légal de Turin, par Leoncio Garza Valdés à l'université du Texas, Andrew McNeal à Princeton... On n'a jamais remis en cause cet ADN : c'était notre référence, notre génome-étalon... Dans le comparatif fourni par Sandersen, c'est celui de Jimmy qui était suspect à nos yeux, pas celui du Christ !

Il chercha à tâtons le verre sur la table, croisa le regard de Kim. Sa main s'arrêta. Il poursuivit en me fixant :

— Turin et Princeton viennent de me renvoyer leurs décryptages du Linceul. Contrairement à ce que vous avez écrit, c'est le même ADN que sur les autres linges de la Passion. Mais il n'a rien à voir avec celui de Jimmy. Il n'a rien à voir avec celui qui est enregistré au nom de Jésus dans les archives de la Maison-Blanche depuis Clinton.

— Vous voulez dire qu'on soupçonnait Sandersen d'avoir falsifié l'empreinte génétique de Jimmy pour qu'elle soit celle du Christ, alors qu'il avait *fait le contraire* ?

Glassner baissa la tête. Je demandai confirmation à Kim Wattfield qui écarta les mains, les laissa retomber avec un soupir. L'air climatisé ronronnait dans le silence. J'étais atterrée. Sans les délires rationalistes d'un casseur de reliques, la science aurait continué à soutenir le scientifique qui faisait mentir le sang de Jésus. Jusqu'au bout. Jusqu'au sacrifice de Jimmy. Je dis :

— Et ses pouvoirs, les preuves de ses miracles ? L'arbre de Central Park, les chiens de garde qui se suicident pour qu'il s'évade, la petite paralysée qui se remet à marcher, tout ce qu'a écrit Cupperman... C'est bidon, aussi ?

Glassner releva les yeux. Ils étaient pleins de larmes.

— Non, mademoiselle. Le faux est devenu vrai. J'en ai la confirmation dans ma chair. C'était un homme ordinaire, nous avons cru qu'il était Dieu, et il l'est devenu...

— Arrêtez votre numéro, Glassner ! s'énerva Kim. On a conditionné un pauvre type qui, à cause de nous, se croit obligé de finir sur une croix, alors maintenant on ne joue plus ! Emma a rendez-vous chez Sandersen.

— Je viens ! bondit Glassner en empoignant un pan de rideau pour se lever.

Elle le rassit d'une main sur l'épaule, l'invita à dessoûler et à rédiger son mea culpa sous la forme d'une lettre de démission, qui serait rendue publique en lieu et place d'un communiqué de presse. La Maison-Blanche lui laissait le choix des termes.

Sans réaction apparente, Glassner acquiesça, demanda à me parler en privé. Kim nous laissa et, durant une demi-heure, il me raconta *son* Jimmy. Ses espoirs, ses doutes, sa tumeur, ses déchirements, son affection pour ce fils rêvé qui était ce que les bassesses humaines auraient produit de meilleur sur Terre. Bien plus que le cynisme à l'emporte-pièce de Cupperman, la lucidité blessée de cet alcoolique à la dérive me donna le point de départ, la matière et l'urgence de mon propre récit.

Deux heures plus tard, pendant que je survolais l'Atlantique dans l'hélicoptère du FBI, Irwin Glassner reçut un appel de Washington. A son retour de vacances, le chef du service d'imagerie du Memorial Hospital venait de regarder son dernier scanner : il l'avait comparé aux précédents et en contestait le résultat. Pour lui, le délai entre l'injection et la coupe était trop bref : l'iode n'avait pas eu le temps d'arriver jusqu'à la tumeur pour l'opacifier. En fait de miracle, un radiologue trop pressé avait donné sans le faire exprès un faux espoir. Il fallait recommencer l'examen.

Irwin prit date. Puis il se pendit avec le cordon à rideaux de la fausse fenêtre. Il laissait un mot dans lequel il demandait pardon à Dieu, à Jimmy, à son fils.

Ce dernier, réfutant la thèse du suicide, exigea une autopsie.

Accessoirement, elle permit de confirmer l'absence de tumeur au cerveau.

— Au départ, ma motivation était toute simple : le gouvernement exigeait des résultats. J'avais réussi le processus de clonage, obtenu quatre-vingt-dix-neuf embryons, mais, dès l'implantation, c'était le rejet, la fausse couche. J'étais sûr d'aboutir, il me fallait du temps, c'est tout... Les experts des services secrets ne croyaient plus en moi, ils allaient couper mes crédits, arrêter le Projet Oméga, effacer toute trace de mes travaux. Alors, mis au pied du mur, j'ai dû leur donner satisfaction. A la clinique de ma Fondation, il y avait une jeune femme soldat, sans famille, dans le coma depuis deux ans. Très belle. Un membre du personnel soignant s'était laissé tenter... Elle n'avait pas survécu à l'accouchement. Son bébé était de groupe AB, comme le sang des reliques : j'ai pris cela pour un signe. Il a suffi de corriger, dans l'ordinateur central, l'empreinte génétique de Jésus pour la rendre conforme à celle de l'enfant, et transformer la femme violée en mère porteuse : le clone du Christ était né.

Rien ne bouge, sur le visage de Jimmy. Assis en tailleur dans la paille, au fond de l'étable où il vit de son plein gré depuis trois jours, il fixe une mangeoire en silence.

Lorsqu'on est entrées, il n'a pas eu un geste vers Kim, pas un mot pour moi, et les aveux de Sandersen paraissent sans effet sur son calme, son recueillement, son sourire pâle. Je monte le volume de l'enregistreur.

— Que s'est-il passé, en 2000 ?

— L'incendie de mon Centre ? Vous n'allez pas me croire, mais c'était un acte de rédemption. Ou d'orgueil, comme vous voudrez. Ma conscience de chercheur s'était rebellée : je n'en pouvais plus de me savoir le « père » d'un faux clone, alors que j'étais persuadé de pouvoir en faire naître un vrai. Mais, pour qu'on m'en donne les moyens, encore fallait-il que le faux disparaisse. J'ai mis à profit l'élection présidentielle. Un lavage de cerveau, un incendie, et j'ai rendu sa liberté au gamin, en m'arrangeant pour qu'il échappe aux recherches. J'étais certain que la réussite apparente du premier clonage inciterait l'administration Bush à financer une seconde naissance – qui, cette fois, aurait été la bonne. Je n'aurais jamais imaginé que ces débiles me traiteraient de la sorte.

— Comment a-t-on retrouvé Jimmy ?

— Je n'avais jamais perdu sa trace. Je le faisais surveiller de loin en loin, dans sa famille adoptive, dans sa fuite à Greenwich, dans son travail et ses amours... Les hommes de Bush avaient détruit les embryons du Christ, le Vatican n'autorisait pas de nouveaux prélèvements sur le Linceul : l'impossibilité de créer un vrai clone, désormais, faisait de Jimmy mon seul espoir de vengeance. Ma bombe à retardement. Mais le monde n'était pas encore prêt pour l'expérience que je voulais mener. Tant que le clonage demeurait interdit, Jimmy était inexploitable. L'arrêt de la prohibition décidé par Nellcott a modifié la donne. Jimmy n'avait pas

L'évangile de Jimmy

de dossier médical : j'ai fait en sorte qu'il soit mordu par un chien pour qu'on lui établisse une carte génétique, laquelle a permis au logiciel du FBI de le localiser. Voilà. Et maintenant, ma bombe va exploser à la face du monde. Rien ne résistera au souffle. Que Jimmy meure ou non sur la croix, qu'il ressuscite ou pas, j'ai réveillé la foi, l'hystérie millénariste et les guerres de religion : l'Apocalypse est en marche.

— Ça vous amène à quoi ?

— Finir en beauté.

— Dans la peau d'un escroc.

— D'une victime militante des escroqueries qui mènent le monde. J'étais quelqu'un de très bien, au départ, Emma. Un vrai chercheur intègre et passionné, coupable aux yeux de ses confrères d'avoir trouvé trop de choses. La jalousie, le politiquement correct et la logique du système m'auraient broyé, si je n'avais pas répondu à l'injustice par le bluff.

— Qu'espérez-vous de cette interview ? Entraîner dans votre chute tous ceux que vous avez roulés ?

— Bien sûr. Vous savez, je fonctionne artificiellement depuis cinq ans sur une moitié de poumon. Constamment, j'encode mes cellules souches pour qu'elles se différencient en cellules pulmonaires, et chaque fois elles finissent par reprogrammer mon cancer : il n'y a pas de miracle, et ma vie est un acharnement thérapeutique. Mon procès me changera les idées.

— Si Jimmy était en face de vous, que lui diriez-vous ?

— Je suis fier de lui. L'être qu'il est devenu est ma grande réussite, son discours à Saint John the Divine ma seule récompense. Que ce soit ou non par des moyens génétiques, j'ai fabriqué un Christ *de l'intérieur.* En le sous-traitant au gouvernement, j'ai divinisé un simple mortel, qui aujourd'hui est prêt à se sacrifier pour les valeurs chrétiennes. Va-t-il renoncer, quand il saura qu'il n'est qu'un homme ? C'est votre espoir et c'est ma crainte.

— Vous ne lui demandez pas pardon ?

— Je lui dis : Courage.

— Vous l'envoyez à la mort. Pour rien. Pour vous.

— Qu'il se souvienne que, sans moi, il ne serait que l'orphelin d'un viol. J'ai été la courroie de transmission entre Dieu et lui. Mon rôle est terminé, le sien commence.

J'arrête l'appareil. Tout le temps de l'enregistrement, Jimmy est resté immobile, sans manifester la moindre réaction. Rien n'a modifié l'air absent qu'il avait à notre arrivée. Abîmé dans une rêverie qui tient plus de la prostration que de la prière, probablement drogué, il fixe un point au milieu de ma tête ; il regarde à travers moi.

— Viens avec nous, Jimmy, dit Kim Wattfield.

Il ne répond pas. Une demi-heure plus tôt, on a débarqué à douze voitures dans le ranch du pasteur Hunley, avec gilets pare-balles et grenades lacrymogènes. Kim avait imposé à ses chefs ma présence dans l'assaut, m'avait casquée, sanglée entre deux cottes de mousse bleue frappées des lettres géantes FBI. Mais il n'y a pas eu d'assaut. Pas plus que d'effet de surprise. Hunley n'avait pas fait mystère du lieu où Jimmy se recueillait pour se préparer à la Passion. Visiblement, il connaissait l'heure de l'intervention policière : il avait convoqué les caméras de ses chaînes, la population locale et son staff juridique.

Par mégaphone interposé, les dix avocats ont rejeté, amendements à l'appui, la légalité des poursuites. L'accu-

L'évangile de Jimmy

sation de séquestration était sans fondement, puisque le sujet avait signé toutes les autorisations et décharges nécessaires : il était libre de ses choix. Quant à l'annonce de sa mort programmée, censée tomber sous le coup de la loi réprimant les tentatives de suicide, ça ne tenait pas davantage : il n'y avait pas volonté d'autodestruction, puisque la durée de la mise en croix dépendrait du vote des internautes. Conforme aux réglementations en vigueur dans les programmes de téléréalité, la Passion produite par le pasteur Hunley s'apparentait juridiquement à une épreuve sportive, dont on ignore à l'avance le minutage et l'issue. Pas plus qu'on ne peut empêcher un plongeur de tenter un record d'apnée, on ne pouvait interdire à un croyant de se mesurer aux souffrances endurées par son Dieu. Chaque Vendredi Saint, du reste, une vingtaine de chrétiens se faisaient crucifier sur les collines de San Pedro Cutud, au nord de Manille ; aucun décès n'avait été signalé en quarante ans de réédition du supplice biblique, et le recordman en était à son trente-sixième clouage. Le gouvernement des Philippines venait de donner son accord pour une retransmission en mondiovision : tout était parfaitement en règle et, dans ce pays à quatre-vingt pour cent catholique, harcelé par les islamistes réclamant l'indépendance du sud de l'archipel, l'accueil de la Passion du Messie présumé revêtait pour la population une importance cruciale. A cet acte de foi et de souveraineté nationale, les Etats-Unis comme le Vatican s'étaient opposés en vain, rappelaient les avocats : Manille ne pouvait annuler l'événement, sous peine d'émeutes incontrôlables et de déstabilisation mondiale.

Les fédéraux ont rengainé leurs armes. De son côté, en

témoignage de bonne volonté, le pasteur Hunley a accepté que Jimmy me reçoive, malgré l'animosité et la mauvaise foi dont je faisais preuve dans mon journal. Il savait que ce serait peine perdue.

— Viens avec nous, répète Kim.

Jimmy ne répond toujours pas. Elle se tourne vers moi, secoue la tête, sans espoir. J'insiste :

— Jimmy... Tu as entendu ? Tu es un homme comme les autres, tu n'es même pas un clone ! Irwin Glassner s'est tué à cause de Sandersen, et tu serais sa prochaine victime, c'est tout. Reprends-toi, je t'en supplie. Tu n'as aucune raison de marcher sur les traces de Jésus. Tu n'as aucun lien avec lui !

— Je sais.

La douceur de son ton me laisse sans voix. Il continue à me parler en regardant au-dessus de moi, comme si j'étais sortie de mon corps :

— Il faut que j'aille jusqu'au bout, Emma. Je ne peux pas revenir en arrière, trahir l'espoir des chrétiens... Je n'ai pas le droit. Mon âme est triste à en mourir, je pleure le suicide d'Irwin et je prie pour qu'il ait trouvé la réponse à ses doutes, mais il y a aussi en moi de la joie.

— De la joie ? La joie de t'être fait entuber dès ta naissance pour aller crever sur une croix où tu n'as rien à foutre ? Mais tu as entendu ce qu'a dit Sandersen, merde !

— Oui. Je ne suis pas le Fils de Dieu. Mais peut-être qu'à titre adoptif, Il voudra bien de moi.

Il se lève, il s'approche. Il me regarde dans les yeux avec une paix, une sérénité insupportables.

— N'essaie pas de changer mon destin, Emma. Ou alors, écris-le. Tout ce que tu peux faire pour moi, c'est un livre.

L'évangile de Jimmy

Il met son front contre le mien, pose la main à plat sur mon ventre. Il murmure :

– Pardon pour Tom. J'ai souhaité qu'il te laisse en paix, c'était plus fort que moi.

– Et tu es coupable de quoi ? s'énerve Kim. D'une pensée ?

– Les pensées sont des actes que les autres commettent. N'en veuillez pas à mes bourreaux.

Il retourne s'asseoir au fond de l'étable, replonge dans sa méditation. Je reste à trembler sur place, incapable d'arrêter les spasmes, les sanglots secs. Kim me prend le bras, m'aide à sortir.

Une ovation de la foule massée à l'extérieur des murs salue le départ des forces de l'ordre.

Mes quatre articles prouvant l'escroquerie de Sandersen n'avaient servi à rien, et le *New York Post* me refusa le suivant, m'expliquant non sans raison qu'« on n'en était plus là ». Malgré les efforts diplomatiques du Vatican et les menaces de sanctions économiques des Etats-Unis, le supplice eut lieu à la date et à l'endroit prévus.

De nombreuses voix s'étaient élevées dans les milieux intégristes pour que la crucifixion se déroule sur les lieux d'origine, mais Israël s'était violemment opposé à cette reconstitution sacrilège – de toute manière, la production était contre. Le réalisateur aussi. Trop petit, trop construit, trop dangereux et trop réducteur. Mettre en scène la Passion en dehors du contexte juif et de la période pascale était un signe d'ouverture, qui désamorçait les polémiques tout en rendant à l'événement, au-delà des clivages religieux, sa dimension de symbole universel – c'étaient les termes employés par les attachés de presse et les agents de voyages. Au nord de Manille, on avait construit un Golgotha plus vrai que nature. A court d'arguments, les ligues antidiscrimination s'étaient contentées d'appeler au boycott de la retransmission.

L'évangile de Jimmy

De son côté, la communauté scientifique internationale s'était mobilisée pour expliquer aux populations, comme j'avais tenté de le faire, que le candidat au supplice n'était ni un produit du Linceul de Turin, ni même un clone. En vain : malgré les démentis répétés du Saint-Siège et des généticiens, trente pour cent des sondés voyaient encore en Jimmy Wood le Christ réincarné, quarante pour cent attendaient le châtiment divin de son imposture, et les autres prenaient des paris. L'opposition unanime des autorités religieuses de toutes confessions avait décuplé l'engouement : le peuple avait le sentiment de se réapproprier Dieu. Les places dans les gradins surplombant les quatre sites de la Passion – flagellation, chemin de croix, calvaire, tombeau – s'étaient vendues jusqu'à trois mille dollars au marché noir. Officiellement, tous les bénéfices iraient à des associations caritatives.

Sans trop de difficultés, le pasteur Hunley avait convaincu les annonceurs, les investisseurs et les sponsors de la pureté de ses intentions : les ennemis de la chrétienté, disait-il, avaient tenté de semer le doute sur la légitimité du Nouveau Messie par une campagne de diffamation pseudo-scientifique, mais Notre-Seigneur tout-puissant, dans sa grande mansuétude, allait rétablir la vérité en offrant à nouveau son Fils en sacrifice, afin de racheter une seconde fois nos péchés. On ne prête qu'aux riches, et les plus grands trusts mondiaux avaient versé au pasteur Hunley des oboles colossales pour ses œuvres. Merchandising et retombées d'image les rembourseraient au centuple. On avait évité les stickers sur la croix et les bandeaux de tribune façon Flushing Meadow, mais c'était tout juste. Les spécialistes qui vendaient aux marques les meilleurs emplace-

L'évangile de Jimmy

ments disponibles sur les combinaisons des pilotes de Formule 1 s'arrachaient les cheveux, à la pensée des sommets qu'aurait pu atteindre le prix du millimètre carré sur la peau du crucifié. La dignité du spectacle était sauve, mais les téléspectateurs n'échapperaient pas aux pauses publicitaires, à chaque station du chemin de croix. Comme disait Jimmy, il faut mourir avec son temps.

Fidèle à son engagement, il n'avait prononcé aucun discours, depuis son apparition publique sur BNS. Ses seules paroles avaient été des exigences. Après avoir été trompé, manipulé toute sa vie, il serait seul à décider la manière dont il défierait la mort. Il voulait un *flagrum*, ce fouet romain aux mèches terminées par des plombs, il voulait cent vingt coups donnés par deux bourreaux, il voulait porter une croix entière et non pas une simple poutre, comme l'avait abusivement représenté l'iconographie, il voulait deux clous dans les espaces de Destot et un dans les tarses, il voulait une couronne d'épines de *gundelia tournefortii* et un coup de lance post mortem s'il succombait ; il voulait être en tous points fidèle au témoignage inscrit dans les fibres du Linceul. Aucune superstition, aucune illusion de « recette magique » n'entrait dans ce cahier des charges : il souhaitait simplement que les gens *se rendent compte*. Fassent renaître Jésus dans leur cœur par la prise de conscience et l'empathie. C'était cela, la Résurrection à laquelle il aspirait – en tout cas j'avais fini par m'en convaincre, au long des dix jours où, à distance, j'avais tenté de me mettre à sa place sur mon ordinateur. Il était prêt à perdre la vie *pour rien*. Du moins il offrait son corps à la foi, comme d'autres le lèguent à la science.

S'il résistait à la flagellation, si les suffrages Internet

prolongeaient sa mise en croix jusqu'au décès par asphyxie, ainsi que le laissaient entendre les sondages et les analyses des experts en téléréalité, ses consignes étaient claires. Sur le testament qu'il avait rédigé en bonne et due forme, il imposait qu'on suive à la lettre le scénario biblique : descente de croix, enveloppement dans un linceul, mise au tombeau. La production, pour qui c'était l'issue la plus rentable, avait prévu de rouler une pierre devant l'entrée et de laisser tourner les caméras à l'intérieur. Si jamais il se passait quelque chose, le phénomène aurait lieu en direct. L'idée que des milliards de téléspectateurs allaient veiller trois jours devant une image fixe était le fantasme le plus jubilatoire qui ait jamais germé dans le cerveau d'un professionnel de l'audiovisuel.

— Tous les yeux de la planète sont tournés vers toi, Jimmy, prêchait dans les enceintes le pasteur Hunley, depuis la tour en verre de la production. Mais le seul regard qui t'importe, qui nous importe, est celui de Dieu le Père tout-puissant, car nous ne sommes que les humbles servants d'une Volonté qui nous dépasse et nous transcende ! Prions, mes frères, à l'heure où nous allons entrer dans la communion de sa souffrance, prions pour le salut de celui qui nous fait don de sa vie, quelle que soit la décision que le Saint-Esprit inspirera aux internautes. Que la paix du Seigneur soit toujours avec vous !

— Et avec votre esprit ! cria dans toutes les langues la foule venue du monde entier, qui recevait la traduction dans ses oreillettes.

Assise avec Kim dans la tribune de presse, je priais de toute mon incroyance pour qu'il y ait un Dieu, pour que les hommes épargnent celui qui voulait racheter leurs fautes, et en qui la plupart ne voyaient qu'un gladiateur, un challenger, une cote à cent contre un. Kim suivait, sur son portable, les variations des suffrages Internet. La mort l'emportait toujours, par plusieurs millions de voix.

Je prenais sur moi, je m'obligeais à regarder la flagellation dans mes jumelles, comme pour diminuer sa douleur en la partageant. Le compteur digital n'affichait que trente-huit coups et il n'en pouvait déjà plus, son dos n'était qu'une plaie, les cris qu'il étouffait dans ses mâchoires étaient amplifiés par l'ingénieur du son. Un silence total était tombé sur le site. Les gens comprenaient enfin ce qu'ils étaient en train de voir – ou alors ils voulaient ne rien perdre. Sur les écrans géants, les gros plans du visage succédaient aux ralentis qui montraient l'apparition des zébrures sous l'impact des lanières.

Au cinquante-sixième coup, Jimmy s'écroula. Le compteur se figea. L'équipe de secours accourut, l'examina, prit son pouls et sa tension, lui injecta un tonicardiaque. Les maquilleuses épongèrent le sang, lui refirent un raccord. A l'antenne, le médecin-chef se montra rassurant : on envoya les pubs. La pause s'éternisa, on crut qu'il allait abandonner, la fièvre des paris s'emballa sur le quitte ou double, et des applaudissements frénétiques éclatèrent, chez ceux qui avaient fait le bon choix, lorsqu'il se releva pour tendre à nouveau son dos aux figurants costumés en légionnaires romains. Ce fut la dernière ovation.

J'avais fermé les yeux depuis un moment lorsque Kim pressa mon poignet. Le compteur marquait cent vingt, aucune réaction du public n'avait salué la fin de l'épreuve. Il était debout, vacillant, la tête droite, le corps continuant de tressaillir sous les coups de fouet qu'il ne recevait plus.

L'évangile de Jimmy

Les soigneurs nettoyaient les plaies, le pansaient, le faisaient boire, les médecins recommençaient leur examen.

On lui passa une tunique en lin, on le coiffa de la couronne d'épines, et il se dirigea en titubant vers la grande croix que lui présentaient les légionnaires. Il se pencha en avant, l'assura sur son dos, et entama l'ascension de la colline.

Le public demeurait muet, figé dans le respect, l'émotion et l'angoisse. Au suspense du début avait succédé une sorte de ferveur solidaire. On l'avait vu dépasser dans la douleur des limites humaines ; on le regardait porter la croix en lui faisant confiance. L'espoir avait remplacé la curiosité, le débat intérieur prenait le pas sur le spectacle et les pronostics s'étaient changés en prières. C'était un homme qui trébuchait sous un fardeau de bois, et c'était beaucoup plus. C'était chacun de nous qui avançait avec lui, qui relevait son défi pas à pas, repoussait la peur, l'impossible et l'absurde en se laissant gagner par la sérénité qui, au-delà des souffrances, illuminait les gros plans de Jimmy. Seuls les assistants, tout autour du site, témoignaient d'une agitation croissante, courant d'une régie à l'autre avec des gestes d'incompréhension.

Kim me montra l'écran de son portable. L'inimaginable s'était produit : à la question « Voulez-vous qu'il donne sa vie pour racheter vos péchés ? », soixante-quinze pour cent des internautes, à présent, répondaient non.

Mon cœur s'emballa. Kim me désigna la cabine du réalisateur, en haut de la tour vitrée de la production. J'ajustai mes jumelles. Entre les moniteurs de contrôle, les visages étaient ravagés par la stupeur. Si la crucifixion tournait court, c'était une catastrophe en termes d'audience, de supports, de merchandising et de droits dérivés.

— Public, public, pourquoi m'as-tu abandonné ? psalmodia Kim.

Je la serrai dans mes bras. C'était devenu mon amie dans l'épreuve, ma sœur, mon rempart, ma première lectrice. On refusait de toutes nos forces que Jimmy succombe à sa bravade, mais au fond de nous-mêmes, quand on se regardait, on avait l'impression d'être ses veuves. Elle m'avait tout dit de leur relation — jusqu'à l'orgasme incroyable qu'elle avait eu pendant qu'ils s'unissaient mentalement sur le Rome-Washington, elle aux toilettes et lui dans son fauteuil de classe affaires. Nos deux forces d'amour additionnées, tendues vers lui avec toute la concentration dont on était capables, avaient-elles pu l'aider à dominer la souffrance ?

Quatre-vingts pour cent des votants, maintenant, refusaient la mort. Tout autour de nous, les spectateurs branchés sur le Net répercutaient la tendance à leurs voisins, et les premiers cris s'élevaient pour qu'on interrompe le chemin de croix. Le soleil se voila, une bourrasque arracha les casquettes.

— Relâchez Jésus ! se mirent à scander les tribunes.

Aussi incroyable que cela paraisse, la compassion l'avait emporté sur le voyeurisme, l'enjeu des paris et la détermination des résurrectionnistes. Jimmy avait réussi. Il n'avait pas sauvé les hommes ; ils s'étaient rachetés eux-mêmes.

Soudain il bascula en avant, et les cris de la foule s'étranglèrent. On vit la croix osciller, s'abattre lentement sur lui, puis une rafale la redressa. Médusé, le public fixait la scène, dans un silence incrédule. Au lieu de tomber, la croix demeurait inclinée au-dessus de Jimmy, en suspens, comme si deux vents contraires empêchaient sa chute. La stupeur était devenue un moment de pur émerveillement, qui dura quatre ou cinq secondes. Jimmy fit une tentative pour se relever, et la croix s'affaissa sur le côté, se brisa en deux.

Alors une voix tonna, tombant du ciel :

— Mindanao !

Des hurlements retentirent, les gens se dressèrent.

— Mindanao, République islamique ! clamèrent les haut-parleurs tout autour du site.

La peur des snipers et des kamikazes déclencha immédiatement la panique. Les spectateurs évacuèrent les tribunes, poussant, renversant, piétinant les plus faibles, tandis que le service d'ordre maîtrisait les autonomistes qui s'étaient emparés de la régie son. Un projecteur explosa. Un autre. Tous les cadreurs abandonnèrent leur caméra, courant vers la tour vitrée d'où la production lançait des appels au calme recouverts par les cris d'épouvante. Débordées par la foule qui détalait en tous sens, la police et l'armée braillaient en vain qu'elles avaient la situation en main.

Bousculant figurants et techniciens qui désertaient leurs postes, je m'étais précipitée sur la colline avec Kim. Abandonné entre les deux morceaux de sa croix, Jimmy avait perdu connaissance.

Deux brancardiers nous rejoignirent avec une civière, demandèrent à la production l'autorisation d'enlever le corps. Aucune réponse dans leurs oreillettes. La production avait autre chose à faire, avec tous les problèmes contractuels, publicitaires et financiers que poserait l'arrêt de la

L'évangile de Jimmy

retransmission planétaire. Dans l'indifférence générale, on transporta Jimmy vers un poste de secours.

Là, parmi les blessés, il revint à lui et céda son tour. Il nous rassurait, disait qu'il avait le temps. Les infirmières lui donnèrent des antalgiques, ôtèrent sans ménagement la tunique de lin collée par le sang, refirent les pansements. Pendant qu'on le transfusait, j'enlevai, avec une pince à épiler, la vingtaine d'épines qui s'étaient incrustées dans son crâne.

Des rumeurs d'émeute résonnaient toujours, à l'extérieur. J'avais redouté que les croyants fanatiques ne se jettent sur Jimmy, le portent aux nues, le harcèlent pour un miracle, mais l'interruption du spectacle avait enlevé à l'acteur le bénéfice du rôle. La peur était plus forte que la foi, le salut passait par la fuite, et plus personne ne s'intéressait à celui qui, une demi-heure auparavant, portait l'espoir de l'humanité. Jésus gracié n'avait pas de sens. Tout n'était qu'imposture et trucages, publicité mensongère. Le danger écarté, la frustration et la colère avaient succédé à la panique, et la ferveur laissait place au lynchage. Du poste de secours, on entendait la foule assiéger la tour de la production, exigeant qu'on lui rembourse les places. Kim coupa les cheveux de Jimmy tandis que je lui rasais la barbe, et on l'escamota incognito dans une ambulance.

Sanglé sur sa civière, abruti par les calmants, il nous souriait, nos mains dans les siennes, replongeait puis refaisait surface. On arrivait en vue de l'aéroport, quand il prononça son premier mot. L'oreille collée contre sa bouche, j'entendis :

— Patmos.

— Patmos ?

L'évangile de Jimmy

Le sourire tira mes joues, rencontra mes larmes. Je me tournai vers Kim. Elle soupira, confirma d'un air fatigué :
– Patmos. C'est la grotte où saint Jean a écrit l'Apocalypse.

J'évitai de la contredire, mais, pour Jimmy et moi, ça signifiait autre chose. Je lui fis remarquer, délicatement, qu'un rapatriement sanitaire aux Etats-Unis n'était peut-être pas très opportun : le temps que les tensions retombent, il vaudrait mieux se réfugier en Europe, dans un endroit discret. Elle nous regarda. Jimmy acquiesça d'un plissement de paupières. Elle rappela l'ambassade et modifia notre destination.

Les derniers pêcheurs sont rentrés au port, les mouettes repartent vers le large, le soleil se couche et le silence d'hiver retombe sur les toits blancs.

J'écrase ma cigarette, quitte la terrasse. Au coin du feu, Kim répare une amphore qu'elle a trouvée dans la mer pendant que, sur la grande table de monastère qui occupe le restant de la pièce, Madame Nespoulos farcit les feuilles de vigne avec du chili froid, une recette toute personnelle et parfaitement immonde qui, dit-elle, lui rappelle l'Amérique. Ses opérations du cœur ne sont pas des réussites mais elle survit, allant chaque matin devant la tombe de son mari, au fond du jardin, lui demander pardon de ne pas l'avoir rejoint encore. Elle semble contente de notre présence, mais elle est déjà ailleurs. Dans son petit paradis de la mer Egée, elle tue le temps parmi les vieilles photos, les carafes d'ouzo et les feuilles de vigne.

Jimmy se remet de ses blessures, lentement. Il a décidé de cicatriser dans la mer, et ses plaies se creusent de jour en jour. Il prétend ne pas souffrir. Il ne dit presque rien. La lumière de son sourire remplace les paroles, mais laisse un grand vide quand on croise son regard. Kim est perplexe, j'ai confiance, Madame Nespoulos le trouve inchangé : elle n'a pas la télé, elle n'écoute plus le présent, et il a commencé à lui creuser une piscine.

Un matin sur deux, il part en barque, revient au soleil couchant avec des paniers de poissons. Même s'il leur parle en grec ancien, les pêcheurs ont l'air d'apprécier sa compagnie. Je ne sais où il en est de son cheminement intérieur, j'ignore ce qu'il va faire, tous les deux jours, dans la grotte de l'Apocalypse ; je ne le vois qu'en fin de journée, quand je quitte mon ordinateur, et j'expédie poliment le dîner pour retourner travailler. Je respecte son silence, et j'ai tant à écrire.

C'est un bonheur incroyable de mener en parallèle mon livre et ma grossesse : les deux rêves de ma vie convergent, s'alimentent l'un l'autre. Je devrais peut-être m'inquiéter de l'avenir, mais le présent est bien trop riche. Pas une fois Jimmy ne m'a questionnée sur le manuscrit. Pas une fois je ne lui ai demandé de précision sur ce qu'il avait pensé, vécu, déclaré ou tu. Je laisse parler mon instinct, la confiance qu'il a mise en moi. Je me souviens, je mêle les témoignages de Kim, d'Irwin, de Buddy Cupperman, du cardinal Fabiani qui m'inonde de mails par l'intermédiaire de son aide-soignant – et je me glisse dans l'esprit de Jimmy pour voir son aventure avec ses yeux, la revivre avec ses mots. Le jour où je lui ferai lire, il aura tout loisir de corriger. Pour l'heure, je m'occupe de son passé, et je le laisse se reconstruire.

A la lueur des bougies, les soirs où j'ai l'impression que je *tiens* son personnage, je le regarde se taire au milieu de ses trois femmes, nimbé de sourire dans sa lumière intérieure, je l'écoute ignorer les phrases que je mets dans sa bouche, et je me dis qu'on peut ressusciter sans être forcé de mourir. A quoi va-t-il employer sa vie, maintenant, ces prolongations que les humains ont décidé d'accorder, cette fois, à celui qui prétendait les sauver ? Je ne sais pas encore si l'épreuve subie a fait de lui un demi-dieu, ou simplement un homme à part entière.

Une nuit, en me réveillant, je l'ai vu debout devant moi, immobile et concentré, les mains en suspens au-dessus de mon ventre. Il m'a souri, a posé un doigt sur sa bouche, en désignant Kim endormie à l'autre bout du grenier. Et il a regagné sa chambre. Depuis, je sais qu'il vient chaque nuit, et je l'attends dans mon sommeil. Il travaille sur mon enfant, comme je travaille sur son livre.

Cet après-midi, Kim nous a quittés, gorgée de soleil et de vacances. Le résultat de l'élection américaine avait bouleversé l'organigramme du FBI, on lui demandait de revenir sur sa démission en échange d'une promotion gigantesque, et elle n'a hésité que trois jours.

Je l'ai accompagnée jusqu'à l'embarcadère. Rempli de bouteilles d'ouzo par Madame Nespoulos, son sac de voyage ne fermait plus. En le lui passant dans le bateau, j'ai vu qu'elle emportait, raidie de sang séché, la tunique du chemin de croix. Elle a soutenu mon regard, a haussé les sourcils avec un petit mouvement d'épaule, et m'a dit :

– On ne sait jamais.

Note de l'auteur

Tous les personnages mis en scène dans ce roman sont fictifs, à l'exception notable de deux Présidents américains, mais les actions, les déclarations et les pensées que je prête à Bill Clinton comme à George W. Bush relèvent de l'imaginaire – pour autant que je sache. Quant aux découvertes effectuées sur le Linceul de Turin, bien que je les attribue souvent à des scientifiques inventés, elles sont réelles – même si l'Eglise parfois en doute.

En 1998, le Dr Leoncio Garza Valdés, un microbiologiste de l'université du Texas, écrivit au pape Jean-Paul II : « J'ai été le premier à avoir eu l'honneur d'effectuer le clonage moléculaire de trois gènes du sang du Christ. » Son but avoué était de mettre en garde les autorités religieuses contre le Second Coming Project, initié par différents lobbies américains désireux d'obtenir à n'importe quel prix des prélèvements sanguins du Linceul. Comme le déclarait une secte de Berkeley : « Si nous ne prenons pas le taureau par les cornes, les chrétiens vont attendre le retour du Messie éternellement. La seconde venue du Christ deviendra réalité parce que *nous allons le faire revenir.* »

A l'heure où j'écris ces lignes, le Linceul de Turin est toujours enfermé dans un container de gaz inerte, soustrait à la ferveur des croyants, à la convoitise des sectes et à la curiosité de la science.

Bibliographie

Jésus et la science, Pr André Marion (Presses de la Renaissance, 2000).
Les Marchands de clones, Dr Bertrand Jordan (Seuil, 2003).
The DNA of God ?, Dr Leoncio Garza Valdés (Doubleday, New York, 1999).
Clone : the Road to Dolly and the Path Ahead, Gina Kolata (William Morrow, New York, 1998).
L'ADN décrypté, Jean-Claude Perez (Résurgence, 1998).
101 questions sur le Saint Suaire, Pr P. Baima Bollone (Editions Saint-Augustin, Paris, 2001).
Le Suaire de Turin, Ian Wilson (Albin Michel, 1984).
Nouvelles découvertes sur le Suaire de Turin, Pr André Marion et Anne-Laure Courage (Albin Michel, 1997).
L'Enigme du Linceul, Arnaud-Aaron Upinsky (Fayard, 1998).
Enquête sur le Saint Suaire, Daniel Raffard de Brienne (Rémi Perrin, 1998).
Contre-enquête sur le Saint Suaire, Maria Grazia Silato (Plon-Desclée de Brouwer, 1998).
La Passion selon le chirurgien, Dr Pierre Barbet (Editions Médias Paul, 1950).
Le Paranormal, Henri Broch (Seuil, 2001).
Les Guérisons miraculeuses, Pierre Lunel (Plon, 2002).
Les Miracles et autres prodiges, P. François Brune (Philippe Lebaud-Oxus, 2000).
Le Miracle eucharistique de Lanciano, Bruno Sammaciccia (Maurin, 1997).

L'Enseignement de Ieschoua de Nazareth, Claude Tresmontant (Seuil, 1970).
Le Christ hébreu, Claude Tresmontant (Albin Michel, 1983).
Un musulman nommé Jésus, Tarif Khalidi (Albin Michel, 2003).
Jésus rendu aux siens, Salomon Malka (Albin Michel, 1999).
Dieu croit-il en Dieu ?, Patrick Lévy (« Question de... », Albin Michel, 1993).
Le Soufisme, Cheikh Bentounès (La Table Ronde, 1996).
L'Homme intérieur à la lumière du Coran, Cheikh Bentounès (Albin Michel, 1998).
Saint Paul, le témoignage mystique, P. François Brune (Oxus, 2003)
La Bible de Jérusalem (Cerf, 1994).
Revue internationale du Linceul de Turin (CIELT, Paris).
News Letter (British Society for Turin Shroud, Londres).
CCST News (Council for Study of the Shroud of Turin, Durham, Caroline du Nord, USA).

Du même auteur

Romans
VINGT ANS ET DES POUSSIÈRES
Le Seuil, 1982, prix Del Duca
POISSON D'AMOUR
Le Seuil, 1984, prix Roger-Nimier
LES VACANCES DU FANTÔME
Le Seuil, 1986, prix Gutenberg du Livre 87
L'ORANGE AMÈRE
Le Seuil, 1988
UN OBJET EN SOUFFRANCE
Albin Michel, 1991
CHEYENNE
Albin Michel, 1993
UN ALLER SIMPLE
Albin Michel, 1994, prix Goncourt
LA VIE INTERDITE
Albin Michel, 1997,
Grand Prix des lecteurs du Livre de Poche 1999
CORPS ÉTRANGER
Albin Michel, 1998
LA DEMI-PENSIONNAIRE
Albin Michel, 1999,
Prix Femina Hebdo du Livre de Poche 2001
L'ÉDUCATION D'UNE FÉE
Albin Michel, 2000
L'APPARITION
Albin Michel, 2001
Prix Science Frontières
de la vulgarisation scientifique 2002
RENCONTRE SOUS X
Albin Michel, 2002
HORS DE MOI
Albin Michel, 2003

Récit
MADAME ET SES FLICS
Albin Michel, 1985
(en collaboration avec Richard Caron)

Théâtre
L'ASTRONOME, prix du Théâtre de l'Académie française – LE NÈGRE – NOCES DE SABLE – LE PASSE-MURAILLE, comédie musicale (d'après la nouvelle de Marcel Aymé), Molière 97 du meilleur spectacle musical.
A paraître aux éditions Albin Michel.